W0312724

THIS DARK DESCENT

Kalyn Josephson est une autrice américaine. Elle a écrit des romans de fantasy, bestsellers du *New York Times*. Diplômée en biologie et en écriture créative de l'université de Santa Clara, elle travaille comme rédactrice technique dans la Silicon Valley, en Californie.

Ouvrage initialement publié aux États-Unis
par Roaring Brook Press, a division of
Holtzbrinck Publishing Holdings Limited Partnership
120 Broadway, New York, NY 10271 • fiercereads.com
sous le titre : *This Dark Descent*

© 2023, Kalyn Josephson
Couverture : Germain Barthélémy,
épée : michelaubryphoto / Adobe Stock
Cartes et illustrations intérieures : Virginia Allyn
© 2024, Bayard Éditions pour la présente édition
18 rue Barbès, 92128 Montrouge Cedex
ISBN : 979-1-0363-7340-4 pour l'édition cartonnée
ISBN : 979-1-0363-6646-8 pour l'édition brochée
Dépôt légal : septembre 2024

Loi n° 49-956 du 16 juillet 1949 sur les publications destinées à la jeunesse.
Tous droits réservés. Reproduction, même partielle, interdite.

KALYN
JOSEPHSON

THIS DARK DESCENT

POUR SAUVER UN ROYAUME CORROMPU
LA MAGIE NE SUFFIT PAS.

Traduit de l'anglais (États-Unis)
par Éric Moreau

bayard

Pour tous ceux qui ont un jour cru qu'ils n'étaient pas assez.

VERA
Forêt du Bois-d'Argent
Quartier de Barkheath
Manoir Kelbra
Manoir Zalaire
Place de Canburrow
Manoir Dramara
Quartier de Pendron
Ashfield Street
Tea Street
King's Road
Route des Voyageurs
Pont de Roughshaw
Haras des Rusel
Kelbra
Dramara
Capitale de

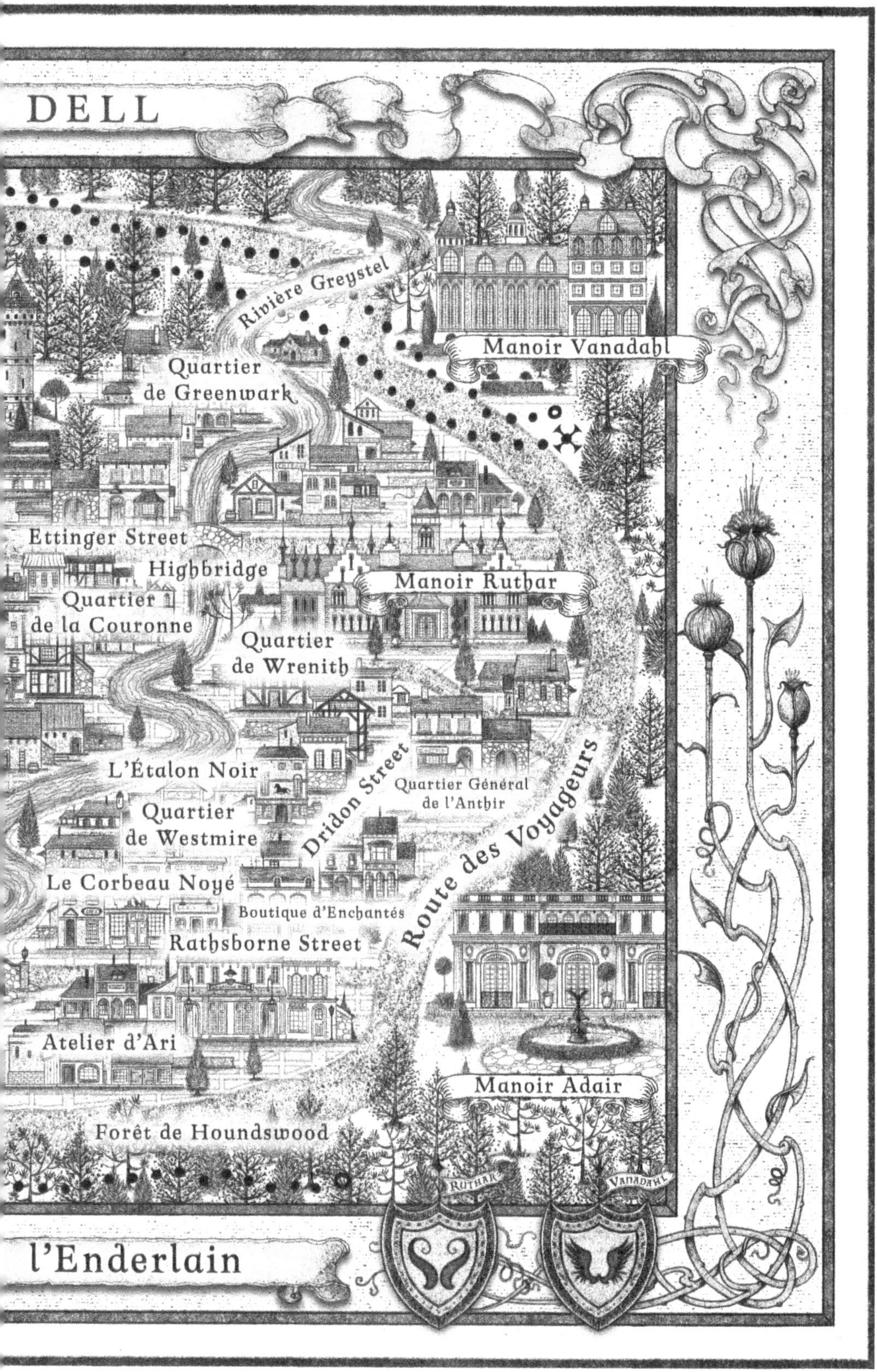
DELL
Rivière Greystel
Manoir Vanadahl
Quartier
de Greenwark
Ettinger Street
Highbridge
Manoir Ruthar
Quartier
de la Couronne
Quartier
de Wrenith
L'Étalon Noir
Dridon Street
Quartier Général
de l'Anthir
Quartier
de Westmire
Route des Voyageurs
Le Corbeau Noyé
Boutique d'Enchantés
Rathsborne Street
Atelier d'Ari
Manoir Adair
Forêt de Houndswood
Ruthar
Vanadahl
l'Enderlain

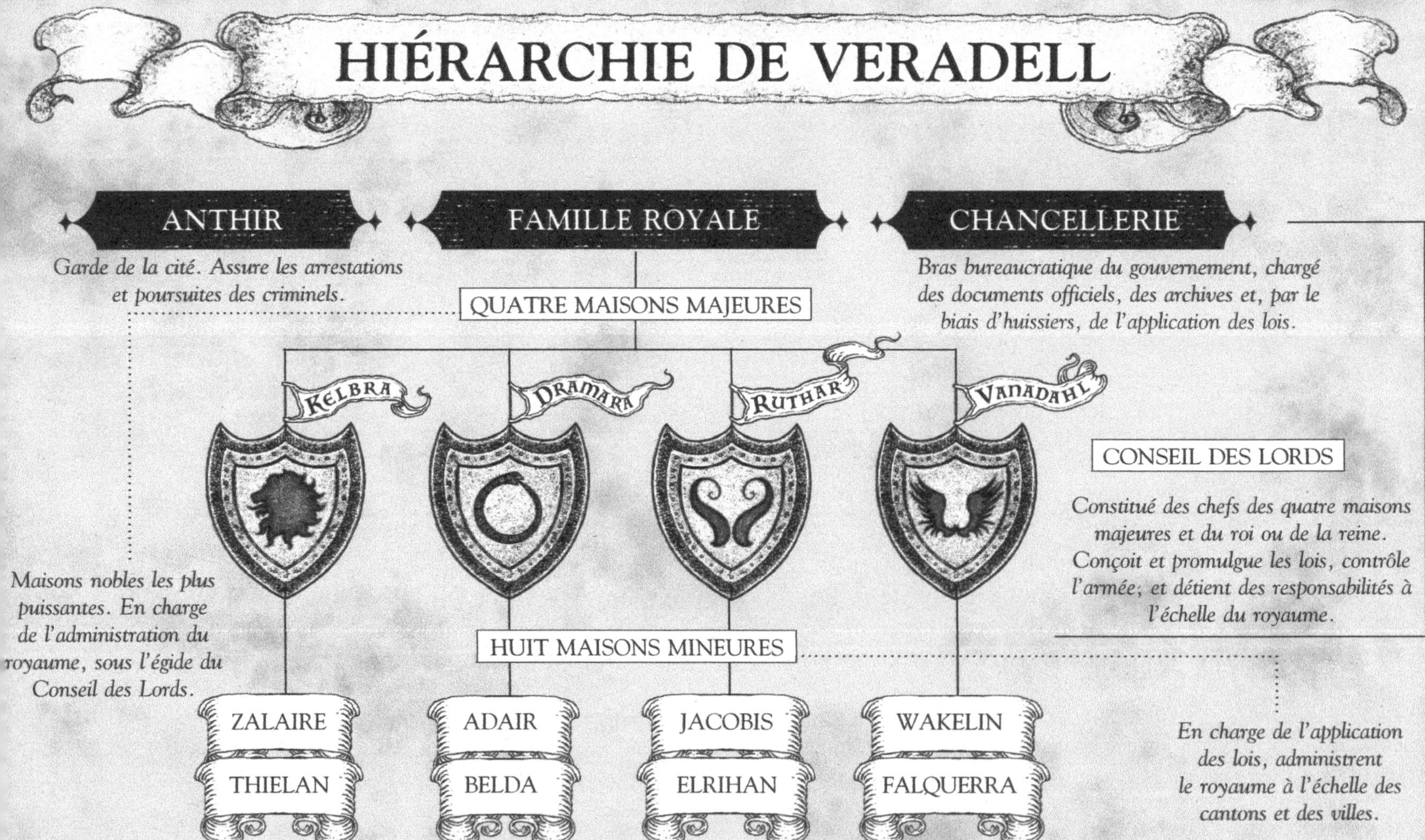
HIÉRARCHIE DE VERADELL
ANTHIR
Garde de la cité. Assure les arrestations et poursuites des criminels.
FAMILLE ROYALE
CHANCELLERIE
Bras bureaucratique du gouvernement, chargé des documents officiels, des archives et, par le biais d'huissiers, de l'application des lois.
QUATRE MAISONS MAJEURES
Kelbra
Dramara
Ruthar
Vanadahl
CONSEIL DES LORDS
Constitué des chefs des quatre maisons majeures et du roi ou de la reine. Conçoit et promulgue les lois, contrôle l'armée; et détient des responsabilités à l'échelle du royaume.
Maisons nobles les plus puissantes. En charge de l'administration du royaume, sous l'égide du Conseil des Lords.
HUIT MAISONS MINEURES
ZALAIRE
THIELAN
ADAIR
BELDA
JACOBIS
ELRIHAN
WAKELIN
FALQUERRA
En charge de l'application des lois, administrent le royaume à l'échelle des cantons et des villes.

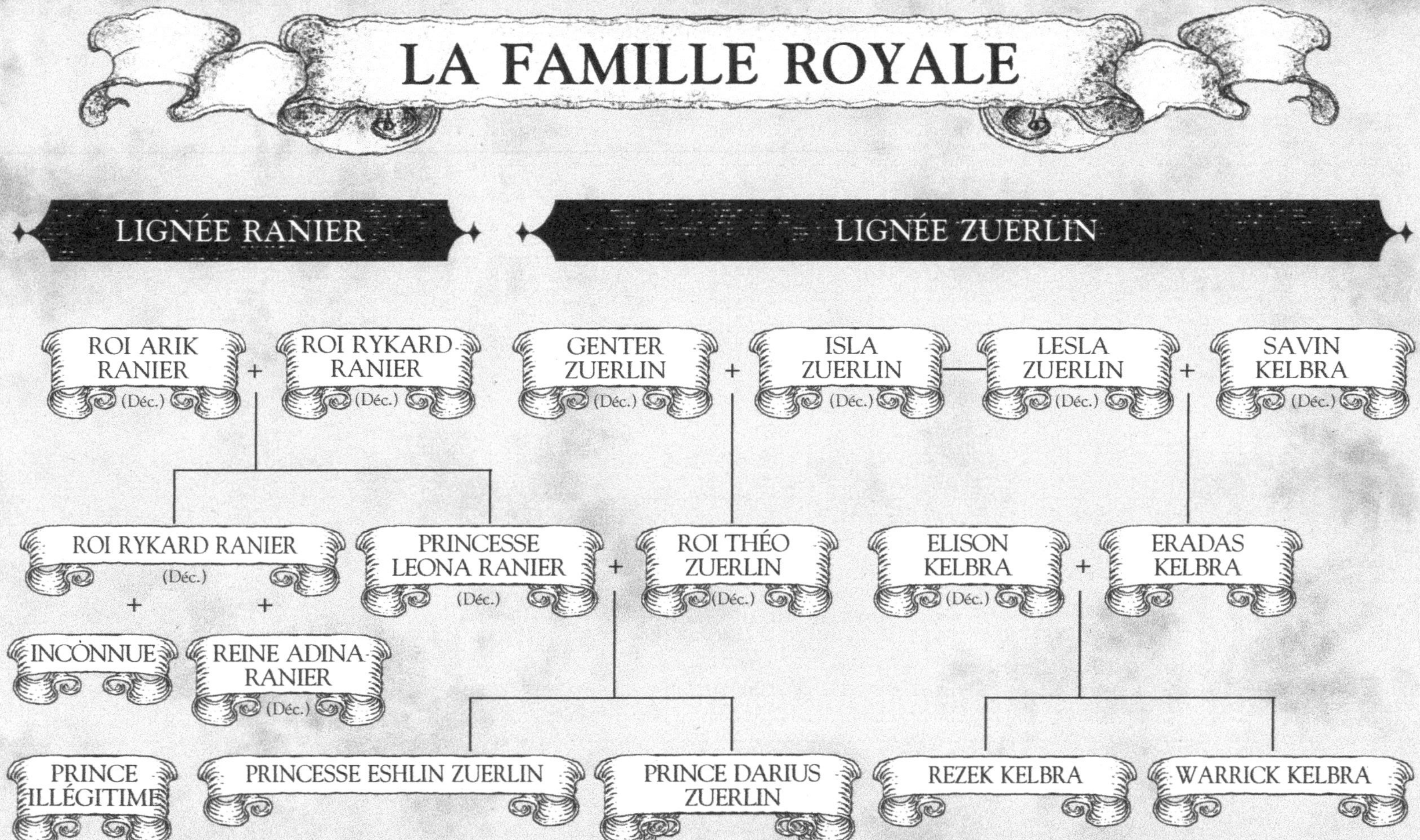
LA FAMILLE ROYALE
LIGNÉE RANIER
LIGNÉE ZUERLIN
ROI ARIK RANIER (Déc.)
+
ROI RYKARD RANIER (Déc.)
GENTER ZUERLIN (Déc.)
+
ISLA ZUERLIN (Déc.)
LESLA ZUERLIN (Déc.)
+
SAVIN KELBRA (Déc.)
ROI RYKARD RANIER (Déc.)
PRINCESSE LEONA RANIER (Déc.)
+
ROI THÉO ZUERLIN (Déc.)
ELISON KELBRA (Déc.)
+
ERADAS KELBRA
+
+
INCONNUE
REINE ADINA RANIER (Déc.)
PRINCE ILLÉGITIME
PRINCESSE ESHLIN ZUERLIN
PRINCE DARIUS ZUERLIN
REZEK KELBRA
WARRICK KELBRA

✦ PREMIÈRE PARTIE ✦

Au commencement, les quatre Messagers firent
don de la magie aux hommes.
Rach, le Taureau cuirassé, leur offrit des enchantements
leur conférant force et rapidité ;

Skylis, la Lumière ardente, leur accorda des sorts pouvant
attiser la colère et provoquer la docilité ;

Lyzairin, le Grand serpent, leur apporta des enchantements
d'énergie créant lumière et chaleur ;

et Aslir, l'Étoile éclatante, leur prodigua des sortilèges célestes,
de sorte que l'humanité puisse toujours retrouver son chemin.

1
MIKIRA

Les chevaux vous parleront, à condition de savoir les écouter.

Le père de Mikira le lui répétait depuis toujours. On pouvait les comprendre à la façon dont ils dressaient les oreilles ou remuaient la queue. C'était d'autant plus vrai des chevaux enchantés, dont le sang vibrait de magie, laquelle leur conférait des capacités exceptionnelles. Qu'il s'agisse de vitesse ou d'agilité, de chance ou de l'aptitude étrange de ne jamais se perdre, ces créatures vivaient en harmonie profonde avec le monde qui les entourait.

C'était sur ces enchantements que Mikira comptait à présent. Tout de noir vêtue, depuis ses bottes de cavalière élimées jusqu'au masque sans fioritures qui couvrait son visage, elle se tenait bien droite sur le dos d'Iri. Ensorcelé pour la vitesse, l'étalon piaffait d'impatience. Le désir de filer comme le vent faisait partie de sa constitution autant que ses os ou son sang. C'était aussi le cas de Mikira.

Le labyrinthe tortueux des souterrains de Veradell – le champ de courses de cette soirée – s'enfonçait dans la pénombre un peu plus loin. Les tunnels de la ville étaient étroits, les virages serrés et faciles à rater. Mikira prit une grande inspiration afin de se couper de la rumeur de la foule et des frottements des sabots contre la pierre cependant que les chevaux se bousculaient sur la ligne de départ, et d'oublier qu'elle ne pouvait pas se permettre de rentrer bredouille.

– Êtes-vous prêts pour un spectacle haletant ? cria Jenest, à la fois organisatrice de l'épreuve et annonceuse.

Même hissée sur une caisse à fusils, cette femme très mince à la musculature sèche et à la peau brune arrivait à peine aux épaules des cavaliers. Toutefois, vêtue d'une veste couverte de strass et de sequins – une parodie des vêtements tape-à-l'œil dont raffolait la noblesse – et affublée d'un masque à écailles bleues et blanches représentant Lyzairin, le Grand serpent, on ne voyait qu'elle.

Lorsqu'elle exécuta un salut, les spectateurs poussèrent des vivats et applaudirent.

– Vous connaissez les règles !

Son mégaphone enchanté fit tonner sa voix grave :

– Les quatre sortes de sortilèges sont autorisées, mais aucune arme ! Cette course n'est pas l'Illinir, et aucun sang ne sera versé sur ma jolie piste immaculée.

De petits rires parcoururent l'assemblée. Le sol du tunnel n'était qu'un mélange fangeux de terre et d'écoulements d'eaux usées provenant de la conserverie située au-dessus, très loin des flashes des appareils photo et des hippodromes impeccables des courses officielles dont rêvait Mikira. Être là lui faisait horreur, mais c'était le seul endroit sûr où concourir dans des compétitions officieuses. La magie était si rigoureusement contrôlée que les courses enchantées nécessitaient une autorisation et le versement d'une taxe conséquente à la ville de Veradell. En les organisant illégalement, Jenest risquait la prison.

Et en y participant, Mikira aussi.

– Vingt marks d'argent pour le vainqueur. Le premier jockey qui termine la boucle emporte le pactole.

Jenest agita au-dessus de sa tête une petite bourse, la vraie raison de la présence de Mikira.

– À vos marques, prêts, partez !

Les chevaux s'élancèrent. Iri en devança sans mal la moitié au premier virage, soit parce qu'on ne les avait pas ensorcelés pour la vitesse, soit parce que leur enchantement était trop faible pour leur conférer un véritable avantage. Mikira se concentra sur les sensations de la course. Son corps accompagnait les mouvements d'Iri tel un reflet ; l'afflux d'adrénaline résonnait dans un bourdonnement grisant et affutait ses sens.

Alors que les cavaliers s'engageaient dans le deuxième tournant, une compétitrice qui portait un masque imitant le Messager Rach s'approcha de Mikira. Il y eut un éclat métallique, et Mikira évita la lame de justesse. Elle saisit l'un des couteaux à sa ceinture et para l'attaque suivante, puis, d'une rotation du poignet, désarma son assaillante.

Celle-ci chevauchait vite, grâce aux sortilèges physiques de sa monture, à l'évidence plus puissants que ceux des autres. Mais ce ne fut pas suffisant – pas contre un enchanté issu des lignées des Rusel. Pas contre Mikira, dont le père a été un des meilleurs jockeys de Veradell.

Après le dernier virage, ils atteignirent la ligne droite où l'épreuve avait commencé, et Mikira laissa Iri déployer toute sa puissance. Celui-ci doubla presque sa vitesse et franchit la ligne d'arrivée loin devant les autres.

Alors qu'Iri trottait vers Jenest sous les hourras de la foule, un nœud se desserra dans la poitrine de Mikira. Jenest saisit la main pâle de la jeune femme et la leva en triomphe.

– Encore une victoire d'Éclair de nuit ! annonça-t-elle en direction des sifflets et des cris. Je sais, je sais, vous êtes tous stupéfaits. N'ayez crainte : je vous promets de trouver bientôt à notre petit éclair un adversaire à sa hauteur.

Mikira laissa échapper un sourire éclatant. Ces gens l'adoraient, et elle ne pouvait nier que, même sans être poussée par le besoin d'argent, elle pouvait participer aux courses rien que pour savourer leur façon de la regarder – comme si rien ne pouvait lui résister.

Sentant dans son dos un regard d'une autre nature, Mikira se retourna et vit la concurrente au masque de Rach. Celle-ci était très grande, avec d'étranges yeux noisette et la peau brune. Mikira aurait pu la dénoncer, mais ce n'était pas la première fois qu'on l'attaquait avec une arme, et ce ne serait pas la dernière. La cavalière esquissa un sourire en coin, puis emmena sa monture à travers la foule qui se dispersait.

Tout le monde allait repartir par les innombrables points d'accès aux souterrains, en prenant soin de ne pas éveiller les soupçons. Les soldats de l'Anthir ne cillaient pas quand une famille aristocrate extorquait jusqu'au dernier mark de cuivre d'un de ses administrés ou les envoyait combattre contre le Célair, le pays voisin, où la Guerre éternelle faisait rage, mais si la garde découvrait l'existence d'une course enchantée sans que les organisateurs aient obtenu l'autorisation requise ni payé la taxe ? Toutes les personnes impliquées passeraient le restant de leurs jours en prison.

Le frère de Mikira lui avait toujours répété qu'à Veradell, on pouvait assassiner quelqu'un en public sans être inquiété, tant qu'on avait les documents requis. À moins d'être issu de la noblesse – en ce cas, on n'en avait même pas besoin.

Jenest lui tendit la bourse.

– Tu sais qu'à l'occasion, j'aimerais rencontrer la personne qui se cache sous ce masque, déclara-t-elle. Boire quelques verres avec elle.

Mikira eut un pincement de culpabilité. Elle appréciait Jenest ; son tempérament énergique et espiègle lui rappelait son amie d'enfance, Talyana, qu'elle n'avait pas vue depuis des années. Mais son seul objectif était l'argent, pas l'amitié, et nul ne devait découvrir son identité.

– Merci pour la course.

Elle empocha la récompense et dirigea Iri vers une des sorties. De petites flèches gravées dans la roche les indiquaient à qui savait les chercher, vestiges de l'époque où ces galeries servaient à l'extraction de pierres précieuses. Après que la majorité des mines s'étaient taries, on avait oublié l'existence de ces souterrains.

Les parois étaient devenues une fresque d'innombrables messages, allant des affiches de recrutement pour la Guerre éternelle à des inscriptions tracées à la craie à même la paroi. La plupart avaient été laissés par des réfugiés du Célair, qui affluaient de leur pays ravagé par les combats, espérant que des amis ou des proches passeraient au même endroit, mais d'autres étaient les derniers mots de jeunes gens de l'Enderlain fuyant la conscription du royaume.

Son frère n'avait jamais eu l'occasion de s'enfuir – à cause d'elle.

Mikira se pencha en avant pour gratter Iri derrière les oreilles.

– Un jour, nous concourrons dans une vraie course. En mémoire de Lochlyn.

Le cheval agita les oreilles lorsqu'elle prononça le prénom de son frère. Il avait été son cavalier, autrefois. Mais Lochlyn était mort sur le champ de bataille ; Mikira était tout ce qui lui restait de lui, et réciproquement. Ils émergèrent dans la lumière matinale d'Ashfield Street, où se déroulaient déjà les préparatifs pour l'Illinir. Organisée tous les dix ans par la maison Kelbra, l'Illinir était une série de quatre courses magiques impitoyables. Elles avaient lieu au cours du mois des fêtes de l'Illinir, pour célébrer le jour où la déesse Sendia avait envoyé les quatre Messagers afin qu'ils apportent la magie aux hommes.

On s'y pressait des quatre coins du continent, qu'il s'agisse des marchands kenzeni du sud-est venus vendre des innovations techniques, ou des politiciens du Vyna résolus à empêcher la Guerre éternelle de s'étendre au nord. On racontait même qu'un participant était originaire d'Aroya, une des contrées les plus au sud, où la popularité des enchantés connaissait une ascension fulgurante.

Bientôt, camelots et saltimbanques envahiraient les rues, enfants et adultes se pareraient de queues sinueuses rappelant le Messager Lizayrin, ou de masques conçus pour ressembler à du métal martelé en l'honneur de Rach, le Taureau cuirassé. Mikira aperçut déjà une fillette portant les ailes rouges de Skylis, les bras écartés en grand comme pour s'envoler tel l'oiseau gigantesque qu'elle singeait.

Un souvenir ressurgit et la ramena dix ans en arrière, quand Lochlyn s'était rendu aux festivités grimé en Aslir, l'Étoile éclatante. Mikira, insatisfaite de ses ailes de Skylis, avait pleuré jusqu'à ce qu'il lui passe sa toison de plumes blanches autour du cou et lui dise : « Voilà. Toi aussi tu brilles, maintenant. »

Le coup d'avertisseur d'un fiacre enchanté fit sursauter Mikira et Iri, mais la jeune femme parvint à faire garder son calme à sa monture tandis que la voiture sans attelage les contournait d'une vive embardée. Le vacarme aurait suffi à affoler n'importe quel cheval commun, cependant Iri était ensorcelé pour détecter le danger : il était donc toujours sur le qui-vive dans cette maudite jungle de pierre.

Pressée d'échapper au tumulte, Mikira et Iri prirent un raccourci vers la route des Voyageurs qui entourait la cité, où ils ne croisèrent que de rares messagers ou des charrettes chargées de précieuses céréales à destination des avant-postes militaires, près de la frontière. Peu après, elle fit bifurquer Iri par le chemin menant au haras de sa famille – et faillit l'arrêter.

Quelque chose clochait.

Elle connaissait la propriété par cœur. Sa riche odeur de terre. Les bruits des chevaux et l'atmosphère douce des lieux, qui l'apaisaient plus que tout au monde.

Étrangement, alors qu'Iri remontait au petit trot l'allée sinueuse, la ferme blanche de deux étages était silencieuse – trop silencieuse, comme l'instant assourdissant qui suit un coup de feu. Son père aurait déjà dû être dans les prés, et ses sœurs en train de se courir après dans les hautes herbes à côté de lui, s'accrochant à leurs derniers moments de liberté avant de se rendre à l'école.

Mais la cour était vide.

Elle descendit à bas d'Iri et gravit le perron à toute vitesse. Puis elle ouvrit la porte à la volée et se précipita dans le vestibule, où elle trébucha sur les souliers négligemment abandonnés là par Ailene.

À peine avait-elle recouvré son équilibre qu'une voix retentit :

– Kira ? C'est toi ?

– Père ?

Le soulagement l'envahit lorsqu'il apparut à la porte de son cabinet de travail, une tige or pâle de vérillion entre les mains. Des cernes soulignaient ses yeux verts lourds de sommeil, sa chemise et son gilet ordinaires étaient froissés après une nuit passée, comme tant d'autres auparavant, penché sur de vieux livres. Il la regarda en clignant des paupières, puis observa l'embrasure par laquelle pénétrait la lumière du jour.

– C'est déjà le matin ? s'enquit-il. J'ai dû perdre la notion du temps.

Mikira poussa une petite exclamation étranglée. Il s'était encore perdu dans ses recherches. Voilà pourquoi il n'était pas dans les prés.

– Tu ne peux pas continuer comme ça, déclara-t-elle d'un ton crispé.

– Je touche au but, Kira, je le sens.

Il leva la plante.

– Je crois que la réponse se trouve dans la façon dont le vérillion lie sa magie aux autres éléments. À ce propos, je peux t'emprunter tes couteaux ? La pierre…

– Ça suffit ! lâcha-t-elle sèchement.

Un silence profond s'installa. Mikira contempla la plante, dont la lueur magique s'était éteinte. Dans cet état, le vérillion était inoffensif, mais fraichement cueilli, lorsque sa tige rayonnait d'une lumière dorée, il regorgeait d'une force qui, chez certains, provoquait un besoin maladif. Elle l'avait vue consumer, empoisonner des malheureux, comme sa mère des années auparavant.

Son père était convaincu que pour sauver le haras il lui fallait concevoir des enchantements novateurs, en recourant au vérillion, et non se contenter d'élever les quelques enchantés encore présents dans leurs écuries. Mais chaque nuit de recherche, il mettait sa vie en danger. En tant qu'enchanteur sans permis, il suffisait que la mauvaise personne ait vent de sa magie pour que l'Anthir vienne l'arrêter. Le Conseil des Lords prétendait que le registre des enchanteurs visait à empêcher que se reproduise le Cataclysme – la destruction du royaume du Kinahara par les quatre Hérétiques –, mais Mikira connaissait la vérité : son seul but était de s'apporter profit et pouvoir.

– J'ai laissé ton repas dans le four, dit-il, comme si elle ne venait pas de s'emporter contre lui.

Il ne lui demanda pas d'où elle rentrait. Ne chercha pas à savoir où son ainée de dix-sept ans allait chaque nuit et pourquoi elle revenait avec une bourse pleine d'argent. Il se contenta de sourire, et ses yeux se ridèrent aux commissures d'une façon qui ne manquait jamais d'attendrir Mikira. Elle ne lutta pas, car il lui était insupportable d'être en colère contre lui.

Si seulement il avait pu recourir à la magie sans se cacher, ils auraient pu diversifier et rendre plus robustes leurs lignées, sauver leur haras en déclin. Mais le pédigrée de chaque cheval était soumis à un suivi strict, et on se serait posé des questions s'ils étaient soudain venus à posséder un nouvel enchanté puissant. Ils ne pouvaient donc compter que sur la pratique méticuleuse de l'élevage légal et espérer qu'ils procèderaient à suffisamment de ventes pour acquérir de nouvelles lignées.

À cela s'ajoutaient les courses de Mikira. Sans ces gains, jamais ils n'auraient pu s'acquitter chaque mois de leurs impôts à la maison Kelbra.

– Kira !

Une voix aigüe précéda de peu la jeune fille qui descendait l'escalier quatre à quatre, sa peau d'albâtre empourprée par l'excitation. À treize ans, Ailene était déjà plus grande que Mikira, pourvue d'une carrure svelte et athlétique qu'elle mettait à profit pour battre les garçons à la course. Mikira aurait voulu l'avertir que bientôt ils se lasseraient de son esprit de compétition et de son énergie débordante. Qu'un moment viendrait où, au lieu de l'apprécier pour ces traits de caractère, ils les lui reprocheraient, comme cela s'était produit pour elle-même. Pourtant, elle ne pouvait se résoudre à saper le moral de sa cadette.

– Kira, je peux rester à la maison, aujourd'hui ? demanda-t-elle, avant de joindre les mains. Je t'aiderai à t'occuper des corvées.

– Ne l'écoute pas !

Nelda apparut à son tour dans l'escalier, les lèvres plissées, affectant ce qu'Ailene appelait sa « moue de petite maman ». Bien qu'elle fût de quatre ans la benjamine de la fratrie, elle avait toujours eu le tempérament d'une vieille dame, particularité qui lui avait souvent valu les taquineries de leur frère.

– Elle veut juste aller à l'hippodrome avec Era Keene.

– C'est pas vrai ! s'offusqua Ailene.

Leurs chamailleries firent sourire Mikira, mais son amusement fut de courte durée, car elle entendit alors un bruit qu'elle appréhendait de tout son être : le crissement du gravier sous des roues, sans être accompagné par un martèlement de sabots.

Seule une personne avait pour habitude de leur rendre visite à bord d'une calèche enchantée.

Par pitié, Déesse.

Mikira atteignit la porte à l'instant où Lord Rezek Kelbra, héritier de la maison Kelbra, descendait de sa voiture.

Iri s'étant réfugié dans l'écurie, Rezek se retrouva seul dans l'allée. Ses cheveux légèrement roux cuivré étaient tirés en catogan sur sa nuque pâle, et il observait Mikira de ses yeux d'un bleu pénétrant et impitoyable, tel un roi donnant audience à sa cour.

Un sourire en coin familier se forma sur ses lèvres. Il était plus âgé qu'elle de quelques années, mais la joie presque enfantine qui illuminait ses traits lors de leurs rencontres glaçait toujours Mikira jusqu'au sang.

– Miss Rusel, la salua-t-il, d'une voix pareille à de la soie empoisonnée.

Le père de Mikira sortit sous le porche à côté d'elle et s'inclina.

– Votre Seigneurie. Que me vaut cet honneur ?

Mikira leva les yeux au ciel. Une visite de Rezek n'était pas un honneur, mais une menace. Son père le savait autant qu'elle, et elle fut agacée de le voir si obséquieux. Elle aurait voulu qu'il relève la tête et crache aux pieds du noble.

Mais il n'en ferait rien, pas plus qu'elle ne s'y risquerait.

Les Kelbra étaient une des quatre maisons majeures, ainsi que les cousins du roi, dont la préférence pour Rezek était connue de tous. La soif de pouvoir était ancrée en ce dernier, qui prenait un immense plaisir à écraser la moindre tentative de défiance. Jamais il ne vous touchait ; il se contentait de réduire votre vie en miettes.

Un agent de l'Anthir descendit alors de la calèche, et le sang de Mikira se glaça – quelqu'un l'avait sûrement vue quitter la course souterraine. Ailene et Nelda se pressèrent derrière elle. Elle aurait dû leur ordonner de monter à l'étage, leur hurler de fuir très loin, mais sa gorge était sèche comme le sable du désert.

Rezek inclina la tête vers le garde, puis s'adressa au père de Mikira.

– L'Anthir s'est vu signaler un fait troublant, Mr. Rusel. Lord Thielan vous aurait vu pratiquer la magie.

Nelda étouffa un cri, et son père eut une brusque inspiration. Lord Thielan s'était présenté à la propriété quelques jours plus tôt, pour voir un cheval. Ce soir-là, Mikira avait jugé sa visite suspecte. C'était rare qu'un noble d'une maison mineure défie Rezek, qui imposait un embargo officieux sur les affaires de leur famille depuis quelque temps. Mais il leur fallait à tout prix réaliser des ventes, aussi n'avait-elle eu d'autre choix que de l'accueillir. Thielan avait dû se mettre en quête d'un élément que Rezek pourrait utiliser contre eux, et il l'avait trouvé.

– C'est faux ! se récria Mikira. Il n'a jamais fait ça.

Le regard glacial de Rezek se fixa sur elle.

– Vous n'oseriez quand même pas traiter Lord Thielan de menteur.

– Non, je…

– Alors vous êtes complice d'un enchanteur non assermenté ?

Mikira recula d'un pas. Elle ne faisait qu'aggraver la situation. Mais ça ne pouvait pas se produire : Rezek n'avait pas pu découvrir la vérité. Son père s'avança et la cacha à la vue du noble. Il allait savoir quoi répondre, comment tout arranger.

– Mes filles ne sont au courant de rien, déclara-t-il.

Mikira chancela.

– Père…

– Silence, Mikira !

La force qu'elle perçut dans sa voix – une voix qu'il n'avait *jamais* haussée avec elle – la figea. Pour la première fois depuis des années, elle vit son père tel qu'il avait été avant la mort de Lochlyn : le dos bien droit, l'œil clair, prêt à faire le nécessaire pour assurer la sécurité de sa famille.

– Elles n'en savent rien, répéta-t-il.

– Kira.

Derrière elle, la voix d'Ailene fut à peine plus audible qu'un murmure éraillé. Ce fut là une supplication à laquelle Mikira ne pouvait répondre, alors même qu'elle en mourait d'envie. Elle sentit sa sœur agripper sa chemise, et quelque chose en elle vacilla dangereusement.

– Alors, vous avouez ? demanda Rezek, se rengorgeant presque de délectation.

Le père de Mikira hocha la tête.

– Oui.

Tout en elle hurla d'effroi. Ailene tenta de la bousculer pour passer devant elle, les poings serrés, mais Mikira la retint.

– En ce cas, deux choix s'offrent à vous, Mr. Rusel. Soit je vous livre à cet agent, après quoi vous serez jugé et pendu. Soit…

Rezek marqua une pause, laissant s'étirer ce moment tandis qu'il examinait d'un air nonchalant la bague à cachet sertie d'un diamant à sa main droite.

– Vous venez travailler pour la maison Kelbra.

– Non, souffla Mikira, en jetant un coup d'œil implorant au garde.

Mais s'il avait pitié d'eux, son visage ne trahissait aucun sentiment. Chacun savait que la noblesse avait l'Anthir dans sa poche, mais seuls les nobles issus des quatre grandes maisons pouvaient s'arroger les services d'un enchanteur non assermenté sous leurs yeux sans être inquiétés. En tant que membres du Conseil des Lords, pour seconder le roi, les maisons majeures établissaient les lois – et pouvaient les enfreindre.

– Père, je t'en supplie.

La voix d'Ailene se cassa.

Les Kelbra étaient réputés pour leur cruauté autant que pour leur fortune. Leurs métayers se tuaient à la tâche ; la plupart étaient trop aux abois pour partir, et les autres trop endettés, de la même façon que l'était leur père. Jusqu'à présent, au moins, ils avaient vécu hors d'atteinte de la violence physique de Rezek. Si son père entrait à son service, il n'en sortirait pas indemne... Si jamais il revenait.

– D'accord, accepta son père.

Quelque chose se brisa en Mikira. Sa ténacité farouche, qui la poussait à se lever chaque matin et à continuer à travailler au haras, s'affaissa comme un poteau rongé par la pourriture.

Son père descendit le perron.

– Non !

Mikira se précipita vers l'avant, remarquant à peine que ses sœurs, derrière elle, la retenaient de toutes leurs forces.

– Père, je t'en supplie, ne pars pas !

Les Kelbra leur avaient déjà beaucoup trop pris. Elles leur avaient sacrifié une trop grande partie de leur vie. Ils ne pouvaient pas aussi leur voler leur père.

Mais celui-ci ne se retourna pas.

Mikira se libéra de ses cadettes tandis que leur père montait dans la calèche. Le garde lui bloqua le passage d'un bras ferme en travers de la poitrine cependant que Rezek fermait la portière.

– Ouvrez ! cria-t-elle en martelant le bois de ses poings.

Le garde la tira en arrière sans ménagement. Elle saisit un de ses couteaux.

– Kira !

Ce fut la voix de Nelda qui la ramena tout à coup à la raison, à la fureur qui se peignait sur le visage de l'homme. Celui-ci pouvait l'arrêter pour avoir sorti une arme contre lui. Un mot suffisait.

Mikira remit lentement la lame dans son fourreau et porta le regard sur Rezek, qui fit un petit bruit réprobateur.

– Du calme, du calme.

– Pitié, l'implora-t-elle, en manquant de s'étrangler sur ces mots. Relâchez-le. Je vous en supplie.

Rezek inclina la tête.

– Ce n'est pas comme ça qu'on supplie.

Tout en elle se crispa lorsqu'elle comprit son insinuation, mais elle ravala sa fierté et s'agenouilla, tête baissée.

– Je vous en conjure.

Elle sentit sur elle le regard tranchant du noble, tandis qu'Ailene et Nelda l'observaient depuis la porte, aussi impuissantes. À une époque, le prestige des Rusel aurait fait hésiter Rezek – Keirian avait des amis haut placés. Mais cette époque était depuis longtemps révolue.

– Malgré les tentatives permanentes de votre famille pour me dépeindre comme un monstre sans cœur, je suis très juste, déclara Rezek d'une voix trainante. Je vous propose un marché.

Elle se releva d'un mouvement hésitant.

– Pardon ?

– Si vous remportez l'Illinir, je libèrerai votre père et délivrerai une amnistie officielle pour ses crimes. J'effacerai même vos dettes.

Il aurait tout aussi bien pu la provoquer en duel ; elle aurait eu plus de chances de gagner. Chaque année, cent concurrents participaient à l'Illinir ; seuls quelques-uns s'en sortaient. Mikira n'y survivrait sûrement pas, et pourtant…

– Si je perds, que se passera-t-il ?

Elle s'en voulait que la peur imprègne tant ses mots.

Il sourit.

– Je deviendrai propriétaire du haras – et de tout ce qui s'y trouve.

Autrefois, les enchantés des Rusel avaient été les montures des plus grands, qu'il s'agisse des rois de la dynastie Ranier ou des meilleurs jockeys de la ville, et Rezek essayait de se les approprier depuis des années – pour les offrir à son illustre père. Ce qui rendait ce marché trop beau pour être vrai. Rezek détenait enfin le moyen de pression qu'il cherchait depuis toujours. Pourquoi lui proposer cette offre alors qu'il pouvait simplement échanger le haras contre la vie de son père ?

Il manigançait quelque chose, visait un objectif qui ne se limitait pas à s'assurer l'acquisition de leurs enchantés, mais Mikira n'avait pas le luxe de deviner lequel.

– Oh, j'allais oublier, ajouta-t-il d'un ton désinvolte. Votre monture ne peut pas être un enchanté.

– Vous ne pouvez pas… Ce n'est pas…

Elle ravala ses mots en voyant Rezek écarquiller les yeux.

– Oui, vous alliez dire ? l'encouragea-t-il.

Elle le détestait de se comporter ainsi, de toujours tordre les règles à leur désavantage. Elle ne pourrait jamais survivre à l'Illinir sur un cheval commun, et encore moins la gagner. Chacune des quatre courses était conçue spécialement pour mettre à l'épreuve une des catégories d'enchantements ; on pouvait être confronté à des fosses hérissées de pieux qui s'ouvraient sous les sabots des montures, à des illusions destinées à les affoler, sans parler des dangers que représentaient les autres concurrents.

Si elle refusait les conditions de Rezek, son père deviendrait un serviteur sous la coupe des Kelbra, sans aucun espoir de sursis. Mais si elle remportait l'Illinir, la récompense serait inestimable : gloire, fortune, et une gratification de la part du roi lui-même. Gratification qui lui verrait accorder ce qu'elle désirait, dans la mesure des possibilités du souverain : une nouvelle lignée de chevaux enchantés, un permis d'enchanteur pour son père, un haras dans une autre province que celle des Kelbra… L'argent à lui seul lui offrirait la liberté, mais la gratification leur permettrait d'obtenir beaucoup plus.

– Marché conclu ? la relança Rezek, en lui présentant sa main.

Elle releva la tête.

– Je veux une preuve écrite.

Rezek avait beau avoir un garde dans la poche et toute la richesse et le pouvoir dus à la préférence du prince, même un Kelbra ne pouvait rompre un contrat officiel. C'était le socle fragile sur lequel était bâti le château de cartes de Veradell, les entraves par lesquelles les élites se liaient les unes aux autres.

Rezek soupira.

– Je m'y attendais.

Il sortit une liasse de parchemin de sa veste et la lui tendit. Elle en parcourut le contenu, qui établissait les termes dont ils venaient de convenir. Au bas de la feuille figurait la signature de Rezek, à côté du sceau imprimé avec sa chevalière – une tête de lion dans de la cire blanche. Si Rezek n'avait pas été le lord d'une grande maison, Mikira aurait réclamé qu'un huissier soit témoin, mais le sceau d'un Kelbra l'engageait tout autant.

– Avez-vous une bague sigillaire ? demanda-t-il.

Son ton laissait deviner ses forts doutes sur la capacité des Rusel à s'acquitter de la taxe annuelle requise pour en détenir une.

Ils n'en avaient presque pas les moyens, mais sans sceau, on aurait pu contester la légitimité de leurs ventes. L'obtention d'une bague sigillaire prouvait leur homologation par la Chancellerie, la branche bureaucratique du pouvoir, qui délivrait les documents officiels de l'Enderlain. Si le produit vendu n'était pas d'une qualité satisfaisante, ou en cas de défaut de paiement, les huissiers intervenaient pour régler le litige.

Veradell était une ville bâtie sur la paperasse, les huissiers en étaient les maçons.

– Tiens, la voici, dit Nelda, qui reparut à côté de sa sœur, le souffle court.

Elle lui remit un simple anneau en fer aux armoiries constituées de lames croisées par-dessus un fer à cheval, ainsi qu'un petit tampon. Mikira prit la bague, et Nelda fixa Rezek droit dans les yeux, avant de retourner sur le perron, où Ailene la serra fort dans ses bras.

Rezek la regarda s'éloigner en poussant un rire qui donna la nausée à Mikira.

– Je vais garder votre père auprès de moi jusqu'à la fin de l'Illinir, annonça-t-il, tandis qu'elle s'agenouillait au sol pour tremper l'anneau dans l'encre et l'appliquer sur le papier, avant de recommencer sur le second exemplaire.

Le symbole de sa famille paraissait terriblement banal à côté de celui, très élaboré, des Kelbra.

Elle conserva une copie et lui rendit l'autre. Le contrat allait être remis à la Chancellerie, afin que chacun respecte ses engagements.

– À bientôt, Miss Rusel.

Rezek approcha la main de sa joue. Elle se cuirassa en prévision du contact froid de ses doigts, mais il s'arrêta à quelques centimètres d'elle, et les replia. Il lui adressa un dernier sourire avant d'ouvrir la portière de la calèche et de s'assoir à côté du père de Mikira, suivi de près par le garde. Elle rassembla le peu de forces qui lui restaient, en espérant que son père la verrait.

– Je t'aime, articula-t-elle en silence.

Puis on claqua la portière, et la voiture s'ébranla. Elle la regarda partir, hébétée.

Ailene la rejoignit, retenant des sanglots.

– Kira, qu'est-ce qui t'a pris ?

– J'ai fait ce que j'avais à faire.

Sa réponse fut plus sèche qu'elle en avait eu l'intention, mais elle ne pouvait pas faiblir, pas maintenant. Elle était la plus forte des trois. La plus robuste. Si elle s'effondrait, sa famille était condamnée. Si elle s'effondrait, elle n'était pas sûre de pouvoir se relever.

Nelda arriva à son tour ; elle se tordait les mains.

– Nous n'avons pas les moyens d'acheter un cheval ordinaire, et encore moins de payer les droits d'inscription à l'Illinir.

Mikira grimaça. Lochlyn avait été enrôlé dans l'armée par sa faute, et voilà qu'on arrêtait leur père. Ses sœurs ne lui avaient jamais reproché la mort de leur frère, tout comme elles ne lui auraient pas reproché cette arrestation, mais elle s'en voulait. Pourquoi fallait-il toujours que les autres paient ses erreurs ? Pourquoi ne pouvait-elle cesser d'en commettre ?

– Le premier bal de présentation aura lieu demain, répondit-elle d'une voix crispée. Je vais y trouver un sponsor, qui me procurera une monture.

C'était un maigre espoir. Ces bals avaient pour but de mettre en relation concurrents et bienfaiteurs, mais qui accepterait de soutenir une cavalière concourant sur un cheval non enchanté, fût-elle la fille de Keirian Rusel ? Elle passa les doigts sur ses couteaux, trouvant un certain réconfort au contact des manches enveloppés de cuir et des pommeaux sertis de jaspe sanguin.

– Je vais m'en sortir, affirma-t-elle, s'encourageant à croire en ses propres paroles.

Depuis la mobilisation de Lochlyn, leur père n'avait plus participé à la moindre course. Et c'était la dernière fois qu'on avait prononcé le nom de Rusel avec admiration.

Ce nom inspirait le respect, autrefois. Mikira allait faire en sorte qu'il en soit de nouveau ainsi.

2
MIKIRA

Mikira n'avait qu'une envie : se blottir dans la chaleur de l'écurie et écouter les chevaux quelque temps. Recroquevillée à côté des boxes et enveloppée dans la capiteuse odeur du foin, elle pourrait imaginer qu'au moment d'en ressortir son père serait assis sous le porche, avec un livre et une tasse de thé, tandis que ses sœurs, collées à lui, se chamailleraient pour le choix de l'histoire qu'il leur lirait.

Mais en cet instant, elle était de retour au cœur de Veradell, avec Iri, pour le bal.

La ville sentait en permanence la poudre à canon et le métal, donnant l'impression qu'une étincelle risquait de tout embraser. Mikira détestait les mugissements des cornes de brume des gros vapeurs de passage sur le Greystel et les badauds qui se pressaient par milliers autour d'elle, détestait la façon dont les uns et les autres la regardaient, comme s'ils attendaient quelque chose d'elle ou, au contraire, ne daigneraient jamais lui adresser la parole.

Surtout, elle détestait le fait que, à chaque coin de rue, la guerre se rappelait à elle.

Devant les bâtiments officiels, des recruteurs invitaient les hommes à s'engager. Des passants se dispersaient en hâte au passage de camions militaires, à l'arrière desquels des soldats à l'air morne dirigeaient dans le vague leur regard mélancolique.

C'était pour cette raison qu'elle empruntait surtout les petites rues quand elle se rendait en ville avec Iri. Et aussi pour arracher autant d'affiches de recrutement que possible.

« Vous êtes valide et en âge de combattre ? » lisait-on sur celle qu'elle tenait dans les mains. « Battez-vous à nos côtés pour protéger l'avenir de l'Enderlain. »

Sous ce texte figurait un croquis du lion blanc Aslir, Envoyé des enchantements célestes et bras droit de la Déesse. Le Conseil des Lords voulait faire croire à la population que la guerre contre le Célair avait la bénédiction de la Déesse, mais c'était là un bien mince vernis pour masquer la vérité – l'Enderlain souffrait d'une pénurie de vérillion, et le Célair était un royaume où cette ressource abondait. Des garçons tels que Lochlyn continuaient donc à perdre la vie, tandis que les riches y échappaient en s'acquittant du droit d'exemption.

Mikira laissa Iri dans un relais et atteignit la propriété de Lady Zalaire, dans le quartier de Pendron. Alors qu'elle suivait le chemin sinueux menant au manoir bâti en haut d'une colline, elle eut l'impression d'être un brasier cherchant de quoi se consumer, sentant une faim qui ne cessait de croitre.

Même vêtue de la plus belle robe de soirée de sa mère, elle ne pouvait être à la hauteur des tenues raffinées des autres convives. Tous portaient de ravissantes toilettes Empire blanc et or, de longs jupons ornés de pierres précieuses ou d'élégantes vestes taillées sur mesure – et la plupart étaient arrivés en calèche enchantée. Mikira dut fournir un gros effort pour ignorer les regards réprobateurs et la moue méprisante des lords et ladies qu'elle croisait.

Étant à la tête d'une des huit maisons mineures de la noblesse, Lady Zalaire avait l'honneur d'organiser chez elle un des bals de présentation de l'Illinir, aussi le manoir avait-il été décoré pour épater la galerie. La musique enlevée de deux pianos emplissait une cour pavée illuminée par des lampes enchantées, et des tables hautes parées de guirlandes de cristal formaient un cercle autour d'une fontaine à l'effigie d'Aslir, en l'honneur de la maison Kelbra, dont la maison Zalaire était vassale.

Mikira se glissa dans la file d'attente qui franchissait lentement le contrôle de sécurité, mais lorsqu'elle arriva à la grille en fer forgé, un garde à la peau pâle et à l'épaisse barbe blonde lui barra le chemin. Il contempla sa robe de haut en bas, son ourlet effiloché et son étoffe mitée, s'attarda sur sa poitrine et ses hanches d'une façon qui donna envie à Mikira de lui casser le nez.

– Tu ne peux pas entrer fagotée comme ça.

– C'est une plaisanterie ? dit-elle en s'avançant vers lui. Le but de ces soirées, c'est de permettre aux candidats qui n'ont pas les moyens de s'inscrire à l'Illinir de trouver un sponsor. Si je n'ai pas assez d'argent pour ça, tu crois vraiment que je peux me payer une belle robe ?

– Je n'ai peut-être pas été assez clair : cette fête n'est pas pour les souillons. Va-t'en. Tout de suite.

Mikira ne bougea pas.

– Ma famille élève la lignée la plus respectée de chevaux enchantés dans tout l'Enderlain, et tu me dis que je n'ai pas ma place à cette fête ?

– La lignée Rusel ? Ce haras n'appartient pas à la maison Kelbra, maintenant ?

Lorsqu'il esquissa un sourire, elle comprit : il avait reçu pour instruction de ne pas la laisser entrer. De toute évidence, Rezek n'allait pas lui faciliter la tâche.

L'homme la chassa d'un petit geste.

– Rentre chez toi, gamine. Tu…

Le poing de Mikira percuta la mâchoire du garde. Une vive douleur irradia dans ses doigts tandis que des exclamations stupéfaites retentissaient dans la foule, qui s'était vite amassée derrière elle.

L'homme recula d'un pas vacillant et se tint le visage.

– Sale garce !

Son équipier saisit Mikira par le poignet. Elle lui expédia son soulier dans le ventre en poussant un grondement rageur, et il trébucha sur la jambe de quelqu'un. D'autres gardes accoururent pour empêcher Mikira de s'échapper. Les conseils de Lochlyn lui revinrent en mémoire : « Tu es rapide, sers-t'en. Reste toujours en mouvement. » Mais leurs entrainements dans le jardin avaient eu pour but de lui apprendre à se défendre contre les malotrus, pas contre des gardes armés.

– Y a-t-il un problème, ici ? demanda froidement quelqu'un.

L'assemblée s'écarta pour laisser passer deux jeunes gens. L'un d'eux, de taille moyenne, avait la peau brune et des cheveux foncés bouclés, rasés sur les côtés. Une chevalière de maison noble noir et argent étincelait à sa main. L'autre était grand, pâle, aux cheveux très noirs, et aux yeux si bleus que l'espace d'un instant Mikira crut voir Rezek. Puis elle décela l'air renfrogné gravé sur ses traits carnassiers et ses boucles d'oreilles, et elle manqua de rire de l'avoir pris pour un élégant aristocrate.

– Lord Adair, dit le garde blond, en s'inclinant devant le plus petit des deux. Il n'y a aucun problème. Nous avons la situation en main.

Et merde. Mikira grogna. Croiser le chemin d'un Adair ne valait pas beaucoup mieux que tomber sur un Kelbra. Les Adair n'étaient peut-être qu'une famille mineure, à l'instar des Zalaire, mais Mikira mettait un point d'honneur à éviter quiconque pouvait la faire exécuter d'un claquement de doigts.

Lord Adair balaya les environs de son regard gris.

– Cette dame est une de mes amies, déclara-t-il, à la grande surprise de Mikira. Excusez-vous de l'avoir traitée ainsi.

Le garde se raidit, et Lord Adair pencha la tête de côté.

– Quel est votre nom ? s'enquit-il.

– Warin Eedren, Votre Seigneurie, bredouilla l'homme.

– Mr. Eedren.

Lord Adair prononça ce nom comme pour en évaluer la faiblesse.

– Obéissez-moi, et je ne vous casserai rien de trop gênant.

Warin se courba promptement.

– Je m'excuse.

Dès qu'il se fut redressé, Lord Adair s'approcha de lui, lui saisit le poignet, et lui tordit violemment un doigt. Tout dans ce geste sembla aussi anodin qu'une simple poignée de main. Warin ravala un cri de douleur, et Lord Adair le relâcha. Derrière eux, des murmures de la foule accompagnèrent Mikira tandis qu'elle pénétrait dans la cour, Lord Adair et son ami sur les talons.

À peine se furent-ils mêlés à la masse grouillante des invités que Mikira fit volte-face, presque tremblante de colère. Warin était sans doute méprisable, mais elle n'approuvait pas pour autant les méthodes d'Adair. Par cet acte, il risquait de lui attirer les foudres de Lady Zalaire et, par extension, celles de Rezek.

– Sans vouloir paraitre ingrate, qu'est-ce qui vous a pris ? s'enquit-elle.

– C'est drôle, ça me parait quand même ingrat, rétorqua l'homme aux yeux bleus, l'air encore plus renfrogné.

Tout de noir vêtu, depuis son gilet de soie jusqu'à l'élégante veste qui épousait parfaitement sa silhouette élancée, on aurait pu le croire né d'une ombre revêche. Les anneaux et les clous dans ses oreilles offraient un contraste saisissant avec la coupe soignée de son habit, et ses cheveux noirs étaient aussi désordonnés qu'un nid de corbeau. Des traits d'encre s'étiraient sur son cou.

– Vous êtes qui, vous ? Son ombre ? demanda-t-elle.

Il la foudroya du regard, mais Lord Adair eut un petit rire, qui pourtant la mit davantage à cran. Quand Rezek riait, c'était toujours à une plaisanterie connue de lui seul, après laquelle, très vite, les choses se corsaient.

– Je vous présente mon ami Reid, dit Lord Adair. Vous pouvez m'appeler Damien. Vous êtes Mikira Rusel, n'est-ce pas ?

– Oui, répondit-elle d'un ton hésitant.

Damien pencha la tête.

– J'ai entendu parler de votre famille. Ces gardes avaient reçu l'ordre de ne pas vous laisser entrer.

La nervosité de Mikira s'accrut encore.

– Et pourtant, vous êtes intervenu.

Un discret sourire se dessina au coin de ses lèvres.

– Eh bien, là où Rezek Kelbra porte son intérêt, je porte le mien, ne serait-ce que pour lui mettre des bâtons dans les roues.

Oh, par les enfers ! Elle voulait à tout prix éviter d'être un pantin dans un affrontement entre deux lords.

Alors qu'elle commençait à s'éloigner, Damien déclara :

– Je suis content d'avoir croisé votre chemin, à vrai dire. J'avais hâte de vous rencontrer.

– Merci pour votre aide, répondit Mikira. Mais j'ai à faire. Je vous souhaite une bonne soirée.

Elle s'éclipsa dans la cour, en espérant qu'il ne la suivrait pas, et s'immobilisa à l'entrée de la salle de bal. Elle eut l'impression de pénétrer dans un autre monde, épargné par la hausse des prix du blé et les recruteurs militaires qui pistaient les réfugiés aux abois. Les portes-fenêtres ouvraient sur des sols en marbre aux veines dorées, des domestiques zigzaguaient entre les convives, chargés de plateaux de viande servie sur des tranches d'un pain foncé très dense que les gens comme elle ne pouvaient plus s'acheter. Un tandem de pianos enchantés se dressait devant une assemblée massée face au clou de la fête : une automobile Ruby One importée du Vyna. C'était la première fois qu'elle en voyait une en vrai.

Le moindre élément de cet évènement avait pour but d'étaler la richesse des Zalaire, et pareil gaspillage la mettait au supplice. C'était là le genre de personnes qu'elle allait devoir convaincre de la sponsoriser. Avec un peu de chance, elle trouverait quelqu'un qui n'appartiendrait pas à une maison noble. Quelqu'un qui n'aurait aucun lien avec les Kelbra et serait prêt à prendre des risques pour une cavalière inconnue.

Le nom de son père avait peut-être encore du cachet pour ces gens, qui seraient ravis de rattacher son prestige au leur, goutte supplémentaire dans leur puits de pouvoir.

Mais la chance n'avait jamais été de son côté.

Une heure plus tard, Mikira avait fait fuir six sponsors potentiels. À sa décharge, deux femmes s'étaient enquises de son père « séduisant et solitaire », et elle était quasi certaine que l'une d'elles au moins n'avait cherché qu'à obtenir un autographe de Keirian, mais tous avaient pris leurs jambes à leur cou dès qu'elle avait évoqué un éventuel soutien financier. Tous étaient bien heureux de prendre à sa famille ce dont ils avaient envie – tant qu'ils n'avaient rien à rendre en échange.

Elle fit en vitesse son laïus à une nouvelle cible, Lady Kiora, une Iziri à la peau brune et aux yeux ocre au service de la maison Ruthar. Contrairement aux maisons Kelbra, Dramara et Vanadahl, c'était la seule maison majeure qui ne soutenait pas l'effort de guerre, et l'animosité qu'on leur connaissait à l'égard des Kelbra emplissait Mikira d'espoir.

– Et c'est là que nous avons dû vendre le poulain de cette lignée – non, pardon, la pouliche.

À quel moment s'était-elle lancée dans ces explications ?

– Et ensuite…

Lady Kiora releva le menton, et Mikira se tut aussitôt.

– Que je vous comprenne bien, dit l'aristocrate d'une voix discrète, à l'accent marqué. Vous voulez que je vous sponsorise pour concourir dans la compétition la plus difficile du royaume avec une monture ordinaire, qu'il me reviendra de vous procurer, alors que vous n'avez jamais participé à une course ?

Mikira grimaça. Exposé de la sorte, ce n'était pas engageant. Mikira était une des meilleures cavalières clandestines de la ville, mais cette femme ne devait pas l'apprendre.

– Je connais les chevaux, insista-t-elle. Mieux que personne. Je suis capable de remporter cette course.

Lady Kiora pinça ses lèvres parées de rose.

– Ce n'est pas parce que vous connaissez les chevaux que vous vous y connaissez en courses, même si vous êtes la fille de Keirian. Je ne peux rien pour vous. Bonsoir.

Elle disparut dans l'assemblée, et Mikira se retrouva à contempler d'un regard mélancolique un océan de robes aux broderies délicates et de gilets colorés. Ces gens n'étaient pas du même monde qu'elle. Combien d'entre eux avaient-ils payé les droits d'exemption pour échapper à la conscription ? Combien savaient ce que c'était de se voir brusquement privé de son avenir ?

Mikira se mit en travers du chemin d'un homme aux cheveux gris en qui elle reconnut un ancien client de son père.

– Mr. Fellington. Je m'appelle Mikira Rusel, et je cherche un sponsor pour…

– Je suis navré, mademoiselle, mais je sponsorise déjà un cavalier pour la course de cette année. La prochaine fois, peut-être.

Il fit un pas de côté, mais Mikira l'attrapa par le bras.

– On a annoncé les sponsorisations déjà conclues, déclara-t-elle. Votre nom n'a pas été cité.

Le visage rougeaud de Mr. Fellington pâlit.

– Lâchez-moi. C'est tout à fait inconvenant !

Sa voix s'érailla, et devant l'éclat de peur qu'elle perçut dans son regard, elle perdit toute retenue.

– Ce n'est pas du tout à cause de mon manque d'expérience ou de mon cheval, en fait ! s'exclama-t-elle, en affermissant sa prise. C'est à cause des Kelbra, n'est-ce pas ?

Mr. Fellington se dégagea d'un geste brusque.

– J'ignore de quoi vous parlez, et votre hostilité…

Mikira gronda, et il tressaillit. Puis, comme s'il se rappelait soudain son statut, il se redressa et pointa un doigt menaçant.

– Je ne tolèrerai pas qu'une gamine s'adresse à moi de la sorte.

Il tourna les talons et s'éloigna d'un pas rapide.

Mikira le regarda partir, sa colère s'écoulant dans ses veines tel de l'acier en fusion. Puis elle émergea de la foule, fonçant tout droit vers deux gardes des Zalaire.

– Merde !

Elle se précipita dans un renfoncement voisin, se plaqua contre une des larges colonnes, et s'enfouit le visage dans les mains.

Elle aurait voulu hurler.

Mais oui, vas-y, c'est sûr que ça incitera quelqu'un à te sponsoriser. Tout le monde te prend déjà pour une moins que rien, alors si en plus tu te mets à brailler…

Quelle solution avait-elle ? Rezek avait dressé tous les convives contre elle, et elle était à deux doigts de se faire chasser du bal.

À cet instant, Damien Adair apparut dans le renfoncement, suivi de près par Reid.

– Il se peut, Miss Rusel, que je sois en mesure de vous aider, dit le premier.

– Pardon ? Pourquoi ?

– Toujours aussi peu reconnaissante, commenta Reid, s'attirant une moue hostile.

Le regard du jeune homme s'attarda sur elle, avant qu'il l'en détache au prix d'un grand effort, comme s'il s'arrachait à un problème inattendu.

– Ma famille cherche un jockey à sponsoriser, expliqua Damien d'un ton posé. Si vous n'êtes pas intéressée…

Il se détourna.

– Attendez ! s'exclama Mikira, en se précipitant vers l'avant. Je n'ai pas le droit de monter un cheval enchanté. J'ai conclu un marché avec Rezek.

– Je sais.

Ayant décelé sa stupéfaction, il ajouta :

– Les manigances des Kelbra n'ont pas de secret pour moi, et j'ai une solution.

Mikira se contenta de le fixer du regard. Même les meilleurs enchanteurs ne pouvaient dissimuler les paillettes dorées qui apparaissaient dans les yeux des animaux envoûtés. Si la solution de Damien résidait dans un sortilège, Rezek découvrirait au premier coup d'œil qu'elle avait triché.

– Comment ? demanda-t-elle.

Damien lissa ses manchettes déjà impeccables.

– Vous n'avez pas besoin de le savoir. L'important, c'est que vous puissiez concourir, et que vous soyez en mesure de l'emporter.

Un sentiment dangereusement proche de l'espoir envahit Mikira. Cette soirée n'était qu'une quête vaine – elle avait conscience que, même si elle trouvait un sponsor, elle n'avait aucune chance de remporter la compétition. Mais voilà que Damien lui promettait non seulement d'accéder à l'Illinir, mais aussi la possibilité de la gagner.

– Qu'en sera-t-il de la récompense et de la gratification royale ?

Parfois, le jockey et son sponsor se les partageaient, mais souvent les sponsors gardaient l'une ou l'autre. Le dernier vainqueur de l'Illinir avait utilisé la gratification pour faire libérer de prison son cousin, et sa part de la récompense pour commencer une nouvelle vie à l'étranger.

– Je vous céderai l'intégralité de la récompense. Mais si vous gagnez, la gratification royale me revient.

C'était un marché équitable. Mikira devait gagner pour protéger sa famille, mais elle avait aussi besoin de l'argent. Renoncer à la gratification était un sacrifice acceptable en échange de ce que lui proposait Damien. Toutefois, si son père apprenait qu'elle envisageait une alliance avec une maison noble, même mineure, il ne le lui pardonnerait pas. Les quatre grandes maisons et le roi chargeaient le Conseil des Lords de proclamer les décrets, qu'il s'agisse de la conscription ou des augmentations des impôts fonciers qui accablaient les gens comme eux, mais c'étaient les maisons mineures qui les exécutaient.

Damien lui fit un sourire espiègle.

– Si ça peut vous aider à vous décider, ce que j'ai l'intention d'en faire n'aura rien d'agréable pour Rezek. J'ai pensé que cette perspective pourrait vous plaire.

Elle avait entendu parler de la rivalité qui opposait la maison Adair et la maison Kelbra, mais elle n'en savait pas beaucoup plus. Ça n'avait pas d'importance. Tout comme il importait peu que, comme elle en avait la certitude, Damien se serve d'elle d'une façon ou d'une autre. Elle n'avait pas le choix.

– J'accepte, déclara-t-elle, en espérant de tout son cœur qu'elle ne le regretterait pas.

Reid eut un sourire satisfait qui la hérissa.

Damien, à l'inverse, se contenta d'incliner la tête, et s'en alla avec son ami tandis que les deux gardes arrivaient. Elle les suivit dehors.

L'air frais du soir la vivifia. Elle s'attendait à se sentir soulagée, mais la tension en elle ne fit que s'accroitre. Les dés étaient jetés. Elle allait participer à l'Illinir, et si par miracle elle n'y laissait pas sa peau, encore lui fallait-il gagner.

3
ARIELLE

Un monstre a rarement l'air d'un monstre.

C'était du moins ce que le grand-père d'Arielle lui répétait autrefois. Son Saba lui avait expliqué que les monstres revêtaient toutes sortes de formes, et que le secret consistait à ne pas se fier à leur apparence, car ils pouvaient ressembler à n'importe qui.

Enfant, Ari avait donc cherché à déceler des monstres dans les visages, les minces sourires et les chuchotements hâtifs qu'on adressait à sa famille.

Jamais elle n'avait imaginé qu'un jour ce serait elle qui les créerait.

Baignée par la lueur de sa lampe enchantée et l'odeur de seigle du diner de la veille, Ari travaillait un morceau d'argile tendre sur son établi usé, le pétrissait pour y intégrer le rubis broyé et la tige de vérillion nécessaires à l'enchantement céleste. Elle façonnait la deuxième oreille du chien golem que lui avait commandé Lady Belda. Pour l'heure, l'animal de terre se tenait immobile à côté d'elle, simple coquille vide attendant qu'on lui insuffle la vie.

Parfois, Ari ne se sentait guère différente d'une coquille vide elle-même. À chaque heure qu'elle passait à pétrir, mouler et modeler – et chaque fois que la faim la tiraillait –, la vie lui semblait toujours plus lointaine, tel un rêve s'effaçant devant la lumière matinale.

Elle fit une marque pour la base de l'oreille et une autre sur un point de la tête du golem, avant d'y poser l'argile et de s'écarter pour examiner son travail. L'oreille était légèrement de travers, mais Lady Belda allait arriver d'un instant à l'autre.

– Ça ira comme ça, grommela-t-elle.

Tant qu'on la payait, elle se moquait bien que le chien ait les oreilles sur l'arrière-train. Tout ce qui comptait, c'était qu'elle puisse envoyer ses gains à ses proches, à Aversheen, et garder de quoi subvenir à ses propres besoins, chose chaque jour plus difficile, l'effort de guerre engloutissant de plus en plus de ressources.

Ari marmonna un sortilège de lien, afin d'imprégner la poudre de rubis de la magie du vérillion et de l'adjoindre à l'argile, façonnant par sa volonté le charme comportemental d'agressivité. Puis elle saisit vivement une pierre de vérité sur son établi, le caillou sacré frais dans sa paume. On l'avait ramassé sur une terre bénie des Sages – une rareté dans l'Enderlain –, et gravé du mot kinien signifiant « vérité ». C'était aussi son dernier.

Je m'en inquiéterai demain. Pour l'instant, il fallait seulement qu'elle finisse ce chien.

Ari enfonça le caillou dans le front du golem, avant de lisser la glaise. Après avoir pris une profonde inspiration, elle s'empara du lourd livre noir ouvert sur son plan de travail. Un frisson la parcourait chaque fois qu'elle le manipulait, comme si des doigts froids lui passaient sur la nuque. Le cuir usé de la reliure était doux et souple, le dos nervuré de petites perles nacrées, et en son centre était sertie une petite pierre d'un vert de jade pailleté de rouge.

C'était là un livre interdit. Un ouvrage qu'Ari aurait préféré n'avoir jamais touché. Depuis, sa vie n'était que douleur et souffrance.

Menteuse, susurra une voix familière dans sa tête. *Il t'a apporté le pouvoir*.

Un pouvoir capable de faire murmurer et respirer les ombres. De faire naitre une étincelle vitale dans l'argile froide et l'arracher dans des hurlements à la chair chaude. Un pouvoir qui… *Non !* Ari faillit refermer brusquement le grimoire, mais elle en avait besoin. Elle remisa au fond de son esprit les souvenirs qu'il menaçait de réveiller et alla à une page marquée d'un signet.

Marchant dans le sens inverse des aiguilles d'une montre autour du golem, du mieux qu'elle le pouvait dans l'espace confiné, elle récita le sortilège, prononçant avec le plus grand soin chaque mot d'ancien kinien, tout en se focalisant sur son objectif. C'était un exercice mental qui repoussait les limites de sa concentration, exigeait d'elle qu'elle canalise sa volonté dans l'enchantement sans trébucher sur la moindre syllabe.

Le pouvoir l'emplit telle la marée montante, phénomène des plus grisants. La magie déferla entre ses lèvres comme une langue de feu froid, et s'écoula vers les pierres dans la tête du golem. Alors qu'elle approchait de la fin de l'incantation, sa voix gagna en volume, la force enchantée se déversant de plus en plus vite, puis de la lumière jaillit du front de l'animal, aussi éclatante et immaculée que la neige fraichement tombée. Elle se répandit en ondes sur le corps du chien, transformant l'argile en muscles, os et pelage.

Dans un dernier souffle, Ari acheva le sortilège, les ultimes volutes de magie s'échappant d'elle à toute vitesse, lui laissant une douce chaleur et des fourmillements agréables. La clarté s'atténua, révélant un gros chien qui respirait fort, pourvu d'un épais poil noir et d'énormes canines. Il contemplait Ari de ses yeux foncés, les muscles ramassés et les oreilles agitées de soubresauts, comme s'il ignorait quoi faire de ce surgissement dans la vie.

– Je sais ce que tu ressens, va, marmonna Ari, en posant le grimoire sur son établi.

Les doigts sur le cuir souple, elle eut un instant d'hésitation. Un bourdonnement grave s'éleva dans les confins de son esprit.

Chaque fois qu'elle reposait le livre, elle avait l'impression de se séparer d'une part d'elle-même. Si elle avait pu choisir, elle aurait abandonné cet ouvrage dans l'atelier de son Saba. Elle avait essayé, d'ailleurs. Pourtant, il était réapparu dans sa sacoche avant même qu'elle ait quitté le bourg. Elle l'avait donc jeté dans le Greystel lorsqu'elle avait atteint Veradell, avant de le retrouver une fois de plus, sec et intact, dans son sac. C'était là un sortilège tel qu'elle n'en avait jamais vu, une magie d'un temps disparu.

On donna de grands coups à la porte. Ari sursauta et se cogna la tête contre la corbeille suspendue où elle entreposait ses tiges de vérillion séchées. Le chien se précipita aussitôt entre elle et le battant de l'entrée, en poussant un grognement sourd.

– Arielle ? appela la voix aigüe de Lady Belda. Arielle, ouvrez.

Ari se rembrunit. Voilà pourquoi ses fenêtres étaient calfeutrées par d'épais rideaux. Si Lady Belda était arrivée plus tôt et l'avait vue façonner un animal avec de l'argile, elle aurait signé son arrêt de mort. Cette femme n'aurait peut-être pas su qu'elle se trouvait en présence d'un golem, mais elle aurait compris que la magie d'Ari n'était pas enderlienne, et même si à Veradell nombreux étaient ceux qui fermaient les yeux sur ses activités illicites en échange d'enchantements bon marché, nul ne lui aurait passé sa pratique de la magie kinienne. Celle-ci était illégale bien avant que le gouvernement de l'Enderlain ait rendu obligatoire l'inscription au registre des enchanteurs.

Peu importait que ces deux magies aient pour socle les mêmes pouvoirs : les enchanteurs enderliens recouraient à la leur pour ensorceler objets et animaux – ils n'insufflaient pas la vie à l'argile, et cette simple distinction faisait la différence entre la légalité et le bucher.

– Tout doux, dit Ari en kinien.

Lady Belda martela de nouveau la porte, et Ari alla lui ouvrir. Dehors, les premiers rayons du soleil filtraient à travers le brouillard et une fumée qui émanait du haut-fourneau plus loin dans la rue. Ari fronça les narines en sentant l'odeur de charbon et d'eau de mer – due au Greystel voisin, qui barrait la ville telle une vilaine cicatrice avant de se jeter dans la mer Eban – et leva la main pour se protéger de l'éblouissante clarté.

Une femme d'une extrême pâleur, tout en maquillage et fourrures, se tenait sur le seuil, lèvres pincées et sourcils froncés. Elle portait un manteau en renard par-dessus une chemise de soie noire rentrée dans un pantalon aux coutures très travaillées. La bague sigillaire à son index droit reflétait la lumière matinale – c'était un anneau d'argent paré de diamants roses formant un soleil.

Les deux gardes du corps derrière elle n'étaient pas plus engageants. Vêtus en costume trois-pièces, la main posée sur leurs revolvers glissés dans des étuis, ils scrutaient les environs comme s'ils craignaient qu'un voisin d'Ari les détrousse.

Lady Belda examina Ari avec une moue dédaigneuse, et la jeune femme sentit une honte familière lui échauffer le cou. Elle savait ce que voyait la noble : une peau brune croutée d'argile et de sueur, ses longues mèches bouclées en bataille sous son foulard, et derrière elle, une pièce en désordre au papier peint lépreux, ses recoins encombrés de fagots d'herbes séchées, de pièces détachées de machines récupérées çà et là dans l'espoir de les revendre. Sur un petit plan de travail se trouvaient les restes de son dernier pain hallah et les conserves de soupe vides qu'elle devait encore rapporter à la consigne pour toucher quelques pièces.

C'était là tout ce qu'elle possédait.

L'aristocrate leva le menton.

– Où est mon animal ?

Résistant à l'envie puissante d'ordonner au golem d'uriner sur les jolies chaussures de l'élégante dame, Ari s'écarta pour lui donner un premier aperçu du chien.

– Ensorcelé pour être agressif et obéissant, annonça-t-elle, bien que le second élément ne fût pas entièrement vrai.

Tous les golems étaient obéissants par nature, mais Lady Belda croyait qu'on lui livrait un chien enchanté, pas une sculpture d'argile douée de vie.

Elle sortit une feuille de sa poche de tablier et la tendit à la femme.

– Voici la liste des ordres.

Lady Belda lui prit le papier en faisant très attention à ne pas toucher ses doigts couverts de glaise. Elle examina la liste, et réussit à se renfrogner davantage.

– Qu'est-ce que c'est que ce charabia ?

– Du kinien.

Les sourcils de la femme se froncèrent de plus belle.

– Vous êtes idiote, jeune fille ? Je ne parle pas le kinien. Fournissez-moi les instructions en enderlien.

– Il n'obéit qu'au kinien.

Ari le lui avait déjà expliqué, avant d'accepter sa commande. Par deux fois. Parmi les millions d'habitants que comptait l'Enderlain, pourquoi ses clients étaient-ils toujours les plus agaçants ?

– Comment voulez-vous que je donne des ordres à une bête dans une langue que je ne maitrise pas ? fulmina Lady Belda.

Ari prit une profonde inspiration.

– En l'apprenant.

La mine contrariée de Lady Belda indiqua clairement ce qu'elle en pensait.

– Vous n'avez pas pu réaliser l'enchantement céleste que je voulais, et maintenant il faut que j'apprenne cette langue ridicule ? J'aurais dû me douter dès le début que vous alliez tenter de me flouer avec un travail médiocre.

Ari tressaillit. Elle acceptait rarement des requêtes pour des sortilèges célestes, qui nécessitaient de plus grandes quantités de vérillion, et parce que la poudre de diamant requise lui était inabordable. En outre, la complexité de leur nature inexacte ne lui facilitait pas la tâche. Enchanter un animal afin qu'il ne se perde jamais ou qu'il détecte les mensonges, pratiques qui confinaient à l'occulte, exigeait une formation qu'elle ne possédait pas.

La majorité de son livre de sorts était rédigée en vieux kinien, et la plupart des locuteurs de cette langue ancienne avaient disparu quand la magie des Hérétiques avait submergé le Kinahara lors du Cataclysme survenu plus d'un siècle auparavant. Elle n'avait accès qu'aux quelques pages du début que son Saba lui avait traduites, et celles-ci suffisaient à peine à accomplir les enchantements rudimentaires.

Lady Belda fit signe à un garde d'approcher, et celui-ci déposa une petite bourse dans la main de sa maitresse. Elle en sortit plusieurs marks d'argent, dont chaque face était gravée des armoiries royales, constituées des symboles des quatre maisons majeures : la tête de lion des Kelbra, la paire de cornes incurvées de la maison Ruthar, les deux ailes des Vanadahl, et, pour la maison Dramara, un serpent qui se mordait la queue. Un grand Z argenté représentant la famille royale figurait au milieu.

– À travail incomplet, règlement incomplet, déclara Lady Belda.

Les yeux d'Ari se plissèrent, et la noble haussa les sourcils très haut.

– Ça vous pose un problème, petite ?

Les clients d'Ari s'adressaient à elle pour une raison précise : ses animaux n'avaient pas dans les yeux les paillettes d'or caractéristiques des enchantés. Ils ne reconnaissaient pas en eux des golems, trop heureux d'en tirer profit sans poser de question. Pour cette raison, on s'arrachait ses services, mais au bout du compte, elle ne détenait pas de permis, et Lady Belda le savait.

Les rares personnes nées avec un don magique étaient retirées à leur famille dès qu'on découvrait leurs pouvoirs, et on les envoyait à l'école royale d'enchanteurs, mais pour une raison qu'elle ignorait, ses parents avaient gardé le secret sur ses aptitudes. Leurs mises en garde lui revinrent en mémoire tel un refrain omniprésent. *Reste silencieuse. Sois prudente. Ne te dévoile pas à eux.*

– Aucun, répondit-elle, avec une pointe d'agacement.

– Aucun, madame la comtesse, la reprit Lady Belda.

Ari crispa sa mâchoire. Quelque chose s'éveilla en elle. Un sentiment dur, froid, qui lui était inconnu.

Lady Belda éloigna sa main. Ari s'avança pour récupérer son dû, déglutissant pour repousser le refus qui lui encombrait la gorge.

– Aucun, madame la comtesse.

La femme eut un sourire satisfait.

– Ce n'était pas la mer à boire, n'est-ce pas ? Souviens-t'en la prochaine fois que tu tenteras d'escroquer ceux qui te sont supérieurs.

Elle jeta la bourse aux pieds d'Ari ; des pièces s'en échappèrent et se dispersèrent dans la saleté. Ari ne bougea pas, même si son instinct l'incitait à vite les récupérer pour ne pas en perdre une seule.

Lady Belda considéra la liste. Ses lèvres se tordirent comme si elle croquait dans une rondelle de citron, avant de massacrer le mot kinien signifiant « viens ». Malgré tout, le golem la suivit jusqu'à sa calèche enchantée. Les gardes prirent place sur la banquette extérieure, et la voiture se mit en route d'elle-même.

Dès qu'ils eurent passé l'angle de la rue, Ari se précipita à genoux et ramassa les pièces. Les pressant contre son ventre, elle battit en retraite à l'intérieur et claqua la porte d'une poussée du pied, du feu coulant dans ses veines.

Ça aurait pu être pire.

Après que le Cataclysme déclenché par la magie des Hérétiques avait rendu le Kinahara inhabitable, des milliers de Kiniens s'étaient réfugiés en Enderlain, mais après plus d'un siècle de cohabitation, on continuait à les rejeter. On l'avait insultée et ridiculisée, des commerçants soupçonneux l'avaient chassée de leur boutique, d'autres lui en avaient interdit l'accès. En comparaison, l'attitude de Lady Belda était une broutille.

Grommelant un chapelet de jurons kiniens, Ari déposa les pièces sur son établi et les compta. Dix marks d'argent, et cinquante de cuivre. Un tiers du prix convenu. Elle porta alors un regard las sur sa hallah rassie. Avec le prix du vérillion qui s'envolait à mesure que la situation militaire s'aggravait, on en trouvait de moins en moins au marché noir, et sans permis, elle ne pouvait en acheter dans les établissements légaux. Le peu qui finissait dans les circuits clandestins lui serait inabordable, d'autant plus quand les marchands augmentaient leurs tarifs rien que pour elle.

Elle poussa les pièces dans une bourse contenant déjà des paiements pour deux golems qu'elle avait conçus récemment. Un chien de chasse ensorcelé pour la vitesse, et un faucon à l'acuité visuelle accrue.

Ce n'était pas suffisant.

Chaque mois, elle envoyait de l'argent chez elle, à Aversheen, sur le littoral de l'Enderlain, et chaque mois, elle ne recevait aucune réponse. Jamais une lettre pour la remercier. Pas un mot pour s'enquérir de sa santé. Rien.

Elle n'en attendait pas plus. Elle ne *méritait* rien de plus.

Pas après ce qu'elle avait fait.

Un monstre a rarement l'air d'un monstre.

La première fois que son Saba le lui avait dit, elle lui avait demandé si c'était pour cette raison que leurs voisins kiniens au visage aimable les regardaient toujours d'un air si étrange.

– Ils ne nous aiment pas parce que nous sommes des monstres ?

– Non, Ari, lui avait-il répondu avec sa patience habituelle. Ils ne nous comprennent pas, c'est pour ça qu'ils nous craignent, et c'est la peur qui crée les monstres.

Ari n'avait pas su de quelle peur il parlait. Comment pouvait-on être effrayé par sa douce mère et son gentil père ? Comment pouvait-on regarder le visage ratatiné de son Saba et en avoir peur ? Ses parents n'étaient pas des croyants fervents, Ari et sa sœur ne connaissaient pas grand-chose des coutumes et des pratiques religieuses des habitants de leur ville, mais ils n'en étaient pas moins kiniens. C'était pour une raison autre que leur vie recluse qu'on les jugeait différents. Une raison qui lui avait valu des mises en garde chuchotées dans l'obscurité.

« N'attire pas l'attention. Ne leur donne aucun motif pour te craindre. »

Ce fut plus âgée qu'elle comprit enfin que ce n'était pas de sa famille dont on avait peur – c'était d'elle. Sa sœur cadette s'était toujours insurgée contre les règles de leurs parents, mais Ari, elle, les avait entièrement intégrées. Pendant dix-huit ans, elle avait été une fille modèle. Soigneuse. Calme. Posée. Pourtant, on l'avait quand même regardée comme si elle était un *shed* caché dans la peau d'une enfant.

Un démon.

Son Saba avait retiré une fine chaine qu'il portait au cou, au bout de laquelle pendait un croc de lion en or, et l'avait attachée à celui d'Ari.

– Promets-moi de ne jamais laisser la peur te contrôler. Promets-moi que tu seras sans peur, *ahuvati*.

« Ma chérie », l'avait-il appelée, et elle avait promis, le croc serré dans ses petits doigts.

Lui aurait-il encore donné ce nom affectueux, s'il l'avait vue exploiter la magie des siens au service de ceux qui avaient autrefois essayé de la détruire ? Aurait-il vu en elle la petite-fille intrépide qu'il avait tenue sur ses genoux devant la cheminée, lui racontant des histoires jusque tard le soir, ou la jeune femme qu'elle était devenue ? Celle qui n'avait pas tenu d'innombrables promesses, et dont le cœur s'était empli de peur, malgré ses efforts pour la maitriser.

Ce monstre qui créait des monstres.

On frappa à sa porte. Une grande fatigue s'empara d'elle à la perspective d'avoir affaire à un autre client, ou pis, à Lady Belda qui serait revenue se plaindre de son chien à l'oreille de travers. Ari avait des chutes d'argile à nettoyer, un établi à essuyer, et elle n'avait rien avalé de la nuit. Elle avait mal au dos et sentait poindre une migraine, mais la légèreté de la bourse dans sa main la convainquit d'aller répondre.

À peine eut-elle tourné la poignée que le battant s'ouvrit brusquement et la projeta à terre. Une vive douleur lui foudroya le dos, mais elle se releva en vitesse tandis que deux Enderliens à la peau pâle s'introduisaient chez elle. L'un d'eux la saisit par son tablier et la poussa sans ménagement contre un tonneau. Sa tête heurta le bois.

– Ne bouge pas, ordonna-t-il d'un ton hargneux.

Des bruits de pas rapides précédèrent le fracas des bris de céramique et des poteries suspendues qu'on arrachait du plafond.

Ari roula doucement sur le flanc et cligna des yeux pour chasser l'obscurité qui envahissait sa vision : les deux hommes fouillaient son atelier de fond en comble et renversaient tout à grands gestes nerveux. Ses doigts se replièrent sur du vide, et son cœur s'affola.

La bourse – elle l'avait lâchée !

Elle se traina à quatre pattes jusqu'à ce qu'elle la repère, juste à côté d'une caisse. Alors qu'elle allait l'atteindre, un homme la saisit par le col de sa robe et l'expédia sur le dos. Elle hurla, griffa et donna des coups de pied tandis que son agresseur l'immobilisait d'une main et s'emparait de la bourse avec l'autre.

– C'est tout ce qu'elle a, gronda le voleur à côté de l'établi.

Il montra une chaine fine agrémentée d'un pendentif en forme de croc de lion – le collier de son Saba.

Ari perdit son calme et se cabra contre son assaillant.

– Vous n'avez pas le droit ! cria-t-elle. Laissez ça. Remettez ça où vous l'avez pris. Tout de suite !

Il la plaqua violemment au sol, et elle se cogna la tête contre la terre dure.

– Où est ton argent ?

Elle grogna, le brouillard gagnant du terrain dans son esprit. Le malfrat referma ses doigts calleux autour de sa gorge, son visage assez près d'elle pour qu'elle sente l'âcreté de la fumée de vérillion sur son haleine.

– Tu l'as mis où, gamine ?

– Je n'ai rien d'autre !

– Une enchanteresse qui n'a qu'une bourse de pièces d'argent ? Ne me mens pas.

Il serra plus fort.

– Je ne mens pas, haleta-t-elle, en lui agrippant les doigts.

Il lui asséna une gifle du dos de la main, assez forte pour que sa tête résonne.

Elle perçut un fourmillement dans sa poitrine. Une force incandescente, brutale, qui s'élevait lentement. Cet élan désirait qu'elle frappe, qu'elle inflige la douleur, qu'elle fasse souffrir cet homme autant qu'il la faisait souffrir. Mais elle n'avait pas de golem, aucune arme, plus assez de force dans son corps épuisé. De plus, une part d'elle, plus importante qu'elle voulait bien l'admettre, aurait souhaité que la main du malfrat se resserre sur sa gorge et ne la lâche plus. Qu'il mette un terme à ses erreurs.

Un monstre a rarement l'air d'un monstre.

– Ferme la porte, enjoignit-il à son complice. On va avoir une petite conversation.

4
ARIELLE

Le voleur qui se dressait au-dessus d'elle lui donna un coup de pied dans les côtes.

– Je sais que tu nous caches ton argent, grommela-t-il. Et je sais aussi que tu pratiques ta sorcellerie dans ta boutique. Je me demande ce que l'Anthir en penserait.

– Pour la magie kinienne, c'est le bucher, à ce qu'il parait, déclara son acolyte.

Il s'appuya contre l'établi d'Ari et cura ses ongles jaunes avec un couteau.

– Ils n'arrêtent pas le reste de la famille, aussi ? Pour être certains que le mal ne se propage pas ?

Ari se recroquevilla davantage, les doigts croisés sur la nuque pour protéger sa tête. Elle ne pouvait leur donner ce qu'elle n'avait pas, mais si elle ne leur cédait rien, ils allaient la dénoncer. Peu importait qu'ils n'aient aucune preuve. L'art de la fabrication des golems s'était presque perdu chez les siens, aussi ces imbéciles ne sauraient-ils même pas quoi chercher pour la confondre. Mais elle était une enchanteresse kinienne clandestine, et c'était suffisant.

Elle envisagea brièvement d'implorer l'aide des Messagers, mais à la vérité, elle ignorait comment s'y prendre. Ses parents avaient cessé de fréquenter le temple peu après sa naissance, et ce qu'elle connaissait des prières lui venait du temps passé à observer son Saba. Elle avait toujours admiré la façon dont son corps adoptait la bonne posture, comme un muscle aux mouvements bien rodés. Elle avait tenté de reproduire ses gestes, seule dans son atelier encombré, mais elle avait seulement eu l'impression de se livrer à une piètre imitation, dix-huit ans trop tard. La prière lui paraissait inauthentique. Comme si elle n'en méritait pas le réconfort.

En cet instant, Ari avait la profonde certitude que les dieux l'avaient abandonnée.

– C'est ta dernière chance, ma grande, l'avertit le premier voleur.

Elle se préparait à recevoir de nouveaux coups quand la porte d'entrée s'ouvrit avec fracas.

L'homme adossé à l'établi jura et tendit son couteau vers le jeune homme qui entra. Celui-ci était vêtu en noir de la tête aux pieds, depuis son gilet de soie jusqu'au cuir de ses chaussures. Avec ses traits ciselés encadrés par des boucles brunes, son regard implacable et perçant, il lui fit penser à l'ardente flamme blanche qui brulait dans le fourneau de son Saba – magnifique à regarder, mais trop dangereuse à toucher. Puis elle vit le pistolet qu'il tenait dans sa main.

Le voleur le plus proche d'elle le reconnut.

– Votre Seigneurie…

– Lâche-la, ordonna le jeune homme.

Le malfrat obéit, se redressa et recula vers son complice. D'un mouvement sec de son revolver, le jeune homme indiqua la porte.

– Dégagez, tous les deux.

Ils s'exécutèrent, abandonnant Ari à terre avec un mystérieux inconnu dans son atelier.

Alors qu'elle se relevait, il rengaina son arme.

– Qui êtes-vous ? lui demanda-t-elle d'un ton méfiant.

– Je m'appelle Damien Adair, répondit-il.

Elle se figea. Même si elle vivait à Veradell depuis moins d'un an, elle en connaissait les familles nobles, et la maison Adair plus que toute autre. Elle habitait le quartier de Westmire, qui se trouvait sous leur juridiction, et les gens d'ici aimaient parler, surtout de Damien.

Les commérages à son sujet étaient toujours les mêmes : âgé de vingt ans, benjamin de sa fratrie, il avait mérité tout le respect qu'on lui témoignait. Il avait pour habitude de venir en aide à des malheureux dans le besoin. Certains le qualifiaient de gentleman, d'autres d'érudit, mais tous s'accordaient sur un point : il ne fallait pas contrarier Damien Adair.

Ce qui soulevait la question : que faisait-il là ?

Percluse de douleurs, Ari s'assit à son établi. Des élancements lui martelaient la tête, elle avait mal au dos, et la gorge à vif d'avoir hurlé. Sa main se ferma de nouveau sur son cou, là où aurait dû se trouver le pendentif de son Saba. Elle l'ôtait toujours pour travailler. À présent, ces hommes lui avaient volé le dernier objet qu'elle gardait de lui.

Des coups sourds retentissaient dans son crâne. D'un geste hésitant, elle toucha la blessure à sa tempe, et lorsqu'elle retira ses doigts, ils étaient rouges. La vue du sang ne la dérangeait pas. Elle en avait déjà vu tellement. Au bout du compte, on en revenait toujours au sang.

Elle se munit de son dernier chiffon propre et l'appliqua sur la plaie, tout en observant Damien en silence. Il lui rendit son regard avec un air impassible témoignant d'une parfaite maitrise de soi. Elle éprouva un vif pincement dans la poitrine. Elle aurait tant aimé posséder cette confiance décontractée, ce calme infaillible. Cette assurance aussi grisante que la magie qui affluait en elle lorsqu'elle insufflait la vie dans un golem.

– Qu'est-ce que vous voulez ? s'enquit-elle, d'un ton plus véhément qu'elle en avait eu l'intention.

Mais elle avait été humiliée, brutalisée, et détroussée – plus vite Damien s'expliquerait, plus vite elle pourrait être de nouveau seule.

Il ne parut pas désarçonné.

– Je souhaiterais que vous m'enchantiez un cheval de façon indétectable.

Ari s'arrêta net. Le jeune homme s'étant placé entre elle et la porte, elle ne pouvait pas fuir, et un seul coup d'œil au visage dénué d'émotions du garçon lui laissa croire qu'il n'aurait aucun problème à se saisir rapidement de son revolver. Avait-elle seulement échangé un rançonneur contre un autre ?

Elle éloigna la main de sa blessure et serra plus fort son chiffon ensanglanté.

– Vous faites erreur, répondit-elle avec précaution. Je suis une simple potière.

Du bout du pied, Damien poussa une corbeille renversée de tiges de vérillion.

– Ça n'a pas été facile de vous trouver. J'ai entendu des rumeurs concernant une enchanteresse kinienne dont les créations étaient indécelables, mais vous êtes très prudente. J'ai eu un coup de chance, en fait, quand j'ai remonté la trace de l'une d'elles jusqu'à un magasin d'enchantés de Rathsborne Street.

Ari approcha la main d'un tesson de céramique. Elle savait que les Kelbra rachetaient les dettes d'enchanteurs clandestins au lieu de les condamner à la potence, afin de les contraindre à la servitude. Quelles étaient les intentions de Damien envers elle ? Elle préférait lui trancher la gorge plutôt que de le laisser l'asservir. Avec un éclat tranchant, ce serait un jeu d'enfant, comme enfoncer un couteau de potier dans l'argile tendre. Ça ne prendrait qu'un instant, et… Ari tressaillit.

D'où lui était venue cette idée ? C'était la deuxième fois de la journée qu'une pulsion aussi violente l'assaillait. Mais elle aurait été incapable de tuer quelqu'un de sang-froid.

Vraiment ? lui murmurèrent ses pensées. *Tu l'as déjà fait.*

Ce n'était pas moi. Ari se raccrocha à ces mots.

Damien suivit des yeux le mouvement de sa main, mais il ne l'empêcha pas de saisir le tesson.

– Ma proposition est simple. Enchantez un cheval pour ma cavalière à l'Illinir, et en échange, je vous accorderai tout ce que vous me demanderez.

Lorsqu'il eut terminé, elle se rendit compte qu'il s'était adressé à elle en kinien. La surprise étouffa tout le reste. Une étincelle de curiosité jaillit en elle, mais elle la moucha aussitôt. Cette curiosité était dangereuse.

– Vous êtes kinien ? s'enquit-elle dans la même langue, en portant un nouveau regard sur sa peau mate.

– Dara Adair, répondit-il en s'inclinant.

Quand la destruction du Kinahara avait contraint des milliers de Kiniens à fuir dans les pays voisins, la pratique s'était répandue d'adopter un prénom non kinien pour interagir avec les autochtones, dont les préjugés contre eux étaient très ancrés, à l'époque. Pour quelqu'un comme Damien, qui se trouvait au centre des regards, c'était un moyen de s'intégrer. Mais pour qu'il ait un deuxième prénom kinien, sa famille avait dû rester très proche de ses racines.

– Ma mère était kinienne, lui indiqua-t-il. Mais mon père est originaire du Célair. Comme moi, mon frère et ma sœur portent des prénoms des deux cultures.

Ari lâcha le morceau de céramique.

– Je n'aurais jamais cru que les Enderliens autoriseraient qu'un Kinien accède à la noblesse.

– Ils n'ont rien autorisé du tout. Ma famille s'est servie.

Ari examina le pli impeccable de son costume noir et les boucles bien ordonnées qui tombaient sur son front. Avec les ressources à sa disposition et son influence, il pouvait certes lui offrir beaucoup, mais tout autant la mener à sa perte. S'associer à une maison noble n'était pas une décision à prendre à la légère. Ces puissants jouaient avec les ficelles du pouvoir comme avec une harpe, et d'un simple pincement de corde, Damien pourrait réduire sa vie en ruines.

Un discret sourire se dessina sur les lèvres du jeune homme.

– Dites-moi ce que vous voulez en échange, Arielle Kadar.

L'entendre prononcer son nom aurait dû la mettre à cran, mais elle commençait à comprendre la stratégie du jeune lord, la façon dont il livrait les informations au compte-gouttes et exécutait les pas d'une danse connue de lui seul. Il n'allait pas gâcher le travail acharné qu'il avait fourni pour la trouver. S'il lui avait voulu du mal, il l'aurait obligée à lui enchanter un cheval sous la menace d'un revolver. Pourtant, il lui donnait le choix. Mais qu'est-ce qu'un homme comme Damien Adair pouvait-il désirer au point de lui offrir un pont d'or ?

Et surtout, que voulait-elle, *elle* ?

Elle ne s'était pas autorisée à se poser la question, car ses vœux n'auraient jamais pu être exaucés. Elle aurait voulu s'endormir dans son lit au chant de sa mère, se réveiller le lendemain à l'odeur de la hallah sortie du four et au rythme des prières de son Saba.

Elle aurait voulu rentrer chez elle, mais c'était la seule chose qui lui était inaccessible.

Cette pensée lui fut aussi cinglante que la piqure d'un buisson d'orties, et un profond sentiment d'impuissance lui noua l'estomac. Une photographie encadrée gisait face contre terre, renversée par les voleurs ; Ari se leva de son tabouret pour la ramasser. Le verre s'était craquelé en travers du visage souriant de sa sœur. Rivkah aurait accepté cette offre sans hésiter. Elle se serait jetée dans cette nouvelle aventure, sans se soucier des risques, et Ari l'aurait suivie pour s'assurer qu'elle revienne indemne.

Mais Rivkah n'était pas là. Il n'y avait qu'elle.

Face à ces hommes, elle s'était sentie faible. Son corps lui avait été inutile, sa magie encore plus. Elle n'avait rien pu faire pendant qu'ils mettaient sa vie sens dessus dessous et se servaient à leur guise.

Elle ne voulait plus jamais se sentir si démunie.

Elle en avait assez de vivre dans la crainte d'être démasquée, de perdre le contrôle, de voir son passé se matérialiser en bête féroce et la dévorer.

Ah, mais quelle bête prodigieuse ce serait, lui susurra la voix.

Celle de son Saba prit le dessus. *Promets-moi d'être sans peur.*

Il était temps qu'elle reprenne la main.

Après avoir posé le cadre sur son établi, elle fit face à Damien.

– Je veux que vous m'octroyiez un permis d'enchanteresse.

– Seule une maison noble majeure a le pouvoir d'en délivrer un de façon rétroactive, répondit Damien. Je peux vous en obtenir un, mais pour cela il faudra que ma cavalière remporte l'Illinir.

– De quelle manière ?

– C'est confidentiel, rétorqua-t-il.

Elle devina que ce n'était pas la dernière fois qu'il lui retournerait cette réponse.

– En ce cas, je veux bénéficier d'une formation d'enchanteresse, et de votre protection pendant toute sa durée.

– Accordé.

Rien ne changea dans l'expression de Damien, et pourtant Ari perçut quand même sa satisfaction, pareille à une douce caresse. Plongée dans l'ombre par la lumière des chandelles envoûtées, il ne l'avait pas quittée des yeux.

Elle lui rendit son regard sans ciller.

– Quand commence-t-on ?

5
MIKIRA

Ce jour-là, Mikira se demanda pour la dixième fois ce qu'elle fabriquait.

Damien lui avait envoyé une invitation à déjeuner, mais tandis qu'elle menait Iri sur l'allée pavée du manoir Adair sous une légère bruine, ses sœurs accaparaient ses pensées. Plus tôt dans la matinée, après lui avoir jeté un coup d'œil, Nelda avait commenté :

– Toi, tu vas faire une bêtise, pas vrai ?

Mikira avait eu un sourire forcé.

– Pourquoi tu dis ça, Grenouille ?

En entendant ce sobriquet, Nelda avait grimacé. C'était celui que Lochlyn lui donnait, autrefois.

– Parce que tu as ton air de quand tu vas en faire une.

Mikira lui avait promis d'être prudente, mais elle avait l'impression d'avoir déjà brisé sa promesse par le simple fait d'être là.

Bâti dans la campagne à la limite est du quartier de Westmire, le manoir s'étendait sur un tertre bas et herbeux, son marbre blanc baigné d'une lumière argentée par le soleil du début d'après-midi. Un portail enchanté lui accorda l'accès à une allée circulaire, entourée d'un océan de lavande violette qui emplissait les lieux de son parfum. Une fontaine à l'effigie du faucon de la maison Adair se dressait en son centre, ses ailes déployées au-dessus de sa tête.

Un domestique portant la livrée noir et argent de la famille l'attendait au pied du perron, en compagnie d'un garçon d'écurie.

– Miss Rusel.

Le serviteur la salua cependant qu'elle mettait pied à terre.

– Si vous voulez bien me suivre, je vais vous conduire à Lord Adair. On va s'occuper de votre cheval.

Mikira tendit à contrecœur la bride d'Iri au lad, puis suivit le valet vers une terrasse ronde et jusqu'à une entrée de service de l'aile est. La demeure était silencieuse, troublée seulement de temps à autre par un garde effectuant sa patrouille sur les sols de marbre des galeries extérieures. L'opulence des lieux n'avait aucune commune mesure avec celle du manoir Zalaire, mais elle était suffisante pour rappeler âprement où Mikira se trouvait.

Le domestique la mena jusqu'à une imposante porte à double battant sculptée de deux lions cabrés, puis s'inclina et se retira. La main sur la poignée, Mikira hésita. Elle qui depuis des années s'évertuait à ne plus entretenir aucun lien avec aucun noble, voilà qu'elle se mettait droit sur la route de l'un d'eux. Si elle franchissait cette porte, elle ferait officiellement affaire avec Damien Adair.

Désolée, Nelda.

Elle poussa le vantail.

Celui-ci donnait sur un vaste salon, au fond duquel tout un pan de hautes fenêtres en verre dépoli évoquait des chutes d'eau figées. Devant ces vitres se trouvait un immense bureau encombré de microscopes, de piles de carnets de bord, et d'un petit plateau chargé de flacons de sang. À cette table de travail s'affairait Reid, qui, tour à tour, regardait dans un microscope et prenait des notes dans un carnet en si piteux état qu'il semblait avoir été piétiné par un cheval.

Lorsque Mikira descendit les trois marches qui menaient à l'intérieur, le jeune homme lui jeta un regard noir.

– Mais oui, marchez partout avec vos bottes crottées, je vous en prie. Un peu de boue et de crottin sur mon parquet, qu'est-ce que ça peut faire ?

– Reid, intervint Damien depuis le fauteuil qu'il occupait à côté d'une cheminée, un livre posé sur les genoux. Sois aimable avec notre invitée.

Reid se renfrogna, mais si Mikira se figea, ce fut à cause des vêtements du jeune homme. Une tenue argent et blanc, avec une tête de lion brodée sur la poitrine.

Les couleurs des Kelbra.

– C'est une plaisanterie ? s'enquit Mikira, une main sur ses couteaux.

– Je ne plaisante jamais à propos de la propreté des sols, répondit Reid, avec un tel sérieux qu'elle eut un mouvement de recul.

Un léger sourire s'étira sur les lèvres de Damien.

– Je crois qu'elle n'aime pas beaucoup ton gilet.

– Nous sommes deux, grommela Reid.

Damien dut sentir la nervosité de Mikira s'accentuer, car il ajouta :

– Détendez-vous, Miss Rusel. Reid n'est pas plus que moi au service des Kelbra.

– Alors pourquoi…

– Que les choses soient bien claires, la coupa-t-il.

Un frisson la parcourut. C'était le ton qu'il avait employé la veille au soir, juste avant de fracturer le doigt du garde.

– Nous collaborons sur cette entreprise particulière mais, pour le reste, rien de ce qui touche aux affaires de ma famille ne vous concerne. Quand vous me rendrez visite, on vous conduira directement à mes appartements ou aux écuries. Vous ne poserez aucune question. Vous ne flânerez pas dans le manoir. Nous nous acquitterons de nos tâches chaque jour, et rien de plus. C'est compris ?

Mikira pressa nerveusement les ongles contre sa jambe, mais elle hocha la tête.

Damien dirigea son attention sur Reid.

– Va te changer.

– Je suis en plein milieu d'une expér…

Un simple coup d'œil de Damien le fit taire. Il se rembrunit, marqua la page de son carnet, puis disparut par une porte ouverte à la droite de Mikira.

– Je vous prie de bien vouloir lui pardonner ses mauvaises manières. Les morts n'ont pas été de bonne compagnie pour lui en grandissant, dit Damien d'un ton léger.

Elle le fixa d'un regard perplexe.

– Enfant, il travaillait dans une morgue, précisa-t-il.

Voilà qui expliquait sans doute son tempérament acariâtre, ainsi que le matériel qui encombrait le bureau.

– Et maintenant, il est à votre service en quelle qualité, au juste ? s'enquit-elle, songeant que sa question touchait d'un peu trop près aux affaires de la maison.

– Il fait un peu de tout, indiqua Damien, en désignant un des fauteuils disposés en croissant de lune et une petite causeuse à dossier bas. Asseyez-vous, je vous en prie.

– Ça ira, merci, répondit-elle, son regard s'arrêtant sur une série de photographies en noir et blanc, sur lesquelles on voyait Damien en compagnie d'un Célairain aux yeux gris. Sur chaque cliché, ils posaient à côté de chevaux vainqueurs affublés de couronnes de fleurs, tenant à la main des médailles de courses parmi les plus prestigieuses de la ville, auxquelles Mikira rêvait de participer. Elle savait que les Adair avaient bâti leur fortune sur le whisky, et que plus tard ils s'étaient diversifiés avec le commerce du vérillion, mais elle ignorait qu'ils rencontraient le succès aussi dans le milieu hippique.

Reid revint, de nouveau vêtu de noir, un tout petit chat noir juché tel un oiseau sur son épaule. Il apportait un plateau chargé d'un service à thé opalescent, et le caractère incongru de ce spectacle arracha un ricanement à Mikira.

Il la frôla et posa son plateau sur la table basse encombrée de livres, devant les fauteuils. Il s'assit sur la causeuse et servit quatre tasses ; ils n'étaient pourtant que trois.

On frappa, puis une Kinienne entra. De grande taille, aux courbes plantureuses, ses longs cheveux bouclés lui arrivaient aux hanches, et elle portait une blouse et une jupe ample très simples. Ce furent toutefois les vilaines ecchymoses violettes marquant la peau brune de sa gorge qui attirèrent vraiment l'attention de Mikira. On aurait dit des empreintes de doigts.

Damien ferma son livre et se leva.

– Arielle, vous êtes juste à l'heure pour le thé. Vous sentez-vous mieux ?

Mikira dirigea son regard sur Damien, et elle plissa les yeux d'un air scrutateur. Elle ne comprenait pas ce qui chez ce dangereux lord attisait tant sa curiosité. Autant être fascinée par la mort.

– Beaucoup mieux, merci.

Arielle descendit les marches et prit place sur le fauteuil que Damien désigna à sa gauche. Il émanait d'elle une élégance agréable, et une grâce dans ses mouvements qui aimantait le regard. Alors que Mikira mettait les gens mal à l'aise, en colère, Arielle donnait envie de l'admirer.

Damien se rassit et pencha la tête vers Mikira.

– Je vous présente Mikira Rusel, la jockey que nous sponsorisons pour l'Illinir. Mikira, Arielle est la solution dont

je vous ai parlé. Elle peut créer des enchantés indétectables.

Mikira sursauta.

– Quoi ? Comment ?

Il lui adressa un sourire plein d'astuce.

– Ça, c'est confidentiel.

Arielle la fixait de ses yeux foncés, avec une expression indéchiffrable. On percevait chez elle une extrême tension et une absolue maitrise de soi. Seule une enchanteresse puissante pouvait travailler pour quelqu'un comme Damien Adair, mais créer des enchantés indétectables ? On était là dans une sphère très différente.

– Ce que je peux vous dire, reprit Damien, c'est que je sais que vous participez à des courses dans les tunnels. Je sais que les Kelbra veulent s'approprier votre haras, et que votre père est un enchanteur.

– Ce n'est pas…

Face au regard que lui lança Damien, elle n'acheva pas sa phrase.

– Ce que nous allons entreprendre est à la fois dangereux et très difficile, poursuivit-il d'une voix douce. N'aggravons pas les choses en nous mentant.

Mikira se mordit la lèvre. Comment avait-il obtenu toutes ces informations ?

Damien entrecroisa les doigts.

– J'aimerais connaitre la nature exacte de votre marché avec Rezek.

Mikira croisa les bras.

– Si je remporte l'Illinir sur un cheval ordinaire, il graciera mon père et effacera les dettes que nous lui devons.

– Tu parles d'un marché idiot, bougonna Reid.

Mikira eut envie de lui renverser son thé sur la tête.

Arielle, qui s'apprêtait à prendre des livres sur la table, s'immobilisa.

– C'est pour ça que tu veux un de mes enchantés ? Pour gagner ton pari ?

– Si je perds, il récupère le haras familial et garde mon père à son service, expliqua Mikira.

Damien avait raison : vu ce qui les attendait, être honnête était indispensable.

– Ma famille se retrouvera à la rue.

Arielle serra lentement le poing, mais elle n'ajouta rien.

Mikira observa Damien.

– Et vous ? Qu'est-ce que vous avez à y gagner ?

Il se leva et alla jusqu'à une desserte derrière la causeuse. Il servit deux whiskys et revint en proposer un à Mikira. Elle le prit, se demandant quelles étaient ses intentions.

– Je veux que ce soit une collaboration, Miss Rusel, et pour cela, il me faut obtenir votre confiance.

Il fit tourner son spiritueux dans son verre.

– Je veux que cette ville change. Le Conseil des Lords encourage la Guerre éternelle pour le profit de ses membres, et l'opposition de la maison Ruthar, si vive soit-elle, ne les arrêtera pas. Les autres maisons ont trop à perdre.

Le souffle de Mikira s'emballa. Cela confinait à la trahison. Vérillion, pierres précieuses, objets enchantés – les grandes maisons avaient des intérêts dans ces industries, qui prospéraient grâce à la demande due à la guerre. Elle avait elle-même caressé ces idées mille fois, mais elles prenaient une tout autre dimension dans la bouche de Damien Adair.

– Je veux mettre fin à la Guerre éternelle, poursuivit-il. Ce dont seul le Conseil des Lords a le pouvoir. C'est pour cela que j'ai conclu mon propre marché avec Rezek Kelbra : si nous perdons, sa famille obtiendra les hippodromes et les chevaux de la maison Adair. Si nous gagnons, l'organisation de l'Illinir reviendra à ma famille. Ce sera la première étape de mon plan.

La fin de la guerre – c'était comme un rêve, et elle se sentit idiote de vouloir y croire. Mais s'il y parvenait ? La maison Adair avait été la première depuis des lustres à se faire une place parmi les vieilles maisons, à s'être vu accorder leur position par le roi Théo, nouvellement couronné, quelque vingt ans plus tôt. Damien avait peut-être des relations dont elle n'avait pas connaissance, un moyen de pression sur le Conseil des Lords.

Damien leva son verre vers elle.

– Alors, qu'en dites-vous ? Souhaitez-vous m'aider à détruire les Kelbra ?

Encore une fois, Mikira eut la vive sensation de s'être engagée dans une partie pour laquelle elle n'était pas préparée. Une part d'elle savait que Damien ne lui disait pas tout. Son instinct lui soufflait qu'elle ne pouvait pas se fier à lui, qu'il n'avait pas expliqué dans quelle mesure exactement retirer l'Illinir à Rezek changerait quoi que ce soit, mais elle ne pouvait toutefois pas ignorer ce qu'il lui offrait : une vie délivrée des Kelbra.

Elle l'aiderait à leur porter un coup si terrible qu'il leur faudrait une génération pour s'en relever.

– À notre stratagème contre la maison Kelbra.

Elle leva son verre, d'une grande fraicheur sur sa peau ardente, et l'entrechoqua contre celui de Damien dans un cliquetis pareil à celui d'une chaine qu'on aurait brusquement tendue.

6
ARIELLE

Quand Damien parlait, il ressemblait à un chef d'orchestre en action.

Ari en avait vu un, une fois. C'était une femme membre d'une troupe itinérante qui s'était produite sur l'eida de son village, la place centrale des villes kiniennes où se rassemblait la communauté. Rivkah et elle avaient quitté la maison en catimini pour s'y rendre. La femme était si calme, si maitresse d'elle-même, que le moindre de ses gestes fluides se reflétait dans le son qui s'élevait de ses musiciens avec l'exactitude d'une machine bien huilée.

Damien lui était semblable dans le choix de ses mots et l'exécution de ses actes. Il s'était renseigné sur Mikira, mais au lieu d'utiliser son savoir contre elle, il lui avait dévoilé son jeu, sachant que pour la convaincre il devait lui livrer la vérité. Ensemble, tous les deux obtiendraient ce qu'ils voulaient.

Il avait recouru à la même technique avec Ari.

Duper les Kelbra revenait à mettre la main sous une lame qui s'abat, en espérant qu'elle ne vous la trancherait pas. Mais en se lançant dans ce stratagème avec une poignée d'inconnus, elle aurait aussi bien pu tenir la lame elle-même. Si Damien lui avait fait part de son projet la veille, à l'atelier, elle aurait peut-être refusé sa proposition. Mais il lui avait d'abord offert une chambre dans son domaine surveillé par des gardes armés. Il avait voulu qu'elle voie par elle-même qu'elle y serait en sécurité, et c'était tout ce qui l'empêchait de tourner les talons.

Ça, et la table couverte de livres.

Tous traitaient du Kinahara, de son histoire et de ses traditions, sa culture et sa société, depuis une Arkala à reliure de cuir regorgeant de prières et d'enseignements sur les Messagers qu'elle n'avait jamais lue, jusqu'à des ouvrages sur la mythologie. Quelle était l'étendue des connaissances de Damien sur leurs origines ?

Elles sont plus vastes que les miennes.

Elle éprouva un vif désir d'être comme lui. D'être maitresse d'elle-même, mais aussi du monde qui l'entourait, de sorte que plus personne ne puisse lui faire du mal comme les voleurs dans son atelier.

Pour qu'elle ne puisse plus jamais faire de mal à personne.

Mikira vida son whisky d'un trait et s'essuya la bouche avec sa manche.

– Ça va te prendre combien de temps d'enchanter le cheval ?

– Trois semaines, répondit Ari.

– Trois *semaines*, tant que ça ? hoqueta Mikira.

Petite et menue, Mikira avait un nez aquilin moucheté de taches de rousseur et une peau pâle déjà empourprée par l'alcool.

– Je croyais qu'un sortilège n'exigeait que quelques heures.

– Et qu'est-ce que tu y connais, au juste ? s'enquit Reid, toujours enfoncé dans la causeuse. C'est une pratique qu'on étudie dans les haras ?

Mikira serrait si fort son verre que ses jointures en étaient blanches.

– Plus que dans les morgues, rétorqua-t-elle. À moins que les morts fassent grand usage de la magie…

Reid tourna vivement le regard vers Damien, qui haussa les épaules ; Ari fut certaine que quelque chose lui échappait. Mikira prit une profonde inspiration et reporta son attention sur elle.

– D'accord, trois semaines, ce qui ne nous laissera que quelques jours avant la première course. Si tu peux l'enchanter pour la vitesse, l'endurance et l'obéissance, et la capacité à ne jamais se perdre, ça me donnera un avantage dans les quatre épreuves.

– Ce sera tout ? railla Reid. Tu ne veux pas qu'il ait six jambes et qu'il soit envoûté pour voler ?

– Ça risquerait de se voir, répondit sèchement Mikira.

Ari faillit sourire.

– Lier deux enchantements à un animal est extrêmement difficile. Lui en attribuer trois exige une main experte. Plus que ça, et la pauvre bête deviendra folle.

En théorie, c'était vrai. Les golems, eux, pouvaient en endurer davantage, mais cette fille n'avait pas besoin de le savoir – pas avant qu'Ari soit sûre d'en être capable. Procéder aux sortilèges physiques et comportementaux n'était pas trop dur, mais elle n'avait jamais essayé de les associer à des enchantements célestes, qui à eux seuls n'étaient pas une mince affaire.

Mikira grimaça.

– Oh, fit-elle en posant son verre sur une petite table d'appoint. Je ne m'y connais qu'en élevage, pas en sortilèges.

– Tu viens d'une famille d'éleveurs de chevaux enchantés, c'est ça ?

– Oui, et alors ?

Mikira se crispa comme si elle craignait la réponse d'Ari autant qu'une morsure.

– J'aimerais que tu m'en apprennes davantage sur ce sujet, à l'occasion.

En tant qu'éleveuse, Mikira devait surtout axer son travail sur la sélection méticuleuse des lignées, le jeu complexe des traits héréditaires, et le long processus qui consistait à imprégner les animaux des sortilèges les plus purs, mais c'était là tout ce qu'en savait Ari.

Une trace de soupçon s'attarda dans les yeux de Mikira, mais elle hocha la tête avant de s'adresser à Damien :

– Nous devrions assister à quelques démonstrations dans les semaines à venir, pour nous faire une idée de la concurrence.

Ces épreuves constituaient la dernière chance pour les cavaliers inconnus de trouver un sponsor avant le bal d'ouverture de l'Illinir. Après cette échéance, la véritable compétition commencerait.

– Je vais charger quelqu'un d'y aller, répondit Damien en glissant la main dans sa poche, avec une assurance qu'Ari lui envia. Entre-temps, notre champ de courses privé est à votre disposition pour l'entrainement. Reid vous conduira aux écuries.

Reid manqua de recracher son thé, mais après un simple regard de Damien, il marmonna dans sa barbe et posa sa tasse. Puis il se leva, hissa son chat sur son épaule et grommela :

– Viens avec moi.

Mikira obtempéra, quoique sans grand enthousiasme, et Ari se retrouva seule avec Damien. Elle n'avait pas peur de lui, mais il provoquait chez elle une nervosité certaine. Il s'agissait toutefois d'une nervosité proche de l'exaltation, comme

celle qu'elle éprouvait au moment de donner vie à un nouveau golem.

– J'aimerais vous montrer quelque chose, déclara Damien en lui offrant sa main.

Il avait la peau calleuse. Que pouvait bien faire un homme de son rang pour avoir les doigts si rugueux ?

Il contempla la ligne d'hématomes sur son cou, qu'elle cacha avec sa main libre.

– C'est moins douloureux que ça en a l'air, commenta-t-elle.

Il donna une brève pression sur ses doigts.

– Suivez-moi.

Il l'emmena par la galerie extérieure, dont les arcades évoquaient le style kinien. D'après ce que lui avait expliqué son Saba, seules les bâtisses des villes du Kinahara avaient été assez vastes pour accueillir de tels passages. Ceux-ci étaient ouverts sur l'extérieur pour laisser pénétrer la chaude lumière naturelle, et pour créer une atmosphère de lien et de cohésion au sein de la communauté, comme le préconisaient les enseignements du Messager Lyzairin. Ce qui en faisait un choix inhabituel pour le temps froid et pluvieux de l'Enderlain.

Un choix de Lady Adair, peut-être ? Damien lui avait indiqué, alors qu'ils se rendaient au manoir, que son père souffrant n'y vivait plus depuis la mort de sa mère, sans lui fournir davantage de détails. Selon certaines rumeurs, Lady Adair avait succombé à une maladie lorsque Damien n'était qu'un enfant, d'autres faisaient état d'un assassinat par une maison rivale. Ne voulant pas rouvrir des plaies anciennes, elle n'avait pas posé de questions. Elle était bien placée pour savoir que les maintenir fermées exigeait d'immenses efforts.

Damien ralentit devant une porte gardée par une sentinelle armée d'un fusil Sherakin. Comme les revolvers de Damien, ces fusils constituaient une marque de prestige autant que le domaine de la famille. À cause des restrictions imposées par l'Enderlain sur l'importation d'armes en provenance du Célair et d'Izir, ils avaient dû couter une fortune.

Le garde ouvrit la porte, derrière laquelle descendait un escalier étroit éclairé par des lampes enchantées.

– Quand je vous ai expliqué comment je vous avais trouvée, je ne vous ai pas tout dit, déclara Damien tandis qu'ils approchaient d'une petite salle froide au sous-sol, où un autre garde ouvrit une deuxième porte.

Celle-ci donnait sur un couloir bref, bordé de part et d'autre par des cellules. Ari marqua une pause sur le seuil, sa curiosité le disputant à l'hésitation.

Damien retira lentement sa veste, révélant des épaules larges et deux revolvers Lonlarra dans des étuis plaqués contre sa poitrine.

– Voyez-vous, Arielle, je connais la vérité à votre sujet.

Ces paroles la glacèrent. Elle tenta de calculer si elle pouvait remonter l'escalier et s'enfuir par la galerie. Le garde de dehors l'arrêterait-il ? Lui tirerait-il dessus ? Et si…

Elle fit taire la panique qui la gagnait et s'efforça de conserver une expression neutre.

– Je ne vois pas de quoi vous parlez.

Le léger rire de Damien lui donna la chair de poule.

– Je sais que vous pratiquez la magie kinienne.

– Vous racontez des bêtises, rétorqua-t-elle froidement.

Le regard de Damien s'illumina, comme s'il décelait enfin quelque chose qu'il s'attendait à trouver depuis le début. *Du calme, du calme, du calme.* Elle sentait la situation lui échapper ; il lui fallait respirer à fond, partir d'ici, et…

– L'enchanté dont j'ai remonté la trace… n'importe qui d'autre n'aurait rien remarqué, mais moi, j'ai déjà vu des golems.

Ces paroles firent jaillir en elle une trainée de feu. Un embrasement de peur, de douleur, de souvenirs ténébreux et douloureux. Sa mère qui lui enjoignait de ne pas s'essayer à des pratiques qu'elle ne comprenait pas. Son Saba qui l'implorait de ne plus consulter le livre.

Elle ne les avait pas écoutés. Oh, comme elle le regrettait à présent !

Du sang sur ses mains. Du sang sur les murs.

Reste silencieuse. Sois prudente. Ne te fais pas remarquer.

Mais Damien ne l'avait pas seulement remarquée – il nourrissait pour elle le plus vif intérêt. Il l'observait tel un chasseur aux abords d'un piège, attendant de voir si sa proie allait se faire prendre. Elle le voyait au haussement de ses sourcils, à l'interrogation dans ses yeux.

Vas-tu fuir ? y lisait-elle.

Une partie d'elle le voulait, mais l'agression de la matinée l'avait ébranlée. Elle qui se montrait si vigilante dans son travail, avec ses clients, son secret lui avait quand même échappé, ces hommes l'avaient trouvée. Ils lui avaient volé tout ce qu'elle s'était donné tant de mal à accumuler, et lui avaient laissé autour du cou des traces de leur violence.

Promets-moi que tu seras sans peur, ahuvati.

– Si vous racontez ce que vous savez à qui que ce soit, j'enverrai un golem vous massacrer.

Elle fut parcourue d'un frisson à chacun de ses mots, éprouvant une légèreté qu'elle n'avait pas ressentie depuis des années, pareille à un animal féroce se dégourdissant les jambes après une vie enfermée dans une cage.

À sa grande surprise, il rit – bref éclat tonitruant qui résonna dans la salle.

– Tu n'as pas peur de moi, ni de la loi, ni même de la magie. De quoi as-tu peur, petite lionne ?

Elle tressaillit. Elle ne s'attendait pas à ce qu'il la tutoie si soudainement, ni à entendre ce sobriquet, le sens véritable de son nom kinien. Le lion incarnait le courage, la force. Comme Aslir, l'étoile ardente, un lion ne connaissait pas la peur. Elle ne se rappelait aucun moment où elle avait été à la hauteur de son prénom.

– Je n'ai aucune intention de révéler tes aptitudes à qui que ce soit, répondit Damien en kinien. Tu as toute latitude pour exercer ta magie comme tu le souhaites, ici. Je t'ai promis un accès au savoir, et je m'assurerai que tu obtiennes des textes enderliens et kiniens sur les enchantements. Tu peux même fabriquer le golem ici.

Ari le regarda fixement. La perspective de pouvoir pratiquer sa magie sans se cacher lui était si étrangère qu'elle eut le plus grand mal à l'accepter. Pourtant, elle avait confiance en Damien. Derrière son air réservé, ce jeune homme manifestait une ardeur et une sincérité qui conféraient du poids à ses mots.

– Vous savez ce qu'il me faut pour créer ce cheval, alors ? s'enquit-elle.

– De l'argile en provenance d'une terre sacrée, et de l'eau encore jamais versée dans un récipient. Les ingrédients nécessaires sont déjà en chemin.

Il suspendit sa veste à un crochet dans le mur, puis retira ses étuis et posa ses revolvers sur un tabouret avec une précaution débordant de respect. Ses mouvements étaient méthodiques, presque cérémonieux. Il ôta ensuite son gilet, puis déboutonna ses manches et les retroussa doucement, dénudant ses avant-bras aux muscles fins et secs.

– C'est pour une autre raison que je t'ai amenée ici.

Son regard se porta de nouveau sur les ecchymoses à son cou, et cette fois, elle ne les cacha pas.

Il se dirigea vers la cellule du fond, et elle le suivit, mue par une attraction invisible. La lumière faible éclairait deux silhouettes attachées au plafond par les poignets. Une sensation étrange gagna Ari lorsque Damien déverrouilla la porte. Sans quitter les deux corps des yeux, elle s'avança dans la clarté de la lampe.

Livides et couverts d'hématomes, la tête tombante, se trouvaient ses deux agresseurs.

On aurait dit deux animaux prêts pour l'abattage. Ils la regardèrent d'un air hébété, puis l'un d'eux – celui qui l'avait étranglée – la reconnut et grommela un juron.

Quelque chose scintilla alors dans la pénombre, et Ari détacha son attention des deux hommes. Aux doigts de Damien, semblable à une étoile dans le ciel, pendait le collier de son Saba. *Il l'a récupéré.* Elle tendit la main, et avec précaution, il déposa le croc au creux de sa paume. Elle le serra dans son poing, puis le porta contre sa poitrine.

Il lui présenta alors un coup-de-poing métallique.

– Je me suis dit que tu voudrais peut-être leur rendre la monnaie de leur pièce, déclara-t-il.

Un frisson parcourut l'échine d'Ari. Une part d'elle-même, obscure et silencieuse, en avait envie, voulait qu'ils éprouvent à leur tour la peur qui l'avait paralysée, la douleur qui l'accablait encore.

Qu'ils se sentent impuissants.

– On est désolés ! bredouilla l'un des voleurs. On voulait pas vous… Ah !

Damien le fit taire d'un violent coup de coude à la poitrine.

– Toi, tu ne lui parles pas, lâcha-t-il.

Le malfrat haleta, le souffle coupé. Ari s'attendit à ressentir de la pitié pour lui, et dans une certaine mesure, ce fut le cas. Mais elle estimait aussi que ce n'était que justice.

Il l'avait cherché. Il le méritait.

Pourtant, elle ne put se résoudre à prendre l'arme.

Damien dut déceler sa décision dans son regard, car il retira sa main en lui adressant un petit hochement de tête. L'un des hommes laissa échapper un sanglot de soulagement.

Puis Damien passa les anneaux d'acier à ses doigts.

7
MIKIRA

Les jardins des Adair semblaient sortis tout droit d'un conte de fées. Les buissons de lavande s'étendaient dans le domaine, ondoyant sous la douce brise de l'après-midi. Même au cœur de l'été, le ciel de Veradell était couvert, mais l'air parfumé par les massifs de fleurs était d'une délicatesse agréable.

Mikira aurait voulu s'allonger sur un coin d'herbe et humer ces senteurs un moment.

Cet intermède aurait été enchanteur… s'il n'y avait pas eu Reid. Celui-ci trainait les pieds comme si faire visiter les écuries à Mikira était la tâche la plus absurde qu'on lui ait jamais confiée. Pourquoi le destin des siens dépendait-il de sa capacité à s'entendre avec ce garçon, véritable nuage noir d'émotions négatives ?

– Pourquoi es-tu aussi désagréable ? s'enquit-elle.

Reid lui décocha un regard courroucé.

– J'ai mieux à faire que de te materner.

– Ah oui, comme observer des lamelles de sang au microscope toute la journée. Tu dois avoir un succès fou dans les soirées.

– Au moins, on me laisse y entrer.

Les joues de Mikira s'empourprèrent, mais Reid s'était déjà détourné. Elle hésitait encore à lui lancer un couteau lorsqu'ils passèrent un dernier virage et se trouvèrent face aux écuries.

Elle n'avait jamais rien vu de tel.

Les écuries des Adair faisaient plusieurs fois la taille de celles des Rusel. Elles se dressaient en bordure d'une étendue de centaines d'hectares d'herbe vert émeraude, divisée par des clôtures blanches en prés proprets où paissaient des chevaux aux robes de toutes sortes. Elle admira d'abord un manège extérieur où une femme conduisait un cheval pie à la longe, puis un parcours d'obstacles rectangulaire comptant des sauts de différentes hauteurs, et enfin le champ de courses.

Long de quatre cents mètres, sa piste était d'un brun clair sous le ciel nuageux, et parsemée de traces de sabots. Plusieurs cavaliers faisaient courir leurs montures à une cadence tranquille, le bruit régulier de leurs foulées résonnant jusqu'à Mikira et son guide.

– Parfait, je sais comment faire pour que tu la boucles, maintenant.

La voix de Reid rompit le charme, et Mikira le foudroya du regard.t

– Ça m'étonne que personne ne t'ait encore poussé sous un cheval au galop.

Il lui adressa un sourire narquois et alla à grands pas vers les écuries. Une odeur de foin et de cuir les accueillit à l'intérieur, où des chevaux sortirent la tête par le volet ouvert de leur box. Tous comptaient parmi les plus beaux qu'elle ait jamais vus : têtes élancées et cous puissants, poil brillant et voluptueux, crinières soigneusement taillées.

– Ils sont magnifiques, s'extasia-t-elle, avant d'avoir pu se retenir.

Elle s'attendait à ce que Reid lui renvoie une remarque méprisante, mais il semblait autant subjugué qu'elle.

– Où est Iri ? demanda-t-elle. Je vais le monter.

– Ne sois pas idiote, rétorqua Reid.

Si elle avait un instant commencé à changer d'avis sur Reid, Mikira reconnut bien là le goujat qu'il était.

– Ton étalon n'a pas été entrainé au départ en stalle. Au mieux, il ne fera rien quand la boîte s'ouvrira, au pire il t'éjectera. Choisis une autre monture.

Mikira aurait voulu protester par principe, car être d'accord avec Reid lui donnait l'impression de s'empaler sur une pique crantée, mais elle se réfréna. Il avait raison. Iri n'avait jamais été immobilisé dans une stalle de départ pourvue d'une porte mécanique qui s'actionnerait brusquement alors qu'une cloche retentissait dans ses oreilles ultrasensibles.

Elle croisa les bras, et, d'un vif signe de tête, désigna la rangée de boxes.

– D'accord. Choisis pour moi, alors.

Reid l'observa de bas en haut ; Mikira se raidit sous l'intensité de son regard d'un bleu perçant. Puis il s'éloigna dans l'allée, et elle éprouva alors un froid étrange.

Elle s'ébroua afin de chasser cette sensation, après quoi elle le suivit jusqu'au box d'une splendide jument noire. Haute de seize mains environ, elle avait une balzane chaussée à la jambe arrière gauche, comme si le foncé de sa robe avait tenté d'avaler la partie claire. Une plaque argentée sur la porte de son box indiquait son nom : Envol d'Eilora.

Reid lui passa un licol, par gestes automatiques qui témoignaient de sa grande habitude des chevaux. Eilora se laissa seller sans protester, dans une posture détendue suggérant la présence chez elle d'un sort de docilité. C'était une catégorie d'enchantés qu'on vendait souvent aux parents de jeunes cavaliers, qui voulaient un cheval sur lequel leurs enfants pourraient se former en toute sécurité.

Lorsque Reid l'eut harnachée, Mikira ne put qu'être admirative.

– Tu sais y faire, reconnut-elle à contrecœur. Moi qui pensais que les chevaux partiraient en courant.

– J'aime les animaux. Ce sont les gens que je ne supporte pas, rétorqua-t-il en lui décochant un regard appuyé.

Elle leva les yeux au ciel tandis qu'il défaisait le licol d'Eilora et l'ôtait par-dessous la bride. Damien avait indiqué que Reid s'acquittait de toutes sortes de tâches pour lui, et ses compétences englobaient apparemment les expériences scientifiques, les courses de chevaux, et un talent certain pour les remarques acerbes.

Après une courte marche, Mikira se tenait sur la piste, devant la boîte de départ, les rênes d'Eilora serrées dans les mains. Les autres jockeys de la maison Adair s'étaient retirés sur un second champ de courses à proximité, et l'attention de Mikira s'attarda sur eux avec envie. Ils étaient ce qu'elle rêvait d'être depuis toujours : des cavaliers concourant en toute légalité dans des courses officielles sur les meilleurs enchantés du royaume. Ils partageaient leurs gains avec la maison qui les sponsorisait, mais les paris dans les hippodromes étaient si lucratifs que les récompenses étaient dix fois supérieures à ce qu'elle gagnait dans les tunnels avec Jenest.

– C'est pour aujourd'hui ou pour demain ? s'impatienta Reid.

Hissé sur le barreau inférieur de la lice, il mangeait une pomme qu'il avait chipée dans l'écurie. Son chat s'était perché au soleil sur la barrière.

Les sourcils froncés, Mikira observa la boîte étroite où elle était censée faire entrer sa monture, avant de se mettre en selle. Eilora remua un peu, puis Mikira saisit les rênes et lui chuchota à l'oreille.

– Emmène-la dans la stalle, lui enjoignit Reid. Je ne fermerai pas la porte d'entrée derrière toi, la première fois.

– Ce n'est pas au personnel des boîtes de s'en occuper, normalement ?

– J'ai l'air d'un assistant au juge de départ ?

– On a l'impression qu'une femme insatisfaite vient de te chasser de son lit.

Mikira ignora le regard mauvais de Reid et glissa ses bottes dans les étriers, tout en serrant doucement les genoux contre les flancs de la jument. Celle-ci avait une démarche lente et claudicante qui laissait deviner son âge.

– Quel est l'intérêt, de toute façon ? s'enquit-elle. Le départ des courses de l'Illinir ne se fera pas dans des stalles.

Elle n'avait que sept ans lors du dernier tournoi de l'Illinir, dix ans auparavant, mais elle se rappelait que les parcours étaient passés partout dans la ville, aux abords du quartier vallonné de Greenwark et le long de la route des Voyageurs.

– L'épreuve finale, si, rétorqua Reid. Et l'intérêt, c'est que je puisse te chronométrer.

Il sortit une montre de gousset de son pantalon, et un frisson nerveux la parcourut. Reid allait sûrement faire un compte rendu de ses observations à Damien. Celui-ci reviendrait-il sur leur accord si elle n'était pas à la hauteur ? Lui aussi misait gros, après tout.

Chassant ses doutes, elle conduisit Eilora dans la boîte. La jument y entra presque d'elle-même, visiblement rompue à l'exercice.

– Un, décompta Reid. Deux, trois...

Le signal retentit et la porte s'ouvrit. Eilora s'élança avant même que Mikira soit prête. Elle jura, mais son instinct reprit le dessus, et elle se maintint fermement avec les genoux afin de ne pas peser de tout son poids sur le dos de sa monture. Puis elle serra les rênes et se pencha bas sur son cou.

Des mèches de cheveux lui fouettaient le visage. Eilora fonçait au triple galop, près de la lice intérieure. Tandis que son cœur se calmait après ce départ soudain – pour lequel elle avait bien l'intention de *remercier* Reid plus tard –, Mikira s'installa dans sa course.

Cela faisait si longtemps qu'elle n'avait pas monté en plein air, comme elle le faisait autrefois avec son frère et Talyana... Elle adorait la sensation du vent dans ses cheveux, le martèlement des sabots sur la terre, la puissance phénoménale de sa majestueuse monture.

Elle avait l'impression de voler.

Beaucoup trop vite, elles atteignirent la fin de la piste, et, à l'approche des stalles, Mikira fit passer Eilora au trot. Toutes les deux haletaient, ruisselantes de sueur, mais Mikira ne pouvait s'empêcher de sourire.

Ce galop d'essai avait été formidable. Il fallait qu'elle recommence. Qu'elle aille encore plus vite. Elle…

Une pomme la heurta en pleine poitrine, et elle eut un mouvement de recul si brusque qu'elle faillit tomber à la renverse. Elle sauta à bas de la jument, ses bottes s'enfonçant dans le mâchefer, et rejoignit Reid d'un pas furieux.

– Ça ne va pas, non ? s'exclama-t-elle en lui pressant un doigt contre le torse. J'aurais pu me blesser ! Et Eilora aussi !

Reid ne battit pas en retraite, et pour la première fois elle fut frappée par leur différence de taille. Elle était petite, mais de son côté, il était plus grand que la moyenne, et sa façon de baisser le regard vers elle lui donnait envie de lui flanquer un coup de poing.

– L'Illinir, ce n'est pas une balade sur une piste, asténa-t-il sèchement. Ce sont quatre courses d'obstacles sur un terrain enchanté, où tu affronteras les criminels les plus dangereux de la ville grimés en jockeys. Tu dois rester aux aguets, sinon, au moment de l'épreuve, ce n'est pas une pomme qui t'atteindra.

– C'était une course d'entrainement. Même pas, d'ailleurs. C'était un *galop d'essai !*

– Et tu n'as que trois semaines pour te préparer à l'Illinir, rétorqua Reid en se penchant vers elle. Tu dois te donner à fond chaque fois que tu montes, sinon tu n'auras aucune chance.

Mikira le poussa des deux mains contre la poitrine. Il fit un pas en arrière, la mine renfrognée, et elle retourna près d'Eilora. Reid parviendrait sans doute à l'horripiler rien qu'en lui parlant de la pluie et du beau temps. Le pire, c'était qu'il avait raison. Bien qu'elle ait toujours rêvé de devenir jockey, elle n'avait jamais désiré participer à l'Illinir. Pas depuis qu'elle avait supplié son père de l'y emmener, lorsqu'elle était enfant, et qu'il lui avait répondu : « Ce n'est pas une course, c'est une boucherie. Quand on tient à ses chevaux, on ne s'y inscrit pas. »

Ce n'était que plus âgée qu'elle avait compris le sens de ses paroles : la façon la plus rapide de se débarrasser d'un adversaire consistait à tuer son cheval. Il suffisait d'un instant de distraction, et sa vie ou celle de sa monture pouvait être terminée en quelques secondes.

Elle flatta l'encolure chaude d'Eilora.

– Je veux rencontrer le cheval qu'Arielle va enchanter.

– Il ne sera pas livré avant quelque temps, répondit Reid, la voix encore crispée par l'agacement. Ensuite, Arielle veut être seule pour le préparer. Tu le verras quand elle aura fini.

– Mais c'est…

Elle s'interrompit, car quelque chose au loin attira son attention. Reid se retourna pour suivre son regard vers les arbres, derrière lesquels on apercevait des traces de bleu et de blanc sur la route menant au domaine.

– Merde, jura-t-il.

Il alla à grands pas vers la lice, et son chat sauta sur ses épaules à son passage.

– Que se passe-t-il ?

Elle se précipita derrière lui après avoir fait signe à un lad pour qu'il vienne prendre Eilora. Lorsqu'ils atteignirent le porche de derrière, des martèlements sourds de sabots leur parvinrent depuis la route. Reid partit d'un pas rapide vers la porte par laquelle ils étaient sortis. Un peu plus loin, une colonne de chevaux pénétrait par le portail du château et remontait l'allée à vive allure.

L'Anthir.

Reid s'élança en courant, et Mikira hésita à retourner à l'écurie, récupérer Iri et décamper sans demander son reste. Elle devait à tout prix éviter les ennuis avec la garde.

Mais elle ne pouvait pas davantage se permettre qu'il arrive quoi que ce soit à Damien.

Elle rattrapa Reid alors qu'il ouvrait la porte. Ils s'engouffrèrent dans la galerie et se plaquèrent derrière un angle à l'instant où quelqu'un entrait à l'autre bout de la salle. C'était Arielle. Celle-ci fronça les sourcils, puis s'écarta lorsque Damien sortit à son tour.

– L'Anthir, haleta Reid lorsqu'ils les eurent rejoints.

Les yeux de Damien flamboyèrent d'un vif éclat, mais ce fut tout ce que Mikira vit de sa réaction, car son attention se porta soudain sur l'avant-bras du noble. Le blanc auparavant immaculé de sa manche était moucheté de taches rouges.

Quand elle releva les yeux, elle croisa le regard d'Arielle. La jeune femme secoua la tête très légèrement.

Puis les gardes investirent les lieux.

8
ARIELLE

Ari avait l'impression de dériver dans l'océan, comme en apesanteur, au gré des flots. Elle ne se rappelait pas avoir attendu que Damien baisse de nouveau sa manche et rattache ses étuis à revolver. Elle ne se rappelait pas avoir remonté l'escalier, ni avoir retrouvé la lumière trop vive pour ses yeux qui s'étaient accoutumés à l'obscurité.

Elle avait regardé Damien rouer de coups ces hommes presque à mort, sans détourner les yeux.

Même lorsque leur sang avait giclé sur les bras du jeune noble. Même quand leurs os s'étaient fracturés. Et même lorsque la voix de son Saba lui avait demandé comment elle s'était retrouvée là.

Un monstre a rarement l'air d'un monstre.

En était-elle un pour ne pas l'avoir retenu ? Se serait-il arrêté si elle l'avait réclamé ?

Elle n'en avait rien fait, il avait continué, et Ari n'en avait éprouvé aucun remords. Pire encore : elle était soulagée. La conviction que ces hommes avaient eu ce qu'ils méritaient et qu'ils ne lui feraient plus jamais de mal.

Elle n'avait pu ignorer le fait qu'elle se sentait en sécurité pour la première fois depuis longtemps.

Aussi, lorsque le vestibule s'emplit de gardes de l'Anthir, un jeune homme pâle de peau et d'allure sévère à leur tête, fit-elle non de la tête à Mikira, qui la regardait avec des yeux écarquillés.

Ne dis rien, l'adjura-t-elle par la pensée.

Damien se posta dos à la porte par laquelle ils venaient d'arriver, sa veste jetée par-dessus l'épaule. Quelque surprise qu'il put ressentir à la vue des soldats était enfouie sous un masque d'impassibilité experte.

– Sergent, salua-t-il le chef. Y a-t-il un problème ?

Le sous-officier s'inclina, mais au strict minimum.

– Toutes mes excuses, Lord Adair, déclara-t-il, sans paraitre le moins du monde désolé. On nous a rapporté que vous auriez été vu en train d'enlever deux hommes au service des Kelbra.

Il tendit des photos des malfrats qui avaient agressé Ari.

– Savez-vous pourquoi on pourrait vous accuser d'un tel acte ?

Ari s'efforça de ne pas regarder la porte du sous-sol. Damien, quant à lui, ne cilla même pas.

– Je n'en ai pas la moindre idée, répondit-il avec le plus grand calme. Ma famille et moi sommes des amis de longue date de l'inspecteur Elrihan, et des soutiens fervents de l'Anthir.

Le sergent eut un rictus de dégout.

– Bien entendu. Loin de moi l'idée de vous accuser. Pour autant, vous comprendrez que je ne peux pas ignorer de telles allégations.

– Évidemment.

Damien s'exprimait d'une voix douce, mais le garde armé de la maison Adair se posta près de lui. En réaction, les soldats portèrent la main à leurs matraques enchantées.

Mikira remua, sa nervosité presque aussi palpable que la leur. Ari lui enjoignit mentalement de rester tranquille. Il suffisait d'un bruit en provenance du sous-sol, ou d'un mouvement malheureux de la tête, et les soldats de l'Anthir découvriraient la vérité.

Le sang.

Comme si cette pensée d'Ari avait attiré l'attention du sergent, celui-ci vit la manche ensanglantée de Damien.

– Vous êtes blessé, Lord Adair ? s'enquit-il avec une inquiétude factice.

Ari intervint par pur réflexe. Elle enfonça la pointe du collier de son Saba dans sa paume, assez fort pour saigner, et tira dessus d'un coup sec avec l'autre main, s'entaillant ainsi la peau au prix d'une douleur cinglante.

– C'est mon sang, déclara-t-elle en montrant sa blessure. Lord Adair était en train de l'inspecter juste avant que vous arriviez, et si vous le voulez bien, j'aimerais qu'on puisse me panser sans trop tarder.

Une lueur d'agacement passa sur le visage du sergent.

– Je vois. Pardonnez-moi, madame.

Il adressa un signe de tête à Damien et ajouta à contrecœur :

– Ça n'était qu'un malentendu. Je vous prie d'accepter mes excuses, Lord Adair.

– Bien sûr, répondit Damien. Mais je n'ai pas bien entendu votre nom, sergent.

Le garde se figea alors qu'il se détournait.

– Jac Eedren.

Mikira se raidit en reconnaissant ce nom, ce qui fit naitre l'ombre d'un sourire sur les lèvres de Damien.

– Ma famille a récemment fait une donation substantielle à un hôpital où est soigné un certain Mr. Eedren. C'est un parent à vous ?

– C'est mon père.

Jac avait blêmi ; la menace à peine voilée de Damien avait fait son effet. Les soldats de l'Anthir avaient pour mission de faire respecter la loi, mais ils n'auraient jamais osé interroger de la sorte un membre d'une famille noble sans preuve solide, ce qui signifiait que quelqu'un les avait envoyés. Quelqu'un dont l'influence au sein de l'Anthir était plus forte encore que celle de la maison Adair.

Ari vit presque Damien prendre note de cet affront. Ce qui les avait sauvés, c'était que les gardes soient venus sans animaux enchantés. Un oiseau ensorcelé pour détecter les mensonges ou un chien charmé pour pister les odeurs auraient constitué bien plus qu'un affront.

Il se serait alors agi d'une attaque, et la réaction de Damien n'aurait pas été une simple menace.

Le jeune lord ajusta sa manchette.

– Vous pouvez disposer, sergent Eedren.

Ce dernier exécuta un salut hâtif, puis quitta le vestibule d'un pas rapide, suivi de près par ses auxiliaires.

– Le garde du bal… et maintenant son fils, remarqua Mikira dès que les soldats furent partis.

– Tout à fait. Si l'on choisit de se faire un ennemi de quelqu'un, mieux vaut tout savoir à son sujet, répondit Damien, avertissement sous-entendu qui n'échappa pas à Ari.

– C'est Rezek qui les a envoyés.

– Je suppose que notre collaboration lui déplait.

Damien se détourna pour aller dans son bureau et ajouta :

– Nous devons nous attendre à d'autres attaques de sa part.

Ari resta parfaitement immobile sur la causeuse tandis que Reid lui bandait méticuleusement la main avec une adresse indiquant qu'il avait été formé. Elle était encore stupéfaite d'avoir agi ainsi. S'impliquer de la sorte était contraire à tout ce que ses parents lui avaient appris. Mais Damien était en danger à cause d'un risque qu'il avait pris pour la protéger. Le moins qu'elle puisse faire était de lui rendre la pareille, même si elle ne comprenait pas ce qui avait motivé l'acte du jeune noble en premier lieu.

Après le départ de l'Anthir, ils s'étaient réunis autour de la table encombrée de livres, devant un feu de tourbe crépitant. D'épais nuages gris avaient envahi le ciel, aussi plusieurs lampes enchantées brillaient-elles çà et là dans la pièce.

Mikira jetait d'incessants coups d'œil dehors. Elle semblait nerveuse, pareille à un animal acculé.

– Avez-vous quelque chose à dire, Miss Rusel ? lui demanda Damien, depuis son siège à côté de la cheminée.

– Appelez-moi Mikira, le reprit-elle, secouée par un frisson. Avez-vous enlevé ces hommes ?

Damien la fixa d'un regard indéchiffrable.

– Non.

Mais vos employés, si. Ari voyait qu'il cherchait à esquiver la question. C'était comme assister à une partie d'échecs : il anticipait toujours plusieurs coups d'avance.

– Ça vous dérangerait si c'était le cas ? dit-il. Ce sont des mercenaires des Kelbra.

La mâchoire de Mikira se figea, les mouvements nerveux de sa jambe cessèrent.

– Ça ne justifie rien. On ne peut pas enlever des gens comme ça !

– Apparemment, si, intervint Reid, qui noua le bandage d'Ari et lâcha sa main. Et bon débarras.

Mikira lui lança un regard agacé, paupières plissées, mais plutôt que de répondre, elle se dirigea vers la porte.

– J'ai du travail au haras. Je reviens demain matin.

Ari hésita à la suivre, mais à la vérité, elle n'avait pas envie d'être seule. Les évènements de la journée l'avaient déstabilisée. Elle observa donc Damien tandis qu'il démontait et nettoyait ses revolvers, et Reid qui prenait des notes dans son journal entre deux observations au microscope. Elle était persuadée qu'ils allaient la congédier, mais ils acceptèrent sa présence sans ciller, et elle se demanda si ce n'était pas là une décision réfléchie de Damien pour la mettre plus à l'aise.

– Qu'allez-vous faire de ces hommes ? s'enquit-elle, en songeant au sergent de l'Anthir.

Damien leva les yeux de l'arme dont il essuyait soigneusement la carcasse.

– Je les relâcherai demain matin.

Les imaginer de retour dans la rue, en mesure de nuire, comprima la poitrine d'Ari, mais à quoi s'attendait-elle ? Qu'il les retienne prisonniers pour toujours ?

Aucune de ses réactions n'ayant échappé au regard acéré de Damien, celui-ci plaça son revolver sur le chiffon étendu devant lui.

– Ils ne s'en prendront plus à toi. Tu es sous ma protection, maintenant. Tu es en sécurité.

En sécurité. Elle faillit rire à cette affirmation. Elle n'avait jamais été en sécurité depuis qu'elle avait fui son foyer sans rien d'autre que les vêtements sur son dos et un livre dont elle ne pouvait se débarrasser en dépit de ses efforts.

– Je n'aurai rien à craindre d'eux, d'accord, mais vous ne serez pas le dernier à découvrir que je ne suis pas assermentée. L'Anthir viendra m'arrêter un jour ou l'autre.

– Si tu fais référence au marchand d'enchantés dont j'ai parlé, il ne posera pas de problème, lui affirma Damien, en reprenant son whisky. Nous lui ferons comprendre que nous comptons sur sa discrétion.

Elle frissonna, mais ne protesta pas. Son regard se porta sur les revolvers démontés. Elle voulait être capable de se défendre, de ne pas dépendre des Adair pour la protéger. Elle en avait assez de s'en remettre à d'autres, de se plier à leurs caprices. Damien était peut-être différent des nobles hautains qui l'avaient traitée avec mépris jusqu'alors, mais il n'en détenait pas moins un immense pouvoir, et pas elle.

Elle allait y remédier.

Un domestique frappa et entra.

– Lord Adair, les ingrédients que vous avez commandés sont arrivés.

– Tu peux les entreposer dans le cabinet de travail, répondit Damien.

Reid leva vivement la tête quand des ouvriers apportèrent des tonneaux de terre et d'eau jusqu'à la porte à sa gauche.

– Tu vas l'installer dans mon atelier ? demanda-t-il.

– Si elle travaille ici, Mikira la verra, et je n'ai pas l'intention de l'enfermer dans une pièce isolée. Tu n'utilises que mon bureau, de toute façon.

– C'est plus lumineux, ici !

– Alors de quoi te plains-tu ?

Reid maugréa quelque commentaire inintelligible et suivit les ouvriers, ses instructions agacées audibles depuis la pièce adjacente. Damien avait confié à Arielle que Reid connaissait la vérité au sujet de ses pouvoirs, mais les entendre en parler si ouvertement tous les deux la mettait mal à l'aise.

Lorsque la livraison fut terminée, Reid était pâle et accablé. Il s'enfonça lourdement dans la causeuse avec la plus grande tasse de thé qu'Ari ait jamais vue et son chat sur les genoux.

– Il y a de la terre sur le parquet, grommela-t-il. De la terre !

– Nous allons te laisser te morfondre en paix, railla Damien.

D'un signe de tête, il invita Ari à l'accompagner dans la pièce voisine. Les ouvriers y avaient disposé les ingrédients par catégories : argile et eau pour le golem, vérillion pour la magie, et poudres de pierres précieuses qui serviraient à lier les sortilèges. La salle était spacieuse, pourvue d'un bureau aménagé qui occupait tout un pan de mur, sur lequel on avait accroché des planches anatomiques et des esquisses de paysages. Sur le mur opposé, les étagères de la bibliothèque accueillaient un assortiment méticuleusement organisé de bocaux de thé, de matériel scientifique, et d'ouvrages épais comme son poing.

Une autre porte menait à ce qui devait être la chambre de Reid, dont l'accès était presque bloqué par les barriques de terre.

– As-tu tout ce qu'il te faut ?

– Je crois, répondit-elle, en tirant vers elle une pile de seaux. Je vais d'abord préparer l'argile.

Damien s'était changé après le départ de l'Anthir – il portait un gilet gris satiné et une chemise blanche propre –, aussi retira-t-il son gilet et se retroussa-t-il les manches.

– Si tu me donnes des instructions, je peux t'aider.

Elle lui indiqua les proportions d'eau et de terre, les différentes façons de les mélanger, après quoi il faudrait reposer l'argile afin qu'il se sépare des sédiments. Ils travaillèrent côte à côte en silence pendant quelque temps, Ari prenant de grandes précautions à cause de sa main blessée.

– Vas-tu façonner le cheval puis lui associer les enchantements, ou les lier à la terre avant de le fabriquer ? demanda-t-il alors qu'ils s'attaquaient aux derniers seaux.

La boue qui éclaboussait sa chemise et séchait sur ses avant-bras détonnait avec ses cheveux soigneusement coiffés et ses habits raffinés.

– J'intégrerai le vérillion et les gemmes à l'argile, puis, quand j'aurai modelé le cheval, je lui attacherai les sortilèges avant de lui insuffler la vie, expliqua-t-elle, chacun des mots qu'elle prononçait lui paraissant plus étrange que le précédent.

Elle n'avait encore jamais parlé de la conception des golems avec qui que ce soit. C'était une tâche qu'elle accomplissait seule dans son atelier, consciente que, si quiconque la découvrait, ce serait la condamnation à mort.

Damien plongea une petite cruche dans l'eau et la porta jusqu'à son seau.

– C'est une honte qu'il reste si peu de vestiges de cet art.

Il versa l'eau dans le récipient, puis mélangea le tout.

– J'aurais aimé le voir pratiqué à son apogée.

Ari, qui remuait sa propre mixture, se figea. La fabrication d'un golem n'était pas très différente de l'enchantement d'un animal vivant. C'était seulement une autre application de la même magie, et pourtant cette pratique avait été condamnée et reléguée aux oubliettes de l'histoire parce qu'un royaume puissant voulait en assujettir un autre.

– Je n'ai jamais compris pourquoi les Enderliens le détestent autant, dit-elle. Pourquoi ils *nous* détestent autant.

– Ils y voient une menace. Les golems ont repoussé l'armée enderlienne pendant des années, avant qu'elle réussisse sa percée. Dès que le drapeau de l'Enderlain a flotté sur le palais royal du Kinahara, le gouvernement a réprimé la magie kinienne. Très vite, l'Église de Sendia l'a qualifiée d'abomination, de perversion du don de Sendia à l'humanité.

– Ce sont les Messagers qui ont apporté la magie aux hommes, pas Sendia.

Elle ne connaissait peut-être pas grand-chose à sa religion, mais elle savait au moins cela. Les Enderliens étaient d'ailleurs d'accord sur ce point, même s'ils croyaient que la déesse Sendia avait envoyé les Messagers. Dans la croyance kinienne, il n'y avait pas de déesse, seulement les Messagers.

– Leur religion est dérivée de la nôtre, non ? Comment ont-ils pu se retourner contre nous et nous traiter de peuple perverti ?

Damien racla son bâton contre le bord du seau, qu'il déposa au milieu des autres récipients.

– On peut se permettre beaucoup de choses quand on dispose d'une armée de cette taille. Ce continent n'avait jamais rien vu de tel auparavant, il n'a jamais rien connu de tel depuis. Si le Cataclysme n'avait pas détruit autant de bataillons enderliens, la Guerre éternelle aurait pris fin il y a des années, mais l'Enderlain ne s'en est pas encore tout à fait remis.

La plus grande partie de l'armée du royaume, constituée pour moitié de fermiers et de commençants conscrits, se trouvait à présent au Célair. Ari avait entendu dire que le Conseil des Lords gardait les soldats de métier dans des places fortes et des villes de garnison çà et là dans le royaume, et envoyait mourir au front ceux qu'il considérait comme dispensables. L'offensive n'était pas de la même ampleur que celle subie par le Kinahara, mais elle était suffisante pour bouleverser la marche de tout le pays.

Ari mit son seau avec les autres.

– Comment savez-vous tout ça ?

C'était là le genre d'informations qu'elle rêvait d'obtenir depuis des années, sans jamais y avoir eu accès.

– Ma mère était historienne, et je m'intéresse de très près à l'histoire, répondit Damien, tout en emplissant de terre un autre récipient. Je collectionne des livres sur le sujet. Tu peux les consulter à ta convenance, même si pour le bien de Reid, je te demanderai de faire attention à ne pas les salir avec l'argile. Ce serait la goutte qui ferait déborder le vase.

Un sourire courba les lèvres d'Ari.

– Vous y croyez, alors ? Aux Messagers ?

– Je crois à ce que je vois et aux choses dont je sens la présence.

La déception d'Ari dut être visible, car il s'empressa d'ajouter :

– Mais j'ai aussi des livres sur le kinaïsme, y compris une Arkala, et j'ai des amis qui seraient ravis d'en discuter avec toi, si tu le souhaites.

Elle n'était pas encore certaine de savoir ce qu'elle souhaitait. Si les croyances et la prière étaient deux des piliers de sa culture et de sa religion, ce n'étaient pas les seuls. De toute évidence, Damien excellait dans un autre : l'étude. Le kinaïsme accordait une grande valeur à l'apprentissage, au recours au savoir pour rendre le monde meilleur, comme les Messagers l'avaient fait pour l'humanité.

C'était là toute l'étendue des connaissances d'Ari. Elle était capable de créer des golems, mais il lui manquait la compréhension de leur passé et de leur dessein, elle connaissait l'importance de la communauté pour son peuple, sans jamais avoir pu découvrir ce que cela signifiait concrètement. Sa culture était pareille à des bouts de tapisserie remisés dans une pièce obscure, rapiécés à l'aide de livres volés et de murmures glanés quand ses parents la croyaient endormie.

Sa famille avait même vécu à l'écart de l'eida de leur village. Pour toutes ces raisons, elle ne s'était jamais sentie kinienne à part entière. Une si grande part de son histoire, de sa culture, de la religion de son peuple, lui avait été cachée par ses parents. Elle n'en détenait que les plus petits fragments, un fil fragile la reliant à une autre vie au sujet de laquelle, plus que tout au monde, elle voulait en savoir davantage.

– J'aimerais d'abord commencer par les livres, déclara-t-elle au bout d'un moment.

Damien hocha la tête et Ari traina le dernier seau jusqu'à la rangée avant de contempler l'ensemble.

– Vous pensez que nous y retournerons un jour ? s'enquit-elle. Au Kinahara ?

Quand la magie des Hérétiques avait dévasté l'île, elle n'avait pas seulement détruit les bâtiments et emporté des vies. Elle avait imprégné les animaux et les arbres, l'eau et la terre, en une chape si épaisse qu'on suffoquait dessous. Les habitants qui vivaient près de l'épicentre de l'éruption étaient morts des retombées quelques heures après, rongés de l'intérieur comme par une addiction au vérillion. Les récits qu'elle avait entendus relataient que jusqu'à ce jour, quelques minutes passées sur l'île suffisaient à vous condamner.

Damien vint se poster à côté d'elle, et elle se sentit réconfortée par sa proximité, malgré la froideur de sa réponse :

– Non, dit-il doucement. Je crois que le Kinahara a disparu à jamais.

9
MIKIRA

Mikira avait l'impression de voler.

Oubliés les soucis qui la lestaient autant que des sacs de selle, oubliés leur plan dangereux et l'homme plus dangereux encore avec qui elle était liguée. Le monde extérieur n'existait plus ; elle n'avait conscience que d'Eilora qui filait à toute allure sur la piste, du vent qui s'engouffrait dans ses cheveux, du lourd martèlement des sabots dont le rythme régulier égalait les battements rapides de son cœur.

Lorsqu'elles passèrent le dernier virage, Mikira lâcha la bride à la jument, et elles franchirent la ligne d'arrivée dans une ultime explosion de vitesse. Eilora ralentit, et le rêve, rien d'autre qu'une belle illusion, se dissipa. Tous les soucis de Mikira se raccrochèrent à elle telles des sangsues assoiffées de son sang – le calvaire de son père, les regards inquiets que Nelda et Ailene ne parvenaient à cacher quand elle quittait la maison chaque matin, la compétition qui approchait.

Elle fit faire des cercles à Eilora à grandes enjambées, afin qu'elles reprennent leur souffle toutes les deux. C'était leur troisième course de la matinée, l'enchantement d'Eilora pour l'endurance lui conférant un surplus d'énergie. Peu de sortilèges pouvaient y être associés pendant l'élevage, mais la docilité était un des rares qu'il n'étouffait pas.

– Pas mal, lui lança Reid depuis la lice, sur laquelle il était accoudé, son chat Bidule juché sur son épaule.

Mikira dirigea Eilora vers lui d'une légère talonnade.

– Qu'est-ce qui t'arrive, tu te sens mal ? On aurait presque dit un compliment.

Reid haussa les épaules.

– Tu progresses. Même si tu lui lâches toujours la bride trop tard, et que tes départs sont mous. Et puis, est-ce que tu es obligée d'avoir ce sourire benêt aux lèvres pendant toute la course ?

Elle leva les yeux au ciel.

– Voilà. Là, je te reconnais.

Après quatre jours passés à s'entrainer avec Reid et à essuyer ses commentaires narquois, ceux-ci ne l'affectaient presque plus. Elle avait vite compris que ce n'étaient que des aboiements de roquet inoffensif. Ses innombrables remarques cassantes ne pouvaient faire oublier qu'il préparait le thé pour tout le monde, ou qu'il se rendait sur le champ de courses dès l'aube quand Mikira le lui demandait, et qu'il y restait jusque tard après le coucher du soleil. Cet aspect de sa personnalité, l'attention permanente qu'il portait à ceux qui l'entouraient, lui faisait penser à Talyana.

En songeant à elle, son cœur se serra. Ce n'était pas la première amie qu'elle avait perdue, mais jamais un tel éloignement n'avait été plus douloureux. Elles avaient été inséparables, jusqu'à ce qu'un jour Rezek vienne percevoir le loyer mensuel des Rusel, et que Talyana lui dise d'aller aux enfers. Il avait alors sorti son revolver et tiré dans le vase d'œillets qu'elle tenait à la main.

Après cela, les parents de la jeune fille ne l'avaient jamais laissée revenir.

Mikira mit pied à terre et ramena Eilora vers l'écurie, calculant déjà combien de temps elle allait pouvoir rester ce jour-là. Nelda et Ailene redoublaient d'efforts pour s'occuper du haras en son absence, mais elle ne voulait pas que la totalité du travail leur incombe. Le haras était sa responsabilité, et depuis quelque temps, elle le négligeait trop. Elle négligeait ses sœurs aussi. Malgré une certaine culpabilité, Mikira se sentait en partie soulagée. Depuis qu'elle était rentrée chez elle le premier soir, elle avait esquivé leurs questions au sujet de la course – comment elle avait pu s'y inscrire, qui était son sponsor, comment s'appelait son cheval.

Au cas où son entreprise avec Damien se solderait par une catastrophe, mieux valait qu'elles soient impliquées le moins possible.

Reid la suivit, réussissant l'exploit d'avoir l'air de rôder dans l'ombre même en plein jour. Comme toujours, il était vêtu entièrement de noir malgré la douceur de l'après-midi, toutefois il ne portait ni gilet ni veste, et il avait assez relevé ses manches pour laisser paraitre un enchevêtrement de bracelets en cuir et des motifs à l'encre noire tracés sur sa peau pâle.

– Ça en fait, des tatouages, commenta-t-elle, en désignant ses bras d'un signe de tête.

Reid fixa du regard l'écurie qui se dressait devant eux, faisant à l'évidence mine de ne pas l'avoir entendue.

– On a fini trop de soirées ivre mort ? insista-t-elle.

Il tourna vivement la tête.

– Ça, gronda-t-il, ça ne te regarde pas. À moins que tu aies envie de m'expliquer ce que ça fait de se soumettre à Rezek Kelbra. Je suis sûr que vous vous entendez incroyablement bien, tous les deux.

Mikira se figea, gagnée par une colère froide. Puis elle lui plaqua les rênes d'Eilora contre la poitrine.

– Laisse tomber. Je ne sais même pas pourquoi j'ai posé la question.

Elle repartit à grands pas furieux vers le manoir, ignorant les jockeys et les lads qui la suivaient du regard. Elle n'avait pas envisagé de sympathiser avec ces gens – Reid était un malotru, elle voyait rarement Arielle, et il lui restait à être convaincue que Damien n'était pas aussi détestable que Rezek –, mais était-ce trop demander que d'avoir une simple conversation ?

– En plus d'être bête et caractériel, ce qu'il peut…

– Vous finissez tôt, aujourd'hui, coupa Damien.

Sans s'en rendre compte, Mikira avait atteint la cour principale devant la suite du noble, qui approchait par la galerie.

– Au bout d'un moment, Reid me tape trop sur les nerfs, répondit-elle.

Un petit sourire se dessina sur les lèvres du jeune lord. Contrairement à Reid, il était vêtu tel un gentleman de la tête aux pieds, le gris argenté de son gilet étincelant comme l'acier au soleil. À moins que ce fussent ses revolvers de Lonlarra. Songer à ces armes la glaça. Elle n'avait jamais aimé les armes à feu – froides et impersonnelles, trop létales pour leur facilité d'utilisation.

– J'ai un rendez-vous, lui indiqua Damien. Mais vous pouvez rester, si vous le souhaitez.

Mikira le suivit à l'intérieur, où un homme très pâle, aux yeux brunis par des poches de fatigue, attendait assis devant le bureau, triturant un chapeau melon qu'il tenait par le bord.

Il se leva d'un bond quand Damien entra, puis s'inclina.

– Lord Adair, merci de me recevoir, déclara-t-il avec un fort accent du royaume du Vyna, aux voyelles pincées et gutturales.

Damien s'assit en face de lui, devant une pile de lettres, sans détourner son attention de son visiteur.

– Mr. Vonner, en quoi puis-je vous être utile ?

L'homme se tassa au fond de son siège.

– Je, euh, je viens pour un prêt. Ma fille… L'enterrement nous a couté tout ce qu'on avait, à mon mari et moi, et l'armée royale refuse de prendre les frais à sa charge. Ils affirment que c'était une déserteuse, mais je sais que c'est un mensonge. Mon Evie n'aurait jamais fui devant l'ennemi. Et maintenant, à la boutique… sans elle, je ne peux pas honorer les commandes, et je n'ai pas les moyens d'embaucher.

Il fallut quelques instants à Mikira pour comprendre de quoi il retournait. Les lords des maisons mineures étaient responsables des affaires courantes de Veradell, la ville étant répartie entre eux en quartiers, mais jamais elle n'avait eu vent d'un noble recevant directement ses administrés, et encore moins accordant des prêts. Damien sortit pourtant une feuille préremplie de sa table de travail et se munit d'un stylo.

– Je vais prendre en charge les frais des obsèques, annonça-t-il, en écrivant quelque chose au bas du document, qu'il plia en deux. Apportez cela chez Tavi & Fils, ils vous remettront les fonds.

Mr. Vonner fit un petit bruit étranglé et serra plus fort le bord de son chapeau.

– Merci, Votre Seigneurie.

Damien versa une goutte de cire chaude sur le papier, puis pressa dessus sa bague sigillaire, indiquant par son sceau l'authenticité de l'ordre.

– Ça t'étonne ? retentit la voix de Reid, qui la fit sursauter.

Elle se tenait toujours sur le perron, peinant à comprendre la scène qui se déroulait devant elle. Rezek aurait forcé l'homme à le supplier. Puis il aurait ajouté tant de conditions à son prêt que le malheureux aurait fini par lui devoir plus qu'il ne lui empruntait, jusqu'à ne plus avoir d'autre choix que de lui céder son commerce.

– Il fait ça souvent ? s'enquit-elle.

– Si je te réponds oui, tu arrêteras de le regarder comme s'il risquait de t'abattre à tout moment ?

Mikira crispa la mâchoire pour retenir la saillie caustique qu'elle aurait voulu lui cracher au visage. Mr. Vonner termina de remercier Damien et les salua en passant, la feuille pressée contre la poitrine et la tête bien haute. Mikira eut beaucoup de mal à associer cette information aux rumeurs qui circulaient au sujet de la maison Adair, et elle ne pouvait pas davantage oublier le traitement que Damien avait infligé au garde le soir de leur rencontre. Sous son aspect distingué couvait une grande brutalité.

Reid se faufila à côté d'elle pour gagner son bureau. Elle entendit de l'eau couler et le cliquetis d'une théière. Damien prenait des notes dans un livre à reliure de cuir, et Ari était toujours enfermée dans le cabinet de travail. Mikira eut soudain la sensation de ne pas être à sa place. Devait-elle s'assoir ? Non, elle abimerait les meubles avec la saleté et la sueur dont elle était couverte. Arielle avait indiqué clairement qu'elle ne souhaitait pas être dérangée pendant qu'elle travaillait, et il était hors de question qu'elle suive Reid dans son bureau. Elle était convaincue qu'il y entreposait d'innombrables squelettes et cercueils.

Comment allait-elle réussir à collaborer encore plusieurs semaines avec ces gens si elle n'était même pas capable de décider où s'assoir ?

– Le déjeuner sera servi sous peu, et nous pourrons discuter de notre stratégie pour la première course, déclara Damien, en refermant son livre.

Mikira s'en voulut d'être si soulagée qu'il ait enfin parlé, mais elle se jeta sur l'occasion de poursuivre la conversation.

– Vous n'arrêtez pas de répéter ça. La stratégie, c'est de gagner.

– Mauvaise stratégie ! cria Reid depuis son bureau.

– On ne t'a pas demandé ton avis !

Reid apparut dans l'embrasure, une tasse de thé à la main. Elle commençait à soupçonner qu'il ne buvait rien d'autre. Il prit sa place habituelle dans la causeuse avec Bidule.

– Tu as déjà assisté à l'Illinir ?

Mikira rougit.

– Non, mais je sais comment ça se passe. Où veux-tu en venir ?

– Là où il veut en venir, intervint Damien, en se levant pour rejoindre son ami dans le coin salon, c'est que l'Illinir est autant une bataille qu'une course. Dès que vous aurez franchi la ligne de départ, toutes les armes que les jockeys prétendaient ne pas détenir se retrouveront plantées dans le dos des uns et des autres.

Mikira connaissait très bien la réputation sanglante de cette course.

– Et donc ?

– Donc, remporter la première épreuve est le moyen le plus sûr de devenir une cible, répondit Reid, qui s'enfonça dans son siège comme s'il espérait que celui-ci l'enveloppe assez pour échapper à la conversation.

Damien prit place dans un fauteuil.

– Les candidats à la victoire vont essayer d'éliminer leurs adversaires dangereux le plus tôt possible. Si vous montrez que vous êtes une concurrente sérieuse, ce sera vous.

Mikira savait déjà qu'il lui faudrait se défendre au cours de la compétition, mais s'entendre qualifier de cible rendit ce fait d'autant plus tangible. Et si, au bout du compte, ses efforts ne lui valaient qu'un couteau planté dans le ventre ? Elle devait au moins en sortir vivante, sinon ses sœurs se retrouveraient seules.

Elle déglutit nerveusement.

– D'accord. Alors quel est le plan ?

– Fais-leur croire que tu es terriblement mauvaise, répondit Reid. Ça ne devrait pas être trop difficile.

Oh, il va vraiment finir par la prendre sur la tête, sa tasse de thé brulant.

– Vous voulez que je perde, dit-elle, l'air prête à étrangler Reid.

– Nous voulons qu'ils vous sous-estiment, précisa Damien en décochant un regard désapprobateur à son ami. Cent cavaliers s'engagent dans cette course. Seuls cinquante accèderont à la deuxième épreuve, vingt-cinq à la troisième, et dix à la finale. Vous devrez progresser à chaque étape, mais ne terminez pas première dès le début. De cette manière, on ne vous considèrera pas comme une priorité, et vous serez qualifiée pour la finale sans que personne n'ait rien vu venir.

Mikira n'aurait pu expliquer pourquoi cela lui déplaisait tant. Ce plan était pourtant sensé. Mais la perspective de passer pour une mauvaise cavalière devant tant de monde qui la connaissait, et connaissait son père, l'atteignait dans son orgueil. On avait assez piétiné comme ça le nom de sa famille.

– Vous en serez capable ? demanda Damien.

Elle eut l'impression qu'il lui lançait un défi. Elle croisa les bras.

– Bien sûr.

– Parfait.

On leur apporta le déjeuner, assortiment de fromages légers, de fruits et de pain, que les domestiques disposèrent sur les piles de livres comme s'ils étaient habitués à ce qu'elles servent de table. Arielle s'était jointe à eux, le visage et les mains fraichement lavés, et les cheveux relevés au-dessus de sa tête dans un foulard aux couleurs vives. Les ecchymoses à sa gorge étaient devenues jaune pâle, et sa main blessée n'était plus bandée.

À l'invitation de Damien, Mikira s'approcha, sans accorder d'importance aux protestations que Reid maugréa au sujet de l'état de ses vêtements dès qu'elle s'assit sur la causeuse.

– Les comptes rendus qui nous parviennent des démonstrations correspondent à peu près à ce que nous avions anticipé, commença Damien, en brandissant une liasse de documents. La plupart des cavaliers qui se trouvent un sponsor ne sont guère plus que des criminels qui espèrent arracher la victoire par la violence. Et j'ai fait espionner les autres concurrents ; il semblerait que la tendance dominante soit les enchantements pour la vitesse.

– Je peux en intégrer un à notre cheval, déclara Arielle, qui dégustait déjà sa troisième portion de pain au fromage.

Mikira piochait dans les victuailles disposées à côté d'elle, mais Reid, lui, ne paraissait s'intéresser qu'à son thé, et sans qu'elle sache pourquoi, elle peinait à imaginer Damien en train de se nourrir, comme s'il ne vivait que de regards stoïques et d'un apport régulier en renseignements.

– Connaissez-vous l'ordre des enchantements propres à chaque course ? lui demanda-t-il, en posant ses documents.

– Les enchantements d'énergie d'abord, répondit Mikira. Le parcours mettra à l'épreuve l'agilité des montures avec les sortilèges de mouvement, d'énergie et de lumière.

Il en allait ainsi à chaque Illinir. Le champ de courses de la maison Dramara, par lequel débutait la compétition, était imprégné d'enchantements d'énergie. Il était suivi par celui de la maison Vanadahl, axé sur les enchantements comportementaux, puis la maison Ruthar et ses enchantements physiques, et enfin, la série s'achevait par les sortilèges célestes de la maison Kelbra. Chaque course était censée mettre à l'honneur la magie d'un Messager, mais à la vérité, elles étaient devenues un moyen pour chaque maison majeure de mettre en avant les talents de ses enchanteurs, qui essayaient de surpasser les autres.

Damien hocha la tête.

– Les enchantements sont différents à chaque Illinir, et leur conception est maintenue secrète, alors je pense qu'un charme d'agilité globale serait un choix judicieux.

– L'endurance serait un bon complément à la catégorie physique, ajouta Mikira d'un ton songeur. Mais je serais plus tentée d'opter pour un sortilège comportemental pour que le cheval reste calme, ou quelque chose de céleste, qui pourrait être utile pour la dernière course.

Damien tapota son accoudoir du doigt.

– Historiquement, les épreuves célestes et comportementales visent davantage les cavaliers que les montures. À mon avis, mieux vaut anticiper surtout les épreuves physiques.

– Donc vitesse, agilité et endurance ? demanda Arielle, en remplissant son assiette de la moitié des fruits présents sur le plateau. C'est dans mes cordes.

– Tant mieux.

Damien se leva et consulta sa montre de gousset.

– Je dois me rendre à un autre rendez-vous. En attendant, Mikira, vous allez commencer à forger votre image lors du bal d'ouverture – en n'y allant pas.

Mikira battit des paupières.

– Pardon ?

Le bal d'ouverture marquait le début de l'Illinir. C'était le premier d'une série de quatre, donnés par les grandes maisons avant chaque épreuve, qui culminait par un dernier au palais royal. On y avait l'opportunité de placer des paris, de conclure des alliances, et de jauger la concurrence. En sauter un ne rimait à rien, même si Mikira redoutait la perspective d'y assister.

– Plus on verra ton visage, plus on se souviendra de toi, expliqua Reid en grattant Bidule derrière une oreille. Et vu que tu ne tiendras sans doute pas cinq secondes sans envoyer paitre quelqu'un, ça vaut mieux que tu ne croises personne.

– C'est l'hôpital qui se fout de la charité !

Damien fit claquer le couvercle de sa montre.

– Votre objectif pour les deux prochaines semaines, c'est de ne pas attirer l'attention. Plus vous serez anonyme, plus facile ce sera de passer inaperçue dans la première course.

Mikira poussa un profond soupir. Tout ça allait mal se terminer.

10
ARIELLE

Au cours des jours suivants, Ari s'installa dans un rythme régulier. Chaque matin, elle prenait le petit-déjeuner avec Reid et Damien – Mikira se joignant parfois à eux – avant de s'enfermer dans l'atelier. Une fois la totalité de son argile préparée, elle s'était attelée à y intégrer le vérillion et l'émeraude en poudre pour les enchantements physiques demandés par Mikira, ainsi que le diamant broyé pour les sorts célestes qu'elle envisageait d'ajouter.

Il allait être difficile d'imbriquer les nombreux sortilèges physiques avec les célestes et Ari n'était pas encore certaine d'y parvenir, mais l'attribution de son permis d'enchanteresse dépendant de la victoire de Mikira à la course, elle voulait donner à cette fille autant d'avantages que possible. Un cheval capable de détecter le danger et de ne jamais se perdre serait inestimable.

Elle passait ses soirées en compagnie de Reid et Damien, à feuilleter le *Livre des enchantements*, un ouvrage recensant les charmes communs que Damien lui avait obtenu, avant de s'essayer dans sa chambre à ce qu'elle avait appris seule.

Les garçons étant sortis pour la matinée, Ari en profita pour emporter à l'atelier son dernier projet en date : un mark de bronze, qu'elle tentait d'ensorceler pour qu'il décèle le danger.

Pour lui associer vérillion et diamant, elle les avait mélangés à de la peinture adhésive, dont elle avait enduit la pièce, avant de la laisser sécher une nuit entière. Elle prit la pièce et murmura un sort d'association. Le mark lui résista, et elle eut du mal à l'imprégner de magie. Lorsqu'elle eut achevé son enchantement, elle ignorait si celui-ci avait fonctionné, et des élancements familiers lui martelaient la tête.

– Il y a quelqu'un ? retentit la voix de Mikira dans le salon.

Ari se précipita pour fermer la porte de l'atelier de sorte que la cavalière n'en voie pas l'intérieur. La pièce de monnaie, comme elle le craignait, était restée inerte. Pour la détection du danger, on repasserait. Elle la fourra dans la poche de son chemisier.

Elle ne représente aucun danger pour toi, lui siffla la voix, dont l'ampleur la stupéfia. Depuis qu'Ari avait découvert la magie, ses pensées lui semblaient quelque peu laborieuses, ce qu'elle avait mis sur le compte des migraines qui lui embrumaient souvent l'esprit. Mais depuis quelque temps, le brouillard ne la quittait plus.

Et depuis le matin où elle avait créé le golem pour Lady Belda, elle se sentait vraiment… *étrange*, comme si à chaque recours à sa magie, à chaque golem auquel elle donnait vie, elle devenait plus forte.

Ne dis pas de bêtises, se morigéna-t-elle, avant d'écarter cette pensée.

– Mikira, dit-elle. Qu'est-ce que tu fais là ?

La jeune fille était vêtue pour monter à cheval, les cheveux tressés en natte approximative qu'il démangea Ari de retravailler. L'arête de son nez, constellée de taches de rousseur, était rougie par un coup de soleil.

– Comment ça ? Je viens m'entrainer.

– Reid ne t'a pas prévenue que Damien et lui s'absentaient pour affaires toute la matinée ?

– Non, parce que pour ça il faudrait que Reid ne soit pas un sale égoïste.

Mikira se passa la main sur le visage et grimaça lorsqu'elle effleura sa brulure.

– Je me suis débarrassée de toutes mes corvées ce matin exprès pour pouvoir être là, reprit-elle. On cuit, dehors, tu es au courant ?

– C'est un four, reconnut Ari, en songeant à l'argile qu'elle avait entreposée dans l'obscurité de l'atelier de Reid.

Ce jour-là, peut-être aurait-il mieux valu se consacrer à des tâches n'ayant pas trait au golem.

– J'ai quelques bricoles à acheter, dit-elle. Tu m'accompagnes ?

Mikira hésita.

– Damien m'a conseillé de ne pas me faire remarquer.

– Nous allons faire des courses, pas braquer une banque. Allez, viens.

Elles prirent un des fiacres envoûtés que Damien avait mis à la disposition d'Ari. Elle était déjà montée dans l'un d'eux le jour où il l'avait convoquée au manoir, mais la deuxième fois ne fut pas moins déconcertante, et elle s'agrippa à la banquette des deux mains. Mikira garda les yeux rivés au-dehors, les bras croisés et l'air profondément agacée.

– Alors, c'est comment de travailler dans un élevage d'enchantés ? s'enquit Ari pour se distraire du malaise qui grandissait en elle.

Cette question arracha enfin Mikira à sa contemplation du paysage.

– Oh, euh, c'est formidable. Avant, ça l'était, en tout cas.

Ari ne put déterminer ce qui déplaisait le plus à sa camarade de voyage : faire la conversation, ou ce sujet particulier. Elle non plus n'était pas très familière de ces échanges. Si elle n'avait pas passé les jours précédents à discuter avec Reid et Damien, elle n'aurait sans doute pas prononcé un mot de tout le trajet.

– J'aime vraiment m'occuper des chevaux, reprit Mikira, qui sembla se détendre. J'aime les tâches du quotidien, mais mon rêve, c'est que d'autres s'en chargent à ma place, pour que je puisse me concentrer sur l'élaboration des lignées. J'ai toujours voulu me plonger dans les vieilles recherches de ma grand-mère. Elle était biologiste, et elle était érudite en matière de croisements d'enchantements.

– Est-ce que c'est compliqué ? Comment on décide lesquels élever ?

Mikira desserra les bras et se pencha vers elle, les coudes appuyés sur les genoux.

– C'est une science. Certains sortilèges ne peuvent être associés à d'autres, et croiser le même plusieurs fois permet d'obtenir un enchanté très fort. Une association du même type d'enchantements est la meilleure stratégie, ce qui explique pourquoi on trouve de nombreux animaux avec endurance et vitesse attribuées comme un tout indissociable. Mais certains charmes prennent le dessus sur d'autres, et c'est pour ça qu'il est très rare de voir une monture enchantée pour la force bénéficier d'un autre sortilège.

Plus elles discutaient, plus Mikira se livrait. Elle parla à Ari de ses sœurs, lui raconta qu'Ailene réclamait un chien enchanté depuis toute petite, et que Nelda se nourrissait de livres. Lorsqu'elles atteignirent la rangée de boutiques de Tea Street, dans le quartier de Pendron, elles mirent toutes les deux un certain temps à s'apercevoir que leur fiacre s'était arrêté.

– Ça faisait longtemps que je n'avais pas pu bavarder de tout ça, déclara Mikira, tandis qu'elles émergeaient dans l'après-midi étouffant. Parfois, j'ai l'impression de ne plus jamais parler de rien d'autre que de Rezek.

– Il m'a l'air très désagréable.

– Un rhume, c'est désagréable. Rezek est à la limite du tueur sanguinaire.

Les jeunes femmes entrèrent dans une échoppe étroite nommée le Renard et la Plume, une librairie kinienne où s'alignaient des ouvrages d'occasion dont Ari rêvait depuis des mois. À présent, au bout de deux semaines de son activité, Damien lui avait payé ses premiers gages le matin même, et elle avait su aussitôt ce qu'elle allait s'offrir. Peu après, elle possédait sa propre Arkala, dont la couverture était ornée d'une silhouette d'Aslir.

Ce qu'elle désirait vraiment était un livre d'enchantements kiniens, mais Damien l'avait prévenue qu'il serait difficile de trouver des textes authentiques, et lui avait demandé qu'elle le laisse s'en charger, car il pouvait le faire en toute discrétion et sans qu'on établisse un lien avec eux. Les ouvrages d'enchanteurs classiques étaient déjà soumis à de lourdes réglementations ; ils ne pouvaient se permettre d'attirer sur eux l'attention que susciteraient les écrits kiniens.

Lorsqu'elles ressortirent de la pénombre fraiche de la librairie, la rue était noire de monde.

– Allons vers la place, dit Mikira, en se dressant sur la pointe des pieds pour voir au-delà de la foule qui s'amassait. Je crois que la harangue royale va commencer.

– Pardon ? s'enquit Ari, qui alla déposer son livre dans le fiacre avant de la suivre.

– La famille royale s'adresse toujours à la ville le soir du bal d'ouverture. Ça marque le début des fêtes de l'Illinir.

Mikira montra du doigt deux rangées de cabanons en bois érigés de part et d'autre de la rue. Des effigies en étoffe et en pierres précieuses figurant les quatre Messagers étaient suspendues entre les lampadaires. Les énormes cornes en émeraude de Rach étincelaient d'un reflet noir sous le jour déclinant, les ailes déployées de Skylis flamboyaient de la splendeur du coucher de soleil. Le pelage blanc immaculé d'Aslir brillait tel un phare dans la nuit, mais c'était Lyzairin, le Grand serpent, qu'on retrouvait le plus.

Malgré toute l'aversion que les sendistes vouaient au kinaïsme, ils empruntaient beaucoup à ses traditions, et Ari se demandait s'ils les comprenaient un tant soit peu. Savaient-ils pourquoi la figure de Lyzairin était associée aux fêtes, pourquoi son long corps était la plupart du temps représenté dans un cercle, symbolisant le pilier de l'unité et de la communauté, central pour la culture kinienne ? Ou était-ce simplement parce qu'ils aimaient son aspect, ses écailles qui scintillaient tels des lapis-lazulis, ses crocs et ses griffes sortis en signe de mise en garde ?

Jusqu'à récemment, Ari elle-même n'avait rien su de tout cela. Elle avait aussi ignoré qu'il était contraire aux coutumes kiniennes de façonner des idoles à l'effigie des Messagers, mais au fil de ses années passées à Veradell, elle avait compris que la plupart de ses habitants traitaient les Messagers comme des mythes. L'Ordre de Sendia attirait encore un nombre conséquent d'adeptes dans ses églises, et ses ecclésiastiques continuaient à prêcher dans la rue, mais la plupart d'entre eux semblaient ne voir dans les Messagers que des allégories.

Elles se joignirent à la multitude qui se pressait vers la place de Canburrow, où l'on avait érigé une large estrade. Des représentants de chaque grande maison se tenaient sur le côté, à l'exception de la maison Ruthar. Le message était clair : les Ruthar ne cautionnaient pas ce que le roi s'apprêtait à annoncer.

C'était un numéro d'équilibriste dangereux. Le statut de maison noble était accordé par le souverain, mais celui-ci ne pouvait pas se permettre l'instabilité du Conseil des Lords. Renvoyer la maison Ruthar ne ferait qu'attiser davantage son opposition à la guerre, et les trois autres en étant partisanes, le roi détenait le nombre de voix nécessaires pour faire voter ses mesures.

Des gardes en tenue blanche immaculée entouraient l'estrade et maintenaient la foule à distance tandis que trois personnes montaient sur scène. Ari reconnut tout d'abord la princesse Eshlin Zuerlin. Une robe d'un vert profond moulait sa silhouette plantureuse, et une épaisse couche de khôl mettait en valeur ses yeux de la même couleur. Même vêtue de cette toilette élégante, elle avait le maintien imposant de la fine lame qu'on la disait être, talent qu'elle aurait hérité de sa mère disparue.

Le prince Darius observait la foule avec un large sourire. Il avait le même teint que son père, et les cheveux presque aussi clairs que sa peau. Il semblait extrêmement distant, comme si tous n'étaient réunis là que pour le divertir. Mais alors que les frère et sœur royaux se dressaient tels des piliers inébranlables, le roi Théo Zuerlin était vouté et amaigri, sa carrure autrefois puissante réduite à du muscle sec et nerveux que complétait une fine barbe effilée.

Ari sentit quelque chose lui effleurer le bras. Elle se retourna et constata que Mikira, comme pétrifiée, serrait fort les poings.

– Tout va bien ? lui demanda-t-elle. Tu trembles.

– Ça va, merci, grommela Mikira.

Le roi s'approchait d'un ecclésiastique sendiste qui se tenait derrière l'estrade. Le prêtre tendit les mains vers lui, tournées vers le ciel en signe de supplication, et le roi fit de même. Autrefois, seul le monarque se serait incliné, et l'ecclésiastique aurait touché ses paumes pour lui accorder la bénédiction de la Déesse, mais l'équilibre du pouvoir avait basculé : l'Église n'était plus qu'un symbole, dont le roi voulait manifestement tirer parti.

– Il croit qu'exhiber un soldat sur l'estrade va faire oublier les centaines de vétérans qui dorment dans la rue ? pesta Mikira.

Ari suivit son regard jusqu'à un officier qui se tenait sur la droite, le dos très raide, des gemmes épinglées au revers de sa veste en récompense de ses états de service.

La plateforme entière avait été aménagée telle une scène de théâtre, et le spectacle allait commencer.

Le roi Théo s'avança jusqu'à un micro enchanté, encadré par ses enfants.

– Bon peuple d'Enderlain, déclara-t-il, d'une voix dans laquelle on percevait une trace de son ancienne force. Soyez les bienvenus à la douzième édition décennale de l'Illinir, donnée en l'honneur de notre sainte mère la Déesse qui veille sur nous.

Des vivats retentirent dans l'assemblée, mais Ari et Mikira ne furent pas les seules à ne pas y mêler les leurs. D'autres spectateurs à la mine sévère gardaient les bras croisés, attendant ce que le roi allait annoncer. Plus d'un était sale et émacié, le corps marqué par les conséquences de la hausse du prix du blé.

– Cette course a lieu pour célébrer les généreux dons que nous avons reçus quand la Déesse a envoyé les Messagers à l'humanité, et aussi pour nous rappeler l'immense potentiel destructeur de la magie. Il y a plus d'un siècle, quatre enchanteurs ont tenté de s'arroger un pouvoir trop grand pour eux. Dans leur quête de divinité, les Hérétiques ont déclenché une explosion dévastatrice qui a emporté plusieurs milliers de vies enderliennes et détruit le Kinahara.

Ari eut un hoquet d'indignation. Presque quatre fois plus de Kiniens avaient péri dans le Cataclysme, et il n'évoquait que le territoire dont l'Enderlain avait été privé.

– C'est pour cette raison que la magie doit être strictement contrôlée. C'est pour cette raison que le registre des enchantés a été créé, et l'Illinir avec lui. Par cette course, nous nous remémorons ce pour quoi nos amis et nos proches se battent au Célair.

– Menteur, siffla Mikira entre ses dents.

Menteur, répétèrent les pensées d'Ari.

– Dans les années qui ont suivi le Cataclysme, nous avons retiré nos troupes du Célair et du Vyna, réduisant de fait la puissance du royaume de l'Enderlain en deçà de ce qu'elle doit être. Ça a été une erreur. Montrer un signe de faiblesse a été une erreur. Aujourd'hui, j'ai l'honneur de vous annoncer que nous accomplissons de plus grandes avancées que jamais dans notre reconquête du territoire célairain.

Une rumeur s'éleva autour d'elles, et Ari s'approcha de Mikira tandis que la foule se pressait vers l'avant. Les choses s'étaient-elles déroulées de la même manière lorsque l'Enderlain avait décidé d'envahir le Kinahara ? L'Enderlain tenait déjà le Vyna et le Célair sous sa domination, mais l'avidité du gouvernement était sans bornes. Depuis le Cataclysme, l'armée enderlienne affaiblie n'avait pas pu résister, et les deux pays occupés avaient réaffirmé leur souveraineté. Le Saba d'Ari avait alors cru terminée l'époque des ambitions impérialistes… Mais à la mort du dernier prince Ranier, son beau-frère avait accédé au trône et promis de rendre à l'Enderlain sa gloire d'autrefois.

On murmurait qu'il avait volé la couronne à la lignée dynastique de son beau-frère. Le roi Théo affirmait que son beau-frère était mort sans laisser d'héritier, mais selon certaines rumeurs, il existait un enfant illégitime qui pouvait prétendre au trône, et la Guerre éternelle n'était qu'une diversion, un moyen de détourner l'attention des manœuvres de la Couronne.

– Chaque jour, nos soldats risquent leur vie pour assurer un avenir radieux à l'Enderlain, reprit le roi Théo en portant la main à son cœur. Remercions-les pour leur sacrifice, de la même façon que la Déesse les remercie.

– Menteur, répéta Mikira.

– Chut, lui fit Ari, quand, cette fois, des têtes se tournèrent vers elle.

La cavalière braqua sur elle ses yeux verts flamboyants de colère.

– Cette satanée guerre n'a aucun rapport avec l'avenir de l'Enderlain, ni la Déesse, ni aucune de ces balivernes. Ils ne la mènent que pour leur bénéfice et servir leur avidité.

Ari n'en doutait pas une seconde, mais elle ne voulait pas que Mikira exprime son opinion alors que tout le monde pouvait l'entendre.

– Allons-nous-en, dit-elle.

Elle la prit par la main, mais Mikira refusa de bouger : elle avait de nouveau porté son regard sur le roi et serrait fermement le poing.

La foule s'était mise en mouvement ; certains poussaient pour avancer alors que s'élevait une rumeur grandissante. À l'unisson, les gardes saisirent la poignée de leur l'épée.

– Aujourd'hui, j'ai l'honneur de vous annoncer que l'Illinir débutera avec le bal d'ouverture, poursuivit le souverain, sans prêter attention au tumulte qui enflait.

Seule la princesse Eshlin semblait l'avoir remarqué ; elle s'approcha de son père et sortit de ses cheveux aux tresses élaborées une fine tige qui paraissait assez pointue pour servir d'arme.

– Que les festivités commencent ! déclara le roi.

– Assassin ! cria quelqu'un.

– Liberté pour le Célair ! enchaina un autre.

Les gardes formèrent un cordon plus serré alors que les premières rangées poussaient de plus belle, se détachant des spectateurs confus derrière eux. Un chant scandé retentit cependant qu'ils se massaient contre les soldats.

– Non à la guerre ! Non à la guerre !

– Mikira ! s'affola Ari en voyant la fille s'avancer vers la meute.

Les gens les scrutaient, à présent, la scrutaient, *elle*, d'un air consterné.

– Il faut qu'on s'en aille.

– Z'êtes avec ces traitres ? demanda un jeune homme portant une casquette de vendeur de journaux, ses exemplaires de l'après-midi coincés sous le bras.

Sa question attira davantage l'attention sur les deux filles. Quand Ari voulut l'entrainer de force, Mikira la regarda d'un air hébété, sa profonde colère se dissipant lorsqu'elle comprit ce qui se passait.

Quelque chose crépita sur la poitrine d'Ari, puis la pièce qu'elle avait ensorcelée plus tôt surgit de sa poche et fusa contre l'inconnu. Le talisman rebondit contre son torse, inoffensif, mais le visage du garçon s'empourpra d'un rouge écarlate.

– Sorcière kinienne ! s'exclama-t-il en la pointant du doigt.

– Je suis désolée, s'excusa rapidement Ari. C'était un accident.

Deux autres jeunes gens avaient rejoint le premier. Sur l'estrade, la princesse Eshlin faisait descendre les marches à son père vers un carrosse qui attendait là, et dans la foule, on commença à se bousculer. D'autres fuirent le tumulte grandissant, créant un remous qui secoua de toutes parts les badauds qui s'attardaient.

– Ne la touchez pas, ordonna Mikira, dont les mains filèrent à ses couteaux.

– Alors tu es vraiment une traitresse, gronda le vendeur de journaux avec un sourire méprisant. J'ai entendu ce que tu disais. J'ai combattu au front, tu vois. J'y ai presque perdu un bras.

Il releva brusquement sa manche, révélant une cicatrice noueuse près de son épaule.

– Et toi, tu crois que c'est des fadaises, pas vrai ?

– Ce n'est pas ce qu'elle…

– Et maintenant tu défends ce parasite kinien. Alors que c'est à cause d'eux qu'on se bat au Célair.

Le garçon cracha aux pieds d'Ari.

– Les Kiniens n'ont rien à voir là-dedans !

– C'est votre magie maléfique qui a provoqué le Cataclysme ! intervint l'un des camarades du vendeur. Elle a tué nos soldats et détruit des hectares entiers de vérillion.

– Du vérillion qui appartenait à mon peuple, rétorqua Ari, avant d'avoir pu se retenir.

Qu'est-ce qui lui prenait ? Elle aurait plutôt dû calmer le jeu, pas jeter de l'huile sur le feu.

C'*en est fini d'avoir peur*, répondit la voix.

– C'était celui de l'Enderlain ! rétorqua le meneur. Vous l'avez accumulé, comme la richesse que ça vous a apporté pendant des années jusqu'à ce qu'on le récupère après notre *victoire*.

– Nous l'avons *volé*, plutôt ! s'emporta Mikira. Exactement comme au Célair.

Le garçon laissa tomber ses journaux et sortit un canif. À cet instant, un coup de feu retentit, et la foule se dispersa dans un vacarme de cris. Ari attrapa de nouveau Mikira par la main et l'entraina à l'écart, mais les garçons les poursuivirent.

Plus rapide qu'elle, la cavalière passa devant.

– Par ici !

Elles s'engouffrèrent dans une ruelle, prirent plusieurs tournants dans le labyrinthe étroit, avant de terminer par un brusque virage à gauche qui, selon Ari, allait les conduire vers Tea Street. Mais lorsqu'elles arrivèrent à l'angle à toutes jambes, elles tombèrent nez à nez avec un des comparses du vendeur de journaux. Avant qu'elles aient pu repartir dans l'autre sens, ce dernier et son autre acolyte les prirent en tenaille par-derrière.

Mikira s'arma de ses couteaux et poussa Ari vers le mur afin de voir ses trois assaillants.

– Je vais m'occuper de celui de gauche, chuchota-t-elle. Quand j'attaquerai, fuis.

– Pas question que je te laisse te…

– Je vais me débrouiller.

– Tu vas mourir, plutôt.

– Ari…

Mikira fut interrompue par le bruit sourd du voyou à leur gauche qui s'effondra comme une masse. Une jeune femme svelte, au visage ovale et aux longs cheveux bouclés se tenait derrière lui. Affichant un air las, elle serrait et desserrait ses doigts glissés dans un coup-de-poing en cuivre.

– Sachez, déclara-t-elle doucement d'une voix rauque, que cogner sur des vauriens dans une venelle ne faisait pas partie de mes projets, aujourd'hui.

Un des garçons voulut attaquer, mais le chef du trio le rattrapa par le bras.

– T'as pas vu sa bague ? siffla-t-il.

L'autre jeta un coup d'œil à l'aile noir et argent sertie sur l'anneau de la femme, puis tous les deux saluèrent bas.

– On s'excuse, Lady Adair, dit le vendeur de journaux.

Puis ils s'enfuirent sans même s'inquiéter de leur camarade.

– Lady Adair ? s'étonna Ari, en même temps que Mikira grommelait :

– Il ne manquait plus que ça.

– Vous pouvez m'appeler Shira.

La jeune femme poussa le corps inerte du bout du pied. Elle portait de grosses chaussures de style militaire, dont l'épais cuir noir lui montait jusqu'à la moitié des mollets.

– Qu'est-ce que vous voulez ? lui demanda Mikira avec autant de finesse qu'un cheval lançant une ruade.

Shira eut un sourire amusé.

– Toi, tu es la jockey de mon frère, dit-elle, avant de porter le regard sur Ari. Ça veut dire que toi, tu es son tout nouveau… projet.

Ari eut un mouvement de recul.

– Qu'est-ce que ça signifie ?

– Damien a une fâcheuse tendance à ramasser les petites choses perdues et brisées par la vie, les réparer et, bien sûr, les rendre à jamais redevables envers lui.

Shira agita la main vers elle d'un geste distrait.

– Alors dis-moi, quelles qualités possèdes-tu dont il souhaite tirer profit ? Des relations avec des producteurs de vérillion rivaux ? Un talent pour t'introduire dans des lieux où tu n'as pas ta place ?

Ari n'ignorait pas que Mikira et elle s'inscrivaient dans quelque grand dessein de Damien, notamment celui de gagner son pari contre Rezek, pourtant, s'entendre désigner comme un simple outil qu'on utilisait la crispa. Elle n'était le pion de personne.

– Les affaires qui me lient à votre frère ne regardent que nous, répondit-elle.

Shira soupira, croisa les bras et appuya une épaule contre le mur de la ruelle. Malgré la fatigue qu'on lisait dans ses yeux marron foncé, sa posture était celle d'une prédatrice qui se décontractait, image renforcée par l'assortiment de couteaux sanglés à son corps de façon ostentatoire.

– Lui es-tu déjà loyale à ce point ? s'enquit-elle d'un ton chargé de mépris.

Ari se hérissa.

– Vous ne savez rien de moi.

– Je sais que tu caches des secrets à une femme qui pourrait te trancher la gorge et te laisser te vider de ton sang derrière un pub dont le propriétaire obéira aux ordres qu'elle lui donnera. Comme jeter ton cadavre lesté dans le Greystel, par exemple.

Pour la première fois, Ari comprit à qui elle avait vraiment affaire. Cette femme ne constituait pas moins une menace que son frère. Même vêtue tel un assassin rôdant dans la nuit, Shira détenait toute la fortune et le pouvoir que lui valait d'être une Adair. Damien lui avait expliqué que son frère et sa sœur ne vivaient plus au manoir. S'étaient-ils quittés en bons termes, ou Mikira et elle auraient-elles été mieux loties avec le marchand de journaux ?

Mikira modifia discrètement sa prise sur ses couteaux et se décala entre Ari et Shira. C'était la deuxième fois qu'elle songeait à protéger Ari avant elle-même.

C'est toi qui pourrais la protéger, plutôt, susurra la voix, si tangible qu'Ari en frémit.

– Mais ça serait trop de travail, reprit Shira. Je préfère que nous soyons amies.

Elle s'écarta du mur en adressant un clin d'œil à Mikira, qui semblait à la fois sur ses gardes et plongée dans la plus profonde perplexité.

– Venez avec moi. Je vous ramène à mon frère.

Alors qu'elles tardaient à la rejoindre, elle leur lança par-dessus son épaule :

– Sinon, vous pouvez tenter votre chance avec la foule enragée.

Dans le fiacre, personne ne prononça un mot, et Mikira tritura nerveusement ses couteaux pendant tout le trajet jusqu'au manoir, même si Shira gardait les yeux rivés sur Ari. Celle-ci ne désespérait pas que la noble se lasse de la fixer ainsi, mais la jeune femme ne détourna pas le regard jusqu'à ce que la voiture soit arrivée au bout de l'allée circulaire.

Ari s'empressa donc d'en descendre. Une légère bruine s'était mise à tomber, et Damien et Reid se tenaient sous l'avancée du porche. Quelqu'un avait dû voir le fiacre approcher.

– Nous avons appris pour l'émeute, déclara Damien en s'avançant sur le perron pour les accueillir. Vous n'avez rien ?

– Elles vont bien, répondit Shira, son attention dirigée sur le garçon derrière Damien. Bonjour, Reid.

Celui-ci rougit, et, d'un grand pas de côté, disparut derrière une colonne. Bidule, quant à lui, trotta jusqu'à Shira, qui s'accroupit pour lui gratter l'oreille.

Quoi que Damien ait ressenti en voyant sa sœur, il le cacha derrière un masque impénétrable.

– Merci pour ton aide, Shira. Au revoir.

– Tu ne m'invites pas à boire un verre ? s'enquit-elle, en se redressant.

– Tu ne bois pas.

– Je fais des exceptions pour tout. Demande donc à Reid.

Ari les observa. Même si leur échange semblait assez anodin, Damien essayait manifestement de se débarrasser d'elle, et Shira refusait tout aussi manifestement de se plier à sa volonté.

– Vous ne nous avez pas expliqué comment vous nous aviez trouvées, s'interposa Mikira, s'attirant les regards des deux Adair.

Shira ne tressaillit même pas.

– Vous nous surveilliez ?

Cette question fut comme un déclencheur. Rien ne changea dans l'expression de Damien, mais son mécontentement infusa l'atmosphère autour de lui et la rendit tendue. Il n'avait pas voulu qu'elles parviennent à cette conclusion.

Un grand sourire illumina le visage de Shira, visiblement ravie d'avoir semé le trouble.

– Tu as raison, je crois que je vais repartir. Je suis juste venue t'informer que Père souhaite que nous nous retrouvions pour un conseil de famille au pub, à la fin de la semaine. Sa santé se dégrade plus vite que prévu.

Elle se tourna vers le fiacre et leva la main très haut.

– À la prochaine, Reid !

– Attendez ! l'interpella Mikira.

Mais Shira montait déjà dans la voiture, qui, après un claquement de portière, se mit en route.

Alors seulement Reid passa-t-il la tête sur le côté de son pilier.

– C'est bon, elle est partie ?

11
MIKIRA

Mikira n'eut pas besoin des capacités de détection d'Iri pour voir que quelque chose clochait. Damien était peut-être aussi impénétrable qu'un coffre-fort, mais elle avait remarqué ses efforts pour se débarrasser de Shira le plus vite possible, et la façon dont il scrutait le fiacre qui s'éloignait, comme pour remettre de l'ordre dans ses idées.

– Est-ce qu'elle nous surveille ? insista-t-elle encore, ignorant le coup d'œil d'avertissement d'Ari.

Si on les faisait suivre, elle voulait savoir pourquoi.

– Cette affaire concerne ma famille, Miss Rusel, répondit Damien, en observant toujours la voiture. Ça ne devrait pas vous étonner qu'elle s'en mêle.

– Je vous ai déjà dit de m'appeler Mikira, rétorqua-t-elle.

Lorsqu'il s'adressait à elle de cette manière, cela lui rappelait Rezek, et elle le soupçonnait d'en jouer.

– Donc, vous lui avez demandé de veiller sur nous ?

Le regard que Damien lui lança fut aussi froid et impersonnel que la pluie, qui, à présent plus abondante, imprégnait ses vêtements.

– Tout ce qui compte, c'est qu'elle nous ait sauvé la vie, intervint Ari, avec ce calme dont elle ne se départait jamais et qui commençait à agacer Mikira.

Cette habitude qu'elle avait de défendre Damien lui donnait envie de la secouer jusqu'à ce qu'elle le voie enfin pour ce qu'il était : un homme dangereux qui détenait beaucoup trop de pouvoir.

Ari lui décocha un coup d'œil qui signifiait : « Et la tienne dépend de lui, alors ne pousse pas le bouchon trop loin. » Mikira avançait en effet sur un terrain glissant, mais elle ne pouvait pas pour autant demeurer sans réagir. Ils jouaient à un jeu beaucoup trop risqué pour que des participants inattendus s'y ajoutent.

– Vous voulez rester sous ces baquets d'eau, ou on peut rentrer au sec ? demanda Reid d'un ton sarcastique depuis le haut du perron, Bidule à présent roulé en boule dans ses bras.

Damien se dirigea vers les marches, mais Mikira ne bougea pas. Ari se plaça face à elle tandis que les garçons gagnaient le vestibule.

– Tu as conclu un marché avec lui. Te tenir au courant de tout n'en faisait pas partie.

– Je sais, répondit-elle, en glissant la main dans ses cheveux mouillés. Mais j'ai déjà connu ça. Ces gens… si on n'y fait pas attention, ils nous prendront tout.

Ari se rembrunit.

– C'est en rapport avec ce qui s'est passé sur la place ? Avec ce que tu as dit au sujet de la guerre…

– J'en pensais chaque mot.

Son imprudence avait failli leur couter la vie, mais elle ne regrettait aucun de ses propos.

– Qu'est-ce qui t'est arrivé ?

L'inquiétude sincère d'Ari incita Mikira à se livrer. Jamais elle n'avait raconté son histoire à personne, et chez eux, ils n'abordaient jamais le sujet.

– La maison Kelbra cherche à faire main-basse sur le haras de ma famille depuis des années. Il y a un peu plus d'un an, j'ai déposé plainte contre eux. Quelques jours plus tard, Rezek s'est présenté au domaine avec un ordre de mobilisation pour mon frère.

C'était le jour de l'anniversaire de Lochlyn. Ils avaient suspendu des guirlandes enchantées dans la grange, et la radio passait une vieille chanson grésillant de parasites. Son père l'accompagnait à la guitare, le visage rayonnant d'une joie qu'on ne lui voyait d'ordinaire qu'après une victoire dans une course prestigieuse. Ils dansaient. Pendant quelques minutes, ils avaient été heureux.

Puis les hommes de Rezek étaient arrivés.

Mikira se rappela la musique brusquement éteinte, Lochlyn qui leur criait, à ses sœurs et elle, de fuir, de se cacher, même si c'était lui qu'on venait chercher. Il avait dix-sept ans. Aux yeux de la loi enderlienne, il était adulte, et mobilisable – un membre de chaque famille au service du roi.

Le Conseil des Lords étant chargé de la conscription, ça avait été un jeu d'enfant pour Rezek de faire en sorte que le nom de Lochlyn figure dans le tirage au sort. Rezek avait puni son frère pour en faire un exemple.

Mais c'était elle qui avait déposé cette plainte. C'était Mikira qui n'avait pas écouté les mises en garde de ses proches, qui avait eu tellement peur de se voir privée du haras qu'elle avait cru pouvoir compter sur les tribunaux pour établir la justice, qui selon son père prévalait toujours.

Quelle grave erreur elle avait commise là !

Sa gorge se noua, ses mots lui lacérèrent la poitrine telles des griffes.

– Ils l'ont emmené. Je ne l'ai plus jamais revu.

Ari courba la tête et déclara :

– Il est mort au combat.

Ce n'était pas une question, aussi Mikira se contenta de lever la tête vers le ciel, jusqu'à ce que les larmes ne menacent plus de couler.

– Je comprends que tu sois si en colère, reprit doucement Ari. Les habitants de mon village vivaient dans la terreur d'être mobilisés. Nous avions déjà perdu notre foyer à cause de l'Enderlain et sa guerre. Nous ne voulions pas qu'elle nous coute aussi nos vies.

Mikira n'osait imaginer ce qu'on devait ressentir en se voyant appelé à se battre dans les rangs de l'armée qui avait autrefois tué les siens. C'était sans doute ce qu'éprouvait son père, contraint de travailler pour l'assassin de son propre fils. Son cœur se serra, et, comme de nombreuses fois déjà, elle aurait voulu que ses sœurs soient là, notamment parce que devant elles, elle était toujours très forte.

Le ton doux d'Ari l'arracha à sa rêverie :

– Je suis désolée pour ton frère, Mikira. Mais Damien n'est pas Rezek, et nous avons besoin de lui. Rien ne nous oblige à avoir confiance l'une dans l'autre, mais nous devons travailler main dans la main.

Mikira essuya la pluie sur ses joues.

– Pour toi aussi, un gros enjeu repose sur notre réussite ?

Elle avait pensé au départ qu'Ari n'était qu'une enchanteresse engagée par la maison Adair et dont la seule motivation était d'être payée pour son travail.

Le visage d'Ari se ferma, et elle se détourna.

– Non, moi c'est différent.

Elle mentait, Mikira en était persuadée, mais Ari paraissant sur le point de s'enfuir, elle n'insista pas.

– Nous avons aussi besoin l'une de l'autre, Ari, dit-elle plutôt. Nous sommes deux petits poissons dans des eaux infestées de requins, et si nous ne nous protégeons pas mutuellement, nous allons nous faire dévorer.

Ari la fixa du regard.

– Qu'est-ce que tu attends de moi ?

Mikira ne connaissait pas Ari plus que Reid ou Damien. Elle avait passé chaque journée des deux dernières semaines en leur compagnie, et pourtant elle gardait l'impression qu'un océan les séparait. Mais après les évènements de cette journée, Ari en savait plus à son sujet que quiconque depuis très longtemps, et Mikira y puisait un certain réconfort.

Au bout du compte, elle se contenta de hausser les épaules et répondit :

– Ça faisait une éternité que je n'avais pas eu d'amie.

Ce mot eut un effet étrange sur Ari : elle ouvrit de grands yeux apeurés, ses lèvres s'entrouvrirent pour le répéter en silence.

Craignant d'être allée trop loin, Mikira fit machine arrière.

– On pourrait être juste équipières, sinon ? Tu veilles sur moi, et moi sur toi ?

– Équipières, dit doucement Ari, avant de hocher la tête. Ça me plairait.

Quand Mikira sourit, Ari fit de même.

Le haras était silencieux lorsque Mikira y rentra tard dans l'après-midi. Elle aurait dû passer le restant de la journée à s'entrainer avec Reid, mais la pluie s'était encore accrue, et elle n'était pas sûre de pouvoir avoir affaire à Damien et lui sans exiger des explications. Ne pas savoir dans quoi elle était impliquée lui déplaisait, mais elle ne pouvait pas prendre le risque que Damien la congédie.

– Comment en est-on arrivés là ? demanda-t-elle à Iri, en le conduisant à l'écurie pour le brosser.

Jamais son père n'aurait conclu un tel marché. Dans la famille, on faisait les choses dans les règles. Autrefois, en tout cas. Avant que cela ne leur coute tout et que la seule façon pour Mikira de protéger les siens fut de faire tordre le système en sa faveur pour une fois.

Elle appuya le front contre celui d'Iri, les doigts enfouis dans son poil noir.

– Lochlyn aurait su quoi faire, lui, chuchota-t-elle, et Iri hennit doucement en entendant ce prénom.

Pendant quelques secondes, Mikira savoura le silence, la chaleur d'Iri et l'odeur du foin, avant de se diriger vers la maison.

Elle essuyait ses bottes boueuses dans le vestibule quand la voix d'Ailene lui parvint depuis la cuisine.

– Aïe, Nelda ! Ça fait *mal* !

– Arrête de te plaindre, gros bébé.

– Je suis pas un… aïeuh !

Mikira s'immobilisa dans l'encadrement de la porte de la cuisine. Assise à la table ronde, Ailene inclinait la tête en arrière, deux bandes de tissu ensanglanté enfoncées dans les narines. Penchée au-dessus d'elle, Nelda tamponnait une petite entaille à sa joue, son livre en cours fiché dans la poche de son tablier.

Elles remarquèrent au même moment la mine horrifiée de Mikira.

– Qu'est-ce qui s'est passé ? s'enquit celle-ci.

Ailene eut un sourire penaud.

– C'est rien. Tu devrais voir la tête de l'autre.

– Elle s'est battue avec Era Keene.

Nelda rinça son chiffon dans un bol d'eau posé sur la table.

Mikira plaqua la main sur sa tête.

– Je croyais que tu t'entendais bien avec lui.

– Avant, oui. Jusqu'à ce qu'il dise que tu allais perdre l'Illinir parce que nos enchantés, c'est de la merde…

– Pas de gros mots.

– … et que notre père est ruiné.

Mikira s'assit lourdement sur une chaise en poussant un grognement.

– Ailene, le père d'Era Keene est huissier. Il pourrait déposer plainte pour coups et blessures ! On n'a pas les moyens de payer l'amende.

Ailene bascula vivement la tête en avant, avec une détermination sévère. L'hématome violet qui s'étendait autour de son nez et de son œil ne faisait qu'accroitre son air farouche.

– Il t'a traitée de nulle, Kira. Il a dit que tu allais mourir dès la première course.

Mikira remarqua alors que Nelda avait lavé et essoré son chiffon avec une ardeur compulsive qui n'avait plus rien à voir avec un souci de propreté. Elle fixait un point sur la table sans cligner des yeux, ce qu'elle ne faisait que lorsqu'elle retenait ses larmes. Ailene serrait les poings sur ses cuisses, et toutes les deux attendaient de Mikira qu'elle leur dise qu'il s'agissait d'un mensonge, qu'elle ne courait aucun danger.

Elle avait passé tant de temps à se préparer pour l'Illinir qu'elle ne s'était pas rendu compte des répercussions sur ses sœurs. Celles-ci avaient perdu leur frère, leur mère, et à présent leur père – elles ne pouvaient pas la perdre elle aussi, et pourtant voilà qu'elle risquait sa vie dans la course la plus dangereuse du royaume. Il existait de fortes probabilités pour qu'elle ne survive pas à la première section, même avec l'enchanté indétectable d'Ari, dont les filles ne devaient surtout pas connaitre l'existence.

Elles étaient terrifiées, et Mikira ne savait pas comment y remédier.

– Era Keene est un crétin, asséna-t-elle enfin. Je ne vais mourir dans aucune des épreuves. Je vais gagner, je vais devenir la cavalière la plus célèbre de tout l'Enderlain, et vous pourrez lui rire au nez chaque fois que vous le verrez.

Alors qu'un sourire hésitant affleurait sur les lèvres d'Ailene, Mikira se leva pour prendre ses sœurs dans ses bras.

– Tout ira bien. Je vous le promets.

Iri somnolait quand Mikira alla le chercher à l'écurie, mais il accueillit la jeune femme avec un ébrouement et un léger hennissement. Elle avait été idiote de bousculer Damien de la sorte. Il représentait sa seule chance de concourir dans cette course, sa seule chance de l'emporter, de faire en sorte que les prédictions d'Era Keene ne se réalisent pas. Mikira n'avait aucune intention d'abandonner ses sœurs, et si pour cela elle devait renoncer à ses scrupules, le sacrifice en valait la peine.

La pluie s'étant calmée, la chevauchée vers le manoir Adair fut agréable, et les grilles enchantées s'ouvrirent à l'arrivée de Mikira. La jeune femme guida Iri vers le champ de courses plongé dans l'obscurité. Ils venaient de terminer un tour de chauffe quand les lumières enchantées s'allumèrent autour de la piste. Quelques instants plus tard, Reid apparut près de la lice, en tirant Eilora par sa longe. Il monta en selle et rejoignit Mikira.

– Pourquoi tu ne dors pas ? demanda-t-elle, s'attendant à ce qu'il s'emporte contre elle pour l'avoir dérangé.

– Je ne dors jamais.

Il mena Eilora à côté d'Iri et sortit un papier de sa veste, puis le jeta négligemment sur les cuisses de Mikira.

Elle se dépêcha de le rattraper avant qu'il tombe. C'était la première page d'un journal, daté du lendemain.

Dessus était imprimé le gros titre : « Troubles à la réception royale : la jockey des Adair crie des propos séditieux ».

Dessous figurait une photographie où on la voyait, les mains sur ses couteaux, en train d'affronter le vendeur de journaux aux côtés d'Ari.

– Damien a fait supprimer l'article, expliqua Reid. Le rédacteur en chef lui devait un service. Mais pour ta gouverne, ce n'est pas comme ça qu'on fait profil bas.

Mikira froissa la page en boule.

– Nous n'avons rien fait de mal. Ces types…

– Peu importe, la coupa-t-il en secouant la tête. Si on te soupçonne d'être une rebelle, on pourrait t'arrêter et t'exclure de la course. Sache que Rezek ne reculera devant rien pour te mettre des bâtons dans les roues. Même exploiter un drame aussi intime que la mort de ton frère.

Mikira prit une brusque inspiration. Elle n'aurait pas dû s'étonner que Reid soit au courant pour Lochlyn ; elle se rendait compte à quel point Damien avait le bras long. Mais être privée du choix de leur en parler elle-même lui faisait l'effet d'une intrusion.

– Ma vie personnelle ne te regarde pas, grinça-t-elle.

Elle sentit alors une pression contre ses côtes, et, baissant les yeux, vit que Reid tenait un canif juste au-dessus de son rein. L'espace d'un instant, elle fut certaine que Damien avait décidé qu'elle ne valait pas les problèmes qu'elle lui causait. Mais Reid retira son couteau et le replia.

– Tes émotions nuisent à ta vigilance, la mit-il en garde. Ne laisse pas les autres s'en servir contre toi, sinon, au moment de la course, la lame ira jusqu'au bout.

Elle serra plus fort les rênes.

– Je ne peux pas non plus les étouffer. Je ne suis pas Damien.

Reid rangea le couteau dans sa poche.

– Alors utilise-les pour te protéger. Tout ce que les autres peuvent exploiter contre toi, fais-en un bouclier pour qu'ils ne puissent pas en faire une arme.

Quelque chose dans sa manière de lui prodiguer ce conseil la poussa à se demander s'il parlait d'elle, ou de lui-même.

– Je ne peux pas, répondit-elle, la gorge serrée. C'est trop douloureux.

Elle ne voulait pas penser à Lochlyn. Aux chevaux qu'ils avaient perdus, et au regard de son père quand Rezek avait emmené son frère. À ce qui allait se produire si elle échouait.

– Tu dois apprendre à vivre avec la douleur, sinon elle te détruira.

Il aligna Eilora à côté d'Iri.

– Parce que dès que tu les laisseras l'exploiter pour que tu te sentes minable, tu auras perdu.

Il lui jeta un coup d'œil en biais, son sourire narquois devenant carnassier.

– Et j'ai comme l'impression que tu es mauvaise perdante.

Elle se surprit à étouffer un rire. Jamais elle n'aurait cru qu'il pourrait lui remonter le moral, même si pour cela il l'avait encore critiquée.

Reid se pencha bas sur le cou d'Eilora.

– Il faut gagner, Mikira : c'est comme ça que tu montreras que tu es plus forte qu'eux.

D'un claquement de langue, il fit partir Eilora à toute allure. Iri agita la tête, pressé de s'élancer à son tour, et elle le laissa faire. Ils filèrent à travers la nuit froide, dans l'air chargé de l'odeur de pluie, où seuls les battements des sabots et le sifflement du vent perturbaient le silence.

✦ DEUXIÈME PARTIE ✦

Les Messagers vivaient parmi les peuples,
tantôt apprenant, tantôt enseignant.
Rach se méfiait de leur soif de connaissance,

tandis que Lyzairin partageait tout son savoir.

Skylis se déguisait pour se mêler aux habitants,

et Aslir trônait haut au-dessus d'eux, telle une étoile immuable
dans le ciel nocturne.

12
ARIELLE

À la fin de la troisième semaine, il ne restait plus à Ari qu'à pratiquer les enchantements et à peaufiner les détails du golem. La première épreuve de l'Illinir ayant lieu deux jours plus tard, Mikira aurait peu de temps pour s'entrainer, mais avec la multitude de sorts qu'Ari avait l'intention d'octroyer au cheval, cette dernière espérait que ça ne lui serait pas nécessaire. De plus, elle savait maintenant que Mikira était une cavalière exceptionnelle. Reid l'avait confrontée à de nombreux autres jockeys au cours de la semaine passée.

Elle avait gagné à chaque fois.

Ari aurait aimé avoir pour moitié autant confiance en ses propres capacités. Depuis le fiasco de la pièce de monnaie, elle avait répété le sortilège de détection de danger plusieurs fois, toujours avec le même résultat. Le sort semblait fonctionner, mais quand elle demandait à Reid de lui lancer quelque chose, la pièce ne réagissait que de façon très aléatoire.

Le Livre des Enchantements ne contenait pas les réponses à ses questions. À vrai dire, tous les ouvrages que possédait Damien à ce sujet étaient d'une pauvreté affligeante en matière d'enseignement concret de la magie, à cause du contrôle strict du gouvernement. Les enchanteurs étant formés à l'Académie royale, les seuls qui avaient besoin de textes venant de l'extérieur n'étaient pas assermentés.

L'Enderlain était un royaume bâti sur la magie, mais comme tout le reste dans cette contrée maudite, le pouvoir demeurait entre les seules mains de la noblesse et de la famille royale.

Aucun de ces livres ne faisait état de voix qu'entendraient les mages, non plus. Chaque fois qu'Ari utilisait sa magie, pourtant, la voix se manifestait, murmure omniprésent, jusqu'à ce qu'Ari, estimant que ses enchantements étaient au point, cesse d'y recourir tout à fait. Pour son plus grand soulagement, la voix se taisait alors, et Ari finissait par s'habituer à son absence. Depuis des mois, avant de se rendre au manoir Adair, elle sacrifiait l'argent des provisions pour acheter du vérillion, et mangeait trop peu – son épuisement allait forcément la rattraper. Elle avait sûrement juste besoin de repos.

Ari fit un pas en arrière pour examiner le cheval. Il ne lui restait plus que la crinière et la queue à façonner, et elle était assez satisfaite par l'élégance du résultat. Le lendemain, dès que le reste de l'argile aurait séché, elle pourrait le terminer. Elle prononcerait les sorts d'association et insufflerait la vie à l'animal. Alors seulement sauraient-ils s'il pouvait supporter l'afflux de magie dans ses veines.

Elle sentit sur elle le poids d'un regard, et vit Reid qui la fixait depuis son bureau. Au cours des semaines passées, Damien avait ouvert sa bibliothèque à Ari, qui avait consacré d'innombrables heures à l'étude de textes et de récits kiniens. Ils discutaient de philosophie et d'histoire, depuis les principes fondamentaux associés à chaque Messager jusqu'à la dynastie royale détruite lors de l'invasion enderlienne et, plus elle passait de temps aux côtés de Reid, plus elle remarquait que celui-ci l'observait telle une mère oiseau veillant sur son nid.

Ce soir-là, ce phénomène était particulièrement prononcé, car tous les deux étaient seuls dans l'atelier, et Reid ne se donnait même plus la peine de rester discret.

– Je peux savoir ce qui te contrarie, à la fin ? s'agaça-t-elle.

Reid avait crispé la mâchoire, comme pour broyer ses mots.

– Je vois bien comment tu le regardes.

– Comment je regarde qui, au juste ?

Il prit un air renfrogné.

– Je ne me répéterai pas : Damien a assez de soucis sans que tu lui en ajoutes, et il joue très gros dans cette partie. Si tu lui fais du mal, je te le ferai regretter.

Ari grogna, soudain assaillie par un mal de tête. Certes, Damien était séduisant, et à force de le fréquenter, elle s'était attachée à lui, mais il n'était pas au centre de ses pensées. Les histoires de cœur ne l'avaient jamais été. À la vérité, elle n'était même pas sûre que ça l'intéresse. Rivkah riait toujours niaisement en parlant des garçons de leur village, élaborant des stratégies pour susciter leur intérêt, mais Ari, elle, se recroquevillait loin de ces préoccupations, tel un animal s'abritant dans sa carapace.

Au contact de Damien, toutefois, c'était différent. Plus elle apprenait à le connaitre, plus elle était à l'aise avec sa proximité, avec l'intensité de son regard scrutateur et la façon dont elle le surprenait à la contempler fixement. Chaque jour qui passait, elle se sentait attirée par ces choses, par lui… Mais pour l'heure, elle avait d'autres chats à fouetter.

Elle écarta les propos de Reid d'un revers de la main.

– Je suis là pour fabriquer ce golem, Reid. Alors laisse-moi le terminer.

Elle s'agenouilla sur la couverture qu'elle avait étendue pour protéger le sol – à la demande de Reid –, puis se mit à rouler de fines mèches avec l'argile qui lui restait pour constituer la crinière. Elle allait façonner le meilleur cheval de course qu'on ait jamais vu, ils allaient gagner l'Illinir, et Damien ferait d'elle une enchanteresse assermentée. Le reste pouvait attendre.

La porte du salon s'ouvrit avec fracas.

Reid et elle échangèrent un coup d'œil, puis se levèrent d'un bond. Reid sortit de l'atelier avant elle, et Ari ferma le battant derrière eux.

– Merde, maugréa Reid.

Un homme large d'épaules, à la peau brune et à la barbe foncée soigneusement taillée, balayait la pièce du regard depuis le haut des marches, un domestique entrant à pas précipités à sa suite. Ari crut d'abord que c'était un des administrés de Damien qui venait solliciter son aide – puis elle décela la peur dans les yeux du serviteur. Un grognement grave s'éleva du bureau, où Bidule se tenait en équilibre sur le dossier du siège de Damien, le poil hérissé.

– Je vous prie de bien vouloir m'excuser, monsieur, s'empressa de déclarer le valet. Lord Adair était trop pressé pour attendre que je l'annonce.

Ari regarda vivement la main droite de l'homme, où il portait une bague sigillaire en hématite, comme Damien. Le père de ce dernier étant beaucoup plus âgé et très souffrant, il devait s'agir de son frère.

– Ne suis-je pas chez moi, ici ? tonna Lord Adair.

Le domestique s'inclina et se retira.

– Tu n'habites plus là, Loïc, rétorqua Reid, avec dans la voix une tension qui la surprit.

Elle l'avait par trop souvent entendu grognon et agacé, mais cette fois, c'était différent.

– D'ailleurs, reprit-il, je me souviens très clairement que ton père t'a chassé il y a des années de cela.

Loïc afficha un sourire faussement rassurant.

– Reid, déclara-t-il, comme s'il venait de découvrir un oiseau rare. Ça faisait bien trop longtemps.

– C'est parce que je me donne un mal de chien pour t'éviter.

– Tu as peur, n'est-ce pas, gringalet ? s'enquit Loïc.

Ari éprouva une envie soudaine de lui effacer son sourire. Elle s'attendait à ce que Reid lui renvoie une réplique cinglante, mais le garçon se contenta de crisper la mâchoire et de détourner le regard.

Loïc descendit l'escalier menant dans la salle.

– Tu fais moins le bravache sans mon frère pour te protéger. On va jouer à un jeu, comme à la bonne époque. Il serait temps qu'on t'attribue une nouvelle fonction.

Reid se figea. Bidule sauta du siège pour se frotter contre sa jambe, mais il ne dévia pas le regard du point qu'il fixait sur le sol, comme s'il ne voyait rien d'autre.

Reste silencieuse. Sois prudente. Ce refrain familier retentit en elle. Si Loïc avait remarqué sa présence, il ne lui témoignait aucune attention. Elle pourrait s'éclipser par la porte de derrière et disparaitre. Reid était l'ami de Damien – Loïc n'allait quand même pas s'en prendre à lui, si ?

Si tu y croyais, tu n'envisagerais pas de t'enfuir. Elle grinça des dents. La fuite était le réflexe qu'elle avait autrefois ; elle abandonnait tout au premier signe de danger. Cela lui avait permis de rester en vie, mais cela l'avait aussi isolée, et enfermée dans la solitude. Dans la crainte.

Sois sans peur, ma chérie, lui répétait son Saba.

Ari se leva, un morceau de fil de fer dans une main, son couteau de potier dans l'autre.

– Pouvons-nous vous être utiles ? s'enquit-elle. Damien est absent.

Loïc eut un temps d'arrêt, puis se tourna vers elle. Contrairement à Damien, on lisait sur son visage comme dans un livre ouvert. Elle voyait presque les calculs se dérouler dans ses yeux gris. Une autre personne constituait une variable supplémentaire. Était-elle importante ? Allait-elle s'interposer ?

– Et peut-on savoir qui vous êtes ? demanda-t-il lentement.

Elle s'efforça de sourire malgré le bourdonnement nerveux qui résonnait dans ses oreilles.

– Je suis Arielle, une amie de votre frère. Souhaitez-vous que je lui transmette un message ?

Loïc examina ses bras couverts d'argile et ses outils. Ayant soudain l'impression d'être armée, elle affermit sa prise dessus, canalisant sa fébrilité dans sa poigne et tentant de se tenir comme Mikira dans la ruelle.

– Et que faites-vous pour mon frère, Arielle ?

– Il lui a passé commande pour une sculpture, ça parait évident, rétorqua Reid, en désignant les bras de la jeune femme.

Il semblait s'être ressaisi, mais l'animosité dans sa voix s'était atténuée. Bidule fixait toujours Loïc d'un regard mauvais, comme s'il avait l'intention de le dévorer.

– Je suis certaine que Lord Adair l'avait deviné, Reid, intervint Arielle avec une douceur feinte. Il faudrait qu'il soit idiot pour ne pas l'avoir compris, et vous n'êtes pas idiot, n'est-ce pas, Lord Adair ?

Loïc fit un sourire crispé.

– Oui, vous m'avez l'air d'être tout à fait son genre. Dites-moi, ma grande, où est mon frère cadet ?

– Je suis d'un rang trop humble pour surveiller les allées et venues de quelqu'un comme lui.

Elle saisit l'autre poignée de son fil à découper, qu'elle tendit fermement.

– Je ne suis là que pour la sculpture.

Loïc observa le fil de fer. Ari se contenta de sourire.

Puis il s'approcha d'elle.

D'instinct, elle recula. Loïc était deux fois plus massif qu'elle, et ses mains pouvaient sans mal lui enserrer toute la gorge. Pourtant, ce ne fut pas d'elle qu'il voulut s'emparer – c'était du bouton de porte.

– Loïc !

Reid se précipita derrière lui, mais c'était trop tard.

Le frère de Damien poussa Ari pour s'introduire dans l'atelier, où il jeta un regard au cheval, avant d'abattre les mains sur l'argile tendre de son cou et d'en retirer deux pleines poignées. Puis Reid lui attrapa le bras, mais Loïc le repoussa violemment contre le bureau. Un feulement rageur retentit, et Bidule lui sauta dessus, toutes griffes dehors pour lui lacérer la cuisse.

D'un coup de pied, Loïc se débarrassa du félin, qui fit plusieurs culbutes. Il arracha ensuite l'oreille du golem, lui taillada les yeux avec les doigts, et frappa avec l'avant-bras le cou de l'animal, dont la tête s'affaissa. Il lui balaya alors les jambes, le faisant basculer en avant.

D'innombrables heures d'un labeur exigeant réduites à néant. Quand Loïc eut terminé, les mains maculées d'argile, il saisit Ari par le menton et la força à le regarder.

– Je n'oublierai pas ton visage, déclara-t-il.

Puis il s'en alla.

Ari contempla sa sculpture détruite, les trainées grises semblables à du sang et le corps démembré. Elle les contempla, mais vit tout à fait autre chose.

Malgré les tentatives de ses parents de lui cacher le livre de sortilèges, elle était sortie en secret de sa chambre nuit après nuit pour l'explorer. Pour caresser sa surface bourdonnante et sentir la texture grossière de ses pages. C'était ainsi qu'elle avait découvert la formule, traduite de la main soigneuse de son Saba.

ARGILE DE LA TERRE SACRÉE
DE L'EAU ENCORE JAMAIS VERSÉE.
UNE PIERRE DE VÉRITÉ POUR MAGIE LIER.
LE SORT D'ASSOCIATION, CLAIREMENT ÉNONCÉ.

Il avait rassemblé tous les ingrédients, dans l'intention peut-être de s'essayer lui-même au sortilège : l'argile déjà prête, la pierre de vérité luisant au clair de lune sur son bureau. Ari avait façonné grossièrement un animal, enfoncé la pierre dans sa tête, et prononcé la formule.

Son Saba était entré dans la pièce alors que les derniers rubans de lumière blanche quittaient ses lèvres.

Il avait effrayé le golem. Le golem qu'elle avait créé, *elle*, à moitié fou à cause de sa maitrise médiocre de l'ensorcellement. Il l'avait attaqué, lacéré à coups de griffes et de crocs. Elle lui avait hurlé d'arrêter, mais la créature n'avait pas écouté. Puis Rivkah était arrivée, avait arraché la bête féroce à la chair de leur Saba.

Ari s'était emparée d'un marteau, avant de l'abattre sur le crâne du golem jusqu'à ce qu'il s'écroule, inerte. Son corps de sang, d'os et de pelage s'était lentement liquéfié pour retourner à l'état de glaise. Mais c'était trop tard pour empêcher son Saba de se vider de son sang, trop tard pour échapper au regard effrayé de sa sœur.

Ari contempla son œuvre saccagée, et, tandis que le cheval s'effondrait, ses espoirs d'obtenir un permis réduits à néant, sa clandestinité révélée au grand jour.

13
ARIELLE

Ari s'agenouilla dans l'océan d'argile.

Reid se tenait près d'elle tel un homme endeuillé lors d'une veillée funèbre. Reconstruire le cheval et terminer les derniers détails allait exiger un temps dont ils ne disposaient pas. La course avait lieu le surlendemain, et Mikira escomptait sa monture dans la matinée.

Une ombre s'étendit sur eux depuis la porte.

– Que s'est-il passé ?

Armé d'un revolver, Damien était adossé à l'encadrement afin de voir les deux pièces en même temps.

Reid serra Bidule contre sa poitrine.

– Loïc.

Lorsque Damien entendit le prénom de son frère, il serra son arme plus fort. Une communication silencieuse circula entre eux, puis, au bout d'un moment, Damien ôta le doigt de la détente et rengaina son revolver. Il s'approcha d'Ari, s'immobilisa un instant en voyant les traces de doigts argileuses qui tachaient son visage, et lui prit doucement la main.

Ari le regarda l'aider à se relever comme si elle flottait hors de son corps. Les images de la mort de son Saba, encore fraiches dans son esprit, côtoyaient le fait de savoir que quelqu'un venait de la surprendre en train de créer un golem, quelqu'un qui à l'évidence n'était pas en bons termes avec Damien.

– Le cheval…, murmura-t-elle.

Damien sortit un mouchoir de sa poche de veste et le trempa dans un seau.

– Mon frère est un imbécile, affirma-t-il.

Tandis qu'il essuyait l'argile avec précaution, il lui effleura la joue du bout des doigts. Un sentiment inhabituel se manifesta en elle et la réchauffa au plus profond. Elle sentait presque sur elle le regard fixe de Reid.

– Il est tellement coupé de notre héritage qu'il serait incapable de distinguer un golem d'une simple statue.

Lorsqu'il eut terminé, Damien retira sa main. Ari résista à l'envie impérieuse de la prendre pour la presser contre son visage.

– Il croit sans doute qu'il a détruit la commande d'un collectionneur, mais je vais quand même le faire suivre, au cas où.

Bien que ce ne fût pas une certitude, cette suggestion suffit à détendre le nœud qui s'était formé dans la poitrine d'Ari. Elle s'efforça de regarder l'animal démoli.

– La course a lieu dans deux jours. Qu'allons-nous faire ?

Damien examina les restes du golem.

– Pouvez-vous le reconstruire à temps ?

– Peut-être, mais ce sera bâclé. Et j'avais l'intention de procéder aux enchantements par fournées, puis de donner vie au cheval le lendemain. Mais maintenant…

– Tu vas devoir les intégrer tous en même temps.

Elle hocha la tête. Damien s'y connaissait assez en sortilèges pour savoir que cette tâche serait extrêmement périlleuse. Cinq enchantements, dont deux célestes, et un sort de golem ? Même la plus puissante des enchanteresses ne pourrait les effectuer d'un coup sans solliciter son corps jusqu'à ses limites.

Damien poussa un soupir réticent.

– J'ai une idée, mais elle ne me plait pas.

Ari lui lança un regard interrogateur.

Reid, lui, se contenta de grommeler :

– Pas question que j'aille la chercher.

– Qui ça ? demanda Ari.

– Ma sœur, répondit Damien. C'est une enchanteresse.

Il fallut du temps à Damien pour convaincre Ari que Shira était digne de confiance, ce qu'elle accepta de croire seulement lorsqu'il lui eut révélé qu'elle aussi pratiquait la magie kinienne et façonnait des golems. C'était grâce à elle que Damien avait identifié celui qui se trouvait dans le magasin d'enchantés de Rathsborne Street.

Il prit Bidule à Reid et le tendit à Ari, afin qu'elle l'inspecte.

– Elle l'a créé pour Reid il y a des années, quand il est devenu la cible de coups de colère de Loïc.

Reid leva les yeux au ciel.

– Elle l'a conçu pour te protéger, et me l'a donné parce qu'elle savait que tu n'en voudrais pas.

Ari fut fascinée par la créature, le premier golem qu'elle voyait élaboré par une autre enchanteresse, tout en s'étonnant que Shira ait choisi un animal de si petit gabarit. Les golems étaient forts et fidèles, mais malgré cela, ils ne pouvaient pas accomplir grand-chose dans une enveloppe aussi chétive. C'était une raison plus que suffisante pour se fier à Shira, mais Ari ne pouvait de toute façon pas laisser passer l'occasion de parler à une de ses semblables.

Quelques heures plus tard, pendant lesquelles Ari s'était appliquée à redonner forme aux plus grosses pièces d'argile, Shira arriva. Ses cheveux bruns bouclés étaient coiffés en nattes qui lui tombaient dans le dos, et sa tenue était encore une association de cuir noir et de couteaux dont Reid semblait incapable de détacher le regard. Elle retira sa veste, retroussa ses manches, et se mit à l'ouvrage sans un mot.

Ari ne savait pas vraiment quel sentiment lui inspirait le fait de travailler aux côtés d'une autre enchanteresse kinienne. Depuis le temps qu'elle se démenait pour dissimuler ses pouvoirs, jamais elle n'aurait cru cela possible. La présence de Shira lui procurait un réconfort qui dépassait la seule certitude qu'elles seraient prêtes pour la course.

Lorsqu'elles eurent remis les jambes en place, Ari la regarda par-dessus le dos du cheval.

– Si tu peux créer des golems depuis le début, pourquoi Damien ne t'a pas simplement demandé de t'en occuper ? Pourquoi se donner tant de mal pour me trouver ?

Shira sourit.

– Parce que j'aurais refusé.

Ari tressaillit.

– Pourquoi ? Tu veux qu'il perde ?

– Non, je ne veux pas qu'il joue.

Apparemment, les réponses énigmatiques étaient un talent familial, car Ari n'obtint rien de plus de Shira. Elles travaillèrent jusque tard dans la nuit, et se levèrent tôt le lendemain. Reid leur apporta thé et gâteaux sans un regard pour Shira, manifestement agacé qu'elle s'amuse à l'aguicher.

Mikira arriva vers midi, et elles l'entendirent se disputer avec Reid à l'entrée du salon. La cavalière s'attendait à ce que le cheval soit prêt dans la matinée, et les excuses fournies par Reid étaient maigres, mais il parvint à la faire sortir, et la porte se referma sur leur conversation. Ari n'osait pas imaginer la nervosité que cette nouvelle avait dû valoir à Mikira. À ce rythme, elle n'allait rencontrer sa monture que quelques heures avant de mettre en danger leurs vies à toutes les deux.

Elles ne virent pas Damien de la journée. Ari supposa qu'il s'occupait de ses affaires, recevait des administrés et allait parler chiffres avec des bookmakers, mais Shira lâcha quelques remarques à ce sujet, jusqu'à ce qu'Ari cède et demande :

– Sais-tu où il est ?

– Aucune idée. Mais tu devrais lui poser la question à son retour.

Ari avait la nette impression d'être une mouche prise dans une toile d'araignée. Cette sensation différait de celle qu'elle éprouvait en présence de Damien, qui à chacun de ses actes semblait déplacer une pièce sur un échiquier ; elle se sentait davantage scrutée, comme si Shira attendait d'*elle* qu'elle joue un coup.

Elles mirent la touche finale à la sculpture en début de soirée. Lorsque Ari eut disposé les dernières mèches de crinière, elle s'écarta d'un pas pour examiner l'animal. Elle était couverte d'argile de la tête aux pieds, ses cheveux étaient dans un désordre inouï, mais elles avaient réussi. Pourvue d'une silhouette élancée tout en muscles qui ferait la jalousie de leurs concurrents et des connaisseurs, c'était une œuvre d'art, même immobile.

Ne restait plus qu'à lui adjoindre la magie.

– Combien d'enchantements vas-tu lui associer ? demanda Shira, en se lavant les mains dans un seau.

– Cinq. Vitesse, endurance et agilité pour l'aspect physique, puis un charme pour qu'il ne se perde jamais et un autre qui permet de détecter le danger.

Shira hocha la tête.

– La force naturelle du golem compte quasiment comme un quatrième enchantement. Malin, commenta-t-elle, avant de s'essuyer les mains dans un chiffon propre. Desquels veux-tu que je me charge ?

Ari hésita. Par réflexe, elle lui aurait confié les sorts célestes, puisqu'elle n'avait pas réussi à maitriser celui de la pièce de monnaie, mais après la somme de travail qu'elle avait consacrée au golem, elle tenait à le terminer elle-même. Shira détenait un permis. On l'avait formée à la magie. Peut-être pourrait-elle lui enseigner cet art ?

– J'ai beaucoup de mal avec les enchantements célestes, lui avoua-t-elle. Je m'y suis essayée sur des objets, mais je crois qu'ils ne fonctionnent pas, et quand c'est le cas, c'est de façon sporadique.

– Ils donnent du fil à retordre à la plupart des enchanteurs. À quoi les associes-tu ?

Ari fronça les sourcils.

– C'est-à-dire ?

Shira dut se rendre compte alors de l'étendue de l'ignorance de la jeune femme, car elle s'appuya contre le bureau de Reid et se lança dans des explications.

– Il faut voir ça comme ça : l'efficacité des sortilèges provient en grande partie de l'intensité de ton intention, d'accord ? Les sorts jetés avec une détermination faible seront faibles eux-mêmes. Un des meilleurs moyens de renforcer cette détermination, c'est d'associer chaque enchantement à un élément précis. Par exemple, si tu associes la force à la vigueur physique, tu gardes une représentation de cette vigueur à l'esprit pendant que tu procèdes au lien.

C'était là le genre d'informations qu'Ari n'avait dénichées dans aucun ouvrage, de celles qui pouvaient lui permettre de passer au niveau supérieur.

– Et les enchantements célestes, pourquoi sont-ils plus difficiles à exécuter ?

– Parce que c'est facile de trouver une association pour illustrer la force, mais s'il s'agit de ne jamais se perdre, ou de détecter le danger ? Ce sont des concepts beaucoup plus vagues. C'est sans doute pour ça que le sort fonctionne dans certains cas, et pas dans d'autres. Si un enchantement pour la détection du danger n'inclut pas une notion précise de ce qu'est le danger, l'objet enchanté ne saura pas l'identifier.

Ari s'approcha du cheval, des idées défilant déjà dans sa tête. Pour la vitesse, elle songea à Mikira qui filait à toute allure sur Eilora, et pour l'agilité, elle se représenta Bidule sur l'épaule de Reid. Pour l'endurance, elle pensa à elle-même, en train de s'échiner jour et nuit sur ses golems.

Alors qu'elle prononçait le sort d'association pour les enchantements physiques, elle se concentra sur le vrombissement chaud de la magie en sommeil dans l'argile, et l'imbriqua dans la poudre d'émeraude qu'elle contenait. Gardant chacune de ses idées à l'esprit, elle laissa son intention modeler la magie d'abord en enchantement de vitesse, puis en former un d'agilité, et enfin d'endurance.

– Impressionnant, commenta Shira lorsqu'elle eut terminé. Je sens les sortilèges dans l'argile. Ils sont puissants. Tu veux que je me charge des célestes ?

Tu n'as pas besoin d'elle, lui souffla la voix. *Tu peux t'en charger toi-même.*

Son imagination lui jouait-elle des tours, ou la voix était-elle plus forte qu'avant ? Une tension lui enserrait l'esprit et menaçait de se muer en franc mal de tête. Mais la voix avait raison – elle en était bel et bien capable, et surtout, elle le voulait.

– Je peux le faire, répondit-elle.

Shira sembla sur le point de protester, mais Ari avait déjà fermé les yeux pour se concentrer. Qu'associait-elle à la capacité de ne jamais se perdre ?

Le foyer familial.

Elle pensa à leur maisonnette en bordure de l'eida du village. À ses murs colorés et à sa cuisine trop petite. Elle se remémora la voix de son grand-père, l'odeur d'ail et d'oignons grésillant dans l'huile qui emplissait les lieux quand sa mère cuisinait.

Le sort d'association s'échappa entre ses lèvres, s'immisça dans l'argile et cimenta la magie. Ne restait plus que le charme de détection du danger. Elle songea à ce qu'elle avait ressenti quand les deux malfrats étaient entrés dans son atelier, à sa conviction que quoi qu'elle leur donne, ce serait insuffisant. Puis elle se concentra sur le sentiment de sécurité qu'elle éprouvait depuis quelques semaines, installée près du feu et entourée de livres, en compagnie de Damien, Reid et Mikira, et elle fit passer ces deux sentiments dans son sortilège.

Celui-ci s'infiltra aisément dans l'argile et s'y enracina avec une facilité qu'elle n'avait pas ressentie avec la pièce de monnaie. Lorsqu'elle eut terminé, son ventre gronda de faim, et elle avait mal à la tête. Elle avait découvert depuis longtemps que même si la magie n'était pas la cause directe de ses migraines, c'était un de leurs déclencheurs, et bien souvent elle ne savait pas quand l'une d'elles allait se déclarer.

Beau travail, la félicita la voix, et Ari frémit.

Shira posa une main apaisante sur son épaule.

– Tu devrais te reposer. Ça fait beaucoup de magie d'un coup.

Mais Ari ne lut pas que l'inquiétude dans son regard. Elle y décelait autre chose, qu'elle n'identifiait pas.

– C'est remarquable.

Ari fit volte-face en entendant la voix de Damien.

– Vous… Tu es revenu, dit-elle, avec un enthousiasme qui les surprit tous les deux.

Instinctivement, elle lui prit la main et lui fit faire le tour de l'animal de sorte qu'ils soient face à lui. Le jeune homme ne se dérobant pas, elle laissa ses doigts se refermer sur les siens. Shira les observait d'un air énigmatique.

Reid vint se poster à côté d'Ari.

– Et maintenant ?

– Maintenant, restez ici et ne bougez pas.

Ari lâcha la main de Damien, se précipita jusqu'à sa sacoche posée sur le bureau, d'où elle sortit son livre de sortilèges. Celui-ci émit un bourdonnement chaleureux, et elle eut la nette impression qu'il était content de la retrouver.

– Ari, dit Shira en contemplant le grimoire d'un œil soupçonneux. Tu ne devrais pas tenter ça avant demain matin.

Ignore-la, gronda la voix.

– Ne t'en fais pas pour moi. Le golem aura besoin de s'acclimater avant que Mikira le monte.

Tandis qu'elle prononçait ces mots, sa nervosité s'intensifia. Pratiquer un enchantement devant quelqu'un était une chose, donner vie à un golem en était une autre. C'était une expérience profondément intime et tout à fait effrayante, car chaque fois qu'elle récitait la formule, Ari repensait à la nuit dramatique qui avait couté la vie à son Saba.

Au sang sur ses mains. Au sang sur les murs.

Après avoir pris une profonde inspiration, elle tint sa peur à distance et ouvrit le livre à la page marquée. Elle fit ensuite le tour du cheval en psalmodiant un chapelet de formulations kiniennes. De la lumière s'échappait de ses lèvres, tourbillonnait et s'entortillait en volutes, avant de disparaitre dans le front de la sculpture. Celle-ci se mit à luire, éclatante comme la pleine lune.

Ari parla plus vite, plus fort, et la lumière, plus vive, irradiait d'elle comme de la vapeur. La magie déferla soudain en elle. Elle croisa alors le regard de Damien, et y décela un intérêt qui l'ébranla, comme s'il avait très envie de la toucher, de savoir si la chaleur qui chatoyait dans ses yeux brulait aussi sous sa peau.

– Nom d'un chien des enfers…, chuchota Reid.

Dans un éclair d'énergie, la lumière se propagea par vaguelettes sur le golem, transformant l'argile en chair et en os, en crin et en sabots, telle une étoffe qu'on retournerait pour révéler un nouveau motif. La jument s'ébroua, et les derniers rubans de lumière se dissipèrent avec son souffle.

Noire comme l'encre, d'une robe soyeuse et éclatante, elle se tenait tel le fier destrier d'une conquérante, les contemplant tous de ses yeux d'une profondeur insondable.

Ari ne savait pas si son cœur battait à se rompre à cause des efforts qu'elle avait déployés ou de la façon dont Damien la fixait, comme s'il venait de découvrir une pierre précieuse très rare dans un tas de charbon.

Elle soutint son regard et déclara :

– Mesdames et messieurs, je vous présente Atara.

Un sourire se dessina lentement sur les lèvres de Damien lorsqu'elle eut prononcé ce nom kinien.

Celui-ci signifiait « couronne ».

Magnifique, susurra la voix, dans laquelle Ari sentit la satisfaction. Celle-ci se propagea en elle jusqu'à ce qu'elle ne puisse plus nier que, quelle que soit sa nature, quelle que soit sa signification, cette voix n'était pas la sienne.

Puis elle s'effondra.

Elle revint à elle au son d'une dispute qui se déroulait en langue kinienne.

– Écoute-moi, Dara. Après ce qu'elle vient d'accomplir… elle devrait être morte ! Personne ne possède un tel pouvoir.

C'était Shira.

– Tu t'affoles pour rien, répondit Damien. Quelqu'un le possède bel et bien, ce pouvoir, et je ne vais pas lui dire d'arrêter de s'en servir alors qu'elle vient de le découvrir.

Ses paupières s'ouvrirent en papillotant. Elle était sur la causeuse du salon, avec un oreiller sous la tête et une couverture sur les épaules. Ses pensées lui donnaient l'impression de flotter dans du miel, incapables de se détacher les unes des autres.

– Arielle ? dit Damien, qui fut le premier à remarquer son réveil.

Elle voulut lui dire qu'elle allait bien, mais sa voix lui fit défaut. Il y avait quelque chose… d'*anormal*. Aussi soudainement qu'elle en eut la certitude, cette sensation se dissipa, et son esprit recouvra sa clarté. Mais avec elle surgit dans sa tête une douleur cinglante.

– Arielle !

Damien mit un genou à terre devant elle.

– Ça va, je n'ai rien, dit-elle en se redressant. Qu'est-ce qui s'est passé ?

– Tu as utilisé trop de magie, déclara Shira en lui montrant le livre de sortilèges.

Ari se précipita en avant comme pour le lui arracher des mains, mais ce mouvement lui valut une vive nausée, et elle s'arrêta aussitôt.

Shira l'observa d'un air impassible.

– C'est quoi, ce livre, Ari ?

– Je ne sais pas.

Dans une tentative de stabiliser la pièce qui tournait autour d'elle, elle appuya une paume contre son front.

– Où l'as-tu trouvé ?

– Je n'en sais rien.

C'était un mensonge, mais il lui semblait qu'elle n'avait pas le choix. Révéler la vérité à Shira lui vaudrait peut-être de se voir confisquer le grimoire.

Damien se releva pour faire face à sa sœur.

– Elle a besoin de repos. Tu la questionneras plus tard.

D'abord réticente, Shira remit l'ouvrage à Damien. Puis elle chuchota, et Ari tendit l'oreille, mais elle se sentait déjà faiblir de nouveau. La dernière chose qu'elle vit avant que sa tête touche l'oreiller fut le visage soudain livide de Damien.

14
MIKIRA

Mikira ne ferma pas l'œil de la nuit.

D'une part, la première course de l'Illinir avait lieu le lendemain, et d'autre part, il y avait eu un contretemps dans l'enchantement du cheval, lequel ne serait prêt que dans la matinée. Reid avait refusé de lui indiquer la nature précise du problème, en prétendant que ça n'avait pas d'importance.

Elle quitta la maison alors qu'Ailene et Nelda dormaient encore, après leur avoir fait promettre la veille au soir de ne pas assister à l'épreuve. Elles avaient fini par cesser de l'assaillir de questions, mais la distance qui s'était creusée entre elles était pire. Mikira s'était persuadée qu'elle les avait tenues éloignées de ses projets pour leur sécurité, mais plus le temps passait, plus il lui semblait qu'elle ne faisait que se protéger elle-même.

Lorsqu'elle arriva au manoir, la nervosité lui nouait la gorge, et, alors qu'elle approchait des appartements de Damien, ses mains cherchèrent le contact réconfortant de ses couteaux. Son père les lui avait offerts à la mort de Lochlyn, les croyant enchantés, et depuis elle ne s'en était jamais séparée, même si elle n'avait pas vu la moindre magie s'en échapper.

Elle se figea lorsque retentit la voix de Damien :

– J'espère que tu m'apportes une bonne nouvelle.

Juste derrière elle, une porte était restée entrebâillée.

– C'est comme ça qu'on est accueilli ? rétorqua quelqu'un d'autre, d'un ton mielleux. Je n'ai pas droit à un « Comment vas-tu, Hyle ? » ou « Je te sers un verre, Hyle ? »

– Ça suffit, le rabroua doucement Damien.

Il y eut un bref silence, puis l'autre répondit :

– Oh, je vois. Qu'est-ce qui s'est passé ?

– Rien qui te concerne. Maintenant, dis-moi ce que tu as découvert.

Elle aurait dû poursuivre son chemin. Damien lui avait clairement laissé entendre que c'était là le genre d'affaires qui ne la regardaient pas, mais alors qu'elle se remettait en marche, Hyle prononça le seul nom qu'elle ne pouvait pas ignorer.

– Ton frère a rendu visite à Rezek Kelbra.

Elle se plaqua contre le mur à côté de la porte tandis que Damien demandait :

– Loïc est allé chez les Kelbra, l'autre soir ?

– J'en ai été le premier surpris, déclara Hyle d'un ton amusé. Je pensais qu'il voulait réduire Rezek Kelbra en charpie, bruler les morceaux, puis donner les cendres à manger aux cochons destinés à l'abattoir.

Il marqua une pause, puis reprit :

– Ah non, attends. C'est toi, ça. En tout cas, j'ai cru comprendre que vos familles n'en étaient pas moins ennemies mortelles.

Mikira étouffa un bruit de surprise. Elle savait que Damien et Rezek étaient en mauvais termes, mais pas que leur inimitié s'ancrait dans une rivalité familiale plus ancienne. Était-ce vraiment le cas ? Si son frère était ami avec les Kelbra, sa sœur l'était-elle aussi ? Shira les surveillait-elle pour le compte de Rezek ? Cela expliquerait pourquoi Damien avait tant insisté pour qu'elle s'en aille.

– Et avant ça, j'ai entendu dire qu'il s'était entretenu avec Velrose Kelbra, la coordinatrice de l'Illinir, poursuivit Hyle. Ton frère va frapper à toutes les portes, apparemment.

Le cliquetis d'un briquet retentit, et l'odeur épicée du vérillion s'échappa de la pièce. L'estomac au bord des lèvres, Mikira se couvrit le nez. Elle détestait cette odeur, qui lui rappelait la chambre de sa mère, son atmosphère de mort.

Il y eut un claquement sec, puis le bruit caractéristique d'une chaussure qui écrase quelque chose par terre.

Hyle poussa un soupir dépité.

– C'était ma dernière cigarette.

Mikira imaginait d'ici le regard ténébreux de Damien.

– Et ma bague ?

– Je ne l'ai pas retrouvée.

À ces mots, elle se pencha plus près. Parlait-il de sa chevalière héraldique ?

– Occupe-t'en, ordonna Damien. Discrètement.

Hyle rit.

– Tu me connais, je suis discret comme une souris.

– Je suis sérieux, Hyle.

– D'accord, sérieux comme une souris, alors.

Damien prit une profonde inspiration.

– Et découvre pourquoi mon frère recherche autant l'amitié de Rezek, tout à coup. Vite.

Son ton signalant la fin de la conversation, Mikira repartit d'un pas rapide. Elle venait de tourner à l'angle vers la suite de Damien quand elle entendit la porte s'ouvrir avec fracas dans le couloir derrière elle. Elle se faufila en vitesse dans le salon, en priant pour que personne n'ait rien remarqué, et s'arrêta net.

Les portes-fenêtres étaient grandes ouvertes afin de donner accès au jardin. Parmi les fleurs et l'herbe haute se tenait la plus belle jument qu'elle ait jamais vue. Mesurant au moins dix-neuf mains de haut, d'un noir pur des naseaux jusqu'à la queue, elle luisait au soleil telle l'obsidienne.

Reid était en train de la brosser, pendant que plus loin des garçons d'écurie préparaient une remorque au bout d'un large porche vouté. L'animal lui donnait de petits coups de dents, et le jeune homme ne cessait de repousser son museau.

– Elle s'appelle Atara.

Mikira sursauta en entendant la voix de Damien, lequel la regarda d'un air curieux. Elle réprima l'envie de l'interroger au sujet de Rezek. Les enjeux allaient au-delà de leur marché, et elle commençait à craindre qu'une victoire de sa part à l'Illinir ait des conséquences aussi désastreuses qu'une défaite. Si Rezek perdait contre Damien, essaierait-il de se venger ? En tiendrait-il rigueur à Mikira ?

Elle baissa les yeux sur la main de Damien – son anneau sigillaire n'y était plus. Les membres d'une maison noble retiraient rarement leurs bagues. Outre le statut qu'elles symbolisaient, elles leur donnaient accès à des comptes en banque, à des archives, à tout. Lorsqu'ils ne la portaient pas, c'était une cible à faire saliver tous les voleurs. Était-ce bien là ce que Hyle devait chercher ?

Ravalant ses questions, elle demanda :

– Où est Ari ?

– Elle se repose. Les enchantements l'ont épuisée.

Tout en descendant les marches, Mikira adressa par la pensée des remerciements à l'enchanteresse.

Une fois dans le jardin, elle s'approcha de la jument, qui ne cilla pas, puis tendit une main hésitante. Tous les chevaux étaient différents, autant par leur comportement que par leur foulée. Rien dans ses connaissances et son expérience en la matière ne garantissait que cette monture lui ferait confiance, et pourtant il fallait que ce soit le cas dès le début.

– Bonjour, toi, dit-elle doucement.

Les oreilles d'Atara se dressèrent. Avec un profond respect, Mikira posa la main sur le nez de la jument et la sentit lui rendre sa poussée.

– Elle est magnifique, chuchota-t-elle. Beaucoup trop belle.

Reid jeta sa brosse dans un seau.

– Rezek aura des soupçons, avec ou sans paillettes d'or.

– Mais il ne pourra rien prouver, et c'est tout ce qui compte, intervint Damien en les rejoignant.

Mikira plongea les yeux dans le regard sombre d'Atara et fit un sourire carnassier.

– Ce qui est sûr, c'est qu'il va perdre.

Sur le chemin qui les avait menés vers la forêt de Houndswood, où la course devait avoir lieu, l'assurance de Mikira avait laissé place à la nausée. Elle n'était pas prête pour une telle épreuve. Quelle mouche l'avait piquée ? Assister au bal de présentation, concourir à l'Illinir, berner Rezek Kelbra – ça ne lui ressemblait pas. C'était là la vie d'une fille qui ne gâchait pas tout ce qu'elle touchait.

Pour couronner le tout, elle n'avait eu le temps que pour un bref trot dans l'allée de devant avant qu'ils se mettent en route. Elle ignorait tout de la façon dont sa monture courait et à quoi elle réagissait. Ari s'était réveillée à peine assez longtemps pour lui souhaiter bonne chance, sans lui laisser le loisir de lui poser des questions.

– Mikira ? Mikira !

Elle revint soudain à l'instant présent. Près de la croupe d'Atara, Damien la fixait du regard, sourcils froncés, tandis qu'elle serrait dans ses mains l'étrier qu'elle ajustait. Ils se trouvaient dans un espace clôturé à une extrémité d'un pré herbeux en lisière de la forêt. Les lieux résonnaient des bavardages des autres jockeys et leurs sponsors, bourdonnement palpable qui lui nouait l'estomac.

– As-tu entendu un seul mot de ce que je t'ai dit ?

Damien tapota deux fois du doigt sur sa jambe, unique signe de son agacement. Il l'avait cependant tutoyée ; en ce jour, leurs rapports avaient changé.

Elle grimaça.

– Désolée.

– Rappelle-toi le plan que nous avons établi. Tu dois finir au milieu du peloton, pas gagner tout de suite. La première course est une ligne droite. Tu partiras d'un côté du Houndswood et tu termineras à l'autre, où je te rejoindrai.

– Je me souviens de tous les éléments dont je dois m'inquiéter, répondit-elle, plus sèchement que voulu.

Damien poursuivit, imperturbable. Que fallait-il pour le mettre en colère ?

– J'ai conclu des accords pour te trouver des alliés. Ceux-ci…

– Non.

Il plissa les yeux.

– Comment ça, non ?

Forger des alliances pour une course était une pratique courante. Des cavaliers se liguaient pour veiller les uns sur les autres, mais au bout du compte, ces partenariats devaient se briser, et on ne savait jamais quand un adversaire allait se retourner contre vous.

– J'aurai l'esprit assez encombré comme ça sans devoir craindre qu'on me trahisse, expliqua-t-elle. C'est plus facile si je n'ai que des ennemis dès le début.

– Sais-tu quels sont les pronostics concernant tes chances de victoire ?

L'expression de Mikira dut constituer une réponse suffisante, car il enchaina :

– C'est toi qui as la cote la plus basse, alors quiconque aura parié sur toi empochera une fortune. Ces parieurs auront davantage intérêt à ce que tu franchisses la ligne d'arrivée plutôt que leur propre cavalier.

Les ongles de Mikira s'enfoncèrent dans sa paume. Cela faisait une éternité qu'elle n'avait pas compté sur quelqu'un d'autre qu'elle-même. Dans son expérience, tout le monde finissait par se dérober. Les amis de son père, les relations de sa famille, Talyana, et son père en personne, même si ça n'avait pas été intentionnel. Il lui était déjà assez difficile de s'appuyer sur Reid, Ari et Damien – et voilà qu'elle était censée accorder sa confiance à de parfaits inconnus ?

Elle secoua la tête.

– Je refuse que mon destin repose sur ton château de cartes. C'est hors de question.

Elle libéra Atara de son licol et la fit sortir des écuries improvisées.

Des spectateurs arrivaient en nombre par la route principale, vêtus de costumes aux gilets colorés, de robes flottantes qui descendaient juste au-dessus des chevilles, et de chapeaux à larges bords. Des marchands ambulants vendaient bouchées à la viande et pop-corn, sucres d'orge, gobelets de bière fraiche et de vin chaud. Le long d'un talus, on avait dressé stands et tentes de fortune, où l'on trouvait de tout – ailes de Skylis et queues de Lyzairin, loupes enchantées avec lesquelles suivre la course –, et Mikira perçut des bribes de conversations ayant pour sujet cotes et mises.

Le tout remua des souvenirs qu'elle avait presque oubliés. Des soirées passées avec son frère et sa meilleure amie, à se gaver de sucres d'orge à s'en rendre malade, Lochlyn commentant les courses à voix basse pendant que Talyana et elle débitaient des statistiques. Comme ces moments lui paraissaient lointains, à présent !

Les abords de la piste bouillonnaient d'activité. Des flashes d'appareils photo crépitaient, on criait aux cavaliers de prendre la pose et de faire signe de la main. Les cris des admirateurs et des marchands ambulants fusaient çà et là, se mêlaient aux cliquetis des portes métalliques, ainsi qu'aux bruits sourds et humides des sabots dans l'herbe moelleuse.

Des tireurs et pousseurs les guidèrent jusqu'à la ligne de départ, où les chevaux se serrèrent et se bousculèrent pour se ménager de l'espace. Les autres jockeys semblaient plus âgés que Mikira, et la plupart étaient des hommes à l'air patibulaire qu'on aurait dit sortis tout droit des geôles de l'Anthir. Atara remuait les oreilles et piaffait frénétiquement. Mikira rajusta les couteaux sanglés à ses avant-bras, sous ses manches. Comme de nombreuses fois auparavant, elle aurait aimé savoir s'ils étaient véritablement enchantés. Si elle pouvait bénéficier d'un peu d'aide magique, c'était maintenant ou jamais.

– Miss Rusel ? lui dit un pousseur. Ça va être le moment de vous mettre en selle. La course va commencer.

Mikira posa la main sur le cou d'Atara. La jument était plus grande que tous les chevaux présents, sa robe était plus noire qu'une nuit sans étoiles. Elle observait Mikira de ses yeux d'obsidienne qui paraissaient trop insistants, comme si elle sondait son âme.

– Je t'ai apporté une friandise, chuchota-t-elle, en sortant quelques quartiers de pomme de sa poche.

La jument les engloutit avec délice, puis renifla sa paume pour en réclamer d'autres.

– Ne me désarçonne pas, s'il te plait.

Après avoir essuyé ses mains moites sur son pantalon, elle enfourcha sa monture.

Atara avança au petit trot. Son allure était exceptionnellement fluide, aussi Mikira s'y adapta sans le moindre mal. Mais dès qu'elles se furent glissées parmi les autres cavaliers et chevaux, sa nervosité monta de nouveau en flèche. Seuls cinquante d'entre eux allaient se qualifier pour la prochaine épreuve, et il allait lui falloir survivre assez longtemps pour faire partie des élus, le tout sans être *trop* performante.

Elle observa rapidement les participants, surprise d'en reconnaitre autant. Alren Zalaire, qui était arrivé deuxième à la dernière Illinir, lors de laquelle il avait perdu son bras gauche. Il y avait également Arabella Wakelin, dont la peau brune de l'avant-bras était tatouée des courses célèbres qu'elle avait remportées. Cette dernière serrait la main à Dezaena Fyas, le·a prodige venu·e du Yaroy qui avait traversé plusieurs royaumes pour être présent·e. Mikira aurait voulu aller leur parler, leur dire qu'elle aussi avait participé à des courses, mais cela lui parut ridicule. Le nom de son père ne lui serait d'aucune aide – elle n'avait aucun accomplissement à son actif.

– Tu trembles comme une feuille, grommela un jockey vêtu en gris et blanc – les couleurs de la maison Kelbra.

Elle se rendit compte avec stupéfaction qu'elle le reconnaissait : Gren Talyer. Autrefois, il avait été une légende, un des jockeys les plus jeunes de l'histoire. Jusqu'à ce que le père de Mikira apporte la preuve qu'il sabotait les montures de ses adversaires. On l'avait exclu des courses pendant dix ans et, à la façon dont il la regardait, elle avait l'impression que sa fureur ne s'était pas atténuée.

– Que voulez-vous ? rétorqua-t-elle. Je suis chauffée à blanc.

– Tu n'as pas ta place ici.

Un éclat mauvais brilla dans les yeux foncés de Gren, qui ajouta :

– Même ton lâche de père le sait.

Cette insulte fit à Mikira l'effet d'un coup de fouet.

– Mon père n'est pas un lâche.

Gren rit.

– Oh si, un lâche minable et fini.

Une annonce retentit dans le haut-parleur, mais ne pénétra pas le bourdonnement qui grondait dans les oreilles de Mikira et son envie de frapper cet homme pour effacer son rictus méprisant. Au prix d'un gros effort, elle ravala sa colère, et, selon les conseils de Reid, en fit un bouclier que les lames de Gren ne pouvaient transpercer.

La foule scanda le compte à rebours en même temps que l'annonceuse.

– Pour l'Enderlain ! Pour les Messagers !

Gren se tourna face à la piste.

– Tu n'es pas de taille, fillette.

– Pour Sendia !

La cloche de départ sonna.

15
MIKIRA

Atara s'élança à toute allure.

Mikira se courba brusquement vers l'avant en laissant échapper une exclamation de surprise et s'accrocha à sa monture, qui fonçait au triple galop vers la forêt. Terre et herbe giclaient derrière elles, et les environs ne formaient plus que des taches de couleurs floues. Petit à petit, elle se détendit et desserra sa prise sur les rênes. Même le sort de vitesse d'Iri n'était pas si fort. Quelle était la puissance des enchantements d'Ari, au juste ?

Tandis qu'Atara galopait avec aisance et grâce, la poussée d'adrénaline mêlée de peur qui avait gagné Mikira laissa place à un émerveillement absolu. Elle poussa un cri de ravissement dans le vent hurlant.

Puis la forêt de Houndswood se referma sur elles.

La foule en liesse disparut, remplacée par le tonnerre des sabots et les cris des cavaliers. Des fracas métalliques retentirent lorsqu'on sortit des armes et que la mêlée commença. Dezaena Fyas para le coup de matraque d'un autre concurrent, Alren Zalaire chevauchant derrière iel en formation d'alliance. Arabella Wakelin se détachait déjà du peloton, talonnée par Gren.

Mikira prit ses rênes d'une seule main et, de l'autre, tira un poignard de son fourreau pour se défendre contre un cavalier qui fonçait droit sur elle. Elle repoussa son attaque et entraina Atara à l'écart.

Elles se faufilèrent à travers les arbres, en restant à bonne distance de leurs adversaires. Il n'y avait pas de chemin à suivre, et la voute des feuillages plongeait les bois dans l'ombre, ce qui rendait difficile de déceler des signes d'enchantements.

Le sol se mit à trembler.

Atara ralentit, mais maintint sa foulée. D'autres chevaux s'affolèrent, zigzaguèrent frénétiquement sous la pluie de feuilles qui s'abattit sur eux. Un peu plus loin, la terre s'ouvrit telle une mâchoire béante hérissée de pieux acérés.

Les montures de Dezaena et Alren sautèrent par-dessus. Une autre s'arrêta brusquement et projeta son cavalier vers l'avant. Des hurlements s'élevèrent de la fosse lorsqu'il y disparut.

Mikira tenta de faire dévier Atara, mais elle allait trop vite. Elle ravala un cri une fraction de seconde avant que la jument ne bondisse.

L'animal retomba sans effort de l'autre côté et poursuivit sa course.

Mikira jeta un coup d'œil en arrière vers le gouffre. Les autres jockeys avaient ralenti à temps et se trouvaient à présent contraints de contourner l'obstacle. Elle avait été la dernière à le franchir – ce qui aurait dû être impossible. Atara n'était enchantée que pour la vitesse, l'endurance et l'agilité. Comment avait-elle pu accomplir un tel bond ?

En se repositionnant sur sa selle, Mikira aperçut une autre concurrente. Une fille brune portant un masque de Rach chevauchait à la même hauteur qu'elle. Elle eut l'impression de l'avoir déjà vue. La fille se tourna et révéla des yeux noisette emplis de curiosité.

C'était la cavalière de sa dernière course clandestine, celle qui l'avait attaquée au couteau.

Mikira la fixa d'un regard stupéfait avant qu'une douleur cinglante lui foudroie le bras et lui arrache un cri.

Alors qu'elle se couchait à plat sur le cou d'Atara, quelque chose siffla au-dessus de sa tête. Partout alentour, des boulets à pointes se balançaient tels des pendules au bout de longues cordes suspendues à des branches. De nombreux cavaliers étaient étendus à terre et grognaient sur le tapis de feuilles mortes.

Une des masses oscilla vers le flanc d'Atara, mais celle-ci l'esquiva. Mikira eut le plus grand mal à s'agripper à sa jument tandis que celle-ci fonçait parmi les sphères cloutées avec la dextérité d'une gazelle. Mikira n'avait jamais vu chez une monture tant de maitrise de soi, une telle agilité.

Elle se coucha sur Atara et se fia à son instinct.

Elles parvinrent à émerger des redoutables fléaux et débouchèrent dans une partie des bois moins dense. Gagnée par un vif soulagement, Mikira se redressa, mouvement qui tirailla son bras blessé. Elle eut un halètement de douleur, mais pour l'heure, elle ne pouvait rien y faire. Entre la vitesse d'Atara et l'habileté dont elle avait fait preuve jusqu'alors, il se pouvait qu'elles soient en tête du peloton. Mais entre la fosse, les fléaux, et les autres obstacles que la forêt recelait, impossible de savoir combien de concurrents restaient en lice.

– Attention !

Mikira n'eut pas le temps de déterminer d'où provenait cette voix avant d'être éblouie par une vive lumière. Elle ferma les yeux et, par réflexe, fit ralentir Atara. La jument secoua la tête tout en tirant sur le mors, et Mikira la sentit accélérer de nouveau. Même les paupières closes, elle percevait que l'éclat lumineux était toujours aveuglant, et pourtant Atara continuait à foncer avec assurance.

La clarté s'atténua, et Mikira cligna des yeux jusqu'à ce qu'elle y voie plus clair. Elle était subjuguée par Atara, dont la foulée ne se faisait que plus rapide, plus assurée, comme si elle accomplissait là sa destinée. Devant elles, la lisière de la forêt s'ouvrit, et une poignée de cavaliers poussèrent leurs montures dans un ultime galop pour franchir la ligne d'arrivée.

Atara hennit et fit un écart juste avant qu'un autre cheval manque de leur rentrer dedans. Mikira donna un grand coup de couteau vers leur assaillant, mais ne toucha rien. Un homme s'esclaffa tandis qu'Atara se reprenait, forcée à s'arrêter par cette agression soudaine.

L'étalon blanc de Gren Talyer leur barrait la route.

Le cavalier eut un sourire de prédateur.

– Tu as eu de la chance d'arriver jusqu'ici, mais tu n'iras pas plus loin.

Il essaya alors de la poignarder. Mikira para l'attaque, et, d'une pression des genoux, ordonna à Atara de s'éloigner.

La jument n'obéit pas. Elle s'élança vers l'avant et mordit l'épaule de l'étalon. Celui-ci se cabra en hurlant, et Atara fit de même pour lui marteler la poitrine à coups de sabot.

Gren écarta vivement son cheval apeuré et le talonna pour qu'il reparte au petit trot.

Atara souffla fort en agitant la tête. Mikira tenta de l'apaiser, mais elle était déchainée, tel un prédateur ivre du sang de sa proie. Elle fit un pas de côté, puis se cabra de nouveau en hennissant.

Mikira posa une main sur son cou.

– Tout va bien !

Atara se tourna brusquement comme pour la mordre elle aussi. Mikira fut pétrifiée par la férocité absolue qu'elle lut dans les yeux de la jument.

Puis des flammes surgirent derrière elles.

Atara partit à fond de train et Mikira perdit ses étriers. Le brasier enchanté, qui se répandait à toute allure à côté d'elles, les rabattit dans une petite clairière. Mikira se tint fermement avec les genoux, empoignant la crinière d'Atara tandis que le feu encerclait la trouée et leur barrait la route. Atara s'immobilisa d'un coup, et Mikira dégringola de sa selle, parvenant de justesse à se jeter à l'écart du danger.

Elle heurta violemment le sol, roula sur quelques mètres, et s'arrêta juste devant la ligne des flammes. Tandis qu'Atara piaffait et agitait la tête, Mikira essaya tant bien que mal de se relever, assaillie de douleurs. La jument s'avança soudain vers elle, et Mikira s'écarta d'un bond en levant les mains.

– Doucement, ma belle, l'apaisa-t-elle, sentant dans son dos la chaleur intense du feu.

Atara baissa la tête, haletant presque aussi fort que Mikira.

– On ne craint rien, reprit celle-ci. Ne t'inquiète pas.

Les feux enchantés ne duraient que le temps de la combustion du vérillion ; celui-ci allait s'épuiser bientôt. Mais ce regard dans les yeux de sa jument, son agressivité – les seuls chevaux qu'elle avait vus se comporter ainsi avaient été enchantés pour l'attaque ou la protection. Son père les vendait pour servir au front. Atara ne disposait d'aucun de ces sortilèges, mais cela ne signifiait pas pour autant qu'elle n'avait pas été entrainée à participer à des batailles. Damien lui avait-il procuré un cheval de guerre ?

Les flammes s'éteignirent dans un vif chuintement, laissant le sol noirci et l'air saturé de fumée. Immobile, Mikira fixa l'animal dans les yeux, et il soutint son regard d'un air qu'elle ne parvint à déchiffrer, avec une intensité frisant la ferveur.

Il leur fallait repartir. Elles devaient se trouver vers la queue du peloton, à présent, et la vitesse phénoménale d'Atara était leur seule chance de rattraper leur retard. Mais une part de Mikira n'avait pas envie de la monter de nouveau.

Elle ne se rappelait pas la dernière fois qu'elle avait eu peur d'un cheval.

Atara piaffa et se tourna comme pour inviter Mikira à l'enfourcher. Repoussant sa crainte naissante, la jeune femme s'approcha de la jument avec précaution et se remit en selle. Constatant que sa monture ne s'en prenait pas à elle, elle tenta une petite talonnade, et Atara s'élança au trot. Les doigts de Mikira tremblaient sur les rênes, aussi les serra-t-elle plus fort. Pas question qu'elle ait peur maintenant ; elle avait une course à terminer.

Elles fusèrent au galop à travers la forêt, les grandes foulées d'Atara dévorant le terrain. Les arbres se clairsemèrent, puis elles débouchèrent sur une vaste étendue de collines ondoyantes. Une longue file de chevaux s'étirait devant elles et se dirigeait vers l'arrivée, qui ne formait encore qu'un simple point à l'horizon.

– Fonce ! cria Mikira, lâchant la bride à Atara.

La jument fila comme le vent.

Elles rattrapèrent les trainards en un rien de temps. Elles doublèrent les concurrents les uns après les autres, jusqu'à ce que seul un pâturage les sépare de l'arrivée. Mikira oublia la douleur dans son bras, la peur tapie dans ses os, et se donna tout entière à la course jusqu'à ce qu'elles franchissent la ligne dans un galop effréné.

Lorsque Atara eut ralenti pour aller au pas, Mikira remarqua la multitude de chevaux et de cavaliers rassemblés au bout du pré. Alors seulement entendit-elle l'annonceuse déclarer :

– Et Mikira Rusel en cinquante et unième position.

Elle était arrivée trop tard.

Elles avaient perdu.

Mikira ne parvenait plus à respirer.

Ses poumons lui brulaient tellement qu'elle prit tant bien que mal une goulée d'air étranglée, mais alors sa gorge se referma, son corps se tétanisa, et la certitude qu'elle venait de tout gâcher menaça de l'écraser sous son poids.

Elle s'était recroquevillée sur un banc dans le vestiaire des jockeys. Elle avait trouvé un recoin isolé, et, contre toute attente, personne ne l'avait dérangée. Pas même Damien, qu'elle n'avait pas la force de regarder en face. À cause d'elle, sa famille allait être privée de ses revenus des courses hippiques. Il n'allait pas être tendre.

La porte s'ouvrit avec un grincement grave, et une voix familière fit un petit bruit désapprobateur qui glaça Mikira.

– Ma pauvre Miss Rusel, déclara Rezek, en roucoulant presque. Quelle prestation catastrophique !

Autour d'elle, la pièce était saccagée. Le casier en bois était cassé, les étagères de travers, le miroir fendu. Elle ne se rappelait même pas les avoir détruits.

Elle s'efforça de contrôler son souffle, de ravaler sa douleur afin que Rezek ne puisse pas s'en délecter, mais elle était trop à vif. Elle avait perdu le haras, condamné son père à une vie au service d'un démon, et jeté ses sœurs à la rue.

Elle qui voulait redorer le blason des Rusel, c'était raté. Elle n'avait fait qu'enfoncer leur nom plus profondément dans la boue.

Elle sentit la proximité de Rezek un instant avant qu'il pose la main sur son épaule et recourbe les doigts sous l'os. Ce ne fut pas la douleur qui manqua de la faire vomir, mais le fait de constater que Rezek ne l'avait jusqu'alors jamais touchée, comme s'il attendait ce moment depuis toujours.

– Vous saignez, se contenta-t-il de commenter.

Elle avait le bras gauche maculé d'un rouge foncé. La blessure, qui avait en grande partie coagulé, suintait encore.

Rezek fit glisser ses doigts sur le bras de la jeune femme et s'attarda sur la plaie. Lorsqu'il les retira, ils étaient tachés de sang, et Mikira frémit. Il s'assit sur le banc, dos à elle.

– Vous êtes passée tout près du but, déplora-t-il. Le cheval de votre père est vraiment remarquable.

Atara.

Elle avait laissé la jument dans le pré et s'était précipitée au vestiaire avant qu'on ait pu la retenir. Quelqu'un s'était-il occupé d'elle ? Une vive culpabilité bruissa sous son abattement.

Rezek empoigna les bords du banc et se pencha en arrière afin de voir son visage. L'espace d'un instant, il se contenta de savourer le triste spectacle qu'elle offrait, puis annonça :

– Je veux vous proposer un nouveau marché.

Le cœur de Mikira s'emballa.

– Pardon ?

– Un nouveau marché, répéta-t-il en appuyant sur chaque mot. La perte de leur affaire de courses hippiques portera un coup aux Adair, mais ça ne les broiera pas autant que je le veux, et Damien trouvera un moyen de remonter la pente. Il me faut de quoi les détruire – de quoi le détruire *lui*.

Finalement, elle se força à le fixer dans les yeux.

– Vous allez espionner Damien Adair.

Elle se figea, rattrapée par des souvenirs d'os fracturés, d'éclaboussures rouges sur une manche d'un blanc immaculé. Puis elle regarda les doigts tachés de sang de Rezek.

– Et en échange ?

Il eut un rire bref et sec.

– Vous avez du culot de penser que vous êtes en position d'exiger quoi que ce soit. Tout ce qui vous est cher est en ma possession.

Ses paroles étaient des armes qui la transperçaient de part en part. Elle se sentit vaciller. Rezek la saisit par le bras, trop près de sa blessure pour que ce soit involontaire ; une décharge de douleur la fit tressaillir.

– Mais, comme je vous l'ai dit, je ne suis pas un monstre.

Il poursuivit d'une voix plus basse, presque caressante.

– Si vous êtes d'accord, je vous réintégrerai dans la course.

Notre marché précédent restera valide. Vous aurez encore la possibilité de gagner.

Il la lâcha, la paume toujours rouge.

– Damien ne croira jamais que vous m'avez donné une deuxième chance sans contrepartie. Il se doutera de quelque chose.

– Laissez-moi m'occuper du petit Adair.

Mikira hésita, et Rezek la contempla fixement.

– Allons, Miss Rusel. Vous ne vous êtes quand même pas attachée à lui ? Damien représente tout ce que vous détestez.

– Il vaut mieux que vous.

– Lui et moi, nous sommes pareils.

Elle songea à l'homme à qui Damien avait cassé un doigt, à l'Anthir qui avait investi le vestibule le premier jour au manoir, et à son échange avec Hyle. Pourtant, elle l'avait aussi vu avoir des gestes de bonté que Rezek n'aurait jamais, pour des gens à qui il ne devait rien. Tout cela n'avait-il été que de la poudre aux yeux ?

Comme si leur conversation avait convoqué Damien, elle entendit sa voix à la porte.

– Pousse-toi, Kyvin.

– Mon maitre ne veut pas être dérangé, répondit une voix doucereuse.

Rezek haussa ses sourcils clairs et la pressa :

– Dernière chance.

– D'accord, grommela-t-elle. J'accepte.

À l'extérieur de la pièce, le ton de Damien se fit tranchant.

– Je ne demanderai pas deux fois.

Rezek se leva.

– Laisse-le entrer, Kyvin.

Damien s'engouffra dans le vestiaire.

– Que se passe-t-il, ici ?

Rezek croisa les mains derrière son dos.

– J'informais seulement Miss Rusel que j'étais disposé à la réintégrer dans la course, mais à un certain prix. Que dirais-tu d'augmenter la mise de notre pari, mon vieil ami ?

Mikira se figea – « mon vieil *ami* » ?

Le visage de Damien se transforma à vue d'œil. Sa colère se dissipa tandis qu'il s'adaptait à la situation, percevant sans doute là l'occasion de faire tourner le vent dans son sens.

– Quelle est ta proposition ? s'enquit-il.

– C'est très simple. En plus de notre marché actuel, tu mettras en jeu tous les champs de vérillion de la maison Adair.

Damien fixa Rezek d'un air impassible, mais Mikira devinait qu'il calculait tout. S'ils perdaient, la maison Kelbra détiendrait le monopole sur deux des principales sources de richesse de l'Enderlain : les courses et le vérillion. Ils posséderaient plus de la moitié de la ville, et la maison Adair serait ruinée.

Cela étant, Rezek ignorait tout des sortilèges dont Atara était dotée.

Damien regarda Mikira, qui eut un mouvement de recul. Il n'attendait quand même pas d'elle qu'elle prenne cette décision ?

Non. Mais il n'est pas au courant de ce qui s'est passé. Damien ignorait que la jument avait gouté le sang tel un lion déchirant la chair de sa proie. Que Mikira n'avait pas réussi à la maitriser, qu'elle avait eu peur d'elle. Si la victoire était impossible, il voulait en être informé.

Elle ne sut pas quoi lui dire.

Damien serra la mâchoire.

– Entendu.

Ravi, Rezek frappa dans ses mains.

– Formidable.

Il frôla Damien et alla vers la porte, où se tenait un homme au visage effilé et aux cheveux noirs plaqués en arrière.

– Bonne chance, Miss Rusel.

Il lui adressa un signe de la main, puis ferma le battant derrière lui.

Mikira s'attendait à ce que Damien crie, à ce qu'il s'approche d'elle comme Rezek et l'accable de plus belle.

Il n'en fit rien.

– Rentrons au manoir, déclara-t-il après un léger soupir. Reid va examiner ton bras.

Elle le scruta d'un air interdit.

– C'est tout ?

– Nous parlerons de la course dans le fiacre.

Parce qu'ici, ils étaient trop vulnérables aux oreilles indiscrètes. C'était là le genre de détails auxquels Damien Adair pensait, pas Mikira, et pourtant elle était chargée de l'espionner. Rezek voulait obtenir des informations accablantes qui lui permettraient d'écraser Damien, mais Mikira, elle, avait besoin de lui. Et s'il découvrait qu'elle jouait double jeu, elle n'osait imaginer quelle serait sa réaction.

Elle n'avait cependant pas le choix.

16
ARIELLE

Quelque chose clochait.

Ari ne savait pas quoi, seulement qu'un élément inhabituel la dérangeait, comme un tableau légèrement de travers. Cette sensation la tenaillait, s'attardait depuis qu'elle avait créé Atara tôt dans la matinée, mais chaque fois qu'elle tentait de l'examiner, elle se dérobait.

– Ari ? Ari ? répéta Reid, dont la voix la ramena à elle. Qu'est-ce que tu fabriques, à la fin ?

– Quoi ?

Elle sursauta en constatant qu'elle se trouvait au milieu de la pièce. Quand avait-elle quitté le fauteuil ? Tout en se retournant, elle contempla les étagères de livres, dont elle ne se rappelait pas s'être approchée.

Ignore-le, siffla la voix qui n'était pas la sienne. Elle se cuirassa pour la repousser.

– Ari ? insista Reid.

– Rien, répondit-elle, laconique.

Cette sensation… elle l'avait déjà éprouvée auparavant, après s'être adonnée à la magie, mais elle l'avait mise sur le compte du déficit d'énergie dû à l'effort. Être frappée par une telle absence était un phénomène nouveau, tout comme le poids qui lestait son esprit.

– Je… je réfléchissais, c'est tout.

Il alla jusqu'à la causeuse, Bidule en équilibre sur son épaule.

– Oublie que j'ai posé la question. Je m'en moque, de toute façon.

Elle se massa les tempes. Le mal de tête persistant qui l'accablait depuis le matin ne cessait d'empirer, et elle était à cran, mais Reid n'avait fait que la ménager, un progrès comparé à ses questions sur les intentions qu'elle avait concernant son meilleur ami. Depuis l'agression de Loïc, il se montrait beaucoup plus chaleureux avec elle. Si *chaleureux* était un terme qui pouvait s'appliquer à Reid.

– Je suis désolée, dit-elle en le suivant jusqu'au coin salon. Je ne suis pas dans mon assiette.

– Tu as toujours mal à la tête ?

Elle le lui confirma, et il lui servit une infusion.

Elle le remercia puis reprit place dans le fauteuil avec sa tasse en humant les arômes relaxants de vanille et de camomille. Rien ne la soulageait vraiment quand ses migraines s'installaient,

mais elle s'était habituée à la douleur, qui chaque fois réduisait à néant ses projets pour le reste de la journée, et la rendait sensible au bruit et à la lumière.

La porte de la suite s'ouvrit à la volée.

Par réflexe, Ari s'empara d'un couteau à beurre posé sur la table d'appoint, puis Mikira fit irruption dans la pièce avec la délicatesse d'un train qui déraille. Elle avait les yeux rougis par les larmes. De la boue crottait ses bottes, son bras gauche était maculé de sang séché.

– Attention au parquet ! s'exclama Reid, avant de voir son état lamentable.

– Qu'est-ce qui s'est passé ? demanda Ari, inquiète.

Mikira s'arrêta comme si elle avait heurté un mur. Puis Damien entra à grands pas, son allure impeccable formant un contraste net avec la figure dépenaillée de Mikira. Toujours aussi perspicace, il remarqua l'immobilité de faon et la panique grandissante d'Ari, et annonça calmement :

– Nous sommes encore dans la course.

– Quoi ? fit Ari, en portant la main contre son cœur battant.

– Mikira a perdu, mais Rezek m'a proposé un marché. Si j'ajoute les champs de vérillion de la maison Adair à notre pari, il lui permettra de participer de nouveau.

– C'est complètement illogique, commenta Reid, la mine renfrognée. Pourquoi ferait-il ça ?

Damien se rendit prestement à la desserte.

– Parce qu'il croit qu'elle n'a aucune chance de gagner. Cette course n'a fait que le lui confirmer.

Ari regarda Mikira, mais celle-ci avait les yeux rivés au sol, les bras serrés autour du ventre. Debout au milieu de la salle immaculée, couverte de sang et de boue, elle semblait perdue.

– La décision de céder le vérillion ne t'appartient pas, déclara doucement Reid.

– Je sais, dit Damien.

Il se servit un whisky, en but une grande gorgée, puis se resservit.

– J'en parlerai à Shira ce soir.

– Et Atara ? s'enquit Ari.

– Elle va bien, répondit Damien. Mikira m'a expliqué qu'elle a été formidable jusqu'à ce qu'un autre cheval l'attaque, ce qui l'a rendue agressive. Elle n'a pas pu l'empêcher de se battre, et elles se sont retrouvées prises dans un feu enchanté.

Reid jeta un regard renfrogné à Mikira.

– Tu t'es laissée déconcentrer, donc ?

Mikira reprit brusquement ses esprits.

– Ça va, j'ai compris ! Tout est de ma faute. Je n'ai pas besoin de toi pour le savoir.

Elle quitta la pièce d'un pas rageur.

Reid se leva pour la rejoindre, mais Ari la suivait déjà. Après tout, c'était elle la responsable, pas Mikira. Celle-ci ne connaissait pas la vérité au sujet d'Atara. Si tel avait été le cas, elle aurait été mieux préparée au réflexe défensif du golem. À cause de cette défaillance, ils avaient failli tout perdre.

Mikira n'était déjà plus dans le couloir, mais Ari devinait où elle s'était réfugiée. Elle la trouva assise par terre dans l'écurie, adossée au box d'Iri, tandis que le cheval lui effleurait les cheveux du bout des lèvres.

Ari hésita. Elle ne savait pas comment s'y prendre. Dans sa vie, Rivkah était pour elle ce qui s'était le plus rapproché d'une amie, et cette relation avait consisté en grande majorité à s'occuper de sa sœur, à veiller sur elle. La situation actuelle n'était peut-être pas très différente. Mikira essayait de porter le poids de sa famille sur ses épaules. Et si elle avait seulement besoin qu'on la soutienne, pour une fois ?

Ari agit donc comme elle l'aurait fait si elle avait vu Rivkah recroquevillée.

Elle s'assit à côté d'elle et la prit dans ses bras.

La cavalière sursauta, et l'espace d'un instant, Ari crut qu'elle allait la repousser, mais au lieu de cela, elle se pencha contre elle. Elles restèrent ainsi contre le box quelque temps. Aucune ne parla, mais le silence ne dérangeait pas Ari. Elle n'avait jamais été douée pour les mots, n'avait jamais su trouver les bons. Que dire, alors qu'elle ne pouvait pas révéler la vérité ?

Mikira enroula un brin de paille autour d'un de ses doigts.

– Tu as déjà eu l'impression que quoi que tu fasses, c'est toujours le mauvais choix ? demanda-t-elle, d'une voix qui paraissait aussi meurtrie que son corps.

Ari caressa le collier de son Saba.

– Oui. Petite, j'avais tellement peur de mal faire que je ne faisais presque jamais rien.

Une grande partie de sa vie s'était déroulée en fonction des autres – s'occuper de Rivkah, obéir à ses parents, accomplir les tâches qu'ils lui confiaient, comme s'ils redoutaient ce dont elle serait capable si elle était livrée à elle-même. Dans ses souvenirs, jamais elle n'avait fait quoi que ce soit parce qu'elle en avait envie. Pour son seul plaisir.

Sauf la nuit où elle était allée chercher le grimoire de sortilèges.

Sauf la nuit où tu as repris possession de ton pouvoir, susurra la voix. Arielle ne put se défaire de l'impression que cette fois-ci, la voix n'allait plus repartir. Impossible de nier que plus elle utilisait sa magie, plus elle percevait un changement dans ses pensées, qui filaient comme de l'eau entre ses doigts. Pourtant, elle ne pouvait pas non plus renoncer à ce pouvoir, à la force qu'il lui conférait.

D'où que provienne son malaise, qu'il s'agisse d'épuisement, de confusion ou d'autre chose, elle allait le déterminer.

Après un grognement sarcastique, Mikira s'empara d'un brin de paille et le jeta à l'autre bout de l'écurie.

– Moi c'est le contraire, je ne peux pas m'empêcher de faire n'importe quoi. J'ai beau me creuser la tête, il faut toujours que je prenne les mauvaises décisions. Ma famille serait bien mieux sans moi.

Ces paroles résonnèrent dans le cœur blessé d'Ari. Ses proches aussi étaient de toute évidence mieux sans elle. Si loin d'eux, elle ne pouvait plus les mettre en danger. C'était pour cette raison qu'elle était partie. Et à cause de la peur qu'elle lisait dans leurs yeux. Les lourds reproches. Mikira, elle, avait seulement essayé d'aider les siens. On ne pouvait pas lui reprocher de vouloir survivre dans un jeu de dupes.

– Je sais ce que tu as fait pour les protéger, lui dit Ari. Tu tiens trop à eux pour qu'ils soient mieux sans toi.

Mikira resserra les doigts autour de son brin de paille et ferma les paupières.

– D'accord, mais si je ne suis pas capable de gagner ? Vous comptez tous sur moi. Mon père et mes sœurs aussi. J'ai déjà échoué une fois, et maintenant Damien met encore plus en jeu. Que se passera-t-il si je…

Elle s'interrompit et rouvrit les yeux quand Ari posa une main sur les siennes. Sa chaleur la surprit. Quand avait-elle touché quelqu'un ainsi ? Par amitié, non par peur ?

– Tu n'es pas seule, la rassura doucement l'enchanteresse.

Subjuguée, Mikira contempla la main d'Ari, puis la couvrit de la sienne.

– Toi non plus.

Ari faillit se dégager, mais Mikira serra plus fort.

– Je sais que tu as beaucoup à perdre, toi aussi, et que tu ne veux pas en parler, mais quoi qu'il en soit, tu prends énormément de risques pour m'aider, et je ne l'oublierai jamais.

L'espace d'un instant, Ari eut l'envie absurde de tout révéler à Mikira. Pour lui prouver qu'elle avait tort, ou qu'elle avait raison, ou seulement pour mettre des mots sur la noirceur qui l'habitait, afin d'en dépêtrer son âme. Mais elle n'avait pas envie de gâcher ce moment. Mikira la regardait de la même façon que Rivkah autrefois, comme pour signifier qu'elle serait toujours à ses côtés.

L'idée d'être de nouveau présente pour quelqu'un l'enthousiasmait.

– À quand remonte la dernière fois que quelqu'un a pris soin de toi et pas l'inverse ? lui demanda Ari.

Le sourire hésitant de Mikira s'effaça vite.

– Je ne m'en souviens pas.

Ari lui étreignit plus fort la main.

– On pourrait peut-être prendre soin l'une de l'autre.

Cette fois, le sourire de Mikira fut éclatant.

– Ça me plairait.

Iri avança la tête par-dessus la porte du box et souffla de l'air chaud au visage de Mikira. Elle rit et lui caressa le nez.

– Mais oui, je serai là pour toi aussi, gros bêta.

Ari s'émerveilla de la façon dont les traits de Mikira, débarrassés de mille soucis, s'illuminaient chaque fois que le cheval se montrait. Et elle, avait-elle un élément dans sa vie qui la transformait si radicalement ?

Créer des golems, songea-t-elle. Cela faisait partie d'elle, et c'était une composante de sa personne qu'elle ne voulait plus nier. Elle ne pouvait pas tout révéler à Mikira, mais elle pouvait lui en dire suffisamment.

– Atara n'est pas une enchantée classique, déclara-t-elle, en se préparant à essuyer un regard perplexe et soupçonneux de la part de Mikira. Elle est ce qu'on appelle un golem, une créature d'argile kinienne à qui on a insufflé la vie. Les golems sont de nature extrêmement protectrice. À mon avis, c'est tout ce qu'elle cherchait à faire lors de ce combat : te protéger.

Elle s'attendit à ce que Mikira se dégage, qu'elle réagisse comme les gens de la place en découvrant sa magie, mais la seule expression qui passa sur ses traits fut celle d'un mystère qui s'éclaircissait enfin.

– C'est pour ça que je n'ai pu voir la jument qu'au dernier moment. Pratiquer la magie kinienne est encore plus dangereux qu'être une enchanteresse sans permis…

Elle laissa sa phrase en suspens un instant et reprit :

– Rassure-moi, tu en as un, j'espère ?

Ari détourna le regard.

– Si tu remportes l'Illinir, Damien m'a promis de m'en obtenir un.

Mikira renversa la tête en arrière contre la stalle.

– Rezek va le découvrir. Il va s'en servir contre nous. Contre nous tous.

– Non, il n'en saura rien. Damien va prendre les mesures nécessaires. Il va nous protéger.

– Tu crois vraiment qu'il le peut ? s'enquit Mikira, avant d'inspecter la plaie à son bras.

– Oui.

En prononçant ce mot, Arielle se rendit compte qu'elle était sincère : elle avait confiance en Damien Adair, mais au-delà de ça, elle avait commencé à se faire confiance à elle-même. Dès qu'elle serait remise, elle avait l'intention d'explorer l'étendue de son pouvoir. C'était elle qui les protégerait.

Mikira se frotta le visage en grognant.

– J'espère que tu as raison. Et tu sais, Ari…

Celle-ci la regarda, et Mikira sourit.

– Garder ce genre de secret, ça me connait. Tu n'as rien à craindre.

Ces paroles enveloppèrent Ari telle une cape chaude, et elle sourit à son tour.

– Allez, viens, dit-elle, avant d'épousseter la paille sur ses jupons et de tendre la main à Mikira pour l'aider à se lever. Les garçons sont sans doute perdus, sans nous.

Mikira saisit sa main avec un petit ronchonnement ironique.

– Je te parie que Reid a trouvé des tas de raisons de râler. À tous les coups, il est en train de faire la morale à un grain de poussière sur son bureau.

– Peut-être, mais qui Damien va-t-il bien pouvoir fixer d'un regard pensif et scruter sous toutes les coutures ? Il connait Reid déjà trop bien.

Mikira grommela.

– Je suis persuadée qu'il arrive à voir jusqu'au fond de mon âme.

Ari s'esclaffa tandis qu'elles sortaient dans la nuit qui tombait vite.

– Oh, je ne sais pas trop. Il n'est pas si affreux.

– Ça, c'est parce que tu aimes flirter avec le danger.

Le rouge monta aux joues d'Ari, réaction qui lui valut un coup de coude complice de la part de Mikira.

– Il te plait, j'en étais sûre !

– Je le trouve intéressant, marmonna-t-elle, déroutée par la chaleur qui naissait dans sa poitrine.

C'était là une sensation inhabituelle, quoique pas désagréable, et qui gagnait en ampleur. Au cours des dernières semaines, elle en avait découvert plus au sujet de Damien qu'elle s'y estimait autorisée : c'était un érudit, un homme de chiffres et de calculs. Il était avare de sourires, et cherchait souvent le réconfort des alcools forts. Mais malgré son immense sérieux, une profonde passion l'animait. Il tenait à Reid, à sa maison, et il ne reculait devant rien pour obtenir ce qu'il désirait.

– C'est un sentiment nouveau, pour moi, poursuivit Ari, un peu perdue.

Jamais elle n'avait formulé à voix haute ce qu'elle éprouvait.

– Au début, je pensais que je n'étais simplement pas faite pour avoir une relation, et je ne m'étais encore jamais sentie attirée par quelqu'un. Mais je me rends compte qu'il me faut seulement… du temps.

Mikira inclina la tête.

– Tu as besoin d'une affinité émotionnelle pour en avoir une physique, tu veux dire ?

– Exactement.

– Ça me parle, répondit Mikira d'un air songeur. Moi, j'ai juste envie d'avoir quelqu'un avec qui m'assoir sous le porche et regarder les chevaux.

Ari sourit.

– Ça a l'air chouette.

Mikira lui donna une tape dans le dos, assez fort pour la faire sursauter.

– Bonne chance, alors ! Il est aussi verrouillé qu'un coffre-fort.

En ce cas, il lui suffirait de trouver la clé.

Lorsque Mikira eut terminé de leur relater la course en détail,
Ari se réjouit qu'Atara et elle en soient sorties vivantes. Elle connaissait la dangerosité de l'Illinir, pourtant elle n'avait pas songé à quel point il devait être éprouvant pour un cavalier de risquer sa vie, mais également de voir des adversaires rencontrer des fins si brutales.

Elle n'avait vu la mort qu'une fois dans sa vie, et ce traumatisme demeurerait ancré en elle à jamais.

– Atara a quand même failli me sauver la mise, s'empressa de conclure Mikira. Elle a doublé les autres à la vitesse de… aïe !

– Tu vas arrêter de bouger, oui ? lâcha sèchement Reid.

Il était en train de refermer sa blessure avec une rangée de sutures précises qui auraient fait la fierté de la mère d'Ari, même si la cavalière ne lui facilitait pas la tâche tant elle remuait.

Mikira lui décocha un regard noir.

– Ça irait mieux si tu ne me charcutais pas.

– Je vais te charcuter si tu ne restes pas tranquille. Comment tu as fait pour te retrouver avec autant de saleté là-dedans ? Tu t'es roulée dans la boue ?

– Oh, excuse-moi. J'ai dû être trop distraite quand je *fuyais pour échapper à un feu enchanté*.

– Vous avez bientôt fini, tous les deux ?

La voix froide de Damien interrompit la dispute depuis le bureau, où il parcourait un tas de messages qu'on lui avait livrés plus tôt. Il leva une enveloppe rouge sang qu'il tenait entre le pouce et l'index.

– Le jockey qui est arrivé en cinquantième position n'est plus en mesure de concourir. Mikira est donc invitée à le remplacer.

Mikira blêmit.

– Il va bien ?

Damien jeta la lettre sur son bureau.

– C'est de Rezek qu'on parle, je te rappelle.

– C'est vrai.

Mikira contemplait ses pieds nus – Reid l'avait forcée à se déchausser à la porte –, et ne semblait même plus incommodée par la piqure de l'aiguille.

Ari empoigna plus fort le bord de son fauteuil. Elle n'avait jamais rencontré Rezek Kelbra, mais elle commençait à comprendre pourquoi Damien le prenait pour cible. S'il tenait vraiment à changer les choses comme il l'avait dit à Mikira, s'attaquer à Rezek était un bon point de départ. Elle pressentait néanmoins qu'il y avait des raisons plus profondes à cette rivalité. Cette façon qu'il avait de prononcer le nom de Rezek… comme s'il évoquait une malédiction.

Reid noua la dernière suture et coupa le fil, puis acheva ses soins en bandant proprement le bras de Mikira.

– Il n'y a pas de quoi, lâcha-t-il d'un ton monocorde, lorsqu'elle se contenta de palper le pansement.

Il laissa tomber l'aiguille sur un tas de compresses tachées de sang, rassembla le tout avec son matériel, et disparut dans sa chambre. Mikira le suivit du regard, et Ari se demanda si elle se rendait compte de la lueur qui brillait dans ses yeux.

Reid revint avec Bidule sur l'épaule.

– Alors, quelle est notre nouvelle stratégie ? Tenter de ne pas se faire remarquer, ça n'a clairement pas fonctionné.

– Tu me reproches ça aussi ? rétorqua sèchement Mikira.

Elle n'avait pas bougé de la causeuse, ce qui semblait perturber Reid, sans qu'il sache toutefois quoi y faire.

Il s'attarda au bord du tapis.

– À qui veux-tu que je le reproche ? Au chat ?

Se coupant de leurs chamailleries, Ari prit deux tasses d'infusion de lavande sur la desserte, en posa une devant Mikira et l'autre à côté. Après avoir jeté un dernier coup d'œil amer à Mikira, Reid s'assit à côté d'elle, et prit la tisane d'un geste vif, comme s'il n'était venu que pour ça.

Damien se joignit à eux.

– Tous ceux qui ont vu la remontée spectaculaire de Mikira vont se demander si elle représente une menace. On m'a déjà rapporté que l'équipe d'Arabella Wakelin a cherché à la Chancellerie des archives de courses te concernant. Nous devons changer de tactique, parce qu'on t'a remarquée.

– Qu'allons-nous faire ? s'enquit la cavalière en entourant sa tasse de ses mains.

Ari manipulait machinalement le collier de son Saba. Elle en suivit la pointe acérée, en se rappelant les longues minutes qu'elle avait passées dans la cellule avec Damien et ses agresseurs.

– Nous allons les pousser à te craindre, dit-elle. La plupart des participants à cette course sont comme toi : ils cherchent d'abord à survivre à tout prix.

Mikira grimaça, mais Ari poursuivit.

– Ceux-là vont tenter d'appliquer notre première technique, c'est-à-dire passer entre les gouttes assez longtemps pour franchir la ligne d'arrivée. Ils ne font pas le poids contre Atara, alors ils ne comptent pas. Ça laisse les vrais compétiteurs comme

Arabella, et les brutes qui veulent l'emporter par la violence. Tu as attiré l'attention de ces brutes, donc le mieux à faire, c'est de réduire le nombre de celles qui pensent qu'il faut t'éliminer.

Un sourire se dessina lentement sur les lèvres de Damien.

– Si les autres cavaliers jugent Mikira trop dangereuse…

– Ce que je suis.

– Ils s'en prendront d'abord aux adversaires sur lesquels ils sont sûrs d'avoir le dessus, en espérant que quelqu'un la supprimera entre-temps.

Ari confirma d'un signe de tête.

– Exactement. Mais le temps qu'ils comprennent qu'ils devront quand même l'affronter, elle sera déjà loin devant.

– Ça ne nous débarrassera pas de tout le monde, tempéra Reid, qui tenait sa tasse à distance d'un Bidule trop curieux. Rezek va vouloir s'assurer que tu perdes, et tu devras encore battre les meilleurs.

– Mais ça me fera moins de concurrents, dit Mikira, avant de se pencher en avant. C'est un bon plan. Comment allons-nous l'exécuter ?

– Pour commencer, tu dois parfaitement maitriser Atara, répondit Damien. Ça signifie que pendant la semaine qui vient, c'est entrainement intensif. Nous allons aussi marquer les esprits au prochain bal, qui aura lieu dans quatre jours. Je vais te présenter à un maximum de gens. À la fin de la soirée, tout le monde connaitra ton nom. Tu paraitras intouchable.

Reid leva sa tasse en signe de salut.

– Et à la prochaine course, tu les bats tous à plate couture.

17
MIKIRA

Mikira tritura sa tasse vide. Reid s'était retiré dans son atelier, et Ari était allée se reposer. Ayant remarqué les gros cernes sous ses yeux et la façon dont la lumière semblait la gêner, Mikira soupçonnait qu'un mal de tête l'accablait.

Elle était donc seule avec Damien, qui classait des livres de comptes à son bureau. Jusqu'à sa discussion avec Ari, Mikira avait eu l'intention de se plier aux exigences de Rezek. Il détenait tant de pouvoir, tant d'influence, que la moindre tentative d'échapper à son emprise lui avait paru impossible. Mais Ari avait peut-être raison. Damien pouvait peut-être garantir leur sécurité.

Elle se fit alors une promesse : elle allait le questionner au sujet de Rezek, et s'il lui répondait par une vérité, même la plus infime, elle s'autoriserait à lui accorder sa confiance.

Après avoir laissé sa tasse sur la table d'appoint, elle vint se poster face à lui, en espérant de tout son cœur qu'elle ne s'apprêtait pas à commettre une terrible erreur.

– Je voulais te demander quelque chose, déclara-t-elle lorsqu'il leva les yeux. Tout à l'heure, Rezek t'a appelé son « vieil ami ». Est-ce que vous étiez…

Damien posa son stylo.

– Autrefois, oui. Maintenant, j'ai la ferme intention de réduire sa maison à néant.

Sa main dériva vers la montre de gousset qu'il portait à la taille. Pendant le trajet du retour, dans le fiacre, il ne lui avait pas adressé la parole, mais il n'avait pas cessé d'ouvrir et de refermer le clapet de sa montre, comme si le rythme ainsi produit l'apaisait. Jamais elle ne l'avait vu si agité.

– Tu ne me crois pas, c'est ça ?

– Ce n'est pas que… En fait, je…

La mâchoire crispée, elle se surprit à regretter que Reid ne soit pas présent, au moins pour que quelqu'un d'autre occupe un peu l'espace dont Damien s'emparait si facilement.

– Que vois-tu, quand tu contemples cette ville ?

Elle voulut le regarder, mais il avait tourné son siège vers la cour, au-delà de laquelle Veradell s'étendait au loin.

– Des gens qui ont trop de pouvoir, répondit-elle du tac au tac.

La famille royale et les maisons des grands nobles en détenaient effectivement trop – quelques familles pouvaient envahir des royaumes et des vies, modeler le monde selon leur volonté. L'Enderlain l'avait déjà fait, et le referait. La guerre ne s'achèverait pas avec le Célair. Un jour futur, l'Enderlain chercherait de nouveau à élargir son territoire, et d'autres malheureux perdraient des proches, sacrifiés sur l'autel d'une guerre sans fin.

– À t'entendre, le pouvoir serait une mauvaise chose, commenta Damien.

Elle se rappela le sourire suffisant de Rezek.

– C'est le cas.

Il n'existait pas de conséquences pour ceux qui possédaient le pouvoir, seulement pour ceux qui en étaient dépourvus.

– Les gens puissants sont dangereux, ajouta-t-elle.

Comme toi.

– Ce que je fais, je le fais pour le bien de notre ville, de notre royaume, déclara Damien d'une voix douce. L'Enderlain souffre aux mains de dominants comme les Kelbra depuis trop longtemps, et je vais m'efforcer de libérer notre peuple de leur emprise.

Il ne détourna pas le regard, comme s'il attendait d'être certain qu'elle le croie. Elle n'était qu'un pion dans ses projets, et pourtant, quelle ardeur dans ses yeux ! Il semblait se soucier sincèrement de son avis. Mais après les propos qu'elle venait de tenir, pouvait-elle être autre chose que son ennemie ?

La perspective d'être l'adversaire de Damien Adair lui était aussi inconfortable qu'un caillou dans sa chaussure. Elle ne faisait pas le poids. Mais peut-être pourrait-elle être à la hauteur contre Rezek.

– Il faut que je te prévienne de quelque chose, annonça-t-elle, avant de prendre une grande inspiration pour s'armer de courage. En échange de mon repêchage, Rezek m'a chargée de t'espionner.

Damien resserra lentement les doigts sur son accoudoir.

– Et tu m'en informes parce que…

– Parce que je ne veux pas le faire, et que j'ai besoin de ton aide pour le duper, sinon il s'en prendra à mon père.

Il demeura silencieux si longtemps qu'elle crut avoir commis une grave erreur. Elle tenta de calculer à quelle vitesse elle pourrait dégainer un couteau, et si elle aurait le temps de s'échapper.

Puis il se contenta de répondre :

– Merci.

Elle tressaillit.

– Pardon ?

– Merci de m'avoir dit la vérité.

Il prit de nouveau son stylo, mouvement qui attira l'œil de Mikira vers la chevalière qui avait repris sa place à sa main droite. Hyle l'avait-il retrouvée en leur absence ?

– Je te fournirai des informations que tu transmettras à Rezek. De quoi le satisfaire en attendant que ton père soit libéré. Je te protégerai de lui, Mikira.

Ces paroles s'imprimèrent en elle. Lorsqu'elle rentra chez elle ce soir-là avec Iri, elle se sentait telle une vieille guenille qu'on aurait passée à l'essoreuse. Elle se savait trop empêtrée dans la toile de Rezek et en était écœurée. Tel un épillet fiché dans sa peau, il ne se laisserait pas extraire sans causer de gros dégâts.

Quand Nelda se glissa dans sa chambre, bien après qu'elle eut renoncé à trouver le sommeil, et vint se blottir sous les draps avec elle, elle l'autorisa à rester, contente d'avoir la compagnie de sa cadette. Toutes les deux étaient si proches qu'elles étaient à l'aise dans le silence. Mikira serra sa sœur contre elle, ébranlée d'avoir failli la perdre, d'avoir failli *tout* perdre.

Nelda ne la questionna pas. Elle se contenta de passer ses bras menus autour du cou de son ainée, et la laissa l'étreindre aussi longtemps qu'elle en avait besoin.

Le lendemain matin, Atara attendait déjà sellée devant son box et accueillit Mikira avec un brusque mouvement de la tête.

Mikira avait oublié combien la jument était gigantesque, imposante avec sa robe noire et ses yeux profonds. Elle avait été si bouleversée, la veille, qu'elle n'avait pas tout à fait assimilé la vérité sur ses origines. Sa connaissance de la magie kinienne était encore plus limitée que celle des enchantements. Elle savait seulement qu'Atara avait réagi comme un cheval de guerre ensorcelé pour l'agression, que le gout du sang l'avait déchainée, et qu'elle avait eu peur que la jument s'en prenne à elle.

Selon Ari, cela s'expliquait par la nature protectrice des golems, mais Mikira ne parvenait pas à se départir de ses doutes. Atara ne s'était pas comportée comme elle l'attendait d'une monture.

N'est-ce pas aussi ce qu'on dit à mon sujet ? Ses ongles imprimèrent une marque dans ses paumes. Reid pouvait s'énerver et grommeler tant qu'il voulait, Damien pouvait briser des os, mais contrairement à elle, personne ne les accusait d'être agressifs. La course s'était révélée exténuante, violente et grisante. Pouvait-elle vraiment en vouloir à la jument de s'être emportée ?

Si elle recommence, que se passera-t-il ? Mikira n'était pas seule à courir des risques. Si le comportement d'Atara la trahissait, Ari serait démasquée…

Mais Mikira ne pouvait pas se laisser commander par la peur. D'une façon ou d'une autre, elle devait apprendre à travailler avec Atara, pour eux tous.

Après avoir fourni un effort pour s'approcher de la jument, elle posa une main hésitante sur son chanfrein velouteux.

– Tu ne vas pas me manger, hein ?

Atara hennit doucement et pressa la tête contre Mikira. Une lueur ardente brillait dans les yeux du golem, étincelle familière qui brulait aussi en Mikira.

– Si ça se trouve, tu es juste comme moi, chuchota-t-elle. Un peu en colère. Un peu effrayée.

– Tu vas monter ce cheval ou tu vas lui faire des mamours toute la journée ?

Elle décocha un regard foudroyant à Reid, qui était appuyé mollement contre la porte de l'écurie, les bras croisés. Il paraissait tellement à l'aise, tellement à sa place.

Saurait-elle un jour être elle-même sans la moindre retenue, sûre d'être acceptée des autres, qu'importaient ses défauts ? Mikira rêvait tant de connaitre pareille assurance. De ne pas devoir se contorsionner pour correspondre aux attentes des autres. Au cours des dernières semaines, elle avait commencé à éprouver cette sensation. Peut-être était-ce pour cela qu'elle avait été franche avec Damien au sujet du chantage de Rezek.

Elle ne voulait pas lui mentir.

Reid remua d'un air mal à l'aise.

– Me fixer, ce n'est pas mieux. Nous n'avons pas toute la journée.

– Et si ça me plait de te fixer ?

Elle l'avait dit uniquement pour l'agacer, mais elle fut la première surprise par le rouge qui colora les joues pâles du jeune homme, et par les pensées que déclencha en elle cette réaction. Au départ, elle ne l'avait pas trouvé séduisant, mais plus le temps passait, plus ses yeux d'un bleu perçant et ses traits finement ciselés lui paraissaient charmants.

Reid grommela et quitta l'écurie en hâte, se détournant seulement pour lancer :

– Retrouve-moi sur la piste quand tu seras décidée à ne plus te tourner les pouces !

Un sourire espiègle aux lèvres, Mikira fit sortir Atara dans la lumière matinale grise, au moment où Ari descendait les dernières marches du manoir pour les rejoindre. Cette dernière noua un foulard bleu autour de ses cheveux bouclés, puis proposa à Mikira une flasque de thé bien chaud qu'elle sortit de son sac à bandoulière.

– Tu es une déesse, déclara Mikira, avant de la saisir et de boire une grande gorgée.

Ari s'esclaffa. Alors qu'elles approchaient de la piste, elle reprit la parole.

– Au fait, Damien m'a dit que tu me cherchais ?

Mikira lui tendit un de ses couteaux, encore glissé dans son fourreau.

– Est-ce que tu peux me dire s'il est enchanté ?

Ari le prit et le tourna dans ses mains.

– Je détecte de la magie, en effet, mais je ne suis pas assez expérimentée pour distinguer les enchantements les uns des autres. Accorde-moi quelques jours pour que je me documente, et je réessaierai.

Elle lui rendit l'arme et rejoignit Reid près de la lice, tandis que Mikira conduisait Atara sur la piste, où plusieurs jockeys échauffaient leurs montures. Sur un regard de Reid, ils se retirèrent par le portail du fond.

Ari s'approcha de Bidule, qui se prélassait sur la clôture, et le gratta sous le menton.

– Sache que j'ai aussi enchanté Atara pour qu'elle sente le danger, et qu'elle ne se perde jamais, interpella-t-elle de nouveau Mikira. Les golems sont de nature obéissante, mais à part ça, je ne peux te donner aucune garantie sur son comportement ou son tempérament. Plus ils vivent longtemps, plus ils développent leur propre personnalité.

– En ce cas, je me familiariserai avec elle comme avec n'importe quel cheval.

Mikira posa la main sur le cou d'Atara, qui agita la queue. Elle connaissait Iri par cœur. Sa façon de courir, de sauter, son gout pour les brossages énergiques derrière l'oreille droite. Au cours des jours à venir, elle allait devoir en connaitre autant sur Atara. C'était la seule façon de ne pas révéler le secret d'Ari, et de gagner la course.

– Elle n'est pas tout à fait comme les autres chevaux, l'avertit Ari. Les golems sont extrêmement intelligents. Atara te comprendra mieux que n'importe quel animal classique, mais si tu veux vraiment pouvoir la commander, tu dois lui donner des ordres en kinien.

– La commander, c'est-à-dire la *forcer* ?

Son estomac se noua lorsque Ari hocha la tête. La perspective de priver Atara de son libre arbitre et de recourir à la magie pour la maitriser lui déplaisait. De plus, l'instinct de la jument était plus aiguisé que le sien – elle devait apprendre à se fier à elle, pas à la contrôler.

– Je me débrouillerai sans lui donner d'ordres, rétorqua-t-elle, en passant les rênes par-dessus la tête d'Atara. On verra bien si ça marche.

Elle glissa le pied dans l'étrier, puis se hissa sur la selle, mouvement qui déclencha un tiraillement douloureux dans son bras blessé. Atara piaffa.

Reid leva son chronomètre.

– Voyons de quoi elle est capable, dit-il.

Mikira le savait déjà. Foncer à la vitesse de l'éclair durant la course avait été à la fois exaltant et terrifiant. Mais dans le cas présent, c'était différent. Sa vie n'était pas en danger. Il n'y avait qu'Atara et elle.

Mikira prit une grande inspiration et talonna doucement sa monture.

La jument partit à toute allure.

Mikira se redressa en poussant un petit cri exalté, puis lui empoigna fort la crinière tandis qu'elle accomplissait un tour de piste en un temps record. À la fin, lorsqu'elle revint au pas, Atara n'était même pas essoufflée. Alors qu'elle agitait la tête, son crin ondoyant au vent, Mikira aurait même juré déceler une lueur de défi dans ses yeux foncés. Elle voulait encore courir.

Mikira rit et rejoignit les autres. Ari affichait un sourire radieux, expression qui illuminait son visage tout entier – quant à Reid, il la fixait d'un drôle de regard, avec un air si franc, si naturel, qu'il en était transformé.

Puis il sembla se ressaisir… et reprit sa mine renfrognée.

– Il va falloir que tu apprennes à la contrôler.

Un sourire jusqu'aux oreilles elle aussi, Mikira laissa Atara partir au triple galop.

Après trois jours passés à travailler avec Reid et Atara,

Mikira eut l'impression qu'elle commençait à comprendre sa monture. Celle-ci avait un gout du jeu qui tranchait avec son apparence austère. Elle lui mordillait les cheveux chaque fois qu'elle mettait pied à terre pour aller chercher de l'eau ou qu'elle parlait trop longtemps avec Reid, et quand Mikira s'approchait pour remonter en selle, Atara se dérobait malicieusement jusqu'à ce que sa cavalière lui donne une pomme. Mais dès qu'elle l'enfourchait de nouveau, la jument se jetait à fond dans la course.

Damien fit venir plusieurs jockeys de sa famille pour simuler des conditions de vraie compétition, et très vite, il devint évident que l'agressivité d'Atara ne se manifestait qu'en cas de menace contre Mikira. Elle assénait des coups de tête aux autres chevaux et claquait les mâchoires lorsque ses adversaires la poussaient vers la lice intérieure, mais rien de plus tant que sa cavalière n'était pas vraiment en danger. Mikira avait aussi commencé à déchiffrer ses signes révélateurs. Un tic de l'oreille signifiait qu'elle s'apprêtait à mordre, et un changement d'allure qu'elle se préparait à percuter le cheval qui la flanquait. En temps voulu, Mikira serait capable d'anticiper et de compenser les petits caprices de sa monture.

Le soir qui précédait le bal, Reid et elle se promenèrent dans le domaine. À côté d'eux, Atara explorait le sentier avec une curiosité juvénile. Elle reniflait les fleurs et grignotait de l'herbe, passait la tête dans des troncs d'arbre creux et examinait les trous dans le sol dans l'espoir qu'ils lui révèlent leurs secrets.

Quand quelque chose retenait particulièrement son intérêt, elle le rapportait à Mikira et le déposait à ses pieds, tel un chat faisant offrande d'une souris attrapée au prix de grands efforts – il y eut des fleurs à longue tige aux pétales bleu vif, un ruban rouge foncé qui s'était pris dans un buisson, une pomme de pin enrobée d'une mousse luisante.

Mikira avait tenté de la remercier et de s'en débarrasser, mais Atara l'avait fixée d'un regard empreint d'une perplexité frisant la déception, si bien que la jeune femme avait fini par nouer le ruban au bout de sa natte pour l'offrir plus tard à Nelda, et gardé les fleurs à la main. Elle avait confié la pomme de pin à Reid.

Le domaine des Adair, qui s'étendait sur près de vingt-cinq hectares, était constitué en majorité de collines ondoyantes couvertes de forêts luxuriantes et parsemées de lacs cristallins cachés. Mikira, Reid et Atara cheminaient sur un sentier qui longeait un bois, où le brouillard naissant se faufilait entre les arbres. Mikira ferma les yeux et emplit ses poumons de l'odeur d'écorce humide. Elle écouta les gazouillis d'un ruisseau et les bruits étouffés des sabots d'Atara dans la terre grasse. Même la fraicheur de l'air sur sa peau lui était agréable.

Pour une fois, elle pouvait oublier les soucis en suspens au-dessus de sa tête et croire, ne fût-ce que quelques secondes, que tout allait bien se terminer.

– Attention, la branche ! s'écria Reid.

Mikira leva vivement la main, s'attendant à sentir le frottement des feuilles, mais ne rencontra que du vide. Quand elle rouvrit les paupières, les alentours étaient dégagés.

– Tu es insupportable, maugréa-t-elle, l'air malgré tout amusée.

Reid eut un petit sourire satisfait.

– C'est un effort de chaque instant.

Plus elle passait de temps avec lui, plus elle se rendait compte que c'était vrai. Il se donnait beaucoup de mal pour être désagréable, en effet, et elle peinait à comprendre pourquoi. Reid avait beau se démener pour qu'on le pense, il n'était pas aussi imbuvable qu'il en avait l'air. Certes, il était grognon comme un chat à qui on a marché sur la queue, et certes, il ne pouvait pas s'empêcher de se fendre de remarques acerbes et sardoniques sur à peu près tout, mais il préparait du thé pour les autres à la fin d'une longue journée, rangeait les livres de Damien quand celui-ci les avait laissés en désordre, et aidait Bidule à s'installer sur le canapé quand le félin faisait mine de ne pas y parvenir lui-même. Pourtant, il lançait des piques sans se soucier de se faire mordre en retour.

Fais-en un bouclier pour qu'ils ne puissent pas en faire une arme.

– Pourquoi tu fais tout le temps ta teigne ?

Elle avait posé cette question sur le ton de la plaisanterie, en espérant et en craignant à la fois qu'il en perçoive le véritable sens. Apprendre à le connaitre, ainsi que Damien et Ari, n'avait pas fait partie de ses plans. Elle s'était cependant rendu compte que, malgré ses tentatives de garder ses distances avec eux, elle *aimait* se chamailler avec Reid, Ari était douce et gentille, et en dépit de la nervosité qu'il lui inspirait, Damien lui donnait le sentiment que quelqu'un veillait sur elle.

– Et toi, pourquoi te maitrises-tu autant qu'Atara devant un boisseau de pommes ? rétorqua Reid, avant de lancer la pomme de pin en l'air et de la rattraper.

– Parce que ça fait des années que j'essaie de me conformer à ce que d'autres attendent de moi, et qu'ils m'ont quand même laissée tomber.

Reid la fixa du regard. De toute évidence, il n'avait pas escompté une réponse franche. Elle haussa les épaules, mal à l'aise. Jamais elle n'avait été si près d'évoquer son enfance. Elle n'avait même pas raconté à ses sœurs ce qu'elle avait traversé. Un jour, elle avait eu des amis, et le lendemain, elle s'était retrouvée complètement seule.

– Ça a commencé avec un garçon dans le quartier où j'ai grandi, reprit-elle. Au début, il était d'accord pour que je passe du temps avec ses copains et lui. Ça ne le dérangeait même pas que je le batte à la course. Et puis, soudain, ça a changé. Après, je me suis mise à faire exprès de perdre.

Elle songea à Ailene dans la cuisine, la peau couverte de bleus et le regard farouche. À la façon dont on chercherait à la contrôler comme on l'avait fait avec elle. Malgré ses efforts, elle ne pouvait pas empêcher les autres de la regarder d'un drôle d'air et de chuchoter dans son dos. Elle avait essayé de s'adoucir, d'être aussi polie et respectueuse qu'ils le souhaitaient, mais cela revenait à tenter de tordre ses os pour leur donner une nouvelle forme : elle ne pouvait pas être ce qu'elle n'était pas.

– Un jour, poursuivit-elle, il a voulu m'embrasser. Je l'ai poussé dans la boue.

Ce souvenir la fit tressaillir.

– Moi, j'ai ri, en pensant que c'était un jeu, mais il a été furieux.

Les insultes qu'il lui avait lancées restaient gravées dans sa mémoire. *Garce. Catin. Pauvre fille.*

– « Les autres ont raison sur ton compte », il m'a dit. « Tu devrais apprendre à te taire. » Alors je l'ai encore poussé. Après ça, plus aucun ne m'a adressé la parole.

Qu'importait que leurs mères aient été magistrates royales et sergentes dans l'armée. Qu'importait que leurs sœurs aient remporté l'or dans les courses les plus prestigieuses de la ville. Ils voulaient bien que certaines femmes soient fortes, tant qu'elles se comportaient comme les femmes devaient le faire à leur idée. La franchise de Mikira, sa façon d'*être* – ces particularités étaient trop agressives à leur gout, inacceptables.

Reid examina la pomme de pin comme s'il pouvait y trouver la réponse aux mystères de l'univers.

– Dommage pour eux.

Elle tourna vivement la tête vers lui, mais il évitait son regard. Elle avait sans doute mal entendu. Sa remarque, pour une fois, avait paru… gentille. Un sourire affleura sur ses lèvres, mais il s'effaça dès qu'elle pensa à Talyana. Elle était restée, elle. Au début, du moins. Puis Rezek était intervenu.

Reid lança de nouveau la pomme de pin, la mine sévère.

– Tu le sais, mais j'ai grandi dans une morgue, dit-il au bout d'un moment. J'y ai travaillé la plus grande partie de mon enfance.

– C'était comment ?

– Les gens peuvent être cruels quand ils souffrent, répondit-il en passant les doigts sur son avant-bras, suivant d'un air absent les contours des tatouages sous sa manche. Ils ne s'adressaient à nous que lorsqu'ils venaient de connaitre un grand malheur, et quand nous ne fondions pas en larmes comme eux en regardant le corps de leur être cher, ils nous en voulaient. Ajoute à ça que j'étais un gamin pâle et maigrelet qui ressemblait lui-même à un cadavre et qui aimait discuter de vaisseaux sanguins, d'artères, et, bref…

Il haussa les épaules.

Mikira se représenta l'enfance de Reid avec une facilité déroutante. La façon dont il avait dû se démarquer, se tourner plutôt vers l'étude et les expériences, des occupations solitaires qui ne pouvaient pas le rejeter. Elle concevait que dans ces conditions on puisse se construire une carapace.

Elle avait fait la même chose.

Elle lui jeta un long regard en biais. Les rayons du soleil donnaient à ses cheveux noirs en pagaille une nuance bleutée, pareille au lustre des ailes d'un corbeau. Il était grand et mince, mais loin d'être maigrelet. Il serrait la pomme de pin contre sa poitrine comme s'il y cherchait du réconfort.

– Tu as dû être… très seul, dit-elle doucement.

Reid eut un sourire mélancolique.

– C'est comme ça que j'ai rencontré Damien. Il venait de perdre sa mère, et nous nous sommes chargés de son enterrement.

Son sourire faiblit, puis disparut complètement.

– Ari m'a raconté ce qui s'est passé avec Loïc, enchaina Mikira, en se tournant face à lui. Elle a eu l'impression que vous aviez des comptes à régler, tous les deux.

– On peut dire ça comme ça.

Reid tira sur ses manches, et elle n'insista pas.

Lorsqu'ils ramenèrent Atara à l'écurie, les nuages sombres promettaient une pluie prochaine, et le crépuscule était tombé. Tandis qu'ils rentraient au manoir, Mikira se sentit étrangement plus légère, malgré Reid qui râlait au sujet de la boue sous ses bottes.

– Je vais prendre un très long bain, annonça-t-elle en poussant la porte de la suite.

Une petite forme blanche lui fonça dedans. Elle l'attrapa, vacilla en arrière contre Reid, qui la retint. Tous les deux contemplèrent la boule de poils qui s'agitait dans ses bras.

C'était un chien.

Il se retourna pour dresser sa truffe vers le visage de Mikira et se mit à lui lécher la joue.

– Mais qu'est-ce que…

Elle vit Ari installée dans un des fauteuils près de la cheminée. Damien travaillait à son bureau, à demi enseveli sous des livres de comptes. Il avait passé la journée à enchainer les rendez-vous, un flot ininterrompu de jockeys, de bookmakers et d'administrés ayant défilé à sa porte.

– Tu m'as dit que ta sœur en réclamait un, déclara Ari en désignant l'animal d'un geste. Je l'ai enchanté pour qu'il soit un compagnon fidèle et protecteur.

Mikira la fixa d'un regard hébété. Les mots lui manquaient. Que disait-on à quelqu'un qui exauçait le plus grand désir de votre cadette ? Elle ne s'était même pas rendu compte qu'Ari l'écoutait vraiment quand elle lui en avait fait part.

– Merci, murmura-t-elle d'une voix rauque, au bout d'un moment. Je… Merci beaucoup.

– Qu'il ne s'approche pas de Bidule, ronchonna Reid en la dépassant d'un pas énergique pour entrer dans le salon. Sinon, je le fais dévorer par Atara.

Mikira serra fort la boule de poils, avec un sourire jusqu'aux oreilles.

18
ARIELLE

Ce soir-là, après le départ de Mikira, Ari posa le grimoire sur le bureau de Damien. Il s'interrompit dans la rédaction d'une lettre destinée à son père. Il consacrait des heures à sa correspondance avec ce dernier, reportant fréquemment des entretiens et renvoyant des messagers afin de mieux se concentrer, mais lorsqu'il regarda le livre, ses yeux s'écarquillèrent, brillants d'un soupçon de curiosité. Le fait d'avoir décelé cette réaction chez lui électrisa Ari. Déchiffrer ses pensées était un défi qui lui plaisait, même si elle soupçonnait qu'il laissait de plus en plus souvent tomber son masque en sa présence.

Elle avait passé la majeure partie de la soirée à l'examiner : l'angle abrupt de sa mâchoire, crispée par la concentration ; la vive lueur qui animait ses yeux gris ardoise. À chaque trait énergique de son stylo sur la feuille, elle se rappelait l'ardeur de son regard sur elle quand elle avait insufflé la vie à Atara. Il n'avait jamais montré la moindre crainte à son égard. Serait-ce différent s'il apprenait ce qu'elle avait fait ?

Non.

C'était pour elle une certitude. Et cela l'effrayait. Peut-être parce que, pour une fois, elle n'était pas si seule qu'elle le croyait.

C'était là ce qui la poussait à lui révéler l'existence du grimoire. Mais ce n'était pas tout : la voix s'était faite encore plus forte depuis qu'elle avait enchanté le chien, confirmant ses soupçons sur le fait que le phénomène s'aggravait chaque fois qu'elle recourait à la magie. Au cours des derniers jours, ses tentatives pour trouver des réponses dans les livres avaient échoué, aussi n'avait-elle plus qu'une personne vers qui se tourner.

– Tu sais ce que c'est ? lui demanda-t-elle.

Damien fit courir un doigt révérencieux sur la reliure.

– Shira pense que c'est un livre de l'ancienne magie.

– Pardon ?

– Tu connais l'Autodafé ?

– Dans les grandes lignes.

Ses parents leur avaient fait l'école, à Rivkah et elle, et ils ne leur en avaient jamais beaucoup parlé.

– Ça s'est passé après le Cataclysme, dit-elle, quand le gouvernement enderlien a ordonné que soient brulés tous les textes qu'il jugeait profanes. J'ai toujours supposé que c'était une manœuvre pour renforcer leur contrôle sur la magie.

Damien se cala au fond de son siège.

– C'est le cas, confirma-t-il. Quand les Hérétiques ont rendu le Kinahara inhabitable, les Enderliens n'ont plus seulement craint la magie kinienne, mais toutes les formes de magie. Le Conseil des Lords a donc décrété l'Autodafé, détruisant ainsi des connaissances accumulées pendant des siècles, puis il a instauré le registre.

Décret qui avait privé l'Ordre de Sendia d'une vaste partie de son influence. À cause de la méfiance nouvelle de la population envers la magie, l'Ordre avait eu le plus grand mal à prêcher ses mérites à des fidèles effrayés. Quant à l'empire de l'Enderlain, il ne s'en était pas beaucoup mieux sorti. L'affaiblissement de son armée avait conduit à sa dislocation.

– Presque toute l'histoire de cette époque a été perdue, poursuivit Damien. Tout comme, on le suppose, les livres que les Hérétiques ont utilisés pour acquérir leur pouvoir. On les appelait les Racari, et on disait qu'ils avaient appartenu aux Messagers. Selon certains récits, les Hérétiques les auraient volés, d'autres affirment que les Messagers les auraient laissés au moment de quitter l'humanité. Le sendisme et le kinaïsme ont des avis drastiquement différents sur la question.

Après avoir passé des semaines à lire des ouvrages auxquels elle avait toujours rêvé d'accéder, Ari savait désormais que selon le kinaïsme, les Messagers étaient repartis après avoir transmis tous les savoirs à l'humanité, alors que d'après le sendisme, les hommes avaient fait fuir les Messagers à cause de leur avidité et de leur soif de pouvoir, péché pour lequel toutes les âmes allaient devoir expier à leur mort.

– Tu crois que c'est un de ces livres ?

Elle se sentit idiote de poser la question, mais quelle que fût la nature du grimoire, ce n'était pas un ouvrage comme les autres.

Il est la force, souffla la voix.

– C'est ce que Shira pense, répondit-il, avant de baisser le regard sur l'ouvrage. Tu m'autorises à l'inspecter ?

Son premier réflexe fut de refuser. Se séparer du livre, le laisser entre les mains de quelqu'un d'autre… Elle chassa ces pensées. Ce n'étaient pas les siennes, tout comme la voix qui lui murmurait à l'oreille. Le grimoire avait un effet sur elle, et elle devait comprendre lequel, de préférence sans révéler qu'elle entendait des voix.

– D'accord, accepta-t-elle. Mais en échange, j'aimerais que tu m'aides à perfectionner ma magie.

Il eut un sourire doux et hésitant, qui tranchait avec ses traits impassibles.

– Tu n'as pas besoin de négocier avec moi, Arielle. Je t'accorderai tout ce que tu veux.

Elle leva les yeux vers lui, et il lui rendit son regard avec une intensité dont elle était devenue avide. Quand il la fixait ainsi, elle se sentait réelle. À sa place. Bien vivante.

Damien la rejoignit de l'autre côté du bureau. Elle scruta chaque centimètre de sa progression, et ravala son exaltation lorsqu'il s'arrêta devant elle.

– Je ne sais pas ce que tu as l'intention de faire quand tout ça sera terminé, murmura-t-il. En tout cas, tu es la bienvenue ici aussi longtemps que tu le désires.

Il t'offre le pouvoir, susurra la voix. *Il t'offre la force.*

Ari n'avait pas réfléchi à ce qu'elle ferait ensuite. Leur objectif était si ambitieux, leur plan si dangereux, que l'après-Illinir lui paraissait extrêmement lointain. Mais un permis changerait tout. Elle pourrait ouvrir une vraie boutique, pratiquer des enchantements autorisés et les vendre en toute légalité, voire maitriser assez sa magie pour se sentir prête à retourner chez elle et se confronter à sa famille.

Mais elle ne renoncerait jamais à fabriquer des golems.

Elle adorait tout dans cette pratique – l'art de sculpter, la puissance de sa magie, la difficulté de tout réaliser à la perfection.

Tout, sauf les souvenirs que cela faisait ressurgir à chaque fois.

Pourtant, elle ne pouvait pas continuer comme avant. Risquer sa peau en restant une enchanteresse non assermentée avait valu la peine quand elle n'avait pas d'autres ressources pour survivre, mais un jour ou l'autre quelqu'un la démasquerait. Si elle travaillait là avec Damien, en revanche, elle serait en sécurité. Et même davantage : elle disposerait des moyens nécessaires pour repousser les limites de sa magie, et de quelqu'un qui voulait les explorer avec elle. Elle avait déjà commencé à s'entrainer à l'identification des sortilèges afin d'aider Mikira au sujet de ses couteaux – de quoi d'autre était-elle capable ?

Un sourire hésitant se dessina sur ses lèvres alors qu'elle imaginait cet avenir.

– Ça me plairait, oui.

Damien changea de position, et une tension qu'elle n'avait pas encore remarquée s'échappa de lui. Avait-il eu… Semblait-il soulagé ? Il posa la main sur la sienne, et elle tourna la paume pour l'accueillir. Se délectant de sa chaleur, elle croisa les doigts dans les siens et serra fort.

– Par contre, si je reste, je veux savoir où je mets les pieds, exactement.

À ce défi, Damien eut un petit sourire espiègle, et elle perçut sa satisfaction, pareille à un bourdonnement dans son ventre. Il lui avait fallu du temps pour le comprendre, mais Damien Adair *aimait* qu'on le défie. Quand Mikira ou elle-même le poussaient dans ses retranchements, quels que soient ses efforts pour se dérober, leur ténacité lui inspirait le respect. C'était quelque chose dont Ari s'était autrefois crue incapable, mais alors qu'elle entraînait Damien vers le coin salon et qu'il la suivait sans résister, elle se demanda pour la première fois si elle avait en elle la force de riposter, au lieu de simplement se caparaçonner.

Peut-être qu'elle pouvait riposter.

Après avoir pris place dans un fauteuil, elle lui lâcha la main – et ne manqua pas de remarquer la façon dont il replia les doigts, comme pour y enfermer la sensation de son contact.

– Explique-moi pourquoi tu tiens tant à briser Rezek Kelbra.

– Ça, répondit-il, c'est une très longue histoire.

Il alla à grandes enjambées à la desserte, où il servit deux verres de whisky du domaine Adair.

– Disons simplement que ma famille n'a pas toujours été celle qu'elle est aujourd'hui.

Il prit les verres et lui en tendit un.

Puis il s'assit dans le siège à côté d'Ari.

– Mes parents étaient tous les deux des immigrés qui ont dû se démener pour trouver du travail à leur arrivée à Veradell. Quand ma mère était enceinte de Loïc, mon père avait réussi à se faire embaucher dans les champs de vérillion des Kelbra. Il y a travaillé pendant des années. Lorsque ma mère est tombée malade, mon père n'avait pas les moyens de payer les soins, alors il est allé demander de l'aide à Eradas Kelbra. Celui-ci lui a ri au nez et l'a renvoyé pour le punir de son effronterie.

Tant d'inhumanité choqua Arielle, et pourtant elle l'imaginait sans mal : l'indifférence froide de l'élite enderlienne, son mépris, son dégout du peuple. Elle avait lu tout cela à maintes reprises dans les yeux de ses clients.

– Je suis désolée, dit-elle à mi-voix.

Damien serra plus fort son verre.

– En partant, mon père a volé des semences de vérillion aux Kelbra. Tu savais que le vérillion peut pousser partout ? Par contre, il ne recèle la magie nécessaire aux enchantements que s'il est semé à certains endroits.

Elle fronça les sourcils.

– Ça vient de la terre, comprit-elle. La magie provient du sol.

Damien eut un sourire en coin, et elle caressa le bord de son verre avec un doigt.

– Pourquoi personne ne le sait ? ajouta-t-elle.

– Parce qu'on croit que le vérillion ne pousse que sur certaines parcelles, qui ont déjà toutes un propriétaire. Ça ne servirait à rien d'en planter ailleurs.

Ainsi, personne n'avait pris la peine d'essayer… Personne, sauf un homme au pied du mur, prêt à tout pour sauver la femme qu'il aimait.

– Et aussi, reprit Damien, parce que cela nécessite la connaissance de la magie kinienne, qui recourt à la terre consacrée pour ses enchantements. Mais ce n'est qu'un autre terme pour désigner les lieux riches en vérillion. Selon la théorie des Sages, ce sont des endroits que les Messagers ont foulés ou des endroits où ils sont restés très longtemps. C'est pour ça qu'autant de temples ont été bâtis dans les champs de vérillion, au Kinahara.

– Qu'a fait ton père de ses plantes dépourvues de magie ?

Damien leva son verre. Ari but une gorgée du sien. Le spiritueux était puissant et boisé, mais il prit d'autres saveurs en passant sur sa langue, des notes plus sucrées de vanille et d'orange, avant de glisser dans sa gorge avec la douceur du miel, laissant un gout fumé qui diffusa des fourmillements dans sa bouche.

– Oh, fit-elle dans un souffle, frappée par une révélation.

– Voilà, tu as compris, déclara Damien en buvant à son tour. Mon père a bâti un empire grâce au whisky Adair. Très vite, il a racheté à d'autres lords leurs champs de vérillion et constitué ce qui est devenu la deuxième plus grande exploitation à Veradell, pour finalement évincer une des vieilles maisons nobles mineures, peu après que le roi Zuerlin a chassé les Ranier du trône.

Il s'interrompit et baissa les yeux, le regard dans le vide.

– Il n'a pas réussi à sauver ma mère, par contre.

Il ne lui racontait pas tout. Il manquait à son histoire un élément qui lui voilait le regard, comme s'il se retirait dans quelque lieu enténébré, d'une profondeur insondable. Mais malgré la curiosité qui la tenaillait, Ari n'essaya pas de le pousser à se livrer davantage.

– C'était une érudite de l'ancienne magie kinienne. C'est d'elle que me vient mon intérêt pour cette pratique.

Il passa les doigts sur l'Arkala nichée dans une des piles de livres.

– Un des principes fondateurs du kinaïsme prône que l'on cherche à rendre le monde meilleur. Dans l'Arkala, il est écrit que c'est la raison pour laquelle les Messagers nous ont fait don de leur magie, pourquoi Skylis s'est mêlée à la population sous forme humaine, et pourquoi Lyzairin a fondé les premières académies kiniennes. Je n'ai jamais été très croyant, mais cet aspect a toujours résonné en moi. Ma mère en parlait sans cesse, et c'est ce que j'essaie d'accomplir.

Il la regarda dans les yeux.

– Mon conflit avec les Kelbra est de nature personnelle, mais j'ai des objectifs plus vastes. Je veux apporter le changement dans cette ville. Je veux qu'elle devienne plus que l'ombre de ce qui la ronge.

– Et après ? s'enquit Ari, qui avait pourtant failli s'abstenir.

Il avait eu une façon de s'exprimer presque révérencieuse, qui la poussa non seulement à le croire, mais à croire *en lui*.

À croire qu'il pourrait véritablement rendre cet endroit meilleur et empêcher que d'autres connaissent le même malheur que sa famille.

De l'air le plus déterminé, Damien répondit :

– Après, je change tout.

✦ TROISIÈME PARTIE ✦

Avec le temps, les humains réclamèrent leur part de divin.
Ils exigèrent un pouvoir trop grand pour leur condition
et n'entendirent pas raison lorsqu'on le leur refusa.
Percevant leur noirceur d'âme, les Messagers repartirent
et emportèrent leurs secrets avec eux.

19
MIKIRA

Mikira contempla son reflet dans le miroir et ne se reconnut pas.

La robe que Damien lui avait fait parvenir pour le bal avait été conçue pour une fille très différente d'elle. Une fille qui observait le monde de très haut au lieu de tenter comme elle de surnager. Son corsage lui serrait la poitrine, cascade de soie bleu saphir et de gaze argentée naissant dans une seule bretelle à son épaule gauche, et qui s'enroulait autour de sa taille avant de se déverser avec fluidité jusqu'au sol.

Seul le visage d'Ailene derrière elle brisa cette image, ses doigts fins nouant ses dernières mèches de cheveux roux dans la couronne tressée à laquelle elle travaillait depuis quelques minutes.

– On dirait une princesse ! s'exclama sa cadette en reculant.

Nelda confirma d'un signe de tête depuis le lit où elle était blottie avec Wolf, le chien golem, et un petit livre que, depuis quelques jours, elle ne lâchait plus.

Mikira n'avait certainement pas l'impression d'être une princesse, mais elle s'efforça de sourire. Ses sœurs n'avaient pas besoin de savoir qu'elle se sentait tel un agneau se précipitant dans un repaire de loups. Sa mission pour la soirée était de se montrer audacieuse, sûre d'elle, intimidante, tout en présentant un visage souriant à l'élite de Veradell, selon leur plan pour la rendre intouchable.

Mais elle n'était pas une princesse, seulement une fille qui portait un déguisement dont la valeur dépassait tout ce qui restait à sa famille.

En bas, on frappa à la porte – sans doute le cocher du fiacre enchanté que Damien lui avait envoyé. Depuis quelque temps, il le faisait plus souvent, afin qu'elle n'ait pas à traverser la ville avec Iri. Le contact avec l'étalon commençait à manquer à Mikira, mais Atara accaparait à présent la plus grande partie de ses journées.

– J'y vais ! annonça Ailene en se précipitant hors de la pièce.

Dans le silence qui suivit, une boule se forma dans la poitrine de Mikira. Elle avait surpris Nelda en train de l'observer dans la glace, ses yeux foncés lui transmettant un message très simple : *Ne fais pas de bêtises*. Parfois, Mikira se demandait laquelle d'entre elles était l'ainée. Le soir de la course, sa cadette avait jeté un coup d'œil à son bras blessé, et depuis elle était son infirmière attitrée, quand bien même Reid lui avait retiré ses fils la veille.

Ailene revint en trombe dans la chambre.

– Il est trop beau, Kira ! chuchota-t-elle d'un ton surexcité.

Mikira fronça les sourcils. Elle ne connaissait pas très bien les domestiques de Damien, mais elle ne voyait pas lequel d'entre eux sa sœur aurait pu qualifier de très beau.

Ailene la poussa vers la porte.

– Il attend !

Mikira soupira et s'engagea dans le couloir, en tenant les plis de son jupon d'une main. Alors qu'elle descendait la deuxième volée de marches, le mur s'incurva et laissa paraitre un jeune homme sur le seuil du vestibule.

Elle se figea.

– Reid ?

Il se tourna vers elle, le bleu glacier de ses yeux rendu encore plus éclatant par ses cils noirs. Au lieu de sa tenue de tous les jours, il portait un gilet en soie noire sur une chemise noire impeccable, ainsi qu'une veste ajustée aux épaules et cintrée à la taille. Quelqu'un – probablement Ari – avait même dompté ses cheveux, lissé en arrière les mèches qui d'ordinaire lui tombaient devant le front. Quelques-unes s'étaient toutefois échappées et se recourbaient légèrement sur sa peau pâle.

Ce n'était plus le même garçon. Pas seulement à cause du costume et de sa coiffure, mais parce que pour une fois, il n'avait pas l'air renfrogné.

Un petit gloussement rappela à Mikira qu'Ailene l'épiait, aussi se ressaisit-elle vite.

– Damien t'a envoyé pour me chaperonner ?

Il se racla la gorge.

– En quelque sorte. Tu es prête ? Nous allons être en retard.

– Tu n'es pas censé apporter des fleurs ? déclara Ailene, agrippée à la balustrade.

Reid cligna des paupières, et on lut chez lui une perplexité si innocente que Mikira faillit sourire.

– Des fleurs, répéta-t-il.

– Pour ta cavalière. Les garçons apportent des fleurs, en général.

– Ce n'est pas… Je ne suis pas…

Il se tourna vers Mikira pour obtenir son aide, mais elle se contenta d'afficher un sourire malicieux.

– C'est vrai, ça, mon cher Reid. Où sont mes fleurs ? demanda-t-elle d'une voix mielleuse.

Reid leva les yeux au ciel, avant de ressortir d'un pas vif. Mikira adressa un clin d'œil à Ailene, puis se dépêcha de le suivre. Alors qu'ils montaient dans le fiacre, la porte s'ouvrit en grand et on entendit Ailene crier :

– Ramène-la avant minuit !

Le manoir des Vanadahl était encore plus somptueux que celui des Zalaire.

De la pierre rose pâle finement sculptée offrait un écrin à de vastes vitres enchantées. Sur ces dernières s'élançaient des oiseaux blancs peints, qui se perchaient sur l'encadrement de rubis avant de descendre en piqué pour effleurer du bout des ailes un lac ridé d'ondulations. Des violons enchantés interprétaient un air léger qui se mêlait aux rires et aux cliquetis des verres.

La beauté des lieux suscita chez Mikira autant l'extase que la colère. Comme les courses de chevaux, ces bals permettaient aux maisons majeures de faire étalage de leur fortune et d'exhiber l'excellence de leurs enchanteurs, alors même que les gens comme elle n'avaient pas les moyens de payer le vérillion nécessaire au renouvellement des enchantements les plus rudimentaires – éclairage, glacières, eau chaude. Pourtant, par la Déesse, il était impensable que les fenêtres des Vanadahl ne soient pas animées !

Dès que Mikira entra dans la salle de bal, sa colère fut chassée par la nervosité. Les regards se portaient sur elle, l'inspectaient, la jugeaient, la réprouvaient. Tandis que Reid et elle se faufilaient parmi les convives, Mikira saisit des bribes de conversations ; en l'observant, on évoquait à mi-voix sa grande pauvreté, sa situation désespérée. Elle était telle une figurine en cristal dans une pièce où fusaient mots acerbes et regards tranchants. Chacun laissait une nouvelle craquelure.

Elle aurait tant aimé avoir un peu de l'élégance d'Ari, de son calme. L'enchanteresse possédait une sensualité que Mikira ne pourrait jamais reproduire, une féminité qu'elle ne se sentirait jamais à l'aise d'incarner. Alors qu'Ari était tout en traits gracieux, Mikira n'était que poings serrés et jointures éraflées. Elle était une pleine bouchée de verre pilé, pas un soupir susurré entre deux lèvres douces.

Mikira aurait souhaité qu'elle soit là.

Un passage s'ouvrit dans l'assemblée, et elle vit Damien en grande discussion avec deux hommes. Quand il lui fit signe d'approcher, le cœur de Mikira s'affola. Elle aurait voulu disparaitre, retourner au fiacre à toutes jambes.

– Mikira ? fit Reid d'une voix apaisante, véritable digue contre le tourbillon qui l'emportait.

Il lui lança un regard entendu, sous lequel elle se redressa.

Fais-en un bouclier.

Elle avait déjà fait échouer un plan – elle ne pouvait pas en mettre un autre en danger. L'issue de la course, le destin de sa famille et l'avenir d'Ari dépendaient de sa capacité à tenir bon. Elle n'allait pas laisser ces gens la briser en mille morceaux.

Alors que Reid et elle rejoignaient le groupe, Mikira releva la tête.

Damien la désigna d'un geste.

– Messieurs, je vous présente Miss Mikira Rusel, la fille de Keirian Rusel.

Elle leur serra la main.

– J'ai été très impressionné par la dernière partie de votre course, Miss Rusel, dit un jeune gentleman à la peau brune, aux yeux d'un marron chaleureux, avec une pointe d'accent mélodieux de Yaroy. Vous avez été exceptionnelle.

– Mon père m'a appris tout ce qu'il savait, répondit-elle, heureuse de jouer la carte que Damien venait de lui donner.

Un convive plus âgé, à la peau dorée et au teint rougeaud, vêtu d'un gilet bleu saphir, l'examina de la tête aux pieds.

– C'est formidable qu'une Rusel soit de nouveau dans le circuit. J'ai hâte de vous voir à l'œuvre dans la prochaine épreuve.

Ils discutèrent de la compétition quelques instants avant que Damien ne s'excuse auprès des deux hommes et n'emmène Mikira. Elle balaya la salle du regard à la recherche de Reid, mais celui-ci semblait avoir disparu.

– Ce n'était pas si terrible, si ? s'enquit Damien d'un ton léger.

Mikira eut un petit rire sarcastique.

– La soirée ne fait que commencer. Combien de temps devons-nous rester ?

– Pas longtemps.

Damien rajusta ses manches. Contrairement à la majeure partie de l'élite de Veradell, il portait une tenue aussi austère que sa personnalité : veste noire brodée, gilet de soie noire elle aussi, et cravate rouge sombre.

– Je vais te présenter à quelques personnes, expliqua-t-il, faire en sorte qu'on te voie bien, puis je m'éclipserai cinq minutes pour donner à Rezek l'occasion de t'approcher. Ensuite, nous partirons.

Elle frémit à l'idée de se retrouver de nouveau seule avec Rezek, même si c'était elle qui lui avait proposé cette rencontre pour lui transmettre des renseignements.

Damien lui offrit son bras, et elle se laissa accompagner à travers la multitude bourdonnante. On s'écarta de leur chemin dans un véritable ballet de têtes courbées et de brèves révérences. Certains saluèrent Damien par son nom, d'autres évitèrent son regard, mais de toute évidence, nul n'ignorait qui il était.

Comment était la vie lorsqu'on détenait un tel pouvoir ? Elle mentirait en prétendant qu'elle ne le lui enviait pas. À ses côtés, face aux convives qui se poussaient pour la laisser passer, elle avait l'impression de revivre sa victoire dans les tunnels, quand tout le monde avait scandé son nom.

Si elle remportait l'Illinir, cette vénération ne connaitrait pas de fin.

C'était un aspect de leur succès auquel elle n'avait pas réfléchi. Sa famille serait délivrée des Kelbra, et elle deviendrait une légende des courses, davantage encore que son père.

L'histoire n'oublierait jamais le nom des Rusel.

– Ça, commenta Damien à mi-voix, ce n'est pas le sourire d'une fille de haras dépassée par ce qui l'entoure.

Mikira se toucha les lèvres ; elle ne s'était même pas rendu compte qu'elle souriait.

– Ce n'est pas ce que tu attendais de moi ?

– Si. Mais je ne pensais pas que ça te viendrait si naturellement.

Cette remarque la perturba, mais aussitôt il la conduisit jusqu'à un petit groupe de nobles qui s'inclinèrent et firent les beaux tels des paons. Mikira s'efforça d'afficher une expression neutre et présenta sa main à chacun d'entre eux. Elle garda la tête haute, s'imposa dans la discussion, évoqua les lignées renommées élevées par sa famille, son intention de remporter l'Illinir, et ils s'en délectèrent.

Le même numéro lui permit d'aller au bout de la conversation suivante, puis d'une autre, mais à mesure que la soirée avançait, elle commençait à fatiguer. Lorsque Damien lui promit que le groupe d'après serait le dernier, elle était éreintée.

– Il parait que les forces enderliennes ont été contraintes de battre en retraite au Célair, dit un homme pâle au gilet serti de rubis.

Il s'exprimait avec un fort accent de Ranoen ; c'était sans doute un des nombreux marchands venus dans l'espoir de signer des contrats commerciaux avec les maisons fortunées de l'Enderlain.

– Si vous voulez mon avis, la Guerre éternelle ne va plus durer très longtemps.

L'Enderlienne à côté de lui leva les yeux au ciel.

– Allons, comme si vous connaissiez quoi que ce soit à la stratégie militaire. Nos forces ont déjà subi des revers de cette ampleur, et nous avons rebondi à chaque fois. Surtout, le Conseil des Lords n'acceptera pas que notre projet échoue. Le Haut Lord Vanadahl le disait lui-même à l'instant.

Mikira ravala son envie d'acquiescer. Plus l'Enderlain possédait de vérillion, plus le royaume pouvait continuer à s'appuyer sur la magie plutôt que sur la technologie étrangère, et plus les activités de la maison Vanadahl dans l'industrie des gemmes prenaient de valeur. Comme c'était le cas pour les maisons Dramara et Kelbra, la poursuite de la Guerre éternelle remplissait leurs coffres, quelles que soient les conséquences pour le peuple.

L'homme rit.

– Oh, parce que vous êtes experte en la matière, vous ? railla-t-il, la faisant rougir et détourner le regard.

– Je me moque bien de savoir jusqu'où on nous repousse, tant que l'armée achète des conserves par camions entiers, intervint un troisième Enderlien aux moustaches tombantes. La demande est telle que mes usines ne peuvent pas suivre, et pourtant je vends tout à prix d'or.

Il partit d'un rire tonitruant qui fit serrer les poings à Mikira.

– Vous rirez moins quand l'Enderlain aura perdu, rétorqua le Ranoenien. Si Izir venait en renfort au Célair, vous n'auriez pas les troupes nécessaires pour gagner.

– Bien sûr qu'ils vont le faire, affirma la femme. Ils ne veulent pas risquer d'être les prochains, et l'indépendance du Célair signifie qu'il y a un tampon entre nos pays.

L'homme à la moustache balaya cet argument d'un revers de la main.

– Dans ce cas, il suffira de mobiliser un peu plus de soldats.

Mikira vit rouge.

– Ça ne va pas chercher plus loin, pour vous, n'est-ce pas ?

– Je vous demande pardon ? fit le moustachu.

– Tout ça n'est qu'une occasion de faire des affaires, pour vous ? siffla-t-elle, ignorant le regard de mise en garde de Damien.

L'homme fit un sourire condescendant.

– Très chère, tout est une occasion de faire des affaires. S'il y a de l'argent à rafler, je le flairerai, répondit-il en se tapotant le bout du nez.

Le Ranoenien lui donna une tape sur l'épaule.

– Ce n'est pas ce qu'elle a voulu dire, Mr. Barta. Je crois que vous avez contrarié cette demoiselle.

– Ah, oui, la perspective de la violence peut provoquer cette réaction chez certains, convint Mr. Barta. Du calme, ma belle, il n'y a pas de quoi tracasser votre jolie tête.

Il glissa une main dans le dos de Mikira, lui imposant la chaleur désagréable de ses doigts.

Elle lui saisit le poignet et le tordit, arrachant à l'homme un petit bruit de douleur mêlé d'étonnement.

– Comment osez-vous parler de la guerre ainsi ? Ce ne sont pas vos proches qui vont combattre et mourir. Vous croyez que nos frères et sœurs ne sont là que pour servir de chair à canon ?

– Mikira, la mit en garde Damien.

L'espace d'un instant, elle croisa le regard de la femme en face d'elle, et le soutint avec l'intensité d'un oiseau emprisonné dans une cage. Après une puissante pression sur l'avant-bras de Mr. Barta, elle rejeta sa main.

– Ne me touchez plus jamais.

Il plaqua la main sur sa poitrine, la figure écarlate.

– Lord Adair, maitrisez donc votre jockey ! Elle oublie son rang !

Le regard de Damien s'abattit sur lui telle une lame tranchante.

– Et quel est son rang, Mr. Barta ? Celui d'une des meilleures éleveuses de chevaux enchantés de l'Enderlain ? De la cavalière que la maison Adair a prise sous son aile pour l'Illinir ? Ou de la femme dont la valeur excède la vôtre en tout point, malgré tout l'argent couvert de sang que vous pourrez accumuler ?

Mr. Barta le fixa d'un air hébété, mais la satisfaction de Mikira ne put contrebalancer sa colère. Damien prit congé du groupe et l'emmena à la table de rafraichissements la plus proche.

– Je te laisse ici pour que tu attendes Rezek. Il me reste une affaire à régler, et ensuite nous pourrons rentrer.

Mikira hocha la tête d'un air distrait alors qu'il s'éloignait, ses doigts triturant le papier qu'elle avait fourré dans sa poche. C'était une liste des habitudes de mises recensées à l'hippodrome le plus lucratif des Adair. Pas de quoi nuire à quelqu'un comme Damien, dont les relations avec l'Anthir le protégeraient d'accusations de courses truquées, mais une information suffisante, espérait-elle, pour qu'elle gagne un peu de temps avec Rezek.

Celui-ci se frayait un chemin dans l'assemblée et Mikira étouffa le réflexe qui l'incitait à partir dans la direction opposée.

Il prit brusquement le papier qu'elle avait déposé sur la table, et s'arrêta à côté d'elle.

– Vous avez intérêt à ce que ce soit exploitable. Je commence à perdre patience.

– C'est tout ce que j'ai pu obtenir.

Rezek promena le regard sur sa robe, la mettant mal à l'aise comme lui seul en était capable. Il n'y avait aucun désir dans sa façon de la contempler, seulement la froideur et le détachement d'un chasseur jaugeant sa proie. Puis il déplia le papier, le lut, et le froissa en boule.

– Ça ne vaut rien.

Il l'enflamma avec une bougie posée à proximité et laissa le reste se consumer sur le plateau de marbre.

Le cœur de Mikira s'affola.

– Je dois être prudente. Si Damien découvre ce que je fais, vous perdrez l'occasion de vous débarrasser de lui.

– Je n'ai peut-être pas été assez clair, dit Rezek en se penchant vers elle. Je veux de quoi le détruire.

– Je ne peux pas…

– Si, vous le pouvez.

Rezek jeta un coup d'œil vers le côté, où elle entrapercevait Damien de profil, en train de discuter avec quelqu'un.

– Je le connais, reprit-il. Il a beau faire croire qu'il se coupe de toute émotion, il faut toujours qu'il s'attendrisse. Ça signifie qu'il a forcément baissé sa garde à votre contact, et que vous en savez plus que vous ne le croyez.

Il se redressa.

– Trouvez mieux que ça, Miss Rusel, ou c'est votre père qui en subira les conséquences.

– Attendez ! l'appela Mikira, alors qu'il se faufilait de nouveau parmi les convives.

Il se retourna, dans l'expectative, et elle hésita. Damien ne lui fournirait jamais rien d'assez accablant pour satisfaire Rezek, qui lui avait bien fait comprendre que c'était sa dernière chance. Elle devait à tout prix lui livrer quelque chose.

– Sa chevalière, dit-elle, en désespoir de cause. Pendant un temps, elle a disparu.

Cette révélation paraissait des plus insignifiantes, mais elle eut un effet curieux sur Rezek.

– Alors c'est une fausse, médita-t-il. Il ne m'a pas menti, en fin de compte.

– Qui ça ?

Rezek écarta sa question d'un revers de main.

– Personne. Vous voyez, ce n'était pas si difficile ! Considérez que votre part du marché a été respectée.

Sur quoi, il repartit, englouti par la foule des convives, laissant Mikira en proie à un trouble profond tandis que ses paroles faisaient lentement leur chemin.

La bague de Damien était une fausse.

Cela semblait anodin. Damien avait donc perdu sa chevalière et fait réaliser une réplique. C'était logique. Si l'on découvrait qu'une bague sigillaire des Adair circulait, d'aucuns chercheraient à exploiter cette information pour leur propre intérêt. Mais pourquoi ne pas simplement en commander une autre ?

À moins qu'il ne veuille pas qu'on apprenne qu'il l'avait égarée.

Elle ignorait pourquoi cela avait de l'importance, mais Damien ne prenait aucune décision à la légère. Par sa faute, Rezek allait utiliser cette révélation contre lui.

Elle s'enfouit le visage dans les mains.

– Par la Déesse, qu'est-ce que j'ai fait ?

Elle ne savait pas quand elle avait commencé à s'attacher à Damien, mais c'était le cas, tout comme elle s'était attachée à Ari et… et à Reid. Car oui, elle tenait à lui. Plus qu'elle ne se l'avouait. Et trahir son meilleur ami, trahir son ami *à elle*, était abject. Pourtant, laisser son père souffrir aux mains de Rezek lui était inconcevable, et elle s'était sentie *obligée* d'agir.

– Eh bien, tu as des amis fort intéressants, dit une voix à son oreille.

Elle se retourna vivement, et se trouva face à la fille de la course clandestine, son masque de Skylis bien en place.

Elle portait un tailleur bleu glacier qui épousait sa silhouette svelte et musclée. Cet ensemble était composé d'un pantalon cobalt et d'une veste-corset sans manches, cintrée à la taille par un cordon doré. Ses cheveux tombaient en cascades voluptueuses sur ses épaules d'un teint cuivré profond, plusieurs tresses aux motifs complexes partaient depuis le sommet de sa tête vers l'arrière, et autour de ses yeux des paillettes d'or scintillaient sous la lumière enchantée.

– Encore toi, dit Mikira.

L'autre eut un sourire en coin.

– Encore moi, oui.

– Qui es-tu ?

Une expression étrange passa sur ce qu'elle voyait du visage de la fille. Puis son sourire revint, et elle effectua une révérence théâtrale.

– Quinn Falar, jockey de la maison Ruthar pour l'Illinir.

– Je n'ai jamais entendu parler de toi.

Mikira s'intéressait de près aux courses, connaissait tous ceux qu'il fallait connaitre. Elle n'avait même pas croisé la cavalière dans les tunnels avant l'autre nuit, et Jenest prenait garde à ne pas laisser participer n'importe qui.

Quinn se redressa.

– Eh bien, voilà qui est fait. Et maintenant que nous avons fait connaissance, je crois que la prochaine danse va commencer.

– Pardon ?

Mais Quinn lui avait déjà pris la main et l'emmenait vers la piste.

– Qu'est-ce que tu fabriques ? demanda-t-elle d'un ton vif, avant que Quinn lève une main et pose l'autre sur sa hanche.

Elles étaient extrêmement proches l'une de l'autre.

Quinn fit un grand sourire.

– Je te conduis.

L'orchestre entama le morceau. Quinn maitrisait parfaitement ses pas. Mikira était assez bonne danseuse, mais Quinn, elle, semblait portée par la musique. Mikira se laissa entrainer cependant qu'une part d'elle lui hurlait que la situation était absurde. Elle ne connaissait pas cette fille, et le malaise qui naissait dans son ventre l'avertissait d'un risque.

Le rythme accéléra, et Mikira eut soudain une forte conscience de ses doigts serrés fermement dans ceux de Quinn, de la main de celle-ci à sa taille. Elle leva les yeux et sursauta presque en constatant que Quinn la dévisageait intensément. Ses yeux noisette avaient quelque chose de déroutant.

– Qu'est-ce que tu veux de moi ? s'enquit-elle cependant qu'elles valsaient.

– Je pensais que c'était évident, rétorqua Quinn en fixant du regard leurs mains enchâssées l'une dans l'autre.

L'agacement de Mikira redoubla.

– J'ai eu ma dose d'insinuations pour la soirée. Soit tu me réponds, soit cette danse est finie pour moi.

– Quelle fougue ! commenta Quinn avec un sourire moqueur, avant de lui faire réaliser un tour complet sur elle-même.

Lorsqu'elles furent de nouveau face à face, elle ajouta :

– Très bien, puisque tu insistes pour être ennuyeuse et directe, je veux conclure une alliance.

Mikira se raidit.

– C'est Damien qui t'envoie ?

– On ne m'envoie pas, moi, surtout pas un gosse de noble pourri gâté.

– Il n'est pas comme ça.

– Bien sûr, et les lézards du désert, ça ne crache pas de magma, ironisa Quinn. Il est dangereux, violent, et ne pense qu'à lui. Demande donc à Fen et Cardix Ridoux.

– Qui ça ?

La fille l'examinait de très près, et Mikira ne put chasser la sensation qu'elle venait de la tester.

– Tu es tellement entichée de ton sponsor que tu en as oublié qui il est ? demanda Quinn. Moi qui croyais que tu fuyais l'élite de Veradell comme la peste.

La main de Mikira se crispa sur celle de Quinn.

– Tu ne sais rien de moi.

L'autre cavalière s'apprêta à rebondir, puis se ravisa, avec un sourire en coin.

– Bien sûr. Je te demande pardon.

Elle s'écarta pour faire tournoyer Mikira, avant de la ramener de nouveau contre elle tandis que la musique perdait en intensité et que la danse se terminait.

– Alors, qu'est-ce que tu en dis ? insista Quinn. Alliées ?

Mikira faillit éclater de rire.

– Tu ne m'as pas donné une seule raison de te faire confiance. Tu n'as même pas retiré ton masque. De plus, une alliance ne m'apportera rien.

Elle se dégagea, mais Quinn la rattrapa par le poignet.

– Attends...

Le regard attiré par quelque chose derrière Mikira, elle s'interrompit, puis maugréa un juron. Elle lui lâcha la main et s'éclipsa parmi les invités.

Mikira la regarda s'éloigner, saisie par l'impression que quelque chose lui avait échappé.

– Tu parlais avec quelqu'un ? s'enquit Reid après l'avoir rejointe.

– Personne d'important. Et toi, où étais-tu passé ?

– Je réglais des affaires pour la maison Adair. D'habitude, c'est le travail de Damien, mais vu que tu es restée collée à lui toute la soirée, j'ai dû m'en occuper. Tu es prête à partir ?

Reid semblait presque aussi épuisé qu'elle. Elle supposa que les bals infestés de nobles hautains et les conversations mondaines n'étaient pas non plus sa tasse de thé. Toutefois, la façon dont il lui avait répondu la perturbait. Il s'était exprimé très vite, en évitant son regard.

Il lui cachait quelque chose.

20
MIKIRA

La deuxième épreuve arriva très vite, dans un mélange confus de trac et d'excitation. Mikira avait tenu en place à peine assez longtemps pour qu'Ari puisse lui faire des nattes avant qu'elles ne quittent le manoir, et sa nervosité était telle qu'elle les avait déjà effilochées à force de les triturer. Ce n'était pas seulement la course qui l'angoissait, mais le fait qu'elle avait peut-être fourni à Rezek l'arme précise qu'il lui fallait pour détruire Damien.

Plusieurs jours s'étaient écoulés depuis le bal, et Rezek n'avait pas mis à profit l'information dont il disposait à présent, mais elle avait quand même la boule au ventre. Il ne l'aurait pas affranchie de leur marché si la bague n'avait pas eu d'importance, mais cette révélation paraissait bénigne, aussi ne s'inquiétait-elle que de ce qu'il adviendrait si Damien découvrait ce qu'elle avait fait.

Il ne le lui pardonnerait pas.

Ces pensées la tenaillaient tandis qu'Atara se ménageait une place à la ligne de départ, au sommet de la côte sur laquelle s'étendait Ashfield Street. De hauts bâtiments noirs de suie se serraient le long du large boulevard et projetaient leurs ombres sous le soleil de la fin d'après-midi.

Une partie du quartier de Pendron avait été bouclée pour former un circuit en forme de carré, truffé d'enchantements comportementaux. Contrairement à la première épreuve, qui avait dressé l'environnement contre les concurrents, celle-ci les monterait les uns contre les autres, ce qui angoissait Mikira beaucoup plus que n'importe quel feu vivant ou fosse à pieux.

Les odeurs de pâte à beignets et de viande frite qui flottaient alentour ne firent que lui nouer l'estomac davantage. Elle tenta d'ignorer le poids des regards sur elle, les chuchotis curieux, les cris de surexcitation des enfants, en décalage avec le danger qui guettait. Il ne lui restait plus qu'à espérer que leur plan fonctionne. Si elle avait forgé sa réputation pendant le bal et que ses adversaires se concentraient les uns sur les autres, elle pouvait les dépasser tous sans le moindre mal.

Une splendide jument baie se glissa à côté d'elle, sa cavalière vêtue d'une casaque blanc et vert forêt, les couleurs de la maison Ruthar.

– Ça devrait être amusant, déclara Quinn, son masque scintillant à la lumière du soleil bas. C'est toujours un délice de devoir affronter ses peurs les plus profondes et ses émotions les plus incontrôlées, pas vrai ?

Mikira grogna.

– Qu'est-ce qui n'était pas clair, quand j'ai dit que je ne voulais pas m'allier avec toi ?

– Le fait que tu n'aies pas assez réfléchi à la question avant de répondre. Qui refuserait d'avoir un joli minois comme le mien à ses côtés ?

Elle appuya le menton sur le dos de sa main et battit des cils.

Le rouge monta aux joues de Mikira et réduisit à néant plusieurs répliques cinglantes. C'était mieux comme ça. Elle pouvait le nier de toutes ses forces mais, malgré le demi-masque de Quinn, elle voyait bien que celle-ci était aussi belle qu'une déesse, depuis le lustre de sa longue natte jusqu'à sa peau d'un brun doré chaleureux. Même cette petite tache de rousseur au-dessus de sa lèvre – *Nooon non non !* Mikira eut un mouvement de recul, le visage en feu.

Le rire de Quinn – un son pareil à un carillon – lui fut épargné par la voix puissante de l'annonceuse qui souhaitait la bienvenue au public. Quand elle eut terminé de dérouler le règlement et que la princesse Eshlin eut accepté la consécration de la course par le prêtre sendien, la nervosité de Mikira avait redoublé d'intensité.

La fois précédente, elle avait eu trop le trac pour remarquer la tribune royale, mais à présent elle regarda la princesse qui revenait auprès de son frère – dont l'attention était accaparée par la femme splendide à son bras –, puis passait en revue les cavaliers comme une rangée de soldats prêts à charger. La situation s'y prêtait bien, puisqu'elle avait servi brièvement elle-même au front, démonstration calculée du dévouement de la famille royale à la cause.

Mikira caressa le cou d'Atara, regrettant que sa monture ne soit pas Iri. Même si sa proximité avec Atara s'était accrue depuis une semaine, c'était Iri qu'elle connaissait par cœur, Iri qui l'apaisait et lui donnait l'impression d'être solidement amarrée quand tout tanguait trop fort autour d'elle.

La jument tourna la tête et la fixa d'un œil foncé, comme si elle percevait ses doutes et lui demandait : « Est-ce que tu me fais confiance ? »

– J'ai confiance en toi, dit alors Mikira à mi-voix, en toute sincérité.

– À la ligne de départ ! rugit l'annonceuse, dans un dernier appel aux cavaliers.

L'intense odeur de chevaux et de sueur se fit suffocante lorsque les autres concurrents se pressèrent de part et d'autre, approchant Mikira de Quinn. Atara donnait des coups de dents vers les corps trop collés à elle, forçant les jockeys les plus proches à s'écarter.

Mikira prit une profonde inspiration et s'efforça de se concentrer sur les détails : Arabella Wakelin avait positionné son étalon à l'avant du peloton. La course précédente était la première qu'elle n'ait pas gagnée, et elle allait chercher à effacer ce revers. Mikira allait devoir se tenir à bonne distance d'elle. À côté d'Arabella, Dezaena Fyas nouait ses cheveux bruns en natte épaisse. Iel formait un îlot de calme dans une mer déchainée, ignorant sans mal les rictus mauvais qu'Alren Zalaire dirigeait vers ellui.

Mikira ne distingua pas Gren.

– Pour l'Enderlain !

Le brouhaha des spectateurs s'atténua pour n'être plus qu'un grondement sourd cependant qu'elle balayait les jockeys du regard. Gren n'était pas derrière elle, mais les concurrents étaient bien trop nombreux pour qu'elle puisse tous les voir.

– Pour les Messagers !

Concentre-toi. Elle ne devait pas se laisser perturber par les intimidations de cet ennemi déclaré.

– Pour Sendia !

La clameur de la foule couvrit la voix de l'annonceuse tandis que retentissait la cloche de départ.

Les chevaux s'élancèrent dans la rue en pente, et Mikira tira aussitôt Atara vers le côté, tout en ralentissant. Elle préférait ne pas s'approcher de ses adversaires plus tôt que nécessaire, de peur que l'attitude agressive de son golem les trahisse.

La plus grosse partie des compétiteurs atteignit le bas de la côte, où des panneaux fléchaient trois chemins différents. La majorité continua tout droit pour éviter le ralentissement dû aux virages. Certains tournèrent, pensant sûrement que la ligne droite comportait les enchantements les plus redoutables.

Quand un autre groupe conséquent vira à droite juste avant son arrivée, Mikira dirigea Atara sur la gauche.

La rue devint une ruelle étroite formant un coude abrupt vers la droite. Mikira jura, ses réflexes la poussant à freiner Atara, mais leurs longues heures d'entrainement avaient porté leurs fruits, et elle se rappela l'agilité phénoménale de la jument. Sa monture négocia le tournant à la perfection – juste à temps pour voir Arabella disparaitre dans un nuage de fumée rouge foncé un peu plus loin.

Mikira faillit tirer brusquement sur les rênes, mais s'efforça de réfléchir. La ruelle entière était baignée de fumée. Impossible de l'éviter. Elle aurait pu faire demi-tour – Atara pourrait rattraper ce contretemps –, mais elle pressentait que chaque chemin leur réserverait un obstacle semblable.

– Très bien, haleta-t-elle. Voyons voir ce qu'ils ont en réserve.

Atara s'engouffra à pleine vitesse dans cette purée de pois. Mikira retint son souffle et compta. Au bout de trente secondes, les poumons commencèrent à lui bruler. Ne voyant pas le bout du passage enfumé, elle n'y tint plus et inspira une grande bouffée de l'épais brouillard. Celui-ci piquait comme de la fumée classique, et la fit tousser. Puis elles émergèrent dans un air dégagé, une teinte rouge accrochée à ses vêtements.

La ruelle s'incurva et les ramena dans la rue centrale. Là, un gros cheval bai arrivait à fond de train à leur croisement. Mikira réussit de justesse à redresser la trajectoire d'Atara, mais sa jambe percuta quand même celle de l'autre cavalière lorsque leurs montures se frôlèrent.

La femme la regarda d'un air abasourdi. Elle contempla la bride dans ses mains, puis son cheval, comme si elle se demandait d'où ils venaient. Les deux étaient tachés d'une poudre bleue.

Atara claqua des mâchoires vers l'animal, qui prit peur et passa du galop au grand trot. Mikira écarta Atara pour éviter qu'elle attaque de nouveau, mais par chance, la femme sembla n'avoir rien remarqué. Juste avant que la rue forme un coude, Mikira vit le cheval s'arrêter, et la femme… rester sans rien faire.

– Par les enfers, c'est quoi, ça ? s'exclama Mikira, en serrant plus fort la bride. Ça ne me plait pas.

Sur les nerfs, Atara agita la tête en signe d'assentiment chargé de tension.

Alors qu'elles fonçaient dans la ligne droite, Mikira aperçut le gros du peloton qui atteignait une place une cinquantaine de mètres plus loin. Puis un phénomène des plus étranges se produisit. Un homme fit faire demi-tour à sa monture en poussant un petit cri, et passa à côté d'elle à contresens pour fuir la course. Un autre cheval tournait en rond d'un pas hésitant, sans que son cavalier paraisse s'en rendre compte. Arabella Wakelin et Alren Zalaire se hurlaient dessus.

Bande d'imbéciles. Qu'est-ce qui leur prend ?

Atara se fraya un chemin à travers la mêlée, hennissant hargneusement contre tout ce qui s'approchait trop d'elle. Mikira chercha le masque de Quinn parmi les visages, puis se réprimanda de se donner ce mal. Pourquoi se soucier de cette fille ? Celle-ci pouvait bien mourir dans cette satanée course, elle s'en moquait.

Mikira fronça les sourcils. Cette pensée la mit mal à l'aise.

Un petit sac fila à côté de sa tête, avant de heurter un mur et de répandre de la poudre bleue.

Son agacement monta en flèche cependant qu'un cri retentissait et que la rue débouchait sur la place, où des sachets de différentes couleurs, en forme de bourse, se balançaient à des fils. Bleus ou rouges, jaunes ou blancs, orange ou violets, on en avait accroché çà et là telles des décorations de festivités. Des cavaliers les arrachaient pour les lancer sur leurs concurrents. Les projectiles explosaient en poudres de la même couleur que leur contenant, et leur effet était immédiat.

La jaune plongeait les jockeys ou leur monture dans une peur incontrôlable. La bleue les hébétait et voilait leur regard. L'explication apparut à Mikira :

– Elles sont enchantées, conclut-elle. La fumée aussi.

Elle passa l'index dans le dépôt rouge sur sa peau. Comme s'il avait attendu que Mikira identifie sa nature, l'énervement qui couvait en elle se mua en une fureur noire. Elle brula soudain d'envie de frapper quelqu'un, de cogner jusqu'à en avoir les jointures ensanglantées, à vif.

Un mouvement sur son flanc droit la poussa à se baisser, et elle évita de justesse un sac jaune qui alla s'écraser contre un homme un peu plus loin. Elle envisagea de s'emparer d'un des sacs, mais la place sombrait déjà dans un chaos sans nom. Partout où la poudre rouge agissait, la colère surgissait tels des piquants, et là où explosaient les bourses de peur, les chevaux devenaient imprévisibles, lançaient des coups de sabots acérés et s'emballaient, pris de folie. S'arrêter pour combattre n'aurait fait que la ralentir. Tout ce qui comptait, c'était d'atteindre la ligne d'arrivée.

Elle fit continuer Atara droit devant, et elles débouchèrent dans un large coin de rue à l'instant où quelque chose s'abattait à toute vitesse vers elles. Atara tenta d'esquiver l'attaque, mais l'arme percuta quand même Mikira et la désarçonna. Quand elle tomba, la violence du choc lui coupa le souffle et diffusa en elle une décharge de douleur. Elle songea de façon lointaine qu'elle était blessée, mais cette pensée ne fit pas le poids contre la rage inouïe qui la consumait.

Elle se releva d'un bond en poussant un cri, armée de ses couteaux. Atara était déjà revenue la rejoindre et agitait furieusement la tête.

Deux chevaux leur barraient le passage, avec deux autres en renfort derrière eux. Un des cavaliers tenait la matraque qui l'avait atteinte.

– Dégagez, gronda-t-elle.

L'un d'eux la fixa avec un rictus méprisant. Il n'avait pas la moindre trace de poudre sur la peau, pas plus que la femme à côté de lui. Une décharge de haine brulante déferla en Mikira. C'était un coup monté. Ces personnes avaient échappé au premier enchantement, et elle avait la certitude qu'il s'agissait d'un tour de Rezek. Le fait qu'il l'ait laissée réintégrer la course ne l'empêcherait pas de lui mettre des bâtons dans les roues.

Elle affermit sa prise sur ses poignards. Peu importait. Si elle devait se débarrasser d'eux, elle n'hésiterait pas.

Armé lui aussi, l'homme talonna son cheval pour s'approcher d'elle. Elle fit un bond de côté et lui taillada la jambe. Le sourire narquois de son agresseur attisa la colère magique dans ses veines. Un autre cavalier tenta de s'en prendre à Atara, mais Mikira s'interposa, et l'éclat de sa lame fit reculer l'animal.

Atara avança avec elle, et après avoir rangé ses couteaux dans leurs fourreaux, Mikira remonta en selle alors que la femme attaquait avec une dague. Atara esquiva sans mal, puis riposta par un coup de sabot. Touchée au genou, la monture de l'assaillante hurla et s'affaissa sur ses jambes de devant, ouvrant une brèche dans la rue.

Mikira aurait dû s'y engouffrer, mais elle était étouffée par la fureur. Ces malfrats étaient à la solde de Rezek. Celui-ci avait gâché sa vie. Il l'avait contrainte à participer à cette course, à collaborer avec Damien, à tricher, à mentir et à cacher des secrets à ses sœurs. À cause de lui, elle devait sacrifier le bien pour se concentrer sur ce qui était nécessaire. Faire des choix qu'elle n'aurait jamais faits, et porter seule leur poids.

Une matraque s'abattit sur l'épaule d'Atara.

La jument encaissa le coup avec une force hors du commun et mordit l'assaillant à la jambe. Il hurla et fit reculer son cheval, ce mouvement brusque lui coutant un morceau de chair. Le sang qui maculait le nez d'Atara tomba à grosses gouttes sur la pierre claire.

Ce spectacle fit ressurgir une sensation, une réminiscence.

Ça ne va pas recommencer. La panique poignait sous la colère, une voix criant à Mikira de fuir avant qu'il ne soit trop tard. Si Atara cédait à la soif du sang, à la hargne qui les infectait toutes les deux, elles ne gagneraient jamais, et qui savait quels soupçons leur comportement pourrait provoquer, quels rapprochements on pourrait faire avec Ari. Elle devait faire pivoter Atara et partir, mais cette pensée était pareille à un souvenir d'enfance – elle ne cessait de lui échapper, ne laissant rien d'autre que l'envie de poignarder ses assaillants.

C'est fini.

Un puissant sifflement fendit l'air, et un cheval galopa vers elles, sa cavalière tenant un sac bleu à la main. Quinn. Celle-ci lui adressa un immense sourire juste avant de lancer son projectile, qui s'écrasa contre le visage du quatrième agresseur dans une explosion de poudre bleue. Les yeux de l'homme devinrent vitreux.

Quinn tira sur la bride de sa monture, puis expédia une bourse jaune sur le cavalier à qui Mikira avait tailladé la jambe. Il cria en essayant de chasser la poudre, mais un simple contact avec sa peau suffit. Déjà, sa respiration s'accélérait, ses pupilles se dilataient. Son cheval s'agita nerveusement, puis détala lorsque Quinn poussa un cri aigu retentissant.

La femme dont le cheval s'était effondré monta derrière l'assaillant qu'Atara avait mordu. Quinn brandit un autre sac bleu, et ils fuirent sans demander leur reste.

Quinn les regarda déguerpir d'un air narquois, en faisant sauter le sachet dans sa main.

– Je dois avouer que cette course devient assez amusante.

– Comment as-tu échappé à l'enchantement ? s'enquit Mikira, d'un ton plus sec qu'elle l'avait voulu.

Ou qu'elle croyait l'avoir voulu. Elle n'était plus sûre de rien.

– Je n'y ai pas échappé.

Mikira l'examina de plus près, et en effet, les vêtements de Quinn étaient bleutés.

– Les enchantements commencent tout juste à s'estomper, expliqua la cavalière, avant de jeter un coup d'œil en arrière vers la place, où les combats et la pagaille se calmaient. Alors on ferait mieux de ne pas s'attarder.

Lorsque Mikira fit pivoter Atara vers elle, Quinn écarquilla les yeux. Du sang mouchetait la bouche du cheval et le visage de Mikira, et la colère ardente qui animait la jeune femme était palpable. Elle n'osait pas imaginer le spectacle qu'elles offraient.

– J'en ai marre que tu interviennes sans arrêt, déclara-t-elle en pointant son couteau vers Quinn. Si tu ne me fiches pas la paix, je vais t'y obliger.

– C'est l'enchantement qui te fait dire ça, rétorqua l'autre cavalière d'un ton mal assuré.

Mikira savait qu'elle avait raison, mais sa lucidité était engloutie sous la magie et des années de ressentiment accumulé.

– Arrête de parler comme si tu me connaissais ! ordonna-t-elle en brandissant son poignard.

Un sac s'écrasa sur son visage. De la poudre blanche se répandit sur sa peau et le poil d'Atara comme un baquet d'eau froide. Aussitôt, sa fureur s'envola, ne laissant dans son sillage qu'un étrange épuisement. Ses épaules s'affaissèrent cependant que son énergie lui échappait, et elle contempla la substance crayeuse en clignant les paupières, la frotta entre ses doigts.

– C'est un enchantement apaisant pour effacer la colère, expliqua Quinn.

Voilà à quoi servaient les sacs d'autres couleurs : c'étaient des contre-sortilèges. Si Quinn et elle les avaient trouvés, ce serait aussi le cas pour d'autres.

– Ne restons pas là, déclara Mikira en faisant faire demi-tour à Atara.

– Un merci, ça aurait été apprécié, rétorqua Quinn d'un ton léger. Mais pour l'instant, je vais juste me satisfaire du fait que tu aies dit « nous ».

Mikira ravala un rire amer, les vestiges de l'enchantement frémissant encore sous sa peau, rappel gênant de ce qu'elle avait failli faire. Toutefois, elle ne pouvait pas se permettre d'y penser – pas maintenant.

Elle se courba sur sa monture et se jeta tête baissée dans la course.

21
MIKIRA

Mikira et Quinn franchirent la ligne d'arrivée près de la tête du peloton, et rejoignirent un groupe de concurrents encore couverts de poudres de différentes couleurs. Quinn avait une entaille au bras, et Mikira sentait déjà se former sur son flanc les hématomes dus à sa chute. Par chance, sa blessure de la course précédente avait assez cicatrisé pour ne pas se rouvrir. Des soignants se précipitèrent pour prendre en charge cavaliers et chevaux, mais étrangement, les regards des spectateurs n'étaient pas braqués sur les jockeys.

Des rumeurs chuchotées fusaient dans l'assemblée. Mikira n'en capta que des bribes tandis qu'elle retournait au paddock et mettait pied à terre.

– … tentative d'assassinat contre le prince !

– La Déesse soit louée, il s'est échappé !

– C'est un coup des rebelles, c'est certain !

Quand Atara lui lécha la manche pour réclamer une pomme, elle lui posa distraitement la main sur la tête. Un rebelle s'était-il vraiment attaqué au prince Darius ? La princesse Eshlin était dans la tribune, elle aussi – pourquoi en viser un, mais pas l'autre ? Certes, Eshlin n'avait pas la mauvaise réputation de son frère, cruel et coureur de jupons, mais elle n'en appartenait pas moins à la famille royale.

Atara lui souffla de l'air chaud sur le visage.

– D'accord, d'accord.

Elle lui retira sa sangle et la selle, qu'elle laissa à proximité avec la bride. La jument avait fait clairement comprendre que même si elle voulait bien les tolérer le temps des courses, sa patience n'irait pas au-delà.

La robe noir charbon d'Atara luisait de poussière rouge, mais l'enchantement, faible et de courte durée, était donc déjà inoffensif. Pourtant, toutes les deux avaient presque perdu leur maitrise d'elles-mêmes.

Pas presque, complètement, rectifia-t-elle. Le sortilège avait activé quelque chose en chacune d'elles, une semence de fureur enfouie qu'une simple goutte de colère suffisait à faire éclore. Mikira s'était déchainée comme jamais. Elle s'était laissée diriger par sa rage. Ça avait été terrifiant, mais aussi libérateur.

Mikira appuya la tête contre celle d'Atara.

– Personne ne m'a jamais vue comme ça, murmura-t-elle. Je ne suis même pas sûre de vouloir que ça arrive un jour.

La jument lui offrit une pression réconfortante, et Mikira ferma les yeux. Jamais elle ne pourrait être cette personne devant Ailene et Nelda ; elle n'avait pas le droit de flancher. Elle n'avait pas le luxe de s'accorder un instant de faiblesse. C'était elle qui devait rester forte, qui devait se montrer irréprochable. Elle parvenait à ne pas faillir par la seule force de sa fureur et de sa détermination.

Pourtant, tout ce qu'elle souhaitait, c'était que la digue rompe.

La voix de Quinn la ramena à l'instant présent :

– Je ne sais pas ce qui était le plus exaltant, la course ou l'attentat contre le prince.

La fille arrêta son cheval et en descendit.

Mikira parcourut nerveusement les alentours du regard.

– Tu ne veux pas parler encore plus fort ?

Quinn haussa un sourcil.

– Quoi ? Ils ne devraient même pas être sur le trône. Ils l'ont usurpé alors qu'il revenait au dernier fils du roi Ranier.

Mikira avait entendu des rumeurs au sujet du prince illégitime disparu, prétendument né de la favorite du roi, mais c'était le genre de propos que l'on chuchotait seulement à huis clos. Cela frisait la trahison.

– Tu n'es pas d'accord ? enchaina Quinn. Tu n'es pas de celles qui ont de l'estime pour le prince Darius, quand même ? Surtout toi.

– Pourquoi tu me dis ça ?

Mikira prit une brosse dans un seau.

Pour une fois, Quinn manqua d'assurance.

– Pour rien. C'est juste que les membres de la famille royale soutiennent les maisons nobles, qui pour la plupart sont leurs cousins. Le prince traite Rezek comme un chien favori atteint de la rage et qu'il refuserait de tenir en laisse, et c'est bien connu que ta famille et toi avez eu votre lot de problèmes avec lui. Vous n'êtes pas les seuls.

– Ce n'est pas pour autant que je souhaite la mort du prince.

Mikira se mit à brosser Atara, en s'efforçant de ne pas s'interroger sur la véracité de sa réponse.

– Mais celle de Rezek, tu ne serais pas contre.

Quinn avait parlé si bas que Mikira l'entendit à peine. Elle haïssait Rezek. Quand bien même le nierait-elle dans son dernier souffle, personne ne la croirait. Mais voulait-elle qu'il meure ?

Une partie d'elle, profondément enfouie, fut horrifiée à cette idée. Malgré son habitude de s'insurger et de s'indigner sans cesse, malgré la colère et l'agressivité qui s'étaient emparées d'elle, Mikira détestait la violence. Elle détestait le sang, la mort. Provoquer la douleur lui répugnait, même lorsque c'était nécessaire.

Faire le mal au nom du bien est une promesse trompeuse, lui avait enseigné son père. *C'est toujours plus douteux qu'il n'y parait*.

Elle pivota et s'arrêta net. Quinn se tenait juste derrière elle.

– Dis-moi la vérité, Mikira.

D'aussi près, Mikira sentait sur elle l'odeur de cheval et celle épicée du vérillion qui émanait de la poudre, et au-dessous, une trace florale et familière.

– Tu voudrais qu'il meure ? la questionna Quinn.

Hésitante, Mikira entrouvrit les lèvres. Son père aurait répondu non. Elle aurait aimé avoir la même droiture. Mais après tout le mal que Rezek avait fait, à Lochlyn, à son père, à elle, après qu'il l'eut forcée à participer à cette course sanglante, à mettre l'élevage en jeu, à espionner et trahir Damien, cela aurait été mentir.

– On ne devrait pas parler de ça ici, marmonna-t-elle au bout d'un moment. Je me demande bien pourquoi ça t'intéresse.

Les longs doigts de Quinn effleurèrent la hanche de Mikira lorsqu'elle glissa une carte sous sa ceinture et dit doucement :

– Rejoins-moi ce soir, alors. Je te montrerai pourquoi.

Mikira observa sa main. Un soignant s'était occupé de sa blessure, et juste au-dessous du bandage, on voyait dépasser les bords d'un amas irrégulier de cicatrices. Quinn tira sur sa manche jusqu'à son poignet et retourna à son cheval, emportant toute la chaleur de son corps.

– Miss Rusel ?

Mikira se cuirassa, déjà à cran et peu encline à ajouter à sa nervosité. Mais ce n'était qu'un groupe d'adolescentes, aux chemisiers élégamment cousus de fil d'or et rentrés dans des jupes de brocard qui leur descendaient aux chevilles. Chacun de ces vêtements valait plus que tout ce que Mikira possédait, et pourtant elles la fixaient du regard comme si c'était *elle* le trésor.

La plus âgée, une fille à la peau brune et coiffée de tresses très travaillées, lui adressa un sourire hésitant et demanda :

– Est-ce qu'on pourrait, euh, rencontrer Atara ?

Elle regarda la jument.

Mikira mit un certain temps à comprendre ce qui se passait, à relier la lueur dans leurs yeux écarquillés à la façon dont on l'avait admirée dans les tunnels, comme si elle était un être hors du commun.

– Oui, répondit-elle machinalement, avant de s'écarter tandis que les filles inondaient Atara de rires aigus et petits roucoulements.

La jument se régala de leur attention, se laissa flatter et donner des quartiers de pommes vertes. Mikira ne put s'empêcher de les observer, consciente qu'un changement s'était opéré.

Puis une des jeunes filles eut un hoquet d'effroi, et les trois déguerpirent à toute allure. Mikira fit volte-face et vit Damien qui approchait, un tas de chiffons blancs pressé contre son avant-bras ensanglanté.

– Qu'est-ce qui t'est arrivé ? s'exclama Mikira, avant de lui prendre des mains le rouleau de gaze qu'il tenait maladroitement.

Il se renfrogna, mais ne la retint pas lorsqu'elle s'empara d'une serviette propre pour essuyer le sang.

– Je me suis interposé entre un imbécile et le prince, répondit-il tandis qu'elle lui bandait le bras.

Mikira faillit lui rétorquer que selon elle y avait trois imbéciles dans l'histoire, mais elle se réfréna et termina de nouer le pansement. Elle avait entendu quelqu'un raconter qu'un noble était intervenu lors de l'attaque – d'une certaine manière, elle n'était pas surprise de découvrir qu'il s'agissait de Damien.

Celui-ci inspecta le bandage.

– Reid pourrait bien être impressionné, s'il voyait ça.

Elle éclata de rire et prit une autre brosse.

– Avant ou après qu'il pleuve de l'or ?

Il tourna vers elle un regard posé.

– Ça n'est peut-être pas si impossible que ça, figure-toi. J'ai discuté des enchantés des Rusel avec le prince, après t'avoir rencontrée. Il pensait que vos lignées avaient presque toutes disparu, mais je l'ai informé qu'il te restait encore un descendant d'Éclair de nuit, l'étalon de ton père.

Damien insinuait-il vraiment ce à quoi elle songeait ?

– Mésange, murmura-t-elle. C'est une jument.

– Parfait, dit-il, avant de baisser sa manche sur son bras blessé. Je vais régler les derniers détails, mais tu peux t'attendre à une visite du maitre d'écurie du prince Darius le lendemain du prochain bal.

Elle en fit tomber la brosse, et, l'espace d'un instant, envisagea de serrer Damien dans ses bras. Il dut le déceler sur son visage, car il recula, et la fixa du regard comme si elle risquait de le bruler. Elle rit.

La famille royale voulait un de ses chevaux.

Depuis une éternité, les Kelbra avaient dissuadé les acheteurs potentiels. Éclair de nuit était un des noms les plus prestigieux dans le milieu des courses et Mésange, comme Iri, descendait de lui. Mais alors qu'elle se refusait à se séparer d'Iri, elle n'avait jamais réussi à vendre Mésange. Damien venait de trouver une des rares personnes dans le royaume qui ne soient plus puissantes que Rezek, quelqu'un contre qui celui-ci n'oserait pas se dresser. Si le prince achetait un enchanté des Rusel, d'autres suivraient. Cela pouvait tout changer.

Elle sourit à pleines dents.

– Merci.

Une esquisse de sourire recourba les lèvres de Damien.

– Ramenons Atara au manoir.

La musique des festivités de l'Illinir, mêlée d'éclats de rire, lui parvenait des rues un peu plus loin, sous un ciel illuminé de lampes enchantées.

Mikira marchait seule dans cette direction, les mains enfoncées dans les poches de sa veste. Elle aurait dû être chez elle avec ses sœurs, pas en chemin pour retrouver une jeune femme qu'elle ne comprenait pas dans une fête qu'elle exécrait. Les rires, les lumières, et même les odeurs – tout lui rappelait Lochlyn et Talyana, les soirées qu'ils avaient passées ensemble là, encore enfants, lors de la dernière Illinir.

Elle retourna la carte dans sa poche et, du bout du doigt, caressa l'adresse gaufrée de la boutique qui figurait dessus, nommée Pétale. Quelque chose chez Quinn l'obsédait. Elle la connaissait à peine, et pourtant elle éprouvait en sa compagnie une aisance et un réconfort qu'elle ne s'expliquait pas. Par ailleurs, avec ses questions au sujet de Rezek et de la famille royale, Quinn avait ouvert une porte que Mikira ne pouvait se résoudre à refermer.

« Tu voudrais qu'il meure ? »

Quinn avait posé cette question comme si elle pouvait exaucer son vœu. Elle avait parlé des maisons aristocratiques et des souverains comme de simples obstacles à éliminer. Et cela avait fait naitre en Mikira plus que son désir personnel de les voir vaincus. Jusqu'alors, elle n'avait pensé qu'à elle, à ses proches. Mais ils n'étaient pas les seuls à avoir perdu un être aimé à la guerre, à cause de la cruauté des nobles et de l'avidité de la couronne.

Elle voulait entendre ce que Quinn avait à dire.

Après s'être faufilée dans une venelle où l'on avait placardé partout des affiches de recrutement, elle émergea dans Tea Street, dont l'intégralité avait été investie par les festivités. Celles-ci étaient pour l'essentiel financées par les Kelbra, mais une grande partie des décorations provenait de donations de la part d'enchanteurs qui souhaitaient se faire connaitre, et ceux-ci ne regardaient pas à la dépense.

Les branches des arbres étaient chargées de lampions enchantés, pour certains petits et éclatants, pour d'autres gros comme des citrouilles, animés d'images magiques parcourant leur surface : des poissons luisants dans une mare ridée d'ondulations, de la pluie sur un banc baigné par le clair de lune, Aslir rugissant sans bruit sur un fond nocturne. Mikira contourna un camelot qui vendait des masques aux couleurs changeantes à l'effigie des Messagers. Deux enfants qui portaient chacun une queue bleu saphir de Lyzairin la dépassèrent à toute vitesse, laissant derrière eux un sillage de lumière fugace.

Une senteur de châtaignes grillées dérivant d'un chariot à proximité l'enveloppa. La dernière fois, son père en avait acheté pour Lochlyn et elle, et elle s'était tant régalée que son frère lui avait donné sa part. Elles étaient enchantées pour changer de parfum, passant de la cannelle à la noix de muscade puis au sucre roux en une seule bouchée. Elle ralentit, observa le marchand qui mettait des portions dans des sachets en papier pour deux hommes qui se tenaient par la main, et aurait voulu plus que tout au monde que son frère soit là, avec elle, en cet instant.

Lochlyn avait toujours eu un sens inébranlable de la justice. C'était le conciliateur de la famille, celui qui réglait les querelles entre ses sœurs cadettes en leur promettant bonbons et promenades à cheval. Parfois, Mikira se demandait si c'était cette douceur qui lui avait couté la vie au front. Il n'avait jamais été capable de prendre les décisions difficiles.

Chaque fois, c'était elle qui avait dû s'en charger.

Mais à présent, elle n'était peut-être plus aussi seule. Elle songea à Ari assise à côté d'elle dans l'écurie après la première course, à sa conviction qu'elles pouvaient réussir ensemble, et le nœud dans sa poitrine se desserra un peu.

– Excusez-moi ?

Une fillette se tenait devant elle, un papier et un stylo serrés dans sa main poudrée de sucre. Elle portait un pendentif en forme de croc argenté similaire à celui d'Ari.

– Est-ce que… est-ce que vous êtes Mikira Rusel ? Je pourrais avoir votre autographe ?

Mikira cligna des yeux, muette de stupéfaction. La fillette remua nerveusement et laissa ses cheveux blond clair pendre devant son visage pour dissimuler le rouge qui lui montait aux joues. Mikira se rendit compte qu'elle la mettait mal à l'aise.

– Oh, eh bien, oui.

Elle saisit le papier et le stylo qu'on lui tendait. Devait-elle simplement signer de son nom, comme pour un document ? Cela lui semblait trop ordinaire. La signature de son père, elle, avait pris l'aspect d'un *K* et d'un *R* élancés tels des éclairs, davantage un dessin d'art que des initiales. Elle essaya de la reproduire, mêlant le M au *R* avec une fioriture, et rendit le tout à son admiratrice.

Le regard de celle-ci s'illumina.

– Merci !

Elle repartit à toute vitesse au coin de la rue, où ses parents l'attendaient.

– Je me disais bien que c'était vous ! déclara le marchand, avec un sourire jusqu'aux oreilles. Félicitations pour la course, Miss Rusel. Que diriez-vous d'un sachet, offert par la maison ?

– Oh, je ne voudrais pas…

Mais il lui en servait déjà un, qu'elle accepta avec un hochement de tête de remerciement, puis prit congé d'un pas rapide avant que d'autres aient pu la remarquer.

Elle n'avait pas anticipé qu'on pourrait la reconnaitre un peu partout, désormais. Après deux courses, et avec la notoriété de son père qui ressurgissait sur elle, elle était soudain quelqu'un qu'il fallait connaitre, changement sans doute dû au bal où Damien l'avait présentée à tout le monde.

Grâce à lui, le nom des Rusel avait recouvré son prestige.

Et elle l'avait trahi.

La culpabilité lui ayant coupé l'appétit, elle offrit son sachet à une femme enveloppée dans une couverture sur le trottoir. Ce n'était pas la seule réfugiée emmitouflée dans des haillons pour se tenir chaud, sans nulle part où aller, et l'Anthir ne tarderait pas à les chasser des parages. Le Conseil des Lords n'aimait pas qu'on lui rappelle le cout de sa guerre.

Mikira lui indiqua comment se rendre au refuge le plus proche et lui fit l'aumône des quelques pièces qui lui restaient, avant de poursuivre vers l'angle où se trouvait la boutique Pétale.

Quinn l'y attendait.

Ses cheveux étaient mi-relevés, mi-lâchés, le haut enroulé en une composition savante de tresses. Elle portait des bottes qui lui montaient aux genoux par-dessus un pantalon foncé, et une chemise vert pin ample qui donnait à la couleur noisette de ses yeux la teinte vive et sombre de la forêt. Elle tenait une main derrière son dos, d'où dépassait la tige d'une fleur.

– Tu es venue, dit-elle.

Mikira regarda la tige.

– C'est quoi, ça ?

Quinn lui tendit une fleur. C'était un œillet rouge.

Une fleur n'était vraiment pas grand-chose, et pourtant, en la voyant, Mikira se figea. La profonde impression de familiarité qui la tenaillait depuis des semaines se referma sur elle, l'immobilisa.

Un vase d'œillets rouges. La détonation d'un pistolet, un bris de verre.

Quinn coinça délicatement la tige sur l'oreille de Mikira, une odeur de sucre et de clous de girofle s'attardant sur sa peau. Mikira saisit sa main, passa le pouce sur la cicatrice au poignet de la fille, gravé là par des éclats de verre.

Quinn ne se dégagea pas. Elle se contenta de regarder droit devant elle, les yeux sombres et déterminés, tandis que Mikira lui ôtait son masque.

– Talyana, dit-elle dans un souffle.

Sa meilleure amie d'enfance lui fit un petit sourire triste.

– Salut, Kira.

Elles tombèrent alors dans les bras l'une de l'autre. Mikira la serra plus fort qu'elle ne l'avait jamais fait avec personne, l'épaule de Talyana comprimant les pétales satinés de la fleur contre sa joue, et elle s'en voulut, terriblement, d'avoir mis autant de temps à faire le rapprochement.

– Je ne comprends pas, déclara-t-elle d'une voix rauque.

Talyana s'écarta et essuya les larmes sur les joues de Mikira.

– C'est une longue histoire.

– Pourquoi tu ne me l'as pas dit tout de suite ? Pourquoi ces secrets ?

Talyana sourit d'un air penaud.

– Je pensais que si tu découvrais la vérité, tu n'accepterais pas mon aide. Vu que j'étais…

– Que tu étais partie.

Le ton de Mikira ne fut pas froid, seulement factuel. Talyana avait été sa force, et soudain, elle avait disparu, elle, la dernière digue qui la protégeait de la tempête. Elle en avait toujours voulu aux parents de Talyana. Après que Rezek avait tiré sur le vase, ils ne l'avaient jamais laissée revenir au haras. Et quand Mikira s'était rendue chez eux quelques jours plus tard, ils avaient déménagé.

Mikira s'épongea les yeux avec sa manche.

– Mais l'autre nuit, dans les tunnels, tu as su que c'était moi. Comment ?

Talyana rit.

– Sérieusement, Kira ? Éclair de nuit. Le cheval de course de ton père était ton préféré, quand tu étais petite. Tu parlais de lui sans arrêt.

– Tu te souviens de ça ?

L'expression de Talyana se fit grave.

– Je me souviens de tout.

Mikira, elle, avait oublié. Avait-elle enfoui Talyana si profondément dans sa mémoire au point de ne pas reconnaitre sa meilleure amie, même sans masque ? Elles ne s'étaient pas vues depuis presque huit ans, et elle ne ressemblait plus du tout à la fillette aux joues rondes et aux cheveux courts qu'elle connaissait alors. Mais ses yeux… c'était là son trait physique qui la touchait le plus depuis le début.

Mikira s'était voilé la face.

Talyana passa un bras dans le sien.

– Et si on marchait un peu ? Nous avons beaucoup de temps à rattraper.

Pendant leur promenade, Talyana lui raconta tout. Le lendemain de l'intimidation de Rezek, son père l'avait envoyée dans une école militaire aux confins du royaume. Elle s'était formée pour devenir officière, ce qu'elle devait au passé de garde royal de son père.

Imaginer Talyana prise au piège de la rigidité de la vie de caserne la peina. C'était tout ce qu'elle détestait : l'organisation millimétrée, la hiérarchie, les tâches répétitives. Talyana voulait explorer des mers que personne n'avait jamais traversées, des forêts encore jamais transformées par la main de l'homme. Elle voulait voir des lézards du désert, des balafrons, et les rivières du nord du Vyna, qui gelaient tant en hiver qu'on pouvait patiner dessus.

Toutefois, savoir que Talyana ne l'avait pas abandonnée de son plein gré et qu'elle ne l'avait jamais oubliée était une pensée particulièrement réconfortante.

Talyana lui expliqua qu'elle avait combattu au front pendant des mois, puis avait été démobilisée après qu'une explosion l'avait rendue presque sourde d'une oreille. Qu'elle s'était inscrite à l'Illinir pour une dernière bouffée de liberté avant de s'engager dans l'Anthir, qu'elle avait hésité longtemps à tenter de la retrouver, et qu'après l'avoir vue dans les tunnels, elle n'avait pas pu résister à l'envie de lui parler.

– Mais tu ne m'as pas reconnue, et j'ai été trop lâche pour aller au bout, alors j'ai paniqué et... j'ai sorti ma lame, termina-t-elle.

Elles s'étaient assises au bord d'une fontaine enchantée de la place de Canburrow. L'eau étincelait de paillettes d'or qui, sous la lumière changeante, formaient des rubans virevoltants.

Elle serra le bras de Mikira.

– Je suis désolée, Mikira. Je ne voulais pas te blesser, seulement attirer ton attention.

– Ne t'inquiète pas, répondit Mikira en lui rendant sa pression. Je suis contente que tu sois là, c'est tout ce qui compte.

Un silence s'installa entre elles, aussi hésitant que familier. Puis, petit à petit, par bribes, elles se relatèrent les anecdotes qu'elles avaient manquées. Elles parlèrent du haras et de tout ce que Mikira avait appris sur l'élevage des enchantés, des amis qui l'avaient rejetée, de la première fois que Talyana avait manié une arme à feu, et du jour où, par inadvertance, elle avait fini ivre en buvant du mauvais whisky.

Au bout d'un moment, elles quittèrent la fontaine pour aller au stand d'un vendeur de petits gâteaux traditionnels de l'Illinir, en bordure de la place, où Talyana en acheta plus qu'elle ne pouvait en porter, et elles rirent cependant qu'elle tentait de les tenir en équilibre dans ses bras tout en les mangeant. Les pâtisseries étaient chaudes, épicées et sucrées comme du sirop. Lentement, les souvenirs qui lui restaient d'avec Lochlyn s'estompèrent un peu plus, recouverts par de nouveaux.

Lorsqu'elles se furent gavées jusqu'à l'écœurement, Talyana passa ses doigts poisseux dans ceux de Mikira et l'entraina devant une scène, où des comédiens costumés incarnant les quatre Messagers dansaient sur un air de violon dynamique.

– Tu n'as jamais répondu à ma question, dit Talyana, alors que le rythme de la musique accélérait.

Mikira comprenait de quoi elle parlait, mais elle ne savait toujours pas quoi lui dire. Elle regarda Lyzairin, le Grand serpent, qui s'enroulait autour de Rach telle une corde.

– Rezek a énormément fait souffrir ma famille, mais ce n'est qu'un homme. Ce que je veux, ce n'est pas me débarrasser de Rezek, c'est avoir les moyens de défendre les miens contre ses semblables.

– Et pourtant, tu fais équipe avec Damien Adair.

Talyana ne quitta pas l'estrade du regard. Rach s'était libéré et poursuivait à présent Lyzairin à travers la scène, tandis que Skylis, la Lumière ardente, tournoyait autour d'eux en laissant des trainées de feu enchanté.

– Je n'ai pas le choix.

Une brise emporta ses mots, et elle resserra sa veste autour d'elle pour se protéger de la fraicheur.

– En plus, il n'est pas comme Rezek.

Talyana rit tandis que Rach plaquait Lyzairin au sol, et que les flammes de Skylis les encerclaient tous les deux.

– Il est exactement comme Rezek. Selon une rumeur, un sergent de l'Anthir enquête sur lui. Il est aussi corrompu que tous les lords des maisons nobles.

Mikira repensa aux gardes qui avaient investi la suite, à la violence de Damien.

Talyana se posta devant elle pour la forcer à la regarder dans les yeux.

– Damien Adair est un assassin, Kira.

Au même instant, une puissante clameur s'empara de l'assemblée, et Aslir entra en éruption sur la scène. Vêtu d'une tenue blanche qui étincelait depuis la crinière de plumes enveloppant son cou jusqu'à sa queue de lion, il reflétait les lumières enchantées telle l'étoile radieuse dont il portait le nom, sa présence imposante poussant les trois autres à se soumettre.

Mikira examina Talyana, hésitante.

– Que sais-tu ?

– Exactement ce que j'ai dit.

– Tu as des preuves ?

Talyana se mordit la lèvre inférieure, geste à la fois si familier et si étranger qu'il tirailla le cœur de Mikira.

– Fut un temps, tu ne m'aurais pas demandé ça, déplora-t-elle.

Mikira se tourna de nouveau vers l'estrade, où les comédiens saluaient sous les applaudissements de la foule, et répondit :

– Les choses ont changé.

22
ARIELLE

Ari retourna les couteaux de Mikira dans ses mains. Ce matin-là, sa camarade les lui avait confiés le temps de son entrainement avec Reid, ce qu'Ari vit comme une marque de confiance. Après une semaine à examiner les signatures d'autres enchantements, elle avait consacré la dernière heure à comparer la magie présente dans les couteaux, sans résultant probant.

Quel que fût l'enchantement qu'ils recelaient, elle ne l'avait encore jamais vu.

Agacée par son manque de connaissances, elle les mit de côté et prit son Arkala. Damien avait passé la matinée en rendez-vous avec les bookmakers de la maison Adair, un distillateur de leur fabrique de whisky, et plusieurs administrés venus solliciter son aide, mais depuis une heure, il était plongé dans le grimoire, confortant Ari dans son soulagement d'avoir partagé ce secret avec lui. Non seulement était-il très doué pour les recherches, mais contrairement à Ari, il lisait le vieux kinien, qui n'était proche de la langue moderne qu'en surface.

Elle avait parcouru la moitié d'une partie de l'Arkala consacrée à la théorie des Sages concernant le désir de Skylis de se mêler aux mortels sous forme humaine, quand le siège du bureau racla le sol en marbre. Damien la rejoignit alors, un fin carnet en cuir à la main. Il marqua une pause au bord du tapis.

– Ce livre de sortilèges est fascinant, déclara-t-il. Je n'ai pas beaucoup avancé, car le texte est incroyablement dense, et mon ancien kinien est un peu rouillé, mais ça traite à parts égales de magie, de philosophie et d'histoire, ce qui me pousse à penser qu'il s'agit d'un Racari. C'est aussi très axé sur les golems.

– C'est dedans que les Kiniens ont appris à les créer, tu crois ?

Damien réfléchit, le regard dans le vague, comme toujours quand il se penchait sur une question intéressante. Ari aimait l'expression qui gagnait alors son visage ; elle adoucissait ses traits et lui donnait envie de lui caresser la joue.

– En toute franchise, je n'en sais rien, répondit-il au bout d'un moment. Ça confine à la religion. Le kinaïsme et le sendisme nous enseignent tous les deux que les Messagers ont apporté la magie à l'humanité, mais alors que le sendisme se centre sur les quatre catégories d'enchantements et leurs pierres précieuses associées, le kinaïsme a toujours donné une définition plus large de la magie. Avec tout le savoir qui a été perdu lors de l'Autodafé, il est possible que les capacités de la magie dépassent de loin ce que nous en connaissons. Il existe peut-être de nouveaux sortilèges, des façons supplémentaires d'y recourir, voire d'autres gemmes capables de les catalyser.

Il feuilleta les pages de son carnet pour les lui montrer.

– Par exemple, j'ai trouvé des renseignements sur la manière d'accroitre et de contrôler tes aptitudes d'enchanteresse.

Les contrôler. Ari faillit pouffer de rire. Tenter de juguler la magie qui se déversait d'elle revenait à vouloir dompter un fleuve. À chaque nouveau golem qu'elle façonnait, elle se balançait un peu plus au bord du précipice, à deux doigts de sombrer dans les ténèbres – elle craignait qu'un jour ce pouvoir la submerge.

N'aie pas peur de ton propre pouvoir, dit la voix. *Accueille-le*.

– Tu as l'air hésitante, commenta Damien.

Elle passa les doigts sur le collier de son Saba.

– Et si je ne parviens pas à le maitriser ? Je risque de te faire du mal.

Damien posa son carnet sur la table et s'accroupit devant elle tandis qu'elle se redressait dans le fauteuil, assez près pour qu'il lui effleure le genou avec l'avant-bras.

– Tu possèdes un pouvoir inouï, Arielle Kadar, et je n'en ai pas peur.

Écoute-le, la cajola la voix.

Il prit sa main dans la sienne et l'aida à se lever. Ils se tinrent face à face, à un souffle l'un de l'autre.

Un déclic se fit en elle. Autour de sa main, celle de Damien était enveloppante et chaude. Sécurisante. C'était là ce qu'elle désirait, après tout. Apprendre à maitriser son pouvoir, à *détenir* le pouvoir.

Sois sans peur, ma chérie.

Elle serra les doigts de Damien dans les siens.

– Dis-moi ce que tu as trouvé.

Une heure plus tard, Damien lui avait fourni une explication si exhaustive, si organisée de ses découvertes, qu'elle eut peine à croire qu'il n'avait accès au livre que depuis quelques jours. Elle s'émerveilla du fonctionnement de son esprit, pareil à une mine d'informations toujours à sa portée.

– Je voudrais quelques précisions, annonça-t-elle depuis le fauteuil où elle s'était perchée, une tasse de thé brulant à la main.

Damien se tenait de nouveau au bord du tapis, les bras croisés d'un air décontracté. Il avait retiré ses revolvers et sa veste, et même déboutonné son gilet et retroussé ses manches, découvrant ainsi le bandage à son bras droit. Reid avait recousu la plaie proprement, mais l'avait prévenu qu'il garderait sans doute une cicatrice. Ari éprouvait l'étrange envie de le réprimander pour s'être blessé.

– Tu crois que je peux pratiquer des enchantements sur moi-même ? s'enquit-elle. Par exemple, me rendre plus forte, plus rapide ou plus chanceuse ?

Il hocha la tête.

– Selon le sendisme, les enchantements salissent l'âme de ceux qui y recourent, mais la seule raison pour laquelle c'est une pratique illégale, c'est que pour le commun des mortels la consommation de vérillion est dangereuse. Les enchanteurs, eux, sont immunisés contre ses effets toxiques.

Il fit les cent pas le long du tapis. Elle avait remarqué que c'était une habitude chez lui lorsqu'il approfondissait une idée. Cela lui évoquait un lion en cage.

– Si tu peux en absorber, tu peux le canaliser et, selon le livre, l'utiliser.

La perspective de garder en elle de la magie à l'état brut l'électrisait et la terrifiait à la fois. Elle n'avait jamais pris de vérillion, mais à proximité de cette plante, elle avait toujours perçu un bourdonnement agréable.

– Les enchantements nécessitent plus que la simple magie, tempéra-t-elle, avant de finir sa tasse et de la poser sur la table d'appoint. J'aurai besoin d'une pierre conductrice.

Damien alla à grands pas jusqu'aux hautes étagères de livres et revint muni d'une émeraude scintillante, qu'il lui lança.

La gemme était froide, et de la taille d'un gland. Dans son autre main, il serrait un pied de vérillion doré et luisant. Il sortit de sa poche un couteau pliant, avec lequel il coupa un morceau de la tige, qu'il lui lança aussi.

Elle considéra l'émeraude, qui valait plus que tout ce qu'elle avait jamais possédé, puis la tige.

– On peut dire que tu ne perds pas de temps, toi, maugréa-t-elle.

Il lui fit un sourire, si spontané qu'il lui en arracha un aussi, malgré l'inquiétude qui lui nouait l'estomac. C'était imprudent. Dangereux. Ils ignoraient ce que la magie pouvait provoquer. Ce qu'elle allait provoquer, *elle*, et pourtant, il la contemplait comme si elle tenait le monde entre ses mains.

– Mets-toi à l'autre bout de la pièce, lui enjoignit-elle.

Il se renfrogna, mais elle le fixa d'un regard insistant ; il obtempéra et alla se poster près de la porte du bureau de Reid.

Ari se leva, l'émeraude devenue glissante dans sa main moite. Approcher ce pouvoir était semblable à faire face à un animal féroce qui l'aurait traquée depuis des années. Elle s'était démenée pour le fuir, redoutant ce qu'elle pourrait faire alors.

Et qu'y as-tu gagné ? s'enquit la voix. *Seulement une douleur d'une autre nature.*

Elle ressentit la pression de mains fantômes sur sa gorge. Ses hématomes s'étaient estompés depuis longtemps, mais elle n'avait pas oublié la terreur profonde qui s'était emparée d'elle quand les voleurs s'étaient attaqués à elle. Ce n'était pas la première fois qu'elle s'était trouvée sans défense. Face à l'élite de l'Enderlain, face à son passé sanglant et à son avenir morne, elle s'était sentie vaincue plus d'une fois.

Quelle serait sa vie si elle apprenait à maitriser son pouvoir ? Si, au lieu de le repousser, elle se l'appropriait ?

Rien ne te serait impossible, dit la voix.

Elle mangea le vérillion. La plante avait une texture rappelant celle du céleri, et un gout tirant vers l'épicé, comme le tcholent que cuisinait sa mère. Sa bouche s'emplit d'une étrange chaleur. Celle-ci se répandit lorsqu'elle avala, se diffusant dans son corps avec un léger bourdonnement. Elle connaissait cette sensation. C'était là un soupçon de la puissance qui surgissait en elle quand elle donnait vie à un golem.

De la magie.

– Je sens le pouvoir, dit-elle à Damien.

Il s'avança vers elle, mais elle tendit la main pour le maintenir à distance.

– Je vais tenter de m'attribuer un sortilège de force.

Ceux-ci comptaient parmi les plus simples des enchantements physiques, et ne nécessitaient qu'une implication minimale. Pour enchanter un objet, il lui suffisait de canaliser la magie du vérillion dans la pierre et de la lier à sa cible. Le trajet de la magie à travers la gemme agissait telle une réaction chimique et générait le charme.

À la différence près que d'ordinaire, les trois éléments – pierre, magie et cible – formaient un tout quand elle s'attelait à la tâche. Pouvait-elle propager cette force jusqu'à la pierre, puis dans le sens inverse ?

Il n'y avait qu'une façon de le savoir.

Elle ordonna à la magie de se faufiler dans la pierre et eut un hoquet de surprise lorsqu'elle lui obéit.

– Qu'y a-t-il ? demanda Damien.

Elle ne répondit pas, trop absorbée par le pouvoir qui circulait en elle, passant de sa main à l'émeraude.

Lier l'énergie à la gemme était semblable à broder un tissu. D'habitude, elle travaillait avec des poudres, puisque ses matériaux devaient être incorporés à l'argile. Elle découvrit que la pierre résistait davantage à ses tentatives. C'était comme enfoncer une aiguille non pas dans de la soie, mais dans une toile épaisse.

Au bout du compte, elle parvint à la lier, la magie se combinant intégralement avec la pierre. C'était à cette étape qu'un enchanteur aurait associé le sortilège à l'objet ou à l'animal visé, tout en formulant un enchantement précis dans sa tête, afin de guider la magie par sa simple volonté.

Elle tenta de ramener la magie à elle depuis la pierre, mais l'énergie résista. Arielle tira plus fort. La magie se rompit et se dispersa, perte soudaine qui lui arracha un vif halètement.

– Qu'est-ce qui s'est passé ? demanda Damien, en s'approchant d'elle.

Elle leva de nouveau la main vers lui.

– Ça va. J'ai lié la magie à la pierre, puis j'ai essayé de la réintégrer, mais ça n'a pas fonctionné.

Damien reprit le carnet qu'il avait laissé sur la table. Il se rendit à une page marquée et suivit plusieurs lignes du doigt.

– Je ne crois pas qu'il te faille rappeler la magie à toi. Pour les sortilèges ordinaires, la pierre, la magie et la cible ne font qu'un. Je pense que c'est pareil quand tu tiens la gemme.

– Donc, une fois que j'y ai associé l'enchantement, je le détiens ?

Il regagna sa place à l'autre bout de la pièce.

Elle se concentra de nouveau sur le flux magique, et réitéra les mêmes étapes. Mais cette fois, lorsqu'elle imprégna l'émeraude, elle y laissa la magie cependant qu'elle prononçait le sortilège. Une lueur douce émana de sa peau, tout comme lorsqu'elle insufflait la vie à un golem.

– Soulève la table !

Le cri soudain de Damien faillit lui couter sa concentration, mais elle parvint à se pencher et, d'une seule main, à porter la table par le bord. Deux pieds se décollèrent du sol et firent dégringoler des livres. Dans sa stupéfaction, Ari oublia de canaliser la magie, et sa force nouvelle commença à se dissiper. La table s'alourdit. Elle émit davantage de magie, qui se répandit dans la pierre en brulant comme du petit bois dans un incendie, et la force revint. Puis, tout à coup, ses réserves s'épuisèrent, et la table retomba lourdement, manquant de l'emporter dans sa chute.

Elle tomba à genoux sur le tapis moelleux, haletante. Quelle sensation : toute cette force, tout ce *pouvoir !* Elle sentit le doux ronronnement d'une volonté satisfaite au plus profond d'elle-même, entendit la voix murmurer son prénom, et elle se demanda si autrefois, plusieurs siècles plus tôt, l'Hérétique qui avait volé ce grimoire avait éprouvé la même chose.

Elle plia et déplia ses doigts, s'émerveillant des résidus de force qui les parcouraient. Si ses agresseurs s'en étaient pris à elle en cet instant, elle n'en aurait fait qu'une bouchée. Damien lui avait offert une chance de prendre sa revanche, quelque temps auparavant, et elle l'avait refusée, car ce n'était pas la vengeance qu'elle désirait. C'était le contrôle. Le contrôle d'elle-même, de son pouvoir. Elle voulait se prouver qu'elle était maitresse de tout cela.

Alors vas-y, la pressa la voix. *Pulvérise ce qui reste de ta peur.*

Mais avant, il lui fallait comprendre ce pouvoir. Elle irait ensuite retrouver ces hommes et leur montrer à quel point elle ne connaissait plus la peur.

Un sourire carnassier lui étira lentement les lèvres. Elle leva la tête et vit Damien en train de la regarder comme si lui aussi était sur le point de tomber à genoux.

– C'était incroyable, lâcha-t-il dans un souffle.

– Recommençons.

Elle refit quelques essais avant le retour de Mikira et Reid.

Les trouvant en pleine expérience, Reid s'empressa de leur indiquer tout ce qu'ils faisaient mal, avant de mettre au point une série de tests à réaliser. Ils ne travaillèrent qu'avec l'émeraude et l'enchantement de force. La quantité de vérillion qu'elle consommait et la taille de la gemme constituaient leurs variables, même s'ils n'en modifiaient qu'une à chaque fois. Plus elle ingurgitait de vérillion, plus grande était sa réserve de magie, et plus grosse était la pierre, plus elle pouvait y canaliser de magie, et par conséquent plus fort était l'enchantement.

Leur autre découverte fut combien elle était épuisée, vidée, après ces efforts.

Une heure plus tard, elle était affalée dans la causeuse, où, la tête soutenue par un oreiller moelleux, elle s'endormit vite.

Elle se réveilla vers midi au son de la voix inquiète de Mikira

qui demandait :

– Qu'est-ce que tu lui as fait ?

– Elle n'a pas voulu arrêter, protesta Damien. Va dire non à une femme capable de soulever une table en marbre à la seule force de sa main.

– Ne vous en faites pas pour moi, murmura Ari en se redressant.

Elle s'emmitoufla dans la couverture dont Damien l'avait enveloppée.

– Il faut juste que je mange un peu, ajouta-t-elle.

– Ça vient, annonça Damien, qui se penchait de nouveau sur le grimoire.

– Ari ? Ari ?

Ari cligna des paupières, et découvrit Mikira à côté d'elle sur la causeuse, les sourcils froncés par l'inquiétude. Un plateau était posé à côté d'elle sur la table encombrée d'assiettes vides, et elle avait le ventre plein, pourtant elle ne se rappelait pas avoir avalé quoi que ce soit. Avait-elle encore sombré dans le sommeil ?

– Tu es sûre que tu vas bien ? s'enquit doucement Mikira, comme pour éviter que Damien ne l'entende.

Pensait-elle qu'elle agissait ainsi sous sa pression ?

Ari s'accrocha à cette conversation comme à une bouée.

– Je vais plus que bien, répondit-elle avec une ferveur qui la surprit. J'aurais aimé que tu puisses ressentir la même chose que moi. Une force de cette nature… Si seulement je pouvais t'en transmettre…

Un désir profond qu'Ari connaissait bien passa sur les traits de Mikira. Chacun de ses actes avait pour unique but de protéger sa famille, de ne pas se lever le matin tenaillée par la peur. Elle eut un sourire triste.

– En ce cas, il va falloir que tu sois assez forte pour nous deux.

Ari lui prit la main.

– J'y compte bien.

Sa camarade avait eu raison en disant qu'elles étaient deux petits poissons dans des eaux infestées de requins, mais avec une magie telle que la sienne, Ari aurait des dents redoutables, elle aussi, et elle mordrait quiconque s'attaquerait à elles.

Le sourire de Mikira s'estompa, et ses mots se firent hésitants :

– Qu'est-ce qui t'es arrivé, Ari ?

Cette dernière lut entre les lignes : *Qu'est-ce qui t'a rendue ainsi ?*

Du sang sur ses mains. Du sang partout.

Ari ferma fort les paupières pour repousser les souvenirs de son Saba, et raconta à Mikira l'attaque des deux brutes dans son atelier. Ce n'était pas toute la vérité, mais au moins une partie, et la compréhension qu'elle lut sur les traits de Mikira suffit à lui serrer le cœur. La peur les habitait toutes les deux, et elle voulait la mater.

Mikira lui pressa la main et déclara doucement :

– Ils gagnent quand ils réussissent à t'effrayer. Ne les laisse pas gagner.

Ari lui en fit la promesse.

23
ARIELLE

Pour la première fois depuis très longtemps, Ari n'éprouvait aucune peur.

Alors qu'elle flânait dans le tumulte de Rathsborne Street, esquivant chevaux maculés de poussière et dockers qui allaient boire une pinte au pub après leur journée de travail, elle ne s'inquiéta pas que l'un d'eux la scrute avec trop d'insistance, ou qu'un cavalier soit un garde de l'Anthir venu l'arrêter, elle, l'enchanteresse clandestine de Westmire.

Sa conversation de l'après-midi avec Mikira l'avait galvanisée. Elle marchait la tête haute et avec la conviction que si elle ne pliait pas, les autres plieraient autour d'elle.

C'est dans cet état d'esprit qu'elle entra d'un pas énergique dans la boutique d'animaux enchantés.

Une clochette carillonna, son tintement presque englouti par le cri perçant d'un faucon perché à proximité. Elle se pencha pour passer sous une cage suspendue contenant des oiseaux colorés et se faufila entre des cages de chatons, contrariée qu'on les entasse dans un espace si exigu et sale. L'échoppe entière empestait l'urine animale.

Elle atteignit le comptoir du fond, où une chandelle illuminait le commerçant, en train de lire le journal du soir. Le gros titre « Fièvre rebelle » était imprimé au-dessus d'une photo du prince Darius entouré par ses gardes lors de la dernière course. Dessous figurait un article sur la bonne performance de Mikira. Les parieurs commençaient à miser sur elle pour la troisième épreuve, et les journalistes avaient pour ainsi dire assailli Damien de demandes d'interview.

Le boutiquier baissa vivement son journal. Avec ses petits yeux noirs et ses cheveux blonds qui tombaient tel un rideau gras devant son visage pâle, Welzin Carswoth ressemblait plus à un rat qu'à l'un des principaux marchands d'animaux enchantés de Veradell, et encore moins à l'homme qui avait changé le cours de sa vie. Non seulement avait-il permis à Damien de la trouver, mais aussi, sans doute, aux hommes qui l'avaient agressée – elle avait en tout cas la ferme intention de le découvrir. Au regard acerbe qu'il lui décocha, elle eut l'impression qu'elle allait devoir lui tirer les vers du nez.

– Mr. Carswoth, dit-elle.

– On se connait ? s'enquit-il, d'une voix bourrue et sifflante, où perçait les restes d'un accent vynien.

– Un de mes amis m'a donné votre nom. Il m'a dit que vous auriez peut-être un enchanté inhabituel. Un chat.

Welzin porta une cigarette de vérillion à ses lèvres fines, et, tout en aspirant une grande bouffée, examina Ari. Il cracha la fumée en un cercle parfait et plia son journal. Il se faufila à l'angle du comptoir et disparut dans la boutique assez longtemps pour qu'Ari se demande si quelque animal l'avait dévoré, avant qu'il revienne finalement avec un chat blanc élancé dans les bras.

Elle le reconnut aussitôt – c'était un golem qu'elle avait fabriqué pour Lady Vanadahl, héritière de la maison du même nom. Cette femme avait fait irruption dans son atelier, prête à dépenser une coquette somme, et réclamé un chat enchanté pour détecter les mensonges. C'était là un des rares enchantements célestes qu'Ari avait réussis.

Welzin souffla d'un air agacé.

– Bon, tu ne vas pas le zieuter toute la journée. Tu le veux ou pas ?

Les doigts d'Ari se refermèrent sur l'émeraude au fond de sa poche. Le vérillion diffusait son bourdonnement grave et chaud dans son ventre.

Force-le à te révéler la vérité, l'encouragea la voix d'un ton cajolant.

– Qu'avez-vous donné à Lady Vanadhal en échange de mon nom ? demanda-t-elle. Ou vous l'a-t-elle révélé sans contrepartie ?

Le visage de Welzin se contracta.

– Ton nom ? Qu'est-ce que tu racontes, bon sang ?

– Je m'appelle Arielle Kadar.

Le commerçant ne fit que battre des paupières d'un air perplexe. Était-il excellent acteur, où ignorait-il vraiment à qui il avait affaire ? Ça ne rimait à rien. Damien avait obtenu le nom d'Ari auprès de lui, et elle supposait que c'était aussi le cas de ses agresseurs.

– Vous n'avez pas répondu à ma question, insista-t-elle.

Oblige-le, renchérit la voix.

– Parce que c'est pas tes oignons, rétorqua-t-il en lui brandissant sa cigarette à la figure, la cendre brulante lui chauffant la joue. Alors arrête de me faire perdre mon temps. Soit tu achètes quelque chose, soit tu…

Le coup de poing d'Ari, surpuissant grâce à son enchantement, l'atteignit en plein visage. Il laissa tomber le chat, vacilla en arrière et heurta le mur à côté de la cage d'un loup qui montrait les crocs.

Ari se précipita sur l'homme fluet et, d'un bras contre sa gorge, le cloua sur place.

– Je vais être très claire, déclara-t-elle, sans se soucier de sa respiration chuintante. Vous allez me révéler ce que Lady Vanadahl vous a dit, sinon je vous fais dévorer par le loup.

Elle désigna vivement l'animal hargneux.

– D'accord ! céda-t-il d'une voix rauque.

Son haleine rendue fétide par la fumée de vérillion et le pourrissement de ses gencives manqua de faire vomir Ari.

– Lady Vanadahl ne m'a rien dit, enchaina-t-il. Elle s'est enfoncée dans les dettes de jeu que son père refusait de régler, et elle avait besoin d'argent. Elle n'est venue ici que pour me vendre le chat.

– Mais elle vous a donné mon nom ?

Welzin hésita, et Ari lui mit brusquement la main entre les barreaux. Il lâcha un petit cri alors qu'elle la retirait, le sauvant de justesse des crocs du prédateur.

C'était illogique. Quelque chose lui échappait.

Welzin se tortilla sous sa prise.

– Maintenant que j'y pense, un type est venu me questionner. Il était accompagné par quelqu'un d'autre, mais je n'ai pas vu leur visage. Ils s'intéressaient rudement à ce matou, par contre.

– C'étaient des costauds ? Cheveux foncés, de grande taille, larges d'épaules ?

Welzin secoua la tête.

– Celui que j'ai vu était mince et blond. Je me souviens de lui, parce qu'il n'arrêtait pas d'agacer mes animaux. Sacrément énervant, celui-ci. Si vous cherchez des voyous, allez plutôt voir au Corbeau Noyé, en face. Pas mal de ceux qui sévissent dans le coin aiment aller y boire un coup.

Ari l'entendit à peine. Si Welzin n'avait jamais connu son nom, alors comment Damien l'avait-il obtenu ? Maintenant qu'elle y songeait, Damien n'avait jamais dit qu'il l'avait appris de la bouche d'un vendeur d'enchantés. Seulement qu'il avait remonté la trace d'un de ses golems jusqu'à la boutique. Alors qu'elle était venue dans l'intention de se venger des hommes qui lui avaient fait du mal, elle repartait avec davantage de questions. Quelque chose lui échappait, mais quoi ?

Ari le libéra.

– Si vous me mentez, ou si vous parlez de ça à qui que soit, je reviendrai.

Elle n'empêcha pas le chat golem de s'enfuir lorsqu'elle ouvrit la porte en grand pour sortir.

Le Corbeau Noyé se dressait au bord du Greystel, coincé entre un bureau de recrutement et une auberge. Ces deux bâtisses se penchaient au-dessus du pub tels les pans d'une arche à laquelle il aurait manqué sa clé de voute, et plongeaient dans l'ombre sa façade en bois décrépite.

Une chaleureuse lueur orangée enveloppa Ari lorsqu'elle entra dans l'établissement propre et bien tenu. Les lieux sentaient bon le pain frais, et elle prit une profonde inspiration, cette odeur familière soulageant son début de mal de tête. Le murmure d'un orchestre de cuivres qui s'échauffait dans l'encoignure surnageait par-dessus le bourdonnement de voix en provenance de tables occupées pour moitié.

Ce lieu semblait beaucoup plus accueillant qu'elle ne s'y attendait pour le bar de prédilection des criminels du quartier.

– Je peux faire quelque chose pour toi, ma belle ?

Une personne aux épais sourcils, aux cheveux noirs courts et bouclés, leva la tête de la table qu'iel était en train d'essuyer. De grande taille et mince, aux yeux doux et au visage tout en traits raffinés, iel s'exprimait avec une trace d'accent yaroien.

– Je cherche quelqu'un.

Ari regarda avec envie le ragout que le client n'avait pas fini. Son estomac gronda. Elle avait brulé un peu de vérillion avant de partir, mais la petite quantité qu'elle avait dépensée ne l'avait pas rassasiée. Plus elle y recourait, plus elle développait une tolérance, mais elle avait encore beaucoup de chemin à parcourir.

L'autre sourit.

– Viens donc t'assoir au bar.

Ari lui emboîta le pas jusqu'à l'endroit où un comptoir en merisier foncé séparait la salle de la cuisine. Elle prit place sur un tabouret lissé par l'usure tandis qu'iel lui servit une louchée de ragout.

– Oh, merci, mais je n'ai rien sur moi, prévint-elle vite.

Bien que Damien l'ait déjà payée plusieurs fois, elle n'avait pas l'habitude de prendre son argent sur elle.

– T'en fais pas pour ça, va, répondit-iel. Il m'en reste pas mal, et l'enchantement de ma glacière ne fonctionne plus.

C'était un problème fréquent dans Rathsborne Street, où, à cause des prix toujours plus élevés du vérillion, peu de gens avaient les moyens d'entretenir les sortilèges. Apparemment, elle n'était pas la seule à manger gratis. Il y avait aussi une famille du Célair, encore encombrée de ses bagages, et, au bout du comptoir, deux gamins au visage émacié qui humaient leur assiette.

C'était là deux problèmes que le Conseil des Lords aurait pu régler s'il le souhaitait. Il aurait pu arrêter l'inflation galopante du prix du blé et puiser dans les réserves royales de vérillion, ou financer des logements pour réfugiés et vétérans, comme le faisaient les Adair. Peut-être était-ce pour cela que Damien avait accepté toutes les invitations du prince depuis la tentative d'assassinat – avoir l'oreille du monarque pouvait être un moyen d'influencer le Conseil.

– Je m'appelle Vix, au fait, se présenta-t-iel, en lui tendant la main.

Ari la serra.

– Arielle.

– Ah, un prénom kinien. Ma mère était une Sage dans notre ville du Yaryoa, même si pour ma part je n'ai jamais eu beaucoup d'intérêt pour la religion.

Vix croisa les bras sur le bar, et poursuivit avec une décontraction dans la voix qui émerveilla Ari. Iel évoquait leur identité kinienne avec une grande assurance, ce qui pour sa part l'avait toujours mise mal à l'aise.

Son Saba lui répétait sans cesse qu'il existait plusieurs manières d'être Kinien. Certains l'étaient de naissance, d'autres le devenaient par le mariage, mais la communauté réservait à tous le même accueil, quelle que soit la profondeur de leurs racines. Qu'ils soient liés par la religion, la culture, ou leur héritage commun, ils ne formaient qu'un seul peuple. Pourtant, elle se sentait encore à des lieues de ses semblables.

Ari prit une autre bouchée de ragout. Le plat, chaud et épicé, lui en rappelait un que sa mère cuisinait quand le froid venait. Ce souvenir l'emplit de nostalgie.

À *quoi bon ? Ce n'est pas comme si tu leur manquais aussi*, commenta la voix.

Elle tressaillit.

Tu n'en sais rien.

En ce cas, où sont-ils ?

– Alors, qui cherches-tu ? s'enquit Vix, qui la ramena à la conversation dans un sursaut.

Depuis quand avait-elle des *conversations* avec la voix ?

– Deux hommes, répondit Ari, s'efforçant de se concentrer sur le présent. Ils seraient passés par ici il y a un peu plus d'un mois.

Elle les décrivit du mieux qu'elle le put, c'est-à-dire très bien : leurs visages étaient gravés dans sa mémoire.

Vix hocha doucement la tête.

– Je vois de qui il s'agit. Ils ont refusé de payer leur ardoise. Si Lady Adair n'était pas intervenue, j'aurais eu un sacré trou dans ma caisse.

Ari manqua de faire tomber sa cuillère.

– Lady Adair ?

Comme si celle-ci avait été convoquée tel un génie, il y eut un bruissement d'étoffe à côté d'Ari pareil à un battement d'ailes, et Shira Adair s'assit sur le siège à côté du sien. Ses cheveux bouclés pendaient devant ses traits fatigués, mais son sourire était chaleureux.

– C'est toujours un plaisir de te rendre service, Vix, dit-elle. Tu pourrais nous laisser seules un moment, Arielle et moi ? Je te réparerai ta glacière juste après.

– Pas de problème. Prévenez-moi si vous avez besoin de quoi que ce soit.

Vix saisit son chiffon et s'éloigna dans la salle.

– Qu'est-ce que vous voulez ? lâcha brusquement Ari.

– Et moi qui pensais que nous étions devenues amies.

Shira se pencha au-dessus du comptoir et prit un petit pain dans une corbeille. Elle en fourra un bout dans sa bouche et tourna son tabouret pour faire face à Ari.

– Pourquoi vous intéressez-vous à Fen et Cardix ?

Ari porta la main à sa gorge.

– Ils m'ont attaquée.

– Et donc ?

– Et… fit-elle en plissant les yeux. Ça ne vous regarde pas. À moins que vous ne vouliez me dire où ils sont ?

– Ils sont morts, bien sûr.

La cuillère d'Ari tomba bruyamment sur le bar. Plusieurs sentiments simultanés tissèrent en elle une toile complexe. Elle aurait dû s'en émouvoir, ne serait-ce que pour la perte de deux vies. Elle n'aurait pas dû être si soulagée. Damien s'était engagé à ne pas leur faire plus de mal, mais elle pensait quand même sans cesse à eux. Ou plutôt, à la peur qu'ils avaient semée en elle telles les graines de quelque fleur maléfique.

– Je ne comprends pas, dit-elle au bout d'un moment, consciente que Shira la scrutait comme un spécimen sous la lunette d'un microscope. Qui les a tués ?

– Mon frère, ou plus vraisemblablement quelqu'un qui travaille pour lui, répondit Shira en rompant un autre bout de pain. Ça vous étonne ?

– Il m'a promis qu'il les relâcherait… bredouilla-t-elle.

– Malgré tous ses défauts, mon frère ne ment pas, Miss Kadar. Bien qu'il lui arrive d'omettre la vérité.

Elle avait raison. Damien avait dit qu'il les libèrerait, jamais qu'il ne leur ferait rien par la suite.

Shira finit son pain et s'essuya les mains sur son pantalon.

– Le plus probable, c'est qu'il vous l'ait caché pour vous préserver. Mais il n'aurait jamais permis de vivre à quelqu'un qui présentait une telle menace pour vous, et, par ricochet, pour lui.

Elle attrapa un autre petit pain, sans jamais quitter Ari des yeux.

– Ça vous contrarie ? Ces brutes avaient commis des actes terribles, après tout. Et je vous compte parmi les plus chanceuses de leurs victimes.

Ari ne sut quoi lui rétorquer. Les deux hommes connaissaient des informations très dangereuses à son sujet. Informations à cause desquelles elle venait de menacer un homme de faire dévorer sa main par un loup. Malgré tout, elle n'avait pas voulu leur mort.

Tu en es sûre ? la questionna la voix. *N'éprouves-tu pas de la puissance de savoir qu'il les a fait tuer pour toi ? Que si tu les avais retrouvés, tu aurais pu t'en occuper toi-même ?*

Je ne l'aurais pas fait.

Elle se raccrocha à cette pensée.

– Ça ne va pas ?

Ari leva la tête et s'aperçut qu'elle appuyait la main contre sa tempe, comme pour chasser la voix, mais elle ne le pouvait pas. Autant essayer d'arracher un morceau de son âme. Cette voix, cette obscurité, faisaient partie d'elle. Elle *était* elle.

Elle baissa la main.

– Ça va. Je ne sais pas ce qui vous motive à vous mêler de mes affaires, mais arrêtez de me suivre.

Elle s'attendait à ce que Shira s'en défende, pas à ce qu'elle la fixe d'un regard chargé d'une douce tristesse.

– J'aime mon frère, mais il a une fâcheuse tendance à se perdre dans ses stratagèmes. Quand il est dépassé, il ne s'en rend pas compte. Je sais qu'il manigance quelque chose. Faites attention à ne pas vous faire prendre par le reflux.

Elle posa un mark d'or sur le comptoir. Quand elle se leva, quelque chose bougea à son cou. Un collier orné d'un croc de lion, semblable à celui d'Ari. Elle le serra dans ses doigts.

– Si vous décidez de vous rétracter, demandez après moi au pub qui appartient à ma famille, l'Étalon Noir, dit-elle. Je vous trouverai.

– Pourquoi ? s'enquit Ari, tandis que la jeune femme se tournait vers la porte. Vous me connaissez à peine.

– Disons que j'ai depuis très longtemps l'habitude de réparer les dégâts causés par mon frère. Bonne soirée, Miss Kadar.

Ari la regarda partir. Elle n'avait pas besoin de l'aide de Shira. Ce dont elle avait besoin, c'était de parler à Damien.

Elle le trouva assis près de la cheminée dans son bureau, un whisky à la main. Le feu projetait une clarté chaleureuse sur sa peau brune, donnait de la profondeur à ses yeux gris.

– Quelque chose ne va pas ? demanda-t-il.

À cette simple question, elle faillit s'arrêter net. Elle ne s'habituait toujours pas au fait qu'il puisse lire en elle si facilement, comme si elle n'avait pas passé des années à aiguiser ses émotions pour en faire des lames silencieuses. Pourtant, cela l'exaltait autant que cela la terrifiait. Avoir quelqu'un qui la connaissait si bien lui avait manqué.

– Je me suis lancée à la recherche de mes agresseurs.

Là – une lueur fugace de surprise. Peut-être voyait-il clair en elle, mais elle savait elle aussi déchiffrer ses expressions. Il posa son verre sur une pile de livres et lui accorda son entière attention.

– Pour quelle raison ? lui demanda-t-il.

Elle s'apprêta à répondre, puis se ravisa, ne sachant pas comment s'expliquer. Sa main glissa dans sa poche, où elle trouva une arête dure de l'émeraude. Ces quelques jours passés à perfectionner sa magie l'avaient changée. Ils l'avaient rendue plus forte, plus confiante. Elle avait entrevu une occasion de se débarrasser de la peur qui s'accrochait à elle, de ne pas les laisser gagner, comme Mikira le lui avait enjoint, et elle l'avait saisie.

Mais qu'avait-elle eu l'intention de faire ? Leur montrer de quoi elle était capable et se retirer ?

La voix rit.

Non. Oh, que non.

– J'étais toujours en colère, lui confia-t-elle au bout d'un moment.

Elle serra fort les poings, savourant la morsure de ses ongles dans ses paumes.

– J'étais en colère et effrayée, et j'ai pensé que si je les affrontais, je pourrais me délester de ce poids.

Elle le regarda alors droit dans les yeux, sans ciller.

– Tu les as tués ?

– Oui.

Il n'avait pas eu la moindre hésitation.

« Malgré tous ses défauts, mon frère ne ment pas. »

Les poings tremblants, elle se rendit compte que c'était là ce qu'elle voulait : savoir s'il lui avouerait la vérité, si funeste soit-elle.

– Tant mieux.

L'expression qu'elle lut dans son regard manqua de la faire défaillir. Elle s'approcha de lui.

– J'ai trouvé le vendeur d'enchantés. Ce n'est pas auprès de lui que tu as découvert mon nom, n'est-ce pas ?

– Non, reconnut-il, sans détourner les yeux. Cela faisait quelque temps que je pistais les rumeurs à ton sujet quand j'ai appris que Lady Vanadahl possédait un enchanté indétectable. Je l'ai battue à une partie de cartes, dans laquelle le prix à gagner pour moi était un renseignement. C'est ton nom qu'elle m'a fourni. Elle avait déjà vendu le chat, alors j'ai remonté sa trace jusqu'au marchand d'enchantés pour obtenir confirmation de ce que je soupçonnais.

– À qui d'autre livrera-t-elle mon nom ?

Il y eut dans le sourire de Damien une certaine tension. Ari y lut un millier de promesses et fut traversée par un frisson de satisfaction.

– À personne. Peu après, Lady Vanadahl a reçu la visite du patron du tripot où elle avait des dettes. Aux dernières nouvelles, elle n'avait pas repris connaissance.

24
MIKIRA

Au cours des jours qui précédèrent la troisième course s'installa une routine qui fit le bonheur de Mikira : entrainement avec Reid et Atara l'après-midi, diner tous ensemble dans les appartements de Damien, puis soirées avec Talyana à la fête de l'Illinir. Elles passaient une partie de la nuit à échanger des anecdotes et à se gaver de sucreries. Même sa peur de saboter par inadvertance les projets de Damien s'était atténuée à chaque journée qui se terminait sans incident. Les espoirs de Rezek concernant sa révélation au sujet de la bague ne s'étaient peut-être jamais concrétisés.

Ari l'intercepta sur le chemin de la porte alors qu'elle partait retrouver Talyana, et l'emmena promptement dans sa propre chambre, où elle lui enjoignit de s'assoir sur un tabouret le temps qu'elle lui fasse une natte savamment agencée.

– Je vais juste voir une amie, se plaignit Mikira. Ça lui est égal que je sois bien coiffée.

Ari eut un rire moqueur.

– Tu files comme un courant d'air chaque fois que tu vas la rejoindre, Kira, et tu essaies toujours de lisser les plis sur tes vêtements. Même Reid l'a remarqué.

Mikira eut un mouvement de recul.

– Ah bon ?

– Si tu ne t'es pas aperçue à quel point il s'intéresse à toi, tu es sacrément nigaude.

Elle grogna et s'enfouit le visage dans les mains. Jamais elle n'avait imaginé qu'elle tiendrait autant à deux personnes, et que celles-ci seraient si différentes. Talyana et elle avaient derrière elles des années d'amitié, et pourtant encore mille choses à découvrir l'une sur l'autre. Mikira venait à peine de lui raconter ses déboires avec Rezek, et pourquoi elle était si dépendante de Damien.

Mais Ari avait raison. Elle avait vu la façon dont Reid la regardait, compris que lorsqu'il lui préparait du thé et restait avec elle sur la piste de course jusqu'à minuit, ce n'était pas par loyauté envers Damien. Jamais personne ne l'avait autant entourée de soins. De même qu'Ari, il avait été présent pour elle comme personne d'autre depuis très longtemps.

– Je t'avoue que je ne sais pas si j'ai la tête à ça, pour l'instant, répondit Mikira tandis qu'Ari nouait la natte. Il se passe tellement de choses en ce moment. Je veux juste… en profiter.

– Alors profite. Mais pas avant que je t'aie coiffée !

Lors du troisième bal, Mikira virevolta d'une conversation à l'autre avec les innombrables connaissances de Damien, acceptant les éloges et les félicitations de gens qui autrefois ne lui auraient même pas donné l'heure. Elle se fit un devoir d'appliquer le discours qu'elle avait tenu à Ari quelques jours plus tôt : avoir peur d'eux revenait à les laisser gagner. Fini le temps où elle s'aplatissait devant eux. Elle ne possédait peut-être pas la force décuplée de l'enchanteresse, mais elle détenait une autre forme de pouvoir, à présent : un nom important.

La nouvelle de l'acquisition du prince s'était répandue, et nombreux étaient ceux qui à présent s'intéressaient aux lignées des Rusel. Lorsque le maitre d'écurie du château serait venu chercher Mésange et qu'on verrait la jument en sa possession, tout changerait pour l'élevage familial. Si seulement son père avait été là pour le voir.

Ayant joué son rôle, Mikira feignit un mal de ventre pour quitter le bal de bonne heure, avec pour projet de retrouver Talyana. Lorsqu'elle eut récupéré Iri à l'écurie, un orage s'était déclaré, et elle s'en voulut de ne pas avoir rentré les chevaux avant de partir. Elle allait devoir faire un crochet par le haras d'abord.

Les oreilles d'Iri s'agitèrent pendant tout le trajet, et il sursautait chaque fois que le tonnerre grondait dans le lointain. Elle le contrôla en tirant sur la bride et en lui parlant d'une voix rassurante, mais il ne se calma pas. Son agitation ne fit que croitre sous la pluie qui, de plus en plus forte, pénétrait les vêtements de Mikira.

Alors qu'ils remontaient l'allée menant à la maison, les oreilles du cheval se plaquèrent presque à plat sur son crâne.

Il y avait un problème.

Une lumière aveuglante déchira le ciel enténébré. Iri se cabra et désarçonna Mikira. Elle heurta violemment le sol boueux tandis que le cheval fuyait au galop. Le souffle coupé, elle roula doucement sur le flanc, une douleur à la hanche lui arrachant une grimace.

Elle se releva en s'aidant de la clôture du pré. Un éclair illumina encore les environs, suivi par un fracas assourdissant, et cette fois, Mikira vit ce qui n'allait pas. La clôture à l'autre bout du champ avait été frappée par la foudre. La pluie battante avait vite éteint le feu qui en avait résulté, laissant du bois calciné et un trou béant.

Un bruit retentit au loin, porté par le vent ascendant. Le visage fouetté par des cheveux rebelles, elle écouta attentivement. Était-ce une voix ? Non. Pas une voix.

Un aboiement.

Elle bondit par-dessus la barrière et courut à toute vitesse vers l'autre extrémité du champ. L'herbe détrempée tirait sur ses chaussures comme des mains avides, et le vent tentait de la repousser à chaque pas, mais elle avança tant bien que mal dans les trombes d'eau jusqu'au trou dans la clôture. Wolf, le chien enchanté d'Ailene, aboyait de toutes ses forces vers quelque chose en contrebas.

Le terrain déclinait abruptement vers la rivière, avant de continuer en pente plus douce jusqu'à la berge rocailleuse.

Là, elle vit Ailene aux prises avec une longe attachée au licou d'un cheval effrayé. L'animal était à demi submergé dans le torrent, où il essayait sans succès de trouver prise sur les pierres moussues et glissantes. Chaque fois qu'il s'appuyait sur sa jambe de devant, il poussait un cri perçant et la relevait, ce qui le déstabilisait davantage.

C'était Mésange.

– Ailene ! hurla Mikira.

Sa sœur se retourna, les yeux écarquillés de panique.

– Viens m'aider !

Mikira se mit à quatre pattes, passa les jambes par-dessus le bord de la ravine et se laissa glisser sur le flanc. Le sol lui lacéra la peau, mais arrivée en bas elle se redressa tant bien que mal et fonça rejoindre Ailene.

– On doit la sortir de là, cria Mikira pour se faire entendre malgré la tempête et les aboiements effrénés de Wolf. L'amener là où elle aura des appuis stables.

Elle voulut prendre la longe, mais alors qu'elle se tournait vers l'amont, elle se pétrifia.

Une muraille d'eau se précipitait vers elles.

– Une crue éclair !

Mikira saisit sa sœur par le bras pour l'éloigner de Mésange et l'emmener plus en hauteur, mais Ailene refusa de lâcher.

– On ne peut pas l'abandonner !

Elle se dégagea vivement et avança d'un pas mal assuré vers la jument. Au même moment, Mésange lança sa patte en avant à la recherche d'une prise. Son sabot frappa Ailene au tibia. La jeune fille hurla, et sa jambe céda. Du sang gicla de la blessure, presque noir sur l'os blanc qui perçait sa peau.

Ailene poussa un nouveau cri de douleur lorsque Mikira l'aida à se relever. Ébranlée au plus profond par ce bruit déchirant, elle se fit violence pour se glisser sous le bras de sa sœur, et la guider vers la côte. Mikira laissa Ailene adossée contre la pente le temps de l'escalader. Des crocs acérés lui tirèrent sur la manche tandis que Wolf essayait de l'aider.

La masse d'eau arrivait sur elles. Mikira saisit Ailene par la main et la hissa de toutes ses forces, mais cela ne suffit pas. À cause de sa jambe blessée, sa sœur pouvait à peine participer à l'effort.

Puis deux autres mains s'emparèrent du bras d'Ailene. Ensemble, ils la mirent hors de danger à l'instant même où la crue s'écrasait là où elles s'étaient tenues, jaillissant par-dessus le bord du raidillon et projetant une vague sur elles. Le vacarme de l'eau et un bruit sourd affreux coupèrent net le cri désespéré de Mésange.

Mikira était étendue dans l'herbe boueuse, à bout de souffle, les muscles en feu. Ailene sanglotait à côté d'elle, tremblant des pieds à la tête, tandis que Wolf frottait sa truffe contre son visage.

Et de l'autre côté, blême et barbouillé de boue, se trouvait Reid.

Elle le fixa d'un regard hébété. Encore vêtu de son costume de bal, il avait la cravate déchirée et les cheveux en bataille. Avant qu'elle ait pu dire quoi que ce soit, il se releva, Ailene dans les bras. Elle paraissait si fragile contre lui, pareille à une poupée de chiffon cependant qu'ils traversaient le champ en hâte.

Ils se précipitèrent dans la maison.

– Par ici !

Mikira montra la flambée du soir qui s'éteignait doucement dans le salon, puis fonça dans le cellier. Elle y prit la trousse médicale de son père, un flacon de désinfectant pour nettoyer la plaie, et tous les bandages qu'elle put rassembler.

Lorsqu'elle revint dans le vestibule, Nelda jetait un coup d'œil depuis le cabinet de travail de leur père, le livre qu'elle était en train de lire serré contre sa poitrine comme une peluche. Pendant une fraction de seconde, Mikira s'attendit presque à voir le visage fatigué de son père apparaitre derrière elle, mais il n'y eut que la pénombre du bureau où elle n'avait pu se résoudre à entrer depuis son départ.

– Nelda, dit Mikira, dont la voix dérailla. Va à l'étage, et ne redescends pas, quoi que tu entendes. Tu veux bien, ma grenouille ?

Livide, Nelda hocha la tête et monta l'escalier à toute vitesse.

Dans le salon, Reid avait déchiré le pantalon d'Ailene jusqu'au-dessus de son genou, révélant une plaie ouverte. Mikira eut un haut-le-cœur, mais elle repoussa sa nausée, s'agenouilla à côté de Reid et lui tendit la trousse de soins.

Il la lui prit et se mit au travail.

– Il me faut de la lumière.

Elle alla chercher une lampe enchantée dans le vestibule et la tint au-dessus de la jambe d'Ailene, la déplaçant à gauche ou à droite chaque fois que Reid lui en donnait l'instruction. Wolf avait appuyé la tête sur ses cuisses, et elle le caressait machinalement de sa main libre. Elle suivit les soins dans un état second, tandis que Reid nettoyait la plaie avant de replacer l'os et de recoudre Ailene. Le temps s'étira tant qu'une éternité sembla s'être écoulée quand il s'avachit enfin en arrière en poussant un profond soupir.

– J'ai fini, annonça-t-il.

Mikira ne put regarder. Elle posa la lampe à côté d'elle, et, adossée au canapé, contempla les braises rougeoyantes qui s'éteignaient dans le foyer.

– Elle va se remettre, ajouta doucement Reid. C'était une fracture nette. Je ne sais pas si elle courra comme un lapin, mais elle marchera. Nous ne saurons que beaucoup plus tard si elle en gardera une douleur.

Elle hocha la tête longuement, jusqu'à ce que son cerveau engourdi s'en aperçoive, après quoi elle s'efforça d'arrêter.

– Quand je t'ai vue quitter le bal si soudainement, je me suis inquiété, expliqua-t-il d'un ton gêné.

Elle aurait voulu lui dire qu'il avait bien fait, mais tout en elle était ankylosé.

Un bras lui entoura les épaules. Tant qu'elle n'avait pas senti la chaleur de Reid contre elle, elle n'avait pas remarqué à quel point elle avait froid. Elle était gelée jusqu'aux os. Elle se blottit contre lui, et resta ainsi jusqu'à ce qu'il n'y ait plus que des cendres dans l'âtre.

25
MIKIRA

Reid partit tôt le lendemain matin, après leur avoir laissé pour instruction de veiller à ce que la plaie ne s'infecte pas et à ce qu'Ailene ne s'appuie pas sur sa jambe, tâche que Mikira redoutait. Garder Ailene clouée dans un canapé plusieurs jours durant revenait à vouloir cloitrer un étalon sauvage dans un box exigu. La dernière fois que sa cadette avait dû s'aliter, aux prises avec une forte fièvre, Mikira, en rentrant un après-midi, l'avait trouvée en train de faire la course avec leur petit voisin sous une pluie glaciale.

Pour l'heure, Ailene restait allongée, les bras croisés, et braquait un regard vague sur le mur en face d'elle. Wolf s'était calé entre elle et l'accoudoir du canapé. Elle avait pleuré quand Mikira lui avait annoncé la mort de Mésange, mais depuis, elle n'avait pas dit un mot. Nelda s'était donné pour mission d'être aux petits soins pour sa sœur. Elle lui avait préparé un petit-déjeuner, s'assurait qu'elle ne manque jamais de thé, et lui faisait la lecture. Mais Ailene continuait à regarder droit devant elle.

Il lui faut juste du temps.

Elle n'était pas la seule. Le maitre d'écurie du prince était venu plus tôt ce matin-là, et le cheval qu'il voulait ayant péri, Mikira lui avait promis de lui en présenter d'autres.

À présent, elle patientait tandis qu'il examinait sa sélection. Il les inspectait depuis presque une heure, en lui posant à l'occasion une question sur l'un ou l'autre, et l'attente commençait à lui peser. Cette vente leur était indispensable. Seule une acquisition par le prince briserait l'embargo que Rezek avait imposé de fait sur leur affaire et, si elle ne remportait pas l'Illinir, elles auraient besoin de cet argent.

Alors que Mikira, assise sur les marches de l'écurie, déchiquetait un long brin d'herbe en petits morceaux, l'homme à la carrure râblée ressortit. Il boitait, et un tatouage à l'effigie d'un loup sur son avant-bras cuivré indiquait qu'il avait servi dans l'armée izirienne.

Après avoir jeté le brin d'herbe, elle se releva. Son espoir enfla, puis reflua telle une vague lorsqu'il fronça les sourcils.

– Aucun de ces chevaux ne correspond à ce que Son Altesse recherche, hélas, déclara-t-il, de sa voix bourrue marquée par un fort accent. Vous n'en avez pas d'autres de la lignée enchantée pour la vitesse et la résistance au danger ?

Mikira tourna un regard pensif vers Iri, qui l'attendait derrière la clôture de son paddock. Ces dernières semaines, trop occupée par Atara et les courses, elle ne l'avait monté que de loin en loin, aussi courbait-il très légèrement la tête, comme s'il savait qu'on l'avait remplacé.

C'est faux, lui promit-elle par la pensée.

– Il est de la même lignée que Mésange, n'est-ce pas ? s'enquit le maitre d'écurie. Je l'ai lu sur la plaque de sa stalle.

Mikira tressaillit.

– Iri n'est pas à vendre.

L'homme se renfrogna de plus belle, et elle se serait giflée. Elle aurait dû être en train de le supplier à genoux d'acheter un autre cheval, pas de se montrer aussi agressive qu'une jument nerveuse.

– Le prince sera mécontent si je reviens sans sa monture, Miss Rusel, rétorqua-t-il, assez aimablement.

Elle se mordit la lèvre en l'observant. Une barbe épaisse encadrait son visage taillé à la serpe. D'après ce qu'elle savait de lui, c'était un éleveur d'enchantés respecté originaire d'Izir, qu'on avait récemment nommé au palais. Son père se serait renseigné davantage, mais elle n'avait ni le temps ni le luxe d'être si méticuleuse. Il paraissait assez gentil.

Mais Iri…

C'était tout ce qui lui restait de Lochlyn. Elle ne pouvait pas… Elle ne voulait pas… Elle appuya fort ses ongles contre ses paumes, et se concentra sur la douleur aigüe ainsi provoquée plutôt que sur la vive émotion qui menaçait de la submerger.

– Écoutez, jeune fille, reprit-il d'une voix plus douce. Je vais être honnête avec vous. Son Altesse veut un cheval. Si vous trouvez que les temps sont durs, je vous déconseille de vous faire un ennemi du prince Darius.

Rezek avait failli détruire sa famille. Jamais ils ne survivraient au courroux d'un prince.

– Je vois que vous avez un grand attachement pour lui, dit-il. C'est pourquoi je double notre offre.

Non.

Ce mot pesait tel du plomb dans sa gorge. Elle tenta de le faire sortir, de dire à cet homme de s'en aller, mais c'était impossible. Sans cet argent, Ailene risquait de ne jamais remarcher.

Alors, bien que cela fut pareil à s'arracher un bout de son cœur, elle répondit :

– D'accord.

Mikira entoura de ses bras le cou d'Iri et le serra aussi fort que possible. Le maitre d'écurie lui avait accordé un moment pour qu'elle fasse ses adieux, mais à présent, seule avec Iri dans son box, elle ignorait si elle allait en être capable. Si seulement elle avait été présente quand Ailene avait eu besoin d'elle, si seulement elle n'avait pas été si accaparée par ses machinations, peut-être que tout cela ne se serait pas produit.

– Miss Rusel ? l'appela l'homme, qui attendait devant le bâtiment. Il va falloir que je reparte.

– Je suis désolée, chuchota-t-elle à l'oreille d'Iri, avant de lui donner une dernière étreinte.

Puis elle le fit sortir de son box et le conduisit jusqu'au van du maitre d'écurie. Elle n'eut pas la force de lui faire monter la rampe, aussi remit-elle la longe à l'acheteur, qu'elle regarda attacher le cheval dans la remorque et refermer la porte de celle-ci. Elle remarqua à peine la bourse pleine de pièces qu'il lui tendit.

– Bonne continuation, lui dit-il d'un ton solennel, avant de s'installer au volant.

Tandis que le fourgon s'éloignait, Mikira serra la bourse dans sa main, soulagée de ne pas voir Iri dans le véhicule. Elle avait le sentiment de perdre le peu qu'il lui restait de son frère, comme si on l'emmenait une seconde fois. Elle aurait voulu rattraper la camionnette et dire à l'homme qu'elle avait changé d'avis, lui rendre son argent et libérer Iri.

Mais elle ne bougea pas.

Une brise lui chatouilla la nuque. L'orage était passé, laissant derrière lui un ciel bleu limpide, un air frais et pur qui ne trahissait rien du malheur qui venait de frapper. Cela lui fit l'effet d'une gifle. Mésange était morte, sa sœur risquait de ne plus jamais courir, et Iri… Tout s'écroulait autour d'elle, mais le monde ne ralentissait pas. Il se cassait, se brisait, sans jamais s'arrêter pour constater sa propre destruction.

Mikira demeura immobile jusqu'à ce que le van soit hors de vue, puis, après avoir empoché la bourse, elle rassembla un sac d'outils et prit la direction de la clôture. Si elle restait sans rien faire, elle ne parviendrait pas à encaisser. Si elle restait sans rien faire, elle s'effondrerait.

À l'approche de la clôture, elle se figea. Le bois était noirci par le feu, mais à la lumière du jour, elle remarqua quelque chose qu'elle n'avait pas vu auparavant : des marques de hachette. Elle laissa tomber son sac, s'agenouilla devant la barre du bas, et passa un doigt sur la cassure nette.

Cette clôture n'avait pas été frappée par la foudre. On l'avait brisée à coups de hache, puis incendiée pour effacer les preuves.

C'était du sabotage.

– Rezek.

Ce nom lui laissa un gout infect dans la bouche. Qui d'autre aurait pu commettre une bassesse pareille ? Il avait dû vouloir empêcher l'acquisition du prince.

De cela aussi, elle était responsable.

Si elle ne s'était pas accointée avec Damien, si elle n'avait pas mis Rezek en colère, rien de tout cela ne se serait produit. Ailene n'aurait pas été blessée, et Iri n'aurait pas été sacrifié pour la satisfaction du prince à la place de Mésange.

Les jambes tremblantes, elle se redressa et enjamba les débris de la clôture. Plus bas, le torrent grondait. Elle adressa une rapide prière à la Déesse pour que Mésange n'ait pas été emportée, puis regarda en contrebas.

Ce ne fut pas le corps de Mésange qu'elle découvrit.

Un cadavre se trouvait sur la berge, empêtré dans les racines d'un arbre. Sa peau était rose et caoutchouteuse, son visage gonflé et déformé après plusieurs jours de décomposition. La balle qui avait traversé sa poitrine y avait laissé un trou rouge béant. Mikira eut un haut-le-cœur et rendit son maigre petit-déjeuner. Il fallut un bon moment avant que la nausée lui passe.

Elle s'agrippa à une racine et descendit avec précaution sur la rive boueuse. La puanteur l'assaillit lorsqu'elle approcha du mort, et elle faillit vomir de nouveau. Retenant sa respiration, elle saisit le cadavre sous les bras et tira pour l'emmener plus haut sur la berge. La peau glissante produisit des bruits visqueux.

Après avoir lâché le corps, elle se précipita au bord de l'eau et plongea les mains dans le courant glacial pour engourdir la sensation de grouillement qui s'en était emparée.

Lorsqu'elle revint près du cadavre, quelque chose étincela. Elle se couvrit le nez avec sa chemise et s'accroupit à côté du mort, qui serrait un objet argenté dans la main. Il avait dû le tenir au moment du coup de feu, assez longtemps pour que la rigidité cadavérique s'installe avant que la crue ne l'emporte.

Spontanément, Mikira saisit un bâton et le glissa entre le métal et la chair du mort. Après quelques tâtonnements, elle finit par libérer une épaisse bague en argent, et se figea.

La chevalière de Damien.

Elle soupçonnait celui-ci d'en avoir fait fabriquer une fausse, mais elle n'avait pas compris pourquoi. À présent, elle aurait préféré ne pas le savoir. Damien l'avait sûrement perdue pendant l'affrontement.

– Rezek, dit-elle dans un souffle, en se rappelant sa jubilation en apprenant la disparition de la bague.

Était-il impliqué dans ce meurtre, ou était-ce précisément une des conséquences potentielles qui lui rendait cette information si précieuse ?

Elle contempla la chevalière nichée au creux de sa main. Que devait-elle faire ? Elle avait besoin de Damien. Seul son soutien lui permettait de rester en lice dans l'Illinir. Sans lui, elle ne pouvait pas soutenir sa famille. Et désormais, avec la jambe d'Ailene, il allait leur falloir de l'argent pour payer ses soins, qui ne seraient pas couverts par la seule vente d'Iri. Mais avec les gains que lui rapporterait la victoire, elles seraient tirées d'affaire.

Si elle lui rendait sa bague, il n'y aurait aucune preuve contre lui. Seulement contre elle.

Il a tué quelqu'un.

Une part d'elle connaissait le vrai visage de Damien, mais elle l'avait ensevelie sous le besoin absolu qu'elle avait de son aide. Puis, au cours des deux derniers mois, elle avait appris à le connaitre, vu combien il aidait sa communauté, la façon dont on le regardait comme un sauveur, et elle avait songé que c'était peut-être quelqu'un de bien. Qu'elle ne s'était pas liée à un monstre.

Mais à présent… elle avait des doutes.

– Tu ne connais pas les détails de l'histoire, se dit-elle, tout en contemplant la figure gonflée du cadavre.

Si Damien n'avait pas tué cet homme, pourquoi dissimuler la perte de sa bague ? Elle ne pouvait ignorer la mise en garde de Talyana concernant le sergent qui enquêtait sur lui, ni combien le mort lui rappelait quelqu'un. L'avait-elle déjà vu au manoir Adair ?

Mikira ferma fort les yeux. Si elle remportait l'Illinir, la récompense serait d'abord versée à Damien. Si on l'arrêtait, ses fonds seraient-ils gelés ? Et s'il découvrait que c'était elle qui avait vendu la mèche ? Il pourrait renoncer à la soutenir financièrement et récupérer son argent en partie, mais le ferait-il alors que tant de choses dépendaient de sa victoire ?

Elle rouvrit vivement les paupières. Damien Adair tolérait mal la trahison. Elle aurait de la chance s'il se contentait de garder la récompense.

Qu'aurait fait son père ?

Jamais il ne se serait mis en travers de la justice, mais plus d'une fois, son intransigeance avait nui à sa famille. Et c'était à cause de la confiance de Mikira en la loi, en ce qui était juste, qu'on leur avait enlevé Lochlyn… Mais son père avait aussi été un homme d'une loyauté farouche, autrefois. Jamais il n'aurait trahi quelqu'un ayant tant fait pour lui.

Mikira serra la chevalière dans son poing.

– Je suis désolée, dit-elle au cadavre à ses pieds.

Puis elle appuya sa chaussure contre ses côtes et poussa, le rendant à la rivière rugissante.

26
ARIELLE

Ari n'avait pas la moindre idée d'où elle se trouvait.

Dans son dernier souvenir, elle dormait dans sa chambre du manoir Adair, où elle s'était retirée tôt après que les autres furent partis pour le bal des Ruthar. Et voilà qu'elle venait de se réveiller à la lumière du petit matin, pieds nus sur les pavés froids.

Un coup d'avertisseur la fit sursauter, et elle s'écarta vivement sur le trottoir alors qu'une automobile passait à toute vitesse, moteur grondant. Son cœur battit la chamade encore longtemps après, dans la ruelle désormais déserte et silencieuse.

Il y avait forcément une explication logique. Était-elle en train de rêver ? Non, elle voyait bien qu'elle était réveillée. Alors, comment s'était-elle retrouvée là ?

Elle s'examina et se figea. Sa chemise de nuit était mouchetée de rouge.

Gagnée par le malaise, elle releva doucement le vêtement pour examiner la tache, tout en sachant déjà de quoi il s'agissait.

Du sang.

– M'dame ? fit une voix.

Elle se retourna brusquement. Derrière elle, un homme fit un pas en arrière. Il portait un uniforme bleu foncé et tenait une liasse d'affiches dans une main. C'était un recruteur de l'armée. Rien qu'un agent recruteur. Elle s'efforça de se calmer, de reprendre le dessus sur ses émotions.

– Vous êtes…

Ayant vu le sang, il n'alla pas au bout de sa question.

– On m'a attaquée.

Elle avait la gorge à vif, comme si elle avait hurlé.

– Je me suis enfuie, mais je ne sais pas où je suis.

L'homme se détendit. Une femme dans la détresse, c'était dans ses cordes. Elle faillit rire, et cela dut se lire dans ses yeux, car les lèvres de l'agent tressaillirent d'un tic nerveux. Peut-être hésitait-il entre lui sourire et appeler à l'aide.

Elle avait une puissante envie de vérillion, de la brulure apaisante de la magie. Elle aurait voulu rendre la décision de cet homme des plus évidentes. Il aurait dû hurler, bien sûr, même si personne ne l'aurait entendu. Il était trop tôt, cette ruelle était trop isolée. Personne n'accourrait.

– M'dame ?

Ari cligna des paupières et se rendit compte qu'elle avait avancé vers lui. Ces pensées étaient-elles les siennes ou celles de la voix ? C'était de plus en plus difficile de les distinguer, la frontière entre les deux devenant aussi ténue qu'une corde effilochée.

Elle pressa ses mains l'une dans l'autre, et afficha une expression de peur et de confusion. La seconde émotion fut plus facile. Elle était désorientée, telle une feuille morte emportée par le vent.

– Pouvez-vous m'accompagner jusqu'à une grande rue ? De là, je pourrai héler un fiacre.

Le recruteur sourit.

– Bien sûr. Suivez-moi.

Le vent porta le parfum de la lavande dans son sillage tandis qu'elle regagnait en vitesse sa chambre à l'étage du manoir Adair. Elle ferma la porte et s'y adossa, comme si elle pouvait ainsi bloquer ces évènements à l'extérieur.

Elle aurait tant voulu croire qu'il existait une explication logique. Qu'elle avait connu un épisode de somnambulisme, ou qu'après s'être enivrée elle ne se rappelait pas être sortie.

Mais elle savait qu'il n'en était rien aussi sûrement que le rouge foncé sur sa chemise de nuit était du sang.

Quelque chose se produisait en elle.

Elle retira vivement son vêtement, le jeta dans un coin et alla au lavabo pour frotter le sang sous ses ongles. Puis elle se vêtit d'une jupe noire ample et d'une blouse brodée. Lorsqu'elle eut noué ses cheveux dans un des foulards de sa mère et passé à son cou le collier de son Saba, elle se sentit davantage elle-même.

Elle se glissa au rez-de-chaussée et s'arrêta en haut des marches, devant le bureau de Damien où se déroulait une conversation à mi-voix.

– Je perds patience, Hyle, disait Damien, adossé dans son siège, le menton appuyé sur le poing.

Un homme mince et pâle, au visage allongé et aux longs cheveux blonds relevés en chignon, tripotait plusieurs objets sur le bureau.

Quelqu'un d'autre aurait pu croire que Damien n'avait rien remarqué, mais Ari décela son agacement dans le pincement de ses lèvres. Cela semblait être aussi le cas de Hyle, dont le sourire laissait supposer qu'il s'en amusait beaucoup.

Il posa le stylo qu'il faisait tourner entre ses doigts.

– C'est plutôt ça que je pourrais te retrouver, tiens. Ou alors je pourrais poser une serrure sur ta porte ?

Il regarda Ari, qui n'avait pas bougé du haut des marches. Quelque chose chez cet homme lui déplaisait.

– Tu peux parler librement, déclara Damien.

Il fit un signe de la main à Ari, qui descendit dans la pièce et alla chercher la théière.

– Je ne m'en prive jamais, répondit Hyle avec un rictus carnassier. Ta bague est toujours portée disparue, comme ma vie amoureuse, contrairement à la tienne, j'ai l'impression.

Le regard d'Ari dévia sur la main droite de Damien, où se trouvait pourtant un anneau sigillaire. Était-ce un autre qui lui manquait ?

– Je vais reformuler ma phrase, rétorqua Damien, en croisant les mains sur son bureau. Parle librement de notre affaire, et va-t'en.

Hyle poussa un soupir théâtral.

– Ce que tu peux être ennuyeux ! D'accord, tu avais raison, comme d'habitude. Deux autres enchanteurs clandestins se sont évaporés avant Keirian Rusel.

Ari s'arrêta en pleine gorgée de thé. Pourquoi Damien s'intéressait-il au père de Mikira ?

– De quelle source tiens-tu ça ? s'enquit-il.

– C'est la Déesse elle-même qui me l'a soufflé, répondit Hyle d'un air espiègle.

Sous l'œil inflexible de son employeur, il ajouta :

– J'ai consulté la paperasse les concernant à la Chancellerie. Rezek dispose d'un sacré réseau, jusque dans les cellules de l'Anthir. Les papiers indiquent que les enchanteurs ont été exécutés, mais aucun autre ne fait état de l'inhumation de leurs corps.

– Ils n'ont donc jamais été exécutés, intervint Ari, en s'asseyant lourdement dans un des fauteuils. Rezek les a réquisitionnés, comme le père de Mikira.

Le regard déroutant de Hyle se porta de nouveau sur Ari.

– Exactement. J'ai trouvé l'huissier qui a rédigé les documents. Comme par hasard, il a une forte dette envers la maison Kelbra.

– Fais en sorte que cette dette soit effacée, lui enjoignit Damien. Quoi que Rezek exige de cette personne, arrange-toi pour qu'il ne l'obtienne plus.

Hyle se fendit d'une révérence exagérée.

– C'est comme si c'était fait.

Il lança un dernier regard insistant à Ari, avant de partir par où elle était entrée. Elle l'observa qui s'en allait, en essayant de déterminer ce qui chez lui la glaçait tant.

– Il semblerait que Rezek s'entoure d'enchanteurs, expliqua Damien sans avoir été sollicité. Depuis qu'il a pu troquer la vie du père de Mikira contre son élevage, il veut autre chose, et d'après moi ça ne peut être que les pouvoirs de son père.

Elle frémit. Ça aurait tout aussi bien pu tomber sur elle.

– Dans quel but ?

– J'ai bien l'intention de le découvrir.

– Et la bague qu'il te manque ?

Damien fit tourner son anneau autour de son doigt.

– Celle-ci est une réplique. J'ai perdu la vraie, même si je commence à soupçonner qu'en fait on me l'a volée. Tant que je ne saurai pas pourquoi, je n'en commanderai pas de nouvelle.

– Je comprends.

Elle contempla la silhouette sombre du Racari sur le bureau de Damien.

Il suivit son regard.

– J'ai fait de nouvelles découvertes qui pourraient t'intéresser.

L'une d'elles explique-t-elle si les effets de la magie incluent des moments d'absence et une voix qu'on ne distingue pas de la sienne ? Elle serra plus fermement sa tasse. S'étaient-ils trompés concernant les répercussions du vérillion sur les enchanteurs ? Peut-être que la plante les empoisonnait eux aussi, juste d'une autre façon ? Il lui peinait que la même magie qui avait étouffé sa peur puisse la raviver. Elle ne voulait pas que le contrôle lui échappe de nouveau.

– Arielle ?

– Oui, pardon. Qu'as-tu appris ?

Damien pianota sur son carnet.

– Le Racari fait mention d'une cinquième gemme capable de canaliser les enchantements : le jaspe sanguin.

Elle plissa le front.

– Ça signifie qu'il existe une autre catégorie de sortilèges ?

Il hocha la tête.

– Je n'ai pas pu déchiffrer laquelle. La pratique de la magie était bien plus répandue, autrefois, et on continue à faire de nouvelles découvertes. Par exemple, savais-tu que le verre d'ombre izirien permettrait de conserver des enchantements pour un usage ultérieur ?

– Non, je l'ignorais.

Encore un savoir perdu lors de l'Autodafé. Mais si tous les deux parvenaient à déterminer ce que cette pierre accomplissait… Elle croisa le regard de Damien, dont les yeux flamboyaient. Ces connaissances pourraient rendre la maison Adair beaucoup plus puissante qu'elle ne l'était déjà, et hisser la magie d'Arielle à un niveau bien supérieur.

Ari le rejoignit à son bureau, et Damien referma le Racari, avant de tapoter la pierre rouge et verte en son centre.

– Ça, c'est un jaspe sanguin. Sens-tu quelque chose en émaner ?

Il était de nouveau en manches de chemise, et Ari fut brièvement distraite par la forme bien dessinée de ses muscles sous le tissu blanc.

Elle passa un doigt sur la gemme froide, et y perçut un léger bourdonnement.

– Oui.

La magie l'attirait, l'entrainait vers elle, aussi retira-t-elle sa main en vitesse.

– Et pour ce qui est des effets d'un enchantement sur soi-même, le livre dit-il quelque chose ?

Elle s'appuya contre le bureau, sous le regard attentif de Damien, qui suivait le moindre de ses gestes. Il semblait troublé chaque fois qu'elle était près de lui. Elle se plaisait à repérer l'infime flexion de sa mâchoire, les petits mouvements de ses yeux tandis qu'il les promenait sur son visage. Il serra le poing sur sa table de travail, comme pour s'empêcher de la toucher. Toujours maitre de lui-même… Une part d'elle mourait d'envie de le pousser à se lâcher.

– Pas vraiment, répondit-il, d'une voix qui, elle, ne trahissait rien. On y recommande seulement de ne jamais retenir trop de vérillion en soi sans en consumer la magie, laquelle pourrait autrement laisser des séquelles.

– Rien d'autre ?

– Pourquoi ? Quelque chose ne va pas ? demanda Damien, avec un discret froncement de sourcils.

Elle se leva. Quelques jours auparavant, elle lui avait reproché de lui cacher des choses, et voilà qu'elle faisait de même. Mais elle redoutait ce qui pourrait advenir si elle lui révélait tout. La regarderait-il différemment s'il connaissait la vérité ?

– Arielle ?

Il s'approcha et posa la main au bas de sa nuque.

Ari gardait des secrets depuis tellement longtemps. Ce qu'elle avait fait à son Saba, ce dont elle était capable, sa magie – pour une fois, elle ne voulait pas affronter l'inconnu seule. Elle se tourna vers lui sans briser le contact, et, quand il eut laissé glisser ses doigts le long de son bras, prit sa main dans la sienne.

– Depuis quelque temps, j'entends une voix, lui expliqua-t-elle, sans que cela le fasse tiquer. Au début, je pensais que c'était juste mes pensées. Mais chaque fois que je recours à la magie, elle devient plus forte, et ce qu'elle dit… ça ne me ressemble pas.

En es-tu sûre, petite lionne ? chuchota la voix.

Elle la repoussa et se concentra sur le regard inébranlable de Damien.

– Je crois que c'est le livre. Je crois que… qu'il me *parle*.

La sensation étrange qui l'envahissait lorsqu'elle le tenait, la difficulté qu'elle avait à le poser, son refus de s'en débarrasser, tout concordait. Il était indéniable que la voix ne cessait de gagner en puissance chaque fois qu'elle faisait usage de la magie, depuis qu'elle était apparue après le drame avec son Saba, mais au cours des dernières semaines, le phénomène s'aggravait sans même qu'elle pratique le moindre enchantement.

Au lieu de réfuter son hypothèse ainsi qu'elle s'y attendait, Damien ouvrit de grands yeux, comme frappé par une révélation.

– Mais oui, c'est ça !

Il lui lâcha la main et reprit le Racari.

– Il y a un passage que je n'ai pas réussi à traduire, mais maintenant je pense savoir de quoi il s'agit.

Elle s'approcha de lui tandis qu'il remontait de plusieurs pages dans le grimoire, survolant ce texte qu'elle ne pouvait déchiffrer.

– Là. C'est deux fois le même mot, et j'ai cru à une erreur. Mais en fait, il a deux sens : « pierre » et « lien ». À mon avis, ça signifie *lier* la pierre. Et le jaspe sanguin crée des liens entre les choses.

– C'est pour ça que je suis incapable de m'en débarrasser, rebondit-elle.

Le Racari était *lié* à elle. Ses parents l'avaient-ils su ? Était-ce pour cela qu'ils l'avaient caché, que leurs voisins s'étaient toujours méfiés de sa famille ? Savaient-ils depuis le début ce qu'elle était ?

Et toi ? demanda la voix.

– Damien, qu'est-il arrivé aux Hérétiques ?

– Personne n'en est sûr. La théorie la plus répandue, c'est qu'ils auraient péri dans l'explosion du Cataclysme. Pourquoi ?

– Le dernier à avoir été lié à ce livre était un des Hérétiques, expliqua-t-elle. Et si… Et si une part d'eux l'était encore ?

Dans un recoin de son esprit, quelque chose s'éveilla, une satisfaction se propagea en elle. Elle porta la main au collier de son Saba, et la sensation reflua. Une histoire lui revint en mémoire, un récit mythologique oublié tiré des textes kiniens faisant état de personnes possédées par un esprit décidé à obtenir vengeance. On les appelait les Dybbouk.

Le visage de Damien se tendit.

– Retires-tu toujours le collier de ton Saba quand tu exerces la magie ?

– Quand je crée des golems…

Elle laissa sa phrase en suspens. Lors des deux incidents où elle avait perdu la notion du temps, elle l'avait ôté. La première fois pour donner vie à Atara, et la veille au soir, avant de se coucher. Pourtant, elle l'enlevait toujours pour dormir.

Cela signifiait-il qu'elle avait déjà eu des épisodes de somnambulisme, ou que quelque chose avait changé ? Et si elle faisait du mal à quelqu'un d'autre ?

– Garde-le toujours au cou, désormais, lui recommanda Damien. On dit du croc d'Aslir qu'il protège contre les esprits maléfiques.

Elle serra davantage son pendentif.

– Tu crois que c'est ce qui se passe ? Qu'un esprit maléfique enfermé dans le Racari s'adresse à moi ?

– En toute franchise, je l'ignore.

Elle vit combien il lui pesait de l'admettre, à lui, un homme qui tirait sa fierté de son savoir.

– Mais pour l'instant, restons prudents.

Quelle que fût l'explication, quoi qu'il lui arrivât, Ari estimait que la prudence n'était plus de mise, et pourtant elle ne pouvait se résoudre à s'en affranchir.

Jamais elle n'aurait laissé ce pouvoir lui échapper.

27
ARIELLE

On avait érigé une estrade sur une colline aux abords du quartier de Highbridge, du côté est de la ville, où la troisième course allait contourner Veradell par la route des Voyageurs, traverser le Greystel, et s'enfoncer dans le Bois-d'Argent au pied des monts Anfell.

Le Bois-d'Argent, domaine de chasse ancestral de la famille royale, était d'ordinaire interdit d'accès au tout-venant. À l'aller, le fiacre des Adair les avait fait passer devant la forêt afin que Mikira ait un aperçu du parcours, et Ari constata pourquoi la famille royale la gardait pour elle. Les arbres avaient des troncs lisses d'un blanc ivoire aux élégantes branches tombantes chargées d'épaisses touffes de feuilles d'un gris argenté, comme si le bois tout entier était couvert d'une pellicule de neige métallique. Il en émanait le calme des terres vierges, une tranquillité qui résonnait en elle, mais qui n'allait pas tarder à être violemment perturbée.

L'atmosphère de la course, beaucoup plus joyeuse et festive qu'elle s'y attendait, lui semblait en décalage avec la gravité de ce qui allait advenir. Certains cavaliers n'allaient pas survivre, leurs chevaux allaient peut-être finir mutilés, et pourtant la seule chose plus forte que la musique étaient les chants scandés de la foule rassemblée dans les tribunes de fortune ou accoudée sur les tables qui parsemaient le coteau. Elle vit de nombreux admirateurs qui brandissaient des pancartes artisanales pour encourager Mikira, d'autres qui portaient des casaques de jockey professionnel avec le nom de sa famille cousu dans le dos.

Ils font un sport d'un bain de sang, commenta la voix.

Drôle de remarque, de la part d'un Hérétique responsable de morts par milliers, songea Ari.

Il y eut un court silence. Puis la voix ajouta :

Ça n'a jamais été mon intention.

Ari ne répondit pas. Elle n'aurait même pas dû commencer. Il lui fallait encore trouver un moyen de rompre son lien avec le Racari, aussi avait-elle gardé son collier et promis à Damien de réfréner l'esprit. Mais après avoir passé tant de temps en sa présence, il lui était difficile de l'ignorer.

Elle rejoignit les autres près du van, où Damien fournissait à Mikira des statistiques de dernière minute sur les concurrents en lice. La cavalière ne l'écoutait qu'à moitié. Elle s'était montrée distante toute la matinée, et avait à peine réagi quand Ari lui avait expliqué sa découverte concernant le jaspe sanguin. Les pierres serties dans les manches de ses couteaux étaient du même genre que celle qui ornait le Racari, mais alors qu'Ari ne parvenait pas à se libérer de l'emprise du livre, les poignards de Mikira ne semblaient imposer aucun lien.

Quand la cloche retentit et qu'elle se mit en selle, Ari saisit la main de Mikira et lui dit :

– Sois prudente. Et bonne chance.

Mikira lui adressa un petit sourire.

– Je suis contente que tu sois là, répondit-elle, avant de s'éloigner.

Damien l'observa d'un air désemparé tandis qu'elle se dirigeait vers la ligne de départ.

– Je la sens distraite, commenta-t-il.

– Il se passe forcément beaucoup de choses dans sa tête, rétorqua Ari.

C'était là un sentiment qui lui parlait, et elle regrettait seulement de ne pas savoir ce qui occupait l'esprit de Mikira.

Reid reprit la grande tasse de thé qu'il avait posée dans le van.

– Il vaudrait mieux qu'elle arrive à se concentrer, sinon… Oh, merde.

– Tu n'as jamais autre chose à me dire, Reid ? fit une voix qui glaça Ari.

Sa main fila machinalement jusqu'à l'émeraude dans la poche de sa jupe, et elle raviva le feu du vérillion dans son ventre tandis que Loïc Adair s'approchait de leur cercle.

Il avait les yeux rivés sur Damien.

– Il parait que tu me cherches, petit frère.

Damien se tendit.

– Et moi, j'ai cru comprendre que tu avais trouvé un nouveau comparse.

Loïc inclina la tête de côté et observa son frère d'un air amusé.

– Tu es jaloux que notre ami commun me préfère à toi, maintenant ? Tu as vraiment la fâcheuse habitude de faire fuir les gens, à force de les fixer de ton regard mauvais. Ah, justement, le voilà !

L'agacement envahit le visage de Damien, mais s'effaça vite. Manifestement, ses frères et sœurs réussissaient très bien à l'énerver.

– Quoi que tu manigances avec lui, il se retournera contre toi, Loïc, l'avertit-il. Ce n'est qu'une question de temps.

– Tu ne me crois pas capable de me défendre contre Rezek Kelbra ?

– Ce n'est pas ce que j'ai dit.

Loïc écarta sa mise en garde d'un revers de main.

– Ce n'est pas parce qu'il a été meilleur stratège que toi que je commettrai la même erreur.

– Meilleur stratège ? s'étrangla Damien. Je te rappelle qu'il a assassiné…

Loïc le saisit par le col.

– Ne finis pas cette phrase. Tu n'en as pas le droit.

La brulure du vérillion déferla en Ari, qui empoigna Loïc par l'épaule et le tira puissamment en arrière. Il fit volte-face vers elle, mais Reid se leva d'un bond, puis Damien et lui s'interposèrent.

Le sourire qui fendit le visage de Loïc fut proche du rictus hargneux.

– Une simple sculpteuse, hein ? railla-t-il.

Le regard qu'il posa sur elle lui fit l'effet d'une main visqueuse, et elle dut réprimer un profond dégout.

– Tu t'es trouvé une chérie, frérot ?

Damien se passa la main dans les cheveux, puis rajusta sa veste. Ce n'étaient là que de petits mouvements, anodins pour qui ne le connaissait pas, mais Ari n'était pas dupe : il s'agissait de diversions. Un moyen pour Damien de rester maitre de lui-même. Lisser ceci, déplacer cela – et écarter l'envie de frapper son frère.

– Laisse-là en dehors de ça, rétorqua-t-il.

Le rictus de Loïc se fit carnassier, et l'espace d'un instant, Ari ne vit plus que Fen et Cardix. Toute la scène lui revint en mémoire : leurs mains autour de son cou, leur haleine fétide...

– Tu tiens à elle, pas vrai ? Qu'a-t-elle donc de si spécial qui puisse envouter le grand Damien Adair ?

Il rit et ajouta :

– Je devrais peut-être me pencher de plus près sur la question.

Damien abandonna toute retenue.

– Si tu t'approches d'elle, je te colle une balle dans la tête.

Loïc leva les mains en feignant la reddition.

– Je ne la toucherai pas.

Un nouveau sourire aux lèvres, il posa sur Ari un regard qui lui retourna l'estomac.

– Sauf si c'est elle qui me le demande, bien sûr, conclut-il.

Reid saisit la main de Damien, qu'il portait à son revolver.

– Tu ne peux pas faire ça, le mit-il en garde.

– Vas-y, le provoqua Loïc. Tire-moi dessus, et tu peux oublier ton droit à l'Ascension, frangin.

Pendant un bref instant, Damien sembla sur le point de repousser Reid et de dégainer. Ses doigts se crispèrent sur la crosse, mais au bout du compte, il laissa l'arme dans son étui.

– Rezek et toi, vous faites bien la paire.

Loïc eut un grondement mauvais.

– Et toi, quand j'en aurai fini, tu ne feras la paire avec personne.

Damien retendit les manches de sa veste.

– On n'en a pas terminé, tous les deux, le prévint-il.

– Non, confirma Loïc, en s'éloignant doucement à reculons. Ce n'est que le début.

Ari le regarda partir jusqu'à ce que la foule l'ait englouti. Alors seulement relâcha-t-elle le feu de la magie.

Tu aurais dû lui montrer ce qui arrive à ceux qui te menacent, tenta de l'enjôler la voix. *Il n'est pas trop tard.*

Elle écarta cette injonction et se tourna vers Damien.

– C'est quoi, l'Ascension ?

Damien promena le regard sur la multitude pour s'assurer qu'ils étaient seuls. La plupart des spectateurs s'étaient rapprochés de la ligne de départ, où l'annonceuse déclamait son discours habituel. Il cherchait à temporiser.

Elle ne lui en laissa pas l'occasion.

– C'est à cause de ça que Shira nous suit ? Et que Loïc s'est présenté au manoir, l'autre soir ?

– Damien, intervint Reid à mi-voix. Elle a le droit de savoir.

Damien passa de nouveau la main dans ses cheveux en bataille, la contrariété perçant sous son masque d'impassibilité.

– Si je t'implique là-dedans, tu deviens une pièce sur l'échiquier. Tu seras une cible.

Ari songea à la façon dont Loïc l'avait regardée.

– J'en suis déjà une.

Il dut comprendre ce qu'elle entendait par là, car il céda.

– L'Ascension est une tradition dans les maisons nobles. La succession n'est pas déterminée par le droit d'ainesse, mais par un défi à remporter. C'est celui ou celle qui le relève en premier, ou le plus brillamment, qui prend la tête de la lignée.

Elle ignorait l'existence d'une compétition destinée à désigner l'héritier d'une maison, mais elle ne vivait à Veradell que depuis peu, et il s'agissait apparemment d'un secret bien gardé. Était-ce pour cela que selon Reid, Damien jouait très gros ? Pas seulement les courses hippiques et le négoce de vérillion, mais l'avenir de la maison Adair. Son avenir à lui.

– Et quel défi dois-tu relever ?

– Celui qui aura infligé le coup le plus destructeur à une des autres maisons à la fin de l'Illinir succédera à mon père, expliqua Damien.

– C'est pour ça que tu as conclu ce marché avec Rezek. C'est pour ça que tu nous as engagées, Mikira et moi. Si elle gagne, Rezek devra te céder les droits d'organisation de cette course.

Cela aurait été dévastateur pour les Kelbra, qui devaient en grande partie leur immense fortune aux profits générés par l'Illinir.

– Mais après, Loïc, et Shira…

– L'intérêt que te porte Shira ne vient pas de là, la coupa Damien d'une voix crispée. Elle n'a aucune intention de prendre la tête de la famille, et je la soupçonne de chercher volontairement à faire une piètre candidate pour l'Ascension. Mais Loïc, lui… J'ai commis l'erreur de le traiter comme un imbécile. Il est impulsif et caractériel, mais il sait aussi être enjôleur, il a beaucoup de relations, et l'avantage certain de me connaitre mieux que personne.

Et quand quelqu'un connaissait bien son adversaire, cela lui conférait un grand pouvoir sur ce dernier.

– C'est pour ça qu'il m'a menacée, comprit-elle.

Damien lui prit la main et parut presque peiné lorsqu'il déclara :

– S'il peut te faire du mal pour m'atteindre, il n'hésitera pas. Et mon frère n'est pas réputé pour sa bonté.

Reid croisa distraitement les bras sur sa poitrine. Il semblait aussi mal à l'aise qu'elle. Elle avait cru en avoir fini de se sentir la proie d'hommes prédateurs, mais ce sentiment s'était insinué en elle, s'était enraciné et refusait de se laisser arracher.

Elle devait sans cesse le repousser, pour éviter qu'il l'engloutisse et la définisse.

Elle voulait l'exorciser.

– Il faut le dire à Mikira, dit-elle en entrecroisant les doigts. Elle constitue une cible autant que moi.

Damien secoua la tête.

– Je n'aurais même pas dû t'en parler. Mon père serait furieux, et plus de gens sont au courant, plus la partie devient complexe. Nous avons déjà un sergent de l'Anthir qui vient fourrer son nez dans nos affaires. Je ne peux pas me permettre que des informations fuitent.

Ari lut entre les lignes.

– Mikira ne te trahirait pas.

– Dans les jeux comme celui-ci, la trahison n'est pas toujours un choix, rétorqua-t-il. C'est plus sûr pour moi que tout reste dans un cercle très restreint.

La perspective de mentir à Mikira lui déplaisait profondément, mais il ne lui appartenait pas de lui révéler ce secret – et Ari, plus que quiconque, connaissait la valeur d'un secret.

– Très bien, accepta-t-elle. Mais tu as intérêt à veiller à ce qu'il ne lui arrive rien.

28
MIKIRA

Dans la troisième course, la magie comptait autant que les armes.

Après le départ aux abords du quartier de Greenwark, les enchantements physiques allaient mettre à l'épreuve la force, l'agilité et l'endurance des concurrents. La plupart des chevaux, qui devaient atteindre la forêt du Bois-d'Argent et revenir, ne tiendraient pas la distance. Si l'un des vingt-cinq cavaliers encore en lice montait un cheval dépourvu des sortilèges nécessaires, c'en serait fini de lui – sauf s'il parvenait à tuer assez d'adversaires pour que la vitesse n'importe plus.

C'était ce qui faisait de cette course la plus dangereuse de toutes, et ce qui rendait Mikira plus nerveuse que jamais. Elle ne voulait faire de mal à personne, mais seule la violence pourrait protéger son mensonge. Si elle n'y recourait pas, Rezek découvrirait que sa monture était enchantée, aussi était-ce le seul moyen pour elle de faire croire que c'était grâce à son excellence au maniement du couteau qu'elle s'en était sortie.

Talyana vint placer sa jument à côté d'Atara, mais Mikira ne pouvait la regarder sans penser au cadavre dans la rivière. À la texture poisseuse de sa peau, à son visage gonflé.

Damien Adair est un assassin.

– Kira, ça va ? fit Talyana, d'un air hésitant.

– Ce n'est rien.

Elle chassa ses pensées au sujet de Damien. Ce n'était pas le moment d'être distraite.

Talyana lui donna une pression sur la main, et Mikira se concentra sur la chaleur de son contact, sur la présence rassurante de sa meilleure amie. Talyana avait toujours su l'apaiser comme personne, fait établi auquel elle se raccrochait. Mais il y avait autre chose entre elles, à présent. Quelque chose qui lui fit serrer fort les doigts de Talyana.

Puis elle sentit le poids d'un regard sur elle.

En partie caché par Talyana, Gren l'observait tel un requin ayant détecté l'odeur du sang. Il était positionné entre les chevaux de Dezaena et d'Arabella, d'une façon qui semblait délibérée. Avaient-ils conclu une alliance ?

L'annonceuse procéda au dernier appel avant le départ, et les vivats de la foule redoublèrent. Malgré la fraicheur de l'air matinal, Mikira avait le dos en sueur. Alors qu'Atara s'agitait entre ses jambes, elle compta chacun de ses souffles frémissants.

Cinq. Six. Sept.

– Pour l'Enderlain ! clama l'annonceuse.

Huit. Neuf. Dix.

– Pour les Messagers !

Mikira implora quiconque voudrait bien écouter qu'on lui accorde de survivre à la mêlée.

– Pour Sendia !

La cloche tinta.

Dans les premiers instants de la course, il régna un tumulte de cavalcades et de jurons aboyés entre concurrents. Les chevaux remuaient nerveusement la tête et luttaient pour se ménager un espace. Mikira fit tout son possible pour s'éloigner de Gren, qui ne la quittait pas des yeux. Elle préféra sacrifier un peu de terrain afin que la monture d'Alren les sépare. Les sabots claquaient sur la terre humide. Dans le ciel, le tonnerre grondait, et bientôt les premières averses lui mouillèrent la peau.

La troupe de cavaliers forma un peloton homogène. Elle avait perdu Gren de vue mais, derrière elle, Talyana lui procurait des yeux supplémentaires.

Le début du parcours suivait la route des Voyageurs, segment qui au retour serait le théâtre d'un galop final effréné. Devant eux, le Greystel s'étendait sur la largeur de plusieurs rues, animé d'un courant inhabituellement fort pour les mois d'été. L'eau se fracassait contre les rochers et giclait sur les berges, filant à vive allure même dans les hauts-fonds, où son lit regorgeait de mille pierres sur lesquelles un sabot mal assuré pouvait se fouler.

Le fleuve avait été enchanté pour la vitesse.

– Kira !

Talyana pointa du doigt un pont en amont. La masse des cavaliers se séparait entre ceux qui, grâce à leur vitesse, pouvaient se permettre le détour, et ceux qui se risquaient à la traversée des eaux rapides, leurs montures ayant sans doute été enchantées pour avoir le pied sûr.

Les leurs étant pourvues de sorts de vitesse, Talyana et elle virèrent vers le pont. Alren Zalaire les dépassa à toute allure et s'engagea sur la structure de bois peint. À l'instant où elles l'atteignaient, certains chevaux se mirent à bondir, et d'autres s'arrêtèrent brusquement.

– Il y a un vide ! cria Mikira à Talyana tandis qu'Alren retombait de l'autre côté.

– Nous avons un charme de force !

Elles se faufilèrent entre deux concurrents qui faisaient demi-tour et préféraient affronter le fleuve plutôt que de sauter. Mikira sortit un couteau alors que le cavalier le plus proche abattait une matraque vers elle. Elle se coucha contre le garrot d'Atara pour l'esquiver, et entendit un grand bruit sourd derrière elle.

Elle se retourna brièvement, le temps de voir le jockey au sol et Talyana avec un immense sourire aux lèvres – qui s'effaça vite. Mikira pivota de nouveau vers l'avant – le trou dans le pont mesurait presque deux longueurs et demie.

Cette fois, elle ne songea même pas à tenter d'arrêter sa monture. Elle baissa la tête, se dressa sur ses étriers, et équilibra son poids – Atara fit le reste. La jument fusa par-dessus le vide et retomba fermement de l'autre côté.

Le cheval de Talyana se réceptionna sans mal à côté d'elles, et la mêlée commença alors que les deux chemins se rejoignaient à la lisière du Bois-d'Argent.

Mikira aperçut l'éclat d'une lame et entendit le hurlement gargouillant d'un cavalier, qui tomba de sa selle et fut englouti par un déluge de sabots. Le hennissement strident d'un autre cheval déchira le vacarme de la cohue lorsque ses jambes avant cédèrent sous un terrible coup.

Malgré la nausée qui la saisit, Mikira resta concentrée sur Atara. Elles avaient de la place pour galoper, maintenant. Talyana chevauchait près d'elles, armée d'un couteau de lancer. Quand une cavalière se précipita vers elles, poignard au clair, Talyana lui expédia sa lame dans l'épaule.

Elles pénétrèrent à fond de train dans le Bois-d'Argent, en quête du point de contrôle en son centre, où elles pourraient s'emparer d'un drapeau avant de repartir vers la ligne d'arrivée. La piste se raidissait à mesure qu'elles s'enfonçaient dans la forêt, le sol se faisait plus rocailleux et était jonché de branches d'un blanc ivoire qui constituaient autant d'obstacles. Devant, le terrain formait une côte abrupte qui venait buter contre le versant à pic des monts Anfell. À travers la cime des arbres, Mikira distinguait le plateau où, un peu plus haut, attendaient les drapeaux.

– Prends le passage direct ! lui enjoignit Talyana quelques instants avant que Mikira ne comprenne ce qu'elle voulait dire. Sur le coteau escarpé sinuaient des sentiers en lacets, lesquels offraient aux chevaux les plus faibles des chemins plus faciles, mais plus longs. Une piste plus raide coupait directement jusqu'au plateau, et Mikira s'y dirigea tout droit.

L'allure d'Atara flancha en attaquant la côte, mais elle continua sa course vaillamment, sa respiration haletante se mêlant aux coups de ses sabots dans la terre mouillée. Le cheval d'Arabella les devançait, et deux autres galopaient sur les passages latéraux.

Il y eut un éclat métallique, et Talyana poussa un cri de douleur, puis tint son bras là où un couteau l'avait entaillée. Mikira chercha son assaillant, mais celui-ci avait déjà bifurqué sur un autre sentier. Atara et la monture de Talyana atteignirent vite le plateau.

On y avait disposé des drapeaux un peu partout. Certains pendaient des branches, suspendus à des poulies qui les abaissaient et les remontaient, les mettant à la portée puis hors d'atteinte d'un cavalier qui chevauchait à la vitesse de l'éclair. D'autres n'étaient accessibles qu'à des chevaux capables d'escalader un des amas de rochers qui s'élevaient plus loin, ce qui exigeait qu'on les ait ensorcelés pour qu'ils bénéficient d'un équilibre à toute épreuve.

Mikira sauta à bas d'Atara et se dirigea vers des fanions posés par terre, mais à peine se fut-elle emparée de l'un d'eux qu'il l'entraina vers le sol – on l'avait enchanté pour l'alourdir. Atara tourna autour d'elle cependant qu'elle revoyait sa stratégie. Elles pouvaient porter l'excédent de poids, mais l'effort supplémentaire finirait par les fatiguer, et cela paraitrait suspect si Rezek la voyait avec. Atara ne pouvant pas gravir les rochers, il ne restait plus que les drapeaux de vitesse.

– Baisse-toi !

Au cri de Talyana, Mikira se jeta à terre, et un gourdin siffla au-dessus de sa tête. Atara se précipita sur l'assaillante et la mordit au bras. La femme hurla, sa monture se cabra, mais le golem ne la lâcha pas. La cavalière tomba ; on entendit un os se briser, et elle s'évanouit, les yeux révulsés.

– Tout va bien, dit Mikira en posant la main sur la poitrine d'Atara. Allons-y.

La jument mit un certain temps à obéir. Lorsqu'elle eut libéré sa proie, Mikira l'enfourcha. Plusieurs autres concurrents étaient aux prises les uns avec les autres ou tentaient de récupérer un fanion, mais Arabella et Dezaena avaient déjà le leur et redescendaient le coteau, suivi·es de près par Alren. Elle essaya de repérer Gren, mais la confusion générale l'en empêcha.

– Je surveille tes arrières ! annonça Talyana, en se positionnant entre elles et leurs adversaires. Attrape le drapeau.

Mikira plaça Atara sous l'une des poulies, et la jument s'immobilisa. Dressée en équilibre sur la selle, elle leva le bras à l'instant où le fanion descendait, et le décrocha. Elles inversèrent ensuite les rôles, Mikira protégeant Talyana pendant qu'elle se munissait à son tour d'un drapeau, puis elles amorcèrent le retour.

– On est vers le milieu du peloton, l'informa Talyana lorsqu'elles eurent regagné le plat. Tu devrais foncer devant.

Mikira hésita, mais Talyana avait raison. Rien ne garantissait qu'elles gagnent vu où elles étaient pour l'instant, et son amie connaissait l'ampleur de l'enjeu pour elle.

– Fais attention à toi ! cria-t-elle à Talyana, qui hocha la tête.

Puis elle laissa Atara accélérer.

Elles rejoignirent sans mal les cavaliers de tête, menés par Arabella. Un espace s'ouvrit, et Mikira desserra sa prise sur les rênes, prête à lâcher la bride au golem, mais alors quelqu'un faillit les percuter.

Atara esquiva l'autre cheval, puis fit claquer sa mâchoire dans sa direction. Gren jura et écarta sa monture.

Merde, merde, merde.

Mikira talonna Atara, mais la jument refusa de se détourner de Gren. Elle attaqua de nouveau et mordit l'étalon à l'épaule.

Gren lança un coup de couteau vers la gorge de Mikira.

Elle l'évita d'un vif mouvement en arrière, mais la lame lui laissa une légère estafilade sur l'arête du nez, et elle manqua de perdre l'équilibre. Elle serra fort les genoux et, d'une poussée de la main sur la croupe d'Atara, se remit en selle.

Gren frappa encore et rata. Mikira tira sur la bride et donna une pression des genoux, mais la jument ne réagit pas. Ses dents avaient déjà entaillé le cou de l'autre cheval, et elle ne cessait de projeter son poids contre lui, valant à Mikira de percuter Gren.

La route fit une courbe, et le grondement sourd du Greystel s'éleva alentour. Les arbres se clairsemèrent à la droite de Gren et révélèrent une profonde ravine. Le torrent grondait aussi fort que la cavalcade des chevaux, prêt à tout emporter sur son passage.

Gren n'aurait de cesse de la pourchasser tant qu'il ne l'aurait pas tuée. Atara pouvait rattraper le retard qu'elles accumulaient, mais Mikira ne pouvait gagner si elle était morte.

Gren précipita encore sa monture vers elle, mais cette fois, il ne visa pas Mikira.

Il planta son poignard directement dans l'épaule droite d'Atara.

La jument hurla, sa jambe céda, et elle s'effondra.

Le souffle coupé, Mikira roula comme une pierre dans un éboulis, la peau lacérée par le sol rocailleux. Elle s'arrêta en glissant dans la boue au bord de la ravine. Elle avait mal partout, la douleur surgissant de mille petites coupures.

Elle avait vaguement conscience des bruits sourds des sabots qui passaient à proximité, de sa respiration pantelante, des feuilles qui craquaient sous des pas plus légers, plus humains ; elle prit une vive inspiration et se jeta en arrière juste avant que la lame de Gren ne s'enfonce dans la terre là où elle se trouvait un instant plus tôt. Elle se releva en vitesse, ignorant les protestations de son corps, et dégaina un couteau.

Gren gronda, le visage moucheté du sang d'une précédente victime. Elle se tourna vivement et chercha Atara. Elle ne pouvait pas perdre un autre cheval, c'était hors de question – étendue dans la boue quelques pas plus loin, Atara se démenait pour se redresser. Son épaule était maculée d'un sang foncé qui se répandait jusqu'à ce que Mikira n'en voie plus que le rouge, que la colère démente des enchantements de la deuxième épreuve pâlisse en comparaison de la fureur qui brulait en elle en cet instant.

– Je vais te tuer ! hurla Mikira, mais Gren se contenta de rire et leva son poignard.

– Alors viens, fillette, je t'attends !

Elle esquiva le premier coup, le deuxième aussi. Puis la lame l'atteignit au bras. Elle s'avança dans la garde ouverte de Gren et lui entailla l'avant-bras. Il laissa tomber son arme en lâchant un halètement de douleur.

– Tu n'essaies même pas de terminer la course, haleta-t-elle. Tu veux juste m'éliminer.

– Lord Kelbra a été très clair : tu ne dois pas gagner.

Parce que le jockey de Rezek n'avait pas besoin de l'emporter pour que Mikira et Damien perdent – il suffisait qu'elle échoue.

Les lèvres de Gren se tordirent en un rictus mauvais, et il la percuta de plein fouet. Elle vacilla en arrière et laissa tomber son couteau à son tour. La boue se transforma en terre meuble, le sol s'enfonça sous ses pieds. Puis celui-ci glissa comme s'il poussait un soupir, se déroba sous elle et la précipita vers la rivière.

29
MIKIRA

Mikira s'accrocha à une racine. Le courant tirait sur ses pieds, décidé à l'entrainer au fond tandis qu'elle raclait la berge du bout de ses bottes, cherchant des prises sans succès. Elle tenta de se hisser vers le haut, mais ne fit qu'arracher davantage la racine, et glissa plus près de l'eau.

Transie de peur, elle poussa un juron.

– Kira ?

Elle leva brusquement la tête.

Le visage de Talyana apparut au-dessus de la ravine. La jeune fille se coucha à plat ventre, crocheta ses pieds dans une autre racine, et se pencha pour lui tendre la main.

Mikira leva vivement la sienne, et leurs doigts se frôlèrent. La racine céda encore et la rapprocha davantage de l'eau.

– Je n'arrive pas à t'attraper ! cria Mikira.

Talyana renonça à s'accrocher à la racine et s'avança plus, mais elles étaient quand même trop loin l'une de l'autre. Mikira n'avait plus de force. Si elle n'empoignait pas la main de Talyana tout de suite, elle ne tiendrait plus très longtemps.

– Essaie encore, l'encouragea son amie. Compte sur moi.

Mikira jeta un coup d'œil au torrent déchainé, puis en aval, où des rochers acérés dépassaient çà et là. Elle respira à fond et s'élança. Talyana lui saisit la main et tira. Mikira tenta de nouveau de prendre appui avec les pieds, en vain. Elles glissaient toutes les deux.

Quelque chose saisit la chemise de Talyana par-derrière. Une puissance phénoménale la tracta, ramenant Mikira avec elle par-dessus le bord juste avant qu'elles se lâchent. Toutes les deux s'affalèrent dans la boue, pantelantes et les muscles en feu, Atara dressée au-dessus d'elles tel un ange gardien, les narines évasées.

– Par les enfers, haleta Mikira, tandis que la jument baissait la tête vers elle et lui soufflait de l'air chaud au visage.

Gren avait disparu. Peut-être avait-il cru s'être débarrassé d'elle, ou l'arrivée de Talyana l'avait-elle fait fuir.

Talyana se relevait déjà. Elle l'aida à se mettre debout.

– Il faut que tu fonces. Tu dois finir la course.

Mikira, elle, secoua la tête, en montrant l'épaule blessée d'Atara.

– Je n'ai plus aucune chance de gagner, maintenant. Et toi… tu as perdu quand tu t'es arrêtée pour me secourir. Je suis vraiment désolée, Tal.

– Il n'est pas forcément trop tard ! se récria Talyana, qui saisit la bride de sa monture et la fourra dans les mains de Mikira. Prends ma jument.

– Je ne peux pas ! Je n'ai pas le droit de gagner sur un cheval enchanté.

Ces paroles dénouèrent une tension en elle. Elle s'empara des lanières effilochées et ravala ses émotions. Ce n'était pas le moment de perdre son sang-froid. Il devait bien exister un moyen de s'en sortir.

Atara la poussa du bout du nez et agita la tête, signe plus évident que jamais qu'elle désirait courir.

– Tu es blessée, lui dit Mikira, la gorge serrée.

Au sommet de sa forme, Atara aurait pu sans mal rattraper leur retard, mais son épaule était poissée de sang, son souffle était lourd alors même qu'elle était immobile.

La jument hennit et lui donna une bourrade plus forte.

– Je ne maitrise pas le langage des chevaux, mais je vois bien qu'elle tient à reprendre la course, commenta Talyana, tout en observant la jument d'un drôle d'air.

Atara hennit de nouveau et martela le sol de sa jambe blessée afin de montrer sa force. Bien que rongée par l'hésitation, Mikira ne pouvait pas renoncer comme ça. Si Atara voulait foncer, elles allaient foncer.

– D'accord, dit-elle, avant d'enfourcher Atara avec précaution, pour ne pas peser sur elle trop brutalement.

– Il reste une grosse dizaine de concurrents, pas plus, déclara Talyana. Il te suffit de battre les tout derniers.

Elle allait devoir les doubler avant d'approcher de la ligne d'arrivée. Si Rezek la voyait accomplir une telle remontée, cela confirmerait ses soupçons qu'elle trichait.

Talyana remonta en selle à son tour.

– Chaque fois que je le pourrai, je leur mettrai des bâtons dans les roues, annonça-t-elle.

Mikira lui donna une pression sur le bras.

– Merci, Tal.

Son amie sourit.

– Tu me remercieras quand tu te seras qualifiée.

Mikira fit partir Atara au galop, Talyana tout près derrière elle. Si sa jambe blessée la gênait, la jument se faisait violence pour surmonter la douleur. Elle n'était pas aussi vive que d'ordinaire – Mikira constatait à présent à quel point elle s'était habituée à la vitesse phénoménale du golem –, mais elle restait d'une rapidité incroyable, au point que la monture de Talyana peinait à suivre.

Elles rejoignirent un petit groupe qui galopait à une vitesse de non enchantés – des chevaux qui ne bénéficiaient sans doute que d'un charme d'endurance. Talyana coupa leur trajectoire et les força à faire de grandes embardées.

– Allez, ma grande, chuchota Mikira, lorsqu'elle sentit Atara faiblir.

Même avec un enchantement d'endurance, cinq kilomètres à plein galop auraient été éreintants. Avec une jambe blessée, c'était un exploit impossible, pourtant, l'espoir qui s'était évaporé quand Atara était tombée lui revenait petit à petit.

Atara n'avait pas abandonné. Mikira ne le ferait pas non plus.

La blessure de la jument l'empêchant de franchir le pont, elle dut ralentir pour traverser le Greystel. Certains adversaires qu'elles avaient dépassés les rattrapèrent alors, plus d'un étant avantagé par un sortilège de stabilité. Ils atteignirent l'autre berge en même temps que Mikira, mais lorsqu'elle talonna Atara, celle-ci les distança sans mal.

Elle entendit l'un d'eux pousser un juron lorsque Talyana coupa de nouveau leur trajectoire et galopa devant eux en zigzag pour les freiner.

Lorsqu'elles s'engagèrent dans la dernière ligne droite, il n'y avait plus d'autres chevaux sur la piste. Tous les concurrents avaient fini ou se trouvaient derrière elles.

Il n'y avait que Mikira et Atara.

– Allez ! l'encouragea-t-elle encore.

L'animal respirait vite, avec effort. Sa foulée faiblit.

La ligne d'arrivée était en vue. Arrivaient-elles déjà trop tard ?

Les jambes d'Atara tremblèrent. Elle se rattrapa juste à temps pour ne pas tomber, mouvement brusque qui remua l'estomac de Mikira. La jument tenta de repartir au trot, mais chaque pas sur son sabot droit lui était douloureux. Elle claudiqua entre le pas et le trot, en se donnant beaucoup de mal, sans que Mikira ne puisse rien faire d'autre que prier, lui promettre des pommes, de longues balades en forêt, et le droit de mordre qui bon lui semblait.

– Encore un peu de courage, lui susurra-t-elle, se penchant en arrière pour ne pas peser sur sa jambe avant.

La jument agita la tête et s'élança en avant, réussissant un dernier trot claudicant pour franchir la ligne.

La voix de l'annonceuse lui parvint à travers le grondement des sabots et du sang à ses oreilles.

– Et à la dixième place, Mikira Rusel !

– Où est-elle ? demanda Ari en se précipitant dans l'écurie de fortune, suivie de près par Damien et Reid.

Avachie contre le box d'Atara, Mikira se redressa d'un bond, si épuisée qu'elle faillit se laisser retomber aussitôt. Atara repliait la jambe droite pour la soulager. Elle hennit doucement quand Ari entra, et baissa la tête pour réclamer des caresses. L'enchanteresse ralentit pour l'étreindre.

– Tout va bien, chuchota-t-elle, en lui caressant le flanc.

Elle immobilisa sa main au-dessus de la blessure.

Celle-ci semblait affreuse, le poignard de Gren avait percé jusqu'aux couches de muscle et de graisse au-dessous. Du sang coagulait dans son poil foncé et continuait à s'écouler de la plaie.

– Tu ne peux rien faire ? s'enquit Mikira, en se tenant à la porte de la stalle, submergée par le désarroi.

Si Atara ne pouvait plus courir, c'en était fini d'elles, mais surtout, la perspective que l'animal soit à tout jamais boiteux lui donnait la nausée. Elle songea à Ailene étendue sur le canapé, le regard dépourvu de toute étincelle.

– Je ne sais pas, répondit Ari. D'habitude, je ne revois jamais les golems après les avoir créés, mais là je perçois…

Elle n'acheva pas sa phrase, son attention se portant sur quelque chose que les autres ne voyaient pas.

– Qu'est-ce que c'est ? demanda Mikira, en se penchant vers elle.

– Ma magie. Je la sens, comme un lien entre nous.

Ari appuya plus fort sur l'épaule d'Atara, qui souffla d'inconfort, mais la jument encaissa la douleur.

– Pas un bruit, vous autres, leur enjoignit Ari.

Ils obéirent cependant qu'elle fermait les yeux et se mettait à psalmodier en kinien. Sous le regard émerveillé de Mikira, de la lumière émana de sa peau et se massa autour de la blessure d'Atara, avant d'en ressouder lentement la peau.

Quand la lumière reflua, la plaie avait disparu.

– La Déesse soit louée ! s'exclama Mikira. Comment tu as fait ça ?

Ari contempla ses doigts d'un air vaguement stupéfait. Ce fut Damien qui répondit :

– Puisque c'est sa magie qui a formé la chair d'Atara, je suppose qu'il lui suffisait de recommencer.

Atara agita la tête, et Mikira eut un sourire radieux, avant de s'affaler dans le siège le plus proche, éreintée.

Elle se rendit compte qu'elle s'était endormie seulement lorsqu'elle revint à elle dans un box vide, où Reid lui bandait le bras. Une odeur d'herbes désinfectantes lui piqua les narines.

Quand il vit qu'elle s'était réveillée, il lui tendit une grande tasse de thé.

– Tiens, bois ça.

– Du thé ? À quoi ça va servir ? s'enquit-elle, encore dans le brouillard, tout en saisissant la tasse.

Il cligna des yeux d'un air heurté.

– À quoi ça va…

Il ravala ses mots et termina de suturer la plaie en grommelant. Elle remarqua avec quelle douceur et quelles précautions il s'y prenait.

– Et les autres ? le questionna-t-elle.

– Ils sont en train de charger Atara.

– Dommage, intervint une voix mielleuse. J'aurais voulu inspecter cet animal moi-même.

Mikira se releva si brusquement que la tête lui tourna. Rezek les observait depuis la porte du box, et la main que Reid posait sur le bras de Mikira n'échappa pas à son regard acéré. Le jeune homme la retira en vitesse.

Rezek fit courir son doigt sur la rainure du battant.

– Apparemment, vous avez conclu une alliance. On ne parle que du cavalier qui a empêché les autres de finir la course, même si personne ne connait son nom.

Reid décocha un coup d'œil surpris à Mikira, mais elle l'ignora.

– C'est n'est pas contraire aux règles, rétorqua-t-elle. Désigner une concurrente comme cible et tenter de la tuer, si, par contre.

Un sourire courba les lèvres de Rezek.

– En effet, ça serait un problème. Mais vous n'avez aucune preuve, n'est-ce pas ?

Mikira grinça des dents et s'efforça de ne pas tenir des propos qu'elle aurait pu regretter. Rezek porta la main au loquet, et le décrocha. La porte pivota vers l'intérieur, et Mikira recula, éprouvant une conscience aigüe du moindre centimètre qui les séparait.

Il s'avança.

– Gren m'a informé que votre cheval avait été blessé. Alors comment avez-vous terminé la course ?

« *Avait été* » blessé, comme si le poignard de Gren n'y était pour rien.

– Il s'est trompé, intervint Reid. C'était le sang d'une autre monture.

Rezek fit un pas de plus, les yeux toujours braqués sur elle.

– Si vous me mentez, Miss Rusel, les conséquences seront bien plus terribles que si vous perdez votre pari.

Reid se glissa entre eux. Mikira aurait voulu disparaitre derrière lui, là où le regard de Rezek n'aurait pas pu la suivre, et dire à ce dernier d'aller bruler en enfer.

Dans le silence qui s'installa, une rumeur étouffée s'éleva. Mikira et Reid échangèrent un bref regard, puis la porte s'ouvrit à la volée. Une foule de spectateurs s'était massée dehors, et tous tendaient le cou dans l'espoir de voir à l'intérieur. Leurs voix nombreuses s'unirent pour n'en former plus qu'une : « Rusel ! Rusel ! Rusel ! »

Chaque scansion de son nom de famille tirait sur la peur enchevêtrée en elle, la déroulait et la remplaçait par un autre sentiment. Mikira prit Reid par la main et se faufila à côté d'un Rezek renfrogné pour gagner l'écurie principale. Les vivats de la multitude redoublèrent et lui donnèrent des ailes.

Derrière la foule, Damien et Ari l'observaient, un sourire entendu aux lèvres.

Mikira se retourna rapidement vers Rezek, qui dissimulait à peine son agacement.

– Je vais gagner, lui dit-elle, avant de s'enfoncer dans la cohue.

30
ARIELLE

Ari referma son grimoire d'enchantements et frotta ses yeux secs, la tête martelée par une migraine. Elle ignorait comment Damien parvenait à étudier des heures d'affilée. En cet instant même, et comme c'était le cas depuis plusieurs jours après la troisième course, il était plongé dans le Racari, à son bureau, occupé à griffonner des traductions.

Le fait qu'elle ait soigné Atara avait attisé sa curiosité ; quant à elle, cela n'avait fait qu'accroitre son malaise. Même si elle continuait à porter le collier de son Saba comme il le lui avait suggéré, elle ne pouvait se défaire d'un profond sentiment d'étrangeté. Où qu'elle aille, elle se sentait scrutée, assaillie en permanence par l'impression qu'un détail lui échappait. Son esprit était embrumé, distant, ses pensées se dérobaient sans cesse à elle.

Plus d'une fois, elle s'était surprise à se demander ce qui se passerait si elle arrachait le collier et s'abandonnait à la chose tapie dans les ténèbres.

Le vent hurlait, cognait contre les fenêtres et brisait des rameaux. Elle se laissa apaiser par ce bruit. Elle se plaisait à songer à la puissance de la tempête, à l'écouter remodeler le monde à sa guise. Selon elle, c'était très semblable au regard qu'elle avait vu dans les yeux de Mikira après la course – cela avait tout changé chez elle, jusqu'à sa façon de se tenir. Son amie ne pouvait peut-être pas s'enchanter elle-même, mais elle possédait sa propre forme de magie, à présent.

Ari posa le livre sur une pile d'autres ouvrages, puis alla servir deux whiskys tout en s'émerveillant d'être assez à l'aise pour prendre cette initiative. Un acte minime, certes, mais celui d'une jeune femme qui avait sa place, ce à quoi elle n'était pas sûre de s'habituer un jour.

– Tu es devenu complètement accro à ce livre, on dirait, lui dit-elle.

Elle plaça un verre à côté de lui, et but une gorgée de l'autre. Les multiples saveurs se mêlèrent sur sa langue, une chaleur agréable lui tapissa la gorge.

Il leva les yeux distraitement, puis reporta son attention sur le livre, avant de se rendre compte de ce qu'il venait de faire, et de relever la tête aussitôt.

– Je te demande pardon. Ma sœur trouve que j'ai tendance à être obsessionnel.

À l'évocation de Shira, Ari éprouva un pincement de malaise, même si Damien affirmait qu'elle n'aspirait pas à succéder à leur père. Tant de pièces mobiles tournaient autour d'eux : l'Illinir, le marché que Damien avait conclu avec Rezek, l'Ascension pour désigner le prochain héritier des Adair, la magie déroutante d'Ari. Elle craignait que tôt ou tard, l'une d'elles se décroche et se fracasse.

Damien jeta un coup d'œil à l'horloge murale.

– Il est déjà si tard ? s'étonna-t-il, avant de passer la main dans ses cheveux et de se lever. J'ai quelque chose pour toi, que je voulais te donner plus tôt.

Il alla chercher une grande boîte plate et blanche et la lui tendit. Curieuse, elle s'en empara et posa son verre sur le bureau. Elle caressa le ruban de soie noire qui entourait le carton. Une inscription en caractères dorés se répétait sur toute sa longueur : *Sinclair*, *Sinclair*, *Sinclair*.

C'était une boutique d'Ettinger Street qu'elle ne connaissait que de nom, et dont elle n'avait jamais cru possible de posséder un article un jour.

– Vas-y, ouvre, l'encouragea Damien à mi-voix.

À l'intérieur se trouvait la robe la plus magnifique qu'Ari ait jamais vue. Avec d'infinies précautions, elle la sortit de la boîte. De la soie noire se déroula, aussi lisse et brillante que le pelage d'une panthère au clair de lune. Des plumes d'un rouge profond la ceignaient juste au-dessous de la taille et remontaient le long des fines couches d'étoffe noire qui constituaient le corsage. Plusieurs d'entre elles descendaient sur les flancs, telles des braises de couleur vive.

– Elle est superbe, dit-elle dans un souffle.

– C'est pour le bal des Kelbra. J'ai pensé que ça te dirait de venir, demain soir.

Par le passé, cette perspective l'aurait terrifiée. Rien qu'en assistant à la dernière course, elle avait croisé beaucoup plus de monde que depuis bien longtemps. Mais à présent, l'idée de se présenter dans cette salle de bal en compagnie de Damien, Reid et Mikira l'enthousiasmait au plus haut point.

– Merci, dit-elle.

– Tu veux l'essayer ?

Damien pointa le menton vers la porte de sa chambre. Un petit frisson la parcourut, et elle hocha la tête.

On avait mis les lampes enchantées en veilleuse, aussi la pièce était-elle plongée dans la pénombre. Des rideaux en velours foncé couvraient les fenêtres, et, tout au fond, des draps de soie noire ondulaient comme des vagues sur le lit défait. On avait laissé un livre ouvert sur un oreiller, et un assortiment de verres vides posés sur la table de chevet rendait soudain les lieux très intimes.

Elle s'enferma pour se changer. Tandis qu'elle attachait une série d'agrafes sous son bras, de la musique lui parvint d'à côté. Elle se sentit rougir. Contente d'être seule dans l'obscurité, elle plaqua la main sur sa poitrine, où la pointe du collier de son Saba pesait contre son décolleté en cœur, et souffla lentement.

Puis elle s'engagea dans le salon.

Damien contemplait la nuit au-dehors, un verre dans une main, l'autre glissée dans sa poche avec décontraction. Il se retourna, son expression se détendant tandis qu'il promenait le regard sur toute la longueur de la robe. Lorsqu'il reporta son attention sur son visage, Ari en avait oublié de respirer.

– Tu es parfaite, lui dit-il.

Elle savoura le compliment. Au cours des dernières semaines, la peur qui l'habitait s'était effacée, laissant la place à un feu brulant. Il lui fallait encore arracher cette peur jusqu'aux racines, mais elle avait appris à se construire par-dessus.

Damien posa son verre et lui remit un petit étui noir.

– Je t'ai fait fabriquer ça, aussi.

Elle le prit, souleva le couvercle, et découvrit un anneau fin en or serti d'une émeraude. Pendant quelques secondes, elle ne put en détacher les yeux. La robe à elle seule valait plus que tout ce qu'elle avait jamais possédé ; et maintenant, *cette bague*.

– La pierre est insérée à même l'anneau, sans châssis, expliqua Damien en la sortant de la boîte. Elle sera en contact avec ta peau en permanence.

Elle allait donc pouvoir l'utiliser pour s'enchanter à tout moment. Il pensait vraiment à tout.

Lorsqu'il dirigea vers elle un regard interrogateur, elle lui présenta sa main droite. En douceur, il lui passa la bague à l'annulaire – elle lui allait à la perfection.

– Elle te plait ?

Elle caressa la bague avec son pouce.

– Je l'adore.

Il lui tendit la main, qu'elle prit machinalement, retrouvant la même chaleur, les mêmes doigts calleux que la fois précédente.

Au son d'une douce mélodie, il mit alors l'autre main sur sa hanche. Elle posa celle qui lui restait de libre sur les muscles fermes de son épaule. Elle sentait contre elle la chaleur de Damien, les trainées incandescentes que ses doigts faisaient jaillir sur sa taille. Les sensations qui autrefois lui auraient paru étrangères lui semblaient à présent tout à fait naturelles.

Ils valsèrent lentement en une succession de pas obliques, très près l'un de l'autre.

Tandis qu'ils tournaient et glissaient, que Damien la conduisait par la pression de ses hanches ou de ses mains, le corps d'Ari s'embrasa. Un feu ardent brulait en elle. Elle s'accrocha à cette sensation, au pouvoir qui s'écoulait en elle, certaine que l'expression du visage de Damien, l'intensité qu'elle lisait dans son regard, signifiait qu'il le ressentait aussi.

Le morceau ralentit, puis s'acheva. Ils ne se séparèrent pas.

– Si je ne te connaissais pas si bien, je pourrais croire que tu cherches à me séduire, déclara-t-elle dans un souffle, incapable de le regarder.

– Ça ne me paraitrait pas anormal, répondit-il, la voix basse. Étant donné tout ce que tu provoques en moi.

Ces mots s'insinuèrent en elle, pareils à de la fumée de vérillion, et l'attirèrent vers lui. Elle ferma les yeux, se rapprochant encore. *Non, c'est une erreur*. Elle ne méritait pas ce cadeau. Pas après ce qu'elle avait fait. Ce contentement, cette joie – un monstre n'en était pas digne.

– Tu ne comprends pas, dit-elle doucement. Mon pouvoir…

Elle s'écarta de lui et ajouta :

– Tu ne sais pas quelle horreur j'ai commise.

Damien la serra contre lui, effaçant la distance qu'elle venait de créer. Il lui souleva le menton pour qu'elle le regarde dans les yeux.

– Je te le répète, je n'ai pas peur de toi.

De si près, elle percevait les vibrations de sa voix dans sa poitrine.

– Tu es magnifique, Arielle Kadar, et je ne laisserai personne me contredire, surtout pas toi.

Puis il l'embrassa.

Son baiser fut doux, d'une délicatesse surprenante, pareille à un effleurement. Elle prit pleinement conscience des mains qu'il posait sur son corps, l'une toujours sur sa hanche, l'autre se glissant dans ses cheveux. Elle remonta les siennes contre les muscles de son dos. Les martèlements de l'orage contre la demeure étouffèrent les battements affolés de son cœur.

Lorsqu'il retira ses lèvres, elle avait le visage en feu, le souffle bloqué dans sa gorge. Elle lut dans son regard un désir ardent. Elle éprouvait le même. Sans un mot, elle pressa ses lèvres contre les siennes, et s'abandonna à la tempête.

À son réveil, elle était debout dans le grand salon.

Il faisait noir, les lampes étaient éteintes pour la nuit. Petit à petit, les alentours se révélèrent à elle. Les braises mourantes dans le foyer. Les rayons lunaires qui filtraient à l'oblique par la baie vitrée.

Elle s'était endormie dans le lit de Damien – elle ne se rappelait pas s'être levée ni avoir marché jusque-là. Elle respira à fond et observa sa chemise de nuit.

Pas de sang.

Soulagée, elle contrôla la plante de ses pieds et constata qu'elle était propre. Vraisemblablement, elle n'avait pas quitté le manoir.

Puis elle porta la main à son cou – le collier de son Saba n'y était plus. Elle fit volte-face, et le repéra dans une flaque de clair de lune par terre à côté du lit. S'était-il décroché pendant son sommeil ?

Que veux-tu ? demanda-t-elle à la voix, sans obtenir que le silence.

Elle alla jusqu'au bureau, où le Racari semblait l'attendre. Elle en caressa la couverture en cuir, et le livre l'attira comme un aimant. *Approche, approche, approche*, lui murmurait-il. Elle se sentit s'incliner en avant, comme s'il elle pouvait se glisser entre les pages et s'y blottir, rassasiée de papier, d'encre, et de mots source de magie.

Non.

Ari s'empara de l'ouvrage et le jeta à l'autre bout de la pièce. Il s'écrasa contre une lampe, qui se brisa par terre.

– Arielle ? fit la voix de Damien, qui parut lointaine.

Elle s'y raccrocha, la laissa la remonter à la surface telle l'eau d'un puits. Il était dans l'embrasure de la porte, vêtu seulement d'un pantalon. Des fragments de souvenirs fusèrent en elle : peau contre peau, ses mains délicates, des mots doux susurrés. Elle n'avait jamais couché avec un garçon avant lui, et elle ne regrettait pas son choix.

– La tempête m'a réveillée.

Damien regarda la lampe, puis s'approcha de la cheminée pour raviver le feu. La lune créait des reflets argentés sur la peau brune de son dos, et elle éprouva un désir impérieux de le caresser.

Elle s'assit dans la causeuse, où il la rejoignit après avoir rallumé la flambée. Il la prit par l'épaule, et elle le laissa la serrer contre sa poitrine, où elle écouta les battements de son cœur.

– Je suis désolée pour la lampe.

– Je m'en moque, de la lampe. Ce qui m'intéresse, c'est pourquoi tu l'as cassée.

Elle crispa la mâchoire. Comment pouvait-elle expliquer ce qui lui échappait en grande partie ? Elle aimait sa magie et la craignait à la fois. Celle-ci lui inspirait autant de fascination que de fureur, la rendait aussi forte qu'elle la minait. Peut-être ignorait-elle ce qui lui arrivait, mais elle savait que c'était lié à ce livre.

Comme s'il la soumettait à son contrôle.

– J'étais en colère.

Elle avait l'impression de mentir, mais aussi de dire la vérité. Cette réponse n'englobait rien de ce qu'elle ressentait, et tout à la fois, paradoxe qu'il lui avait fallu très longtemps pour comprendre.

Elle était furieuse.

Furieuse contre ses parents, qui l'avaient coupée du monde toute sa vie. Contre leurs secrets. Elle s'en voulait de ce qu'elle avait fait, d'avoir fui. De ne pas y voir plus clair, et du fait que même si le livre lui apportait plus de puissance, il se nourrissait aussi d'elle. Parce que, fondamentalement, elle savait ce qui se passait, sans toutefois pouvoir s'arrêter.

– Je suis en colère, répéta-t-elle. Et je ne veux pas l'être.

– Pourquoi ?

Que répondre à cela ? Depuis toujours, ses parents lui avaient seriné de ne pas attirer l'attention sur elle. De ne jamais laisser ses émotions prendre le dessus, pour que personne ne la remarque. Elle comprenait à présent que c'était de cela qu'ils avaient peur, et que d'une certaine manière, ils savaient.

– Parce que ça revient à perdre le contrôle, déclara-t-elle au bout d'un moment, en se redressant afin de voir son visage.

Damien resta silencieux, un coin de ses lèvres se recourbant d'une façon qu'elle avait fini par trouver touchante. Cela signifiait qu'il se concentrait.

– Autrefois, Rezek Kelbra était mon ami le plus proche, lui révéla-t-il.

Elle ne s'y attendait pas. Rezek ne semblait vraiment pas du genre à avoir des amis, et Damien était tout le contraire d'un mondain.

– Nous avons fait connaissance quand ma famille a accédé au statut de maison noble, reprit-il. Les membres des autres maisons nous méprisaient. Nous avions mérité notre titre autant qu'eux, mais ils continuaient à nous traiter comme des imposteurs. Rezek, lui, a été gentil avec moi. Ni lui ni moi n'étions tout à fait à l'aise dans nos familles respectives, et nous entretenions tous les deux des relations compliquées avec notre frère aîné. Et Rezek n'a pas toujours été si… malfaisant.

C'était difficile à imaginer. À en croire Mikira, il se délectait de sa cruauté et du contrôle qu'il détenait sur la vie des autres.

– Quelque chose a changé quand j'ai eu treize ans. L'Ascension de sa famille a commencé, et Rezek savait qu'il n'avait aucune chance de l'emporter. Le fait qu'il ne soit pas le fils dont rêvait Eradas Kelbra est un secret de polichinelle, à Veradell. C'était son frère, l'enfant chéri, et Rezek posait problème.

Damien pencha la tête en arrière et contempla l'orage faiblissant.

– Leur défi consistait à porter le coup le plus terrible à une autre maison, ajouta-t-il.

Le même défi que celui imposé par son père.

– Nous nous étions fait une place dans tout ce qui auparavant était le pré carré de la maison Kelbra. Vérillion, courses, chevaux enchantés. Mon père voulait prendre des parts dans tout ce qu'Eradas possédait, et il a réussi. Nous détenons trente pour cent des cultures de vérillion de l'Enderlain, à présent, et chacun sait que nos lignées d'enchantés sont supérieures, nos hippodromes plus lucratifs.

La voix de Damien se crispa, seul signe que son récit devenait plus difficile à relater. Elle glissa la main dans la sienne, leurs doigts s'entrecroisèrent.

– Rezek a pensé que s'il nous conduisait à la ruine, nous, la plus grande source de honte de son père, il pourrait gagner.

Un muscle de sa mâchoire se tendit.

– Alors, pour y parvenir, il a tué ma mère.

Ari en eut le souffle coupé.

– Je l'ai trouvée en train d'agoniser, poursuivit-il. Tu as déjà guetté chaque souffle de quelqu'un ? Supplié pour que la poitrine de cette personne se soulève encore une fois, marchandé avec tous les dieux qui veulent bien t'écouter, promis d'accomplir toutes leurs volontés, pourvu qu'ils la sauvent ? Tu as traversé cette épreuve ?

Alors même qu'il lui posait cette question, Ari comprit qu'il connaissait la réponse. Il l'avait devinée, car ce genre de détails ne lui échappait jamais.

– Oui.

Elle n'eut pas la force d'en dire davantage.

– C'est seulement après que j'ai découvert mon frère caché dans l'autre pièce.

Sa voix se fit rauque, seul signe de sa colère.

– Il a regardé Rezek la poignarder, et il n'a pas bougé. Autrefois, j'aurais fait n'importe quoi pour obtenir son approbation. Ce soir-là, je me suis juré de devenir le prochain chef de la famille.

Il la regarda dans les yeux et poursuivit :

– Ma mère est morte à cause des Kelbra. Je vais leur prendre l'Illinir, mais ce n'est que le début.

Voilà pourquoi il avait conclu ce pari avec Rezek : pas uniquement pour remporter l'Ascension de sa famille, mais pour se venger du garçon qui avait tué sa mère. Et à présent, son frère, un homme dont il avait cherché le respect depuis tout petit, conspirait avec son pire ennemi.

– Ce qui accompagne le chagrin et dont personne ne parle, c'est la colère. La colère contre ce qui s'est passé, contre l'auteur du crime. Contre soi-même parce qu'on n'a pas pu l'empêcher. Contre le monde entier ou les dieux, que l'on soit croyant ou pas. On a été blessé, et pour obtenir vengeance on veut tout mettre à feu et à sang.

Chacun de ses mots résonnait puissamment en elle. Elle connaissait ces sentiments, ces considérations. Elle les gardait contre son cœur fragile.

– Mais quoi qu'on fasse, ça n'arrange rien. Parce que face à la tragédie, on n'est rien. On n'a aucun contrôle, et quand on le comprend, ça nous brise. On ne s'en remet jamais. Pas vraiment.

Il lui caressa les cheveux et effleura sa joue du bout des doigts.

En silence, il descendit du fauteuil pour s'agenouiller devant elle et serrer ses mains dans les siennes.

– Jamais je ne te dirai d'étouffer ta colère. Quand la vie t'a tant pris, c'est parfois tout ce qui te reste. Mais si tu n'en fais rien, elle te rongera.

La lueur de la flambée brillant dans ses yeux, il ajouta :

– Alors, sois en colère, ma lionne, et que le monde tremble devant toi.

Ce fut comme s'il avait prononcé un sort, fait une promesse qui s'immisça en elle, les enveloppa tous les deux, formant un lien fort. Elle se pencha vers lui et glissa les doigts dans ses cheveux. Cette fois, lorsqu'elle l'embrassa, ce fut avec fougue.

31
MIKIRA

La salle de bal des Kelbra était exactement comme dans le souvenir de Mikira.

Illuminée par des lustres enchantés chargés de diamants, décorée d'œuvres d'art présentées dans des cadres dorés, la pièce baignée de richesses brillait tel un joyau étincelant. Il y avait des enchantements de toute sorte, parmi lesquels des oiseaux au plumage d'or, suspendus à des fils invisibles, qui volaient avec l'agilité des vrais, ou encore des décors animés sur les innombrables lucarnes, figurant tour à tour montagnes enneigées et mers d'un bleu saphir.

Elle était déjà venue, il y avait très longtemps. Eradas Kelbra voulait un enchanté des Rusel pour se mesurer aux Adair, mais son père le lui avait refusé. Les chevaux des Kelbra avaient une fâcheuse tendance à mourir jeunes. Mikira gardait de cette soirée des souvenirs limpides. La façon dont Eradas avait d'abord tenté de soudoyer son père, avant de le menacer. Il avait juré de le ruiner, de le jeter en prison, de tout lui prendre. Son père, lui, s'était contenté de sourire, de demander à Lord Kelbra si c'était tout, puis s'était retiré. Eradas n'avait jamais mis ses menaces à exécution, mais Rezek, si.

Mikira était une bien piètre descendante. Une seule menace et elle pliait.

– Ça va ? s'enquit Ari lorsqu'elles entrèrent. Ça fait une semaine que tu es bizarre.

– Je vais très bien.

Elle grimaça en entendant son ton cinglant. C'était pour cette raison qu'elle avait évité les autres autant que possible depuis quelques jours. Elle ne pouvait pas leur mentir délibérément ni les regarder sans songer à son échange avec Reid et à la vérité sur l'objet qu'elle cachait dans sa chaussure, par peur de ce qui pourrait se produire si ses sœurs le découvraient. La bague était pareille à une braise ardente contre sa peau.

Damien allait voir clair dans son jeu, ce n'était qu'une question de temps, et elle connaissait sa manière de traiter les menaces.

Au lieu de s'offusquer, Ari glissa son bras dans le sien, ce qui ne fit qu'aggraver la culpabilité qui l'accablait.

– Excuse-moi, dit-elle tandis qu'elles se faufilaient parmi les nombreux convives, à la recherche de Damien.

Reid et lui étaient partis seuls quand Ari avait insisté pour faire à Mikira un chignon tressé qui lui donnait l'impression de porter une couronne.

« Une armure, lui avait-elle dit, pour affronter Rezek ».

Mikira lui serra le bras plus fort.

– C'est juste que… je suis inquiète à cause de Damien.

Ari ralentit et la fit pivoter face à elle.

– Comment ça ?

Par les enfers, comment présenter les choses ? Elle ne pensait pas Ari capable de révéler ses soupçons à Damien, mais elle savait également qu'elle tenait à lui et misait gros sur leur réussite. Elle ne voulait pas semer la discorde entre elles à cause d'accusations infondées.

– Et s'il était dangereux ? s'enquit-elle à mi-voix.

– Il l'est, répondit aussitôt Ari. Mais moi aussi.

La ferveur dans sa voix dérouta Mikira. Il avait toujours émané d'Ari une vive intensité, mais celle-ci s'était accrue au cours des dernières semaines, lors desquelles elle s'était plongée plus profondément dans la magie.

Ari inclina la tête sur le côté.

– Qu'est-ce qui te fait dire ça ? enchaina-t-elle.

– Rien de spécial, rétorqua vite Mikira, regrettant déjà d'avoir abordé le sujet. Je tenais juste à m'assurer que tu ne craignais rien.

Ari lui reprit le bras.

– Il ne me fait pas peur, Kira. Avec lui, je me sens en sécurité. Tu comprends, n'est-ce pas ?

C'était le cas, au plus profond d'elle-même, mais dans un coin de sa tête, elle commençait à s'inquiéter de ce qu'elle avait dû sacrifier pour cette sécurité. Et ce qu'Ari avait dû sacrifier, elle aussi.

Deux femmes s'approchèrent d'elles, chacune avec un stylo tendu devant elle, mettant de fait un terme à la conversation. Ari lui donna une pression sur le bras et se faufila dans l'assemblée pour aller retrouver Reid et Damien. Cette fois, Mikira sourit à ses admiratrices et signa leurs carnets. Cela lui fut plus facile ; elle n'eut pas à forcer son amabilité.

Non loin de là, un groupe remarqua l'agitation et se massa
autour d'elle, en scandant d'un ton enjoué : « Rusel ! Rusel ! Rusel ! »

Comme à la fin de la troisième course, elle sentit leur adoration la traverser tel un torrent. Elle avait une certaine influence, en ce lieu – comme son père autrefois. Leur nom avait alors du poids, il leur valait des propositions lucratives, des faveurs facilement accordées, et un flux régulier d'acheteurs pour leurs enchantés. C'était de nouveau le cas.

– Tu t'habitues beaucoup trop vite au succès, grommela une voix à côté d'elle.

Reid l'arracha à la multitude toujours plus nombreuse.

Mikira n'aurait pas su expliquer l'effet que leur adulation provoquait en elle. Elle avait l'impression d'être une géante, capable de tout affronter – même Rezek. Elle se contenta donc de lever les yeux au ciel, puis le suivit jusqu'au petit groupe auquel étaient mêlés Damien et Ari, et dont les membres s'écartèrent devant eux.

Mikira reconnut les autres trop tard : le prince Darius Zuerlin, et, à côté de lui, Rezek. Ce dernier portait un gilet brodé d'un bleu glacier constellé de pierres précieuses, ainsi qu'une veste blanche tout aussi extravagante, tenue qui absorbait le peu de chaleur présente dans ses yeux.

Damien prit la parole avant qu'elle ait pu réagir.

– Votre Altesse, je vous présente ma jockey, Miss Mikira Rusel.

Elle fit une révérence raide.

Darius Zuerlin aurait presque pu être le double de son cousin : cheveux clairs, traits ciselés, yeux pareils à de la glace qui demeuraient gelés même lorsqu'il souriait. Mais alors que Rezek s'assurait l'obéissance d'une poigne implacable, Darius, lui, se tenait au-dessus de la mêlée, certain que l'assemblée allait se prosterner devant lui.

– Je suis très impressionné par l'animal que vous m'avez livré, Miss Rusel, dit-il. Presque autant que par votre course de l'autre soir.

– Merci, Votre Altesse.

Elle parvint à garder une voix stable, malgré la peine qu'elle éprouvait en songeant à Iri. Le prince avait beau avoir levé l'embargo officieux sur les enchantés des Rusel, il n'en restait pas moins un Zuerlin. Il était toujours responsable de la guerre qui avait couté la vie à Lochlyn. Si elle lui parlait de son père maintenant, il n'interviendrait pas. À la vérité, il ne valait pas mieux que Rezek.

– J'ai hâte d'être à la dernière course, dit-elle en soutenant son regard. Je pourrai alors vous montrer de quoi je suis vraiment capable.

Ces mots lui vinrent avec une facilité déconcertante. Tout comme son assurance, son orgueil. Elle les nourrissait des voix qui avaient scandé son nom, de l'adulation qui brillait dans les yeux des spectateurs. Quelques semaines plus tôt, elle aurait perdu ses moyens, mais ce soir-là, porter ce masque lui paraissait naturel.

Damien et Ari lui adressèrent chacun un regard approbateur.

– Nous verrons cela.

Le prince leva son verre de vin vers elle, une sorte d'avidité couvant dans ses yeux. Le ventre de Kira se noua lorsqu'elle se rendit compte qu'on pouvait interpréter ses propos très différemment. Le prince promena le regard sur sa robe avec la nonchalance d'un homme qui obtenait toujours ce qu'il désirait.

Elle crispa la main par réflexe, et elle vit Ari faire la moue.

– J'avais presque oublié que vous aviez acquis un enchanté des Rusel, mon cousin, déclara Rezek en penchant la tête de côté. Qu'en pensez-vous ?

Le prince eut un geste de la main nonchalant.

– Je n'ai pas encore eu l'occasion de le monter, à cause de la santé défaillante de Père, et de l'Illinir qui requiert ma présence.

Subodorant un piège, Mikira se tendit. Damien fixa Rezek d'un regard intense.

– C'est fort dommage. Vous savez, la monture de Gren est souffrante depuis l'autre soir, et le vétérinaire craint qu'on ne puisse pas la sauver.

La voix de Rezek vibrait d'une commisération feinte.

– Si son cheval ne passe pas la nuit, peut-être envisageriez-vous de le laisser monter le vôtre à la prochaine course, pour le tester à votre place ?

Mikira s'avança brusquement.

– Vous ne pouvez pas faire ça !

Le silence qui suivit son exclamation fut suffocant – elle aurait voulu qu'il l'engloutisse tout entière.

– Votre Altesse, intervint Damien d'un ton prudent. Ce que Miss Rusel entendait par là, c'est que…

Darius le fit taire d'un simple regard.

– Vous permettez-vous de me dicter ce que je peux ou ne peux pas faire, Miss Rusel ? demanda-t-il doucement.

Trop doucement. C'était là la plus troublante de ses ressemblances avec Rezek : le prédateur qu'on devinait tapi en lui.

Elle eut un mouvement de recul.

– Je… pas du tout, Votre Altesse. Bien sûr que non. Je voulais juste rappeler qu'il est contraire au règlement des courses de changer de cheval, n'est-ce pas ?

– Chaque cavalier a le droit à un changement de monture, mais seulement si la précédente est morte ou trop gravement blessée, récita Rezek avec la jubilation d'un enfant recevant un nouveau jouet. Et sachant que le cheval de Gren a peu de chances de voir le jour se lever demain, il est conforme aux règles que Darius lui en prête un nouveau.

La panique s'empara d'elle, mais ce fut Ari qui reprit :

– Votre Altesse, il risquerait de subir une grave blessure. La compétition peut être très violente.

Darius écarta cette remarque d'un revers de la main.

– Un cheval incapable de survivre à l'Illinir n'est pas digne d'un prince.

– Raison de plus pour le mettre à l'épreuve, insista Rezek d'une voix doucereuse.

Le prince ne quittait toujours pas Mikira du regard, les lèvres serrées.

– J'en ai bien l'intention, mon cousin. Ton cavalier aura mon cheval. Qu'on voie un peu ce qu'il a dans le ventre.

Mikira le fixait d'un air abasourdi, une nouvelle protestation prête à jaillir. Iri ne pouvait pas participer à l'Illinir. Il était trop gentil, trop doux. Et avec un monstre comme Gren sur le dos ? Cette perspective lui donnait la nausée. Il existait forcément un moyen d'éviter ce cauchemar. Elle ne pouvait pas le regarder mourir. Elle ne pouvait pas perdre encore quelqu'un qu'elle aimait à cause de tyrans qui n'accordaient aucune valeur à leur vie.

Un bras se glissa dans le sien et la tira contre un corps chaud.

– Miss Rusel a besoin de prendre un peu l'air, déclara Reid avec légèreté.

Le prince pinça les lèvres.

– En effet. Bonsoir, Miss Rusel.

Mais Mikira fut incapable de bouger. Elle avait le sentiment qu'en partant elle condamnait Iri, le livrait en pâture à des loups. Elle avait cru que le vendre l'avait brisée, que le plus dur était derrière elle, mais elle aurait dû se douter qu'avec les semblables du prince, de Rezek, le pire était toujours à venir.

Voilà ce qu'on récoltait en entrant dans leur jeu.

Mikira parvint tout de même à faire machinalement la révérence. Puis Reid l'entraina à l'écart. Plus d'une personne tenta de les interrompre, mais Reid joua des coudes pour l'emmener loin de l'assemblée trop nombreuse, alors que la gorge commençait à lui bruler et que l'atmosphère devenait étouffante.

Ils émergèrent dans un espace dégagé près d'une enfilade de balcons. Mikira se libéra de la main de Reid et se tourna vivement vers lui.

– Je n'avais pas besoin qu'on vienne à mon secours ! Je suis assez grande pour me défendre.

– Mettre son poing dans la figure du prince est une trahison, rétorqua-t-il. Alors, ne me remercie pas, surtout.

Elle secoua la tête. Soudain, sa robe lui sembla trop serrée, elle manqua d'air. Elle alla vers un des balcons, en poussa les portes, et sortit d'un pas chancelant dans le crépuscule.

Agrippée à la balustrade, elle pencha mollement la tête le temps de reprendre son souffle, l'esprit encombré de pensées parasites – son père présent quelque part en ces murs, la course finale qui devait avoir lieu dans quelques jours seulement, la bague dans sa chaussure.

Il ne faisait aucun doute pour elle que le cheval de Gren allait très bien, et que Rezek allait le tuer. L'abattre et le remplacer par Iri. C'était un coup de maitre. La monture de Gren avait été enchantée pour la force et l'endurance, mais l'ultime épreuve reposait sur les enchantements célestes. La vitesse d'Iri et sa capacité à déceler le danger seraient des atouts inestimables.

– Oh, Iri…, se lamenta-t-elle.

Derrière elle, Reid remua nerveusement.

– Je… Je vais te chercher de l'eau.

Pour son plus grand soulagement, elle se retrouva seule.

Du moins le crut-elle.

– Tu savais qu'entourer une salle de balcons de cette façon, c'est une particularité de l'architecture kinienne ?

Elle ne leva pas la tête lorsque Talyana s'appuya contre la balustrade à côté d'elle et ajouta :

– Les Kelbra ont toujours aimé s'approprier ce qui ne leur appartient pas.

– Je n'ai pas la tête à écouter une leçon, là.

– Ah bon ? fit Talyana en inclinant la tête de côté. Tu adorais ça, avant. Tu te rappelles les soirées que nous passions assises par terre dans le cabinet de travail de ton père, pendant qu'il nous parlait de lieux lointains ?

Elle balaya l'horizon du regard comme si, en se donnant assez de mal, elle pouvait les voir.

À une époque, Talyana ne pensait qu'à explorer le monde. Elle énumérait à Mikira les contrées reculées qu'elle désirait visiter, les découvertes qu'elle rêvait de faire. Qu'est-ce qui l'avait retenue là, liée à ce métier dont elle n'avait jamais voulu ?

– Je m'en souviens, dit doucement Mikira, avant de se tourner vers elle. Qu'est-ce que tu fais là, Talyana ?

– Je suis éliminée, mais ça ne m'empêche pas d'aimer manger à l'œil.

Mikira secoua la tête.

– Pas ici chez les Kelbra. *Ici*, à Veradell. Tu as toujours détesté cette ville. Pourquoi es-tu revenue ?

Talyana répondit avec une gravité inhabituelle.

– Pour régler des affaires en suspens.

Elle caressa le visage de Mikira, en évitant soigneusement la coupure qui cicatrisait sur son nez.

Hébétée, Mikira ne pensa plus qu'à la peau chaude de Talyana sur la sienne, et pressa la joue contre ses doigts. Ces dernières semaines avaient été un enchevêtrement de dangers, d'impasses et de confusion, mais en cet instant, tout reflua, et elle se demanda à quoi ressemblerait sa vie si son seul souci était de savoir si elle était amoureuse de sa meilleure amie ou d'un garçon fait d'ombres.

Puis une voix rauque fendit l'air immobile et la ramena brusquement au présent. Elle eut un vif mouvement de recul, empoigna la balustrade et chercha Rezek, mais ce n'était qu'un noble en grande conversation avec quelqu'un à son bras.

– Tu as réfléchi à la question que je t'ai posée ? s'enquit Talyana, d'un air convenu.

– À t'entendre, je pourrais poignarder Rezek en plein cœur et être débarrassée de lui. Ce n'est pas si simple.

– Ça pourrait l'être. Le système des maisons est corrompu.

– Ils ne sont pas tous pourris, répondit-elle, en songeant à Damien, puis à sa bague.

Talyana eut un grognement sarcastique.

– Damien Adair n'est pas différent, Kira. Ça me désole que tu sois liée à lui.

– Il m'aide à sauver ma famille.

– Et à en démolir une autre par la même occasion, siffla Talyana. S'il t'aide, c'est seulement parce que tu lui es utile. Dès que ça ne sera plus le cas, il te laissera tomber. Il est comme tous les autres. Un noble fortuné qui se croit au-dessus des lois.

Mikira grimaça. Si elle voyait juste concernant la bague, elle ne pouvait pas nier ce dernier point. Si Damien avait tué cet homme, s'il avait commis la moitié des actes que les rumeurs lui prêtaient, valait-elle mieux que lui, qu'eux tous, si elle ne faisait rien ?

Les mains de Mikira se crispèrent sur la balustrade. Comment s'était-elle retrouvée là, prise dans un affrontement entre grands lords et empêtrée dans une toile de conspiration ? Chacun de ses choix engendrait mille conséquences, et pendant qu'elle s'échinait à rester en vie, Rezek et Damien, eux, poursuivaient leur jeu démoniaque.

Encore en cet instant, elle voulait que Damien arrange tout, qu'il parvienne à défaire ce sac de nœuds. À quel point s'était-elle reniée pour demander son aide à un aristocrate ? S'il était vraiment responsable de la mort de cet homme, il devait en répondre.

Tout cela lui semblait insurmontable. Trop de responsabilités, trop de décisions. Ça n'avait jamais été son fort. Chaque fois qu'un choix se présentait à elle, elle faisait le mauvais. Mais Talyana, elle… Elle avait toujours eu une réponse, même quand elles étaient petites. Pouvait-elle aussi trouver une solution maintenant ?

Talyana plissa les yeux.

– Qu'est-ce qu'il y a, Kira ?

Elle hésita.

– Promets-moi de ne le répéter à personne.

– Je ne peux…

Talyana interrompit sa phrase, puis hocha la tête.

– D'accord, c'est promis.

– Tu as entendu parler du cadavre qui s'est échoué sur la berge du Greystel ?

– Oui.

Sachant que Reid allait bientôt revenir, Mikira jeta un coup d'œil par-dessus son épaule.

– Eh bien, il s'est d'abord échoué en bas de notre terrain.

Un éclair de surprise passa sur le visage de Talyana, mais Mikira enchaina :

– Il avait ça dans la main.

Elle sortit la bague de sa chaussure.

Talyana ouvrit des yeux ronds.

– Une chevalière de la maison Adair ?

– Celle que Damien porte est une fausse, poursuivit Mikira en vitesse. Et la seule explication que je voie au fait qu'il ait caché avoir perdu sa bague…

– C'est qu'il ne pouvait pas se permettre que quelqu'un l'apprenne, conclut Talyana. Parce qu'il a tué ce type, et que cette chevalière en est la preuve.

En entendant cette théorie énoncée à voix haute, Mikira fut gagnée par un nouvel accès de culpabilité. Comment avait-elle pu n'en parler à personne ? Si Damien avait vraiment éliminé cet homme, elle protégeait un meurtrier.

– C'est peut-être une ruse, suggéra-t-elle sans conviction. Il est possible que quelqu'un cherche à le piéger.

– Kira, dit Talyana, sur le ton du secret. Il me faut cette bague.

Mikira tressaillit.

– Quoi ?

– Je t'en prie, je n'ai pas le temps de t'expliquer, insista-t-elle en tendant la main.

Mikira plaqua le poing contre sa poitrine.

– Je ne comprends pas.

Talyana jura, et, l'espace d'un instant, Mikira crut qu'elle allait tenter de s'en emparer de force. Mais elle vit quelque chose qui la fit hésiter, et déclara tout bas :

– N'oublie pas que je suis ton amie. Ce que je vais faire, c'est pour toi, et tous les gens comme toi.

– Tal !

Mais celle-ci disparaissait déjà dans l'assemblée. Mikira découvrit alors ce qui avait fait fuir Talyana.

Reid était de retour, un verre dans chaque main, et il la fixait du regard comme s'il ne l'avait encore jamais vue.

– À qui parlais-tu ? lui demanda-t-il d'un ton sec.

– Talyana ? dit Mikira, le croyant jaloux. C'est mon amie, pourquoi ?

Il se renfrogna tant qu'elle eut un mouvement de recul.

– Parce que c'est un sergent de l'Anthir.

32
ARIELLE

Ari rentra sa colère profondément en elle et l'y verrouilla, même si elle brulait d'arracher à Rezek son sourire satisfait. Mieux encore, elle voulait laisser ce plaisir à Mikira, ce qu'elle ferait quand elle aurait gagné.

Et si elle échoue ? s'enquit la voix. *Le feras-tu, toi ?*

Ari l'ignora, et leva la tête vers les oiseaux enchantés et les lucarnes qui parsemaient le plafond.

– Y a-t-il aussi une salle comme celle-ci, chez toi ? demanda-t-elle à Damien, à qui elle tenait le bras.

Elle portait la robe qu'il lui avait offerte. Ses cheveux étaient lâchés en cascade brune ondulée, et le collier en or qu'il lui avait prêté, assorti à la bague d'émeraude, mettait en valeur sa peau cuivrée. Elle ne pouvait pas s'empêcher de la faire tourner autour de son doigt.

– Nous n'avons jamais construit de salle de bal, non.

Ils se trouvaient parmi un cercle d'invités, pour la plupart absorbés par l'histoire épouvantable que le prince racontait sur les ambassadeurs du Célair qu'il avait prétendument poussés jusqu'aux larmes. Le groupe s'était tellement garni de flatteurs qu'ils bénéficiaient d'une relative intimité.

– Ce sont surtout les maisons majeures qui en ont. On les en a pourvues exprès pour les bals de l'Illinir.

Ari fit un petit bruit songeur.

– Il va t'en falloir une.

Lorsque Damien serait devenu le nouvel organisateur de l'Illinir, il lui reviendrait d'accueillir le bal final chez lui. Seule une course se dressait encore entre eux et cette possibilité, entre elle et le permis d'enchanteresse qu'il lui avait promis. Ils touchaient au but.

– Voilà une affirmation des plus présomptueuses, dit froidement quelqu'un.

Tourné de trois quarts à côté de son cousin, Rezek le coupait de fait du prince. Sentant Damien se raidir, elle puisa par réflexe dans la magie qui frémissait au fond de ses entrailles, mais Rezek se contenta de la regarder comme s'il cherchait en elle quelque chose qu'il ne trouvait pas.

– Tout ce que tu es n'est bâti que sur des fondations faites de marginaux et d'exclus. De rebuts de la société.

Rezek étouffa un rire, puis reprit :

– Ta famille vaut moins que la poussière sur mes chaussures. Tu crois que quelques champs de vérillion et deux ou trois distilleries font de toi notre égal ? Tu ne seras jamais rien d'autre que de la vermine.

Il se rapprocha de Damien.

– Exactement comme ta mère.

Les yeux de Damien s'ouvrirent un peu plus grands. Une seconde s'écoula, puis une deuxième, et Ari le vit contenir sa colère. Rezek attendit, une lueur sournoise dans le regard, mais Damien garda son calme. Il en faudrait plus pour le faire craquer.

– Rezek !

Un homme d'un certain âge se dirigeait vers eux à grands pas dans l'assemblée qui s'écartait en hâte sur son passage.

– Haut Lord Kelbra, le salua Damien, tandis qu'Ari et lui s'inclinaient.

Eradas Kelbra avait les mêmes yeux bleus et traits ciselés que son fils, pourtant leur ressemblance s'arrêtait là. Rezek était pâle, mais Eradas était comme doré, tant par l'éclat de sa peau que le blond de ses cheveux, ou encore les bagues qui ornaient ses mains. Et alors que Rezek affichait le sourire carnassier d'un requin, Eradas présentait un visage aussi figé qu'un masque de pierre.

– Je croyais avoir bien insisté sur le fait que tu devais être à mes côtés, ce soir, déclara-t-il d'un ton glacial, sans le moindre regard pour Ari et Damien. L'ambassadeur de Ranoen nous attend.

Pendant ce court instant, Rezek se transforma. La jubilation ardente qui brillait jusqu'alors dans ses yeux s'effaça, et son sourire se pinça pour ne plus former qu'une ligne figée.

– Je vous prie de m'excuser, père. J'ai été distrait par les affaires.

– Ton frère avait compris sans mal l'importance des négociations internationales, lui, poursuivit Eradas. Pourquoi t'est-il si difficile de te mettre ça dans la tête ?

Ari vit frémir un muscle de la mâchoire de Rezek. Damien lui avait expliqué qu'il était enfant quand Warrick, le frère aîné de Rezek, avait disparu, mais qu'on parlait encore du jour où Eradas Kelbra avait perdu son héritier rêvé. On racontait également que, sachant que son père ne le laisserait jamais remporter l'Ascension de leur famille quoi qu'il fasse, Rezek avait éliminé son frère, contraignant Eradas à le désigner comme successeur après qu'il avait tué la mère de Damien.

– Alors, mon garçon ?

La question d'Eradas s'acheva sur un grognement. Lorsque Rezek ne fit que courber la tête, le dégout se lut sur le visage stoïque de son père.

– Tu seras capable de trouver tout seul le chemin du grand salon, ou faudra-t-il là aussi te prendre par la main ?

– Non, père. J'arrive.

Rezek leur décocha un dernier regard glacial, puis le suivit.

– Je ne sais pas lequel je déteste le plus, commenta Damien, en tirant de petits coups sur ses manchettes.

Ari prit ses mains dans les siennes pour l'empêcher de s'agiter.

– Ça te fait un point commun avec Mikira. En tout cas, il écoute son père, lui.

– Pour l'instant…

– À propos de gens détestables…

Ari observait Loïc, qui se tenait près du mur. Eradas s'était arrêté le temps de le saluer, et plusieurs autres nobles gravitaient autour de lui, plus d'un lui touchant les bras ou riant à gorge déployée à ses plaisanteries.

– Ton frère est là.

Lorsque Damien le trouva dans l'assemblée, Loïc se fendit d'un sourire sardonique et leva son verre. Il but ensuite son vin d'un trait et s'essuya les lèvres comme si elles étaient maculées de sang.

– Je ne l'aime pas, dit Ari.

– Tu n'es pas la seule, maugréa Reid en se glissant à côté de Damien.

Il avait les cheveux en bataille, et des cernes plus marqués que d'habitude. Reid ne passait jamais de bonnes nuits, mais cette fois, il semblait carrément ne pas avoir fermé l'œil. Il s'inquiétait de ce que Mikira les évitait depuis des jours, même s'il ne l'aurait jamais avoué.

– Nous avons un problème, déclara-t-il.

– Je pense que nous en avons plus d'un, répondit Damien.

Loïc venait de quitter sa petite cour et approchait d'eux.

Par réflexe, Ari puisa dans son vérillion, mais attendit avant de le connecter à la pierre, la simple présence de la magie suffisant à la rassurer.

À l'arrivée de Loïc, ils s'éloignèrent encore du groupe du prince.

– Petit frère.

L'alcool lui empourprait les joues, mais ses mots étaient clairs et vifs. Ses yeux le furent davantage lorsqu'il contempla Ari, qui soutint résolument son regard.

– Qu'est-ce que tu veux ? s'agaça Damien en se plaçant devant elle.

– Je me disais qu'on pourrait conclure un accord, nous deux, annonça Loïc en prenant d'un geste rapide une flute de champagne à un serveur qui passait à proximité.

– Pourquoi aurais-je besoin de conclure un accord avec toi ?

Damien s'exprimait d'un ton posé, mais Ari perçut son malaise, et Reid s'agitait nerveusement derrière lui.

Loïc temporisa en buvant une gorgée, avant d'expliquer sans ambages :

– Tu renonces à prétendre à l'Ascension, et en échange, je ne révèle pas ton secret.

Il se pencha près de son frère, un sourire aux lèvres, et ajouta :

– Je sais que ta petite enchanteresse n'a pas de permis.

Le bourdonnement de la conversation sembla s'estomper tandis qu'une onde glaciale et silencieuse émanait de Damien. Ari se figea, le feu de la magie s'atténua. La noirceur qui sommeillait en elle depuis toujours refit surface, et elle lutta pour la contrôler.

Damien se tourna vers elle.

– Va avec Reid.

– Mais…

Elle s'interrompit en comprenant ce qu'elle décelait dans son regard : la peur.

Reid la prit par le bras, et elle le laissa l'entrainer à travers la salle.

– Elle ne peut pas s'enfuir, déclara Loïc en riant. Où la cacheras-tu ? Pas au manoir. Pas au domaine.

Son sourire s'élargissait à chaque mot qu'il prononçait.

– Quel jeu amusant ce sera, conclut-il.

– Tu es loin d'en connaitre les règles aussi bien que tu le crois, cher frère, rétorqua Damien d'un ton mauvais. Je vais te faire regretter d'avoir voulu t'y essayer.

Ce fut tout ce qu'Ari entendit avant que l'assemblée ne les engloutisse. Reid leur fraya un chemin avec l'obstination d'un taureau jusqu'à l'autre bout, où il la lâcha.

– Attends-moi dans le vestibule. Je vais chercher Mikira, et nous partons.

Ari descendit dans la pièce vide, où elle se posta sur le perron. Les yeux rivés sur l'entrée de la salle de bal, elle serra les bras autour de sa poitrine pour se réchauffer. Un puissant parfum de roses flottait dans l'air nocturne, si suave qu'il en était presque écœurant.

Il y eut un mouvement parmi les invités, puis Damien en émergea. Elle se détendit lorsqu'il s'engagea dans l'escalier.

– Damien Adair.

Une femme svelte vêtue de l'uniforme bleu et blanc de l'Anthir se tenait au sommet des marches, ses cheveux bruns tombant en nattes dans son dos. Elle était flanquée de deux gardes.

Ari s'enfonça dans l'ombre de la cour, se glissa entre le mur de l'entrée et un arbre aux branches tombantes. Quel était le plan de Loïc ? La faire arrêter par l'Anthir parce qu'elle n'avait pas de permis ?

– Sergente Haraver, la salua Damien d'un ton froid. Que me vaut l'immense plaisir de votre présence ?

La sergente s'avança dans la lumière du vestibule, révélant un visage anguleux et un sourire affable censé être désarmant, mais qui, sans qu'elle se l'explique, irrita Ari.

– Un immense plaisir, Damien, vraiment ? En voilà une surprise. Vous me flattez.

– Je vais reformuler ma question, répondit sèchement Damien. Qu'est-ce que vous voulez, Talyana ?

Ari eut un hoquet de stupéfaction. Talyana était le prénom de la fille avec qui Mikira avait passé tant de temps. Mais si elle avait été amie avec une sergente de l'Anthir, elle lui en aurait forcément fait part.

Talyana descendit l'escalier, suivie de près par les gardes. Loïc apparut sur le balcon à sa place, sa flute de champagne à la main. Son rire fut presque palpable.

Talyana s'arrêta à quelques pas d'eux, et annonça calmement :

– Je viens vous arrêter.

Une décharge de tension traversa Damien telle une fissure dans la glace. Le brouhaha de la fête se transforma en bourdonnement sourd tandis que la magie d'Ari s'embrasait. Elle dut résister à la puissante envie de se laisser submerger par son pouvoir et de se précipiter à la rescousse de Damien. Mais ce n'était pas un combat au corps à corps, et si elle se dévoilait, elle ne serait qu'un élément à charge contre lui.

Talyana eut un sourire en coin.

– Vous vouliez que j'aille droit au but.

– Avertissez-vous tous vos suspects avant de les arrêter ? l'interrogea Damien.

Talyana haussa une épaule.

– La traque n'est pas amusante si la proie ne s'enfuit pas.

Une proie.

Damien ne trahit aucune réaction, même si Ari savait que ce mot le contrariait. Lui qui, comme elle, s'était donné tant de mal pour devenir le chasseur, il ne supportait pas que d'autres se croient capables de l'abattre. Tout ce qu'il avait bâti, tout ce pour quoi il s'était battu, reposait sur la réussite sans accroc de ses projets pour l'Illinir.

Si Talyana les perturbait, elle allait s'en mordre les doigts.

– Avez-vous un mandat d'arrêt signé de votre supérieur ? la défia Damien.

Voyant la mâchoire de Talyana se crisper, il sourit.

– C'est bien ce que je pensais.

Il avança vers elle à grands pas. Les gardes portèrent la main à leurs matraques.

– J'ai entendu parler de vous, sergente. Apparemment, vous avez tendance à désobéir aux ordres et à passer outre l'avis de vos officiers. Je parie que vous avez demandé ce mandat, mais qu'on ne vous l'a pas accordé, n'est-ce pas ?

Les lèvres de Talyana se pincèrent lorsqu'il ajouta :

– Je serais curieux de savoir ce qu'en penserait l'inspecteur Elrihan. Nous sommes bons amis, lui et moi.

– À ce qu'il parait, oui, grommela Talyana. Vous avez de nombreux amis haut placés, semble-t-il. Vous leur versez une part de vos bénéfices ? Truquer les courses et vendre du vérillion illégal, ça doit rapporter gros.

Damien serra les mains l'une dans l'autre et haussa les épaules.

– Comment voulez-vous que je le sache ?

Talyana sembla prête à le frapper pour son seul plaisir. Un des gardes la retint par l'épaule.

– Allons-nous-en, sergente. Ça n'en vaut pas la peine.

– Écoutez votre ami, l'avertit Damien.

L'air aimable qu'affichait Talyana encore peu avant se fit orageux. L'espace d'un instant, elle demeura indécise. Puis elle déclara :

– Vous êtes en état d'arrestation, pour le meurtre de Fen et Cardix Ridoux.

En haut des marches, Loïc rit.

Un frisson glacial parcourut Ari lorsqu'elle comprit ce qui se passait, et, horrifiée, regarda la sergente sortir des menottes. Elle s'attendait à ce que Damien se défende, qu'il *résiste*, mais il se contenta de se tourner et de mettre les mains dans son dos.

Très bien. S'il ne voulait pas agir, elle allait le faire. Elle s'avança, mais Damien croisa son regard et secoua la tête. Elle s'arrêta.

Le vent fit voler ses cheveux devant son visage. Tandis que la sergente bouclait les menottes, elle perçut dans l'air une odeur inhabituelle, une trace d'amertume dans la senteur des roses. Puis une main se plaqua sur sa bouche. Des bras puissants l'entrainèrent en arrière, sa vue se troubla. La dernière chose qu'elle vit fut les yeux écarquillés de Damien, et un cri qui se formait sur ses lèvres.

Puis tout devint noir.

33
ARIELLE

Ari se réveilla sur un sol de pierre froide, l'esprit embrumé. Elle se sentait à la fois engourdie et parcourue de picotements, mais sans que cette sensation soit aussi agréable qu'avec le vérillion. Le bourdonnement de la magie s'était estompé, bien qu'elle eût avalé assez de la précieuse plante pour que l'effet dure plusieurs heures. Combien de temps avait-elle perdu connaissance ?

Lorsqu'elle bougea, un cliquetis métallique retentit et un objet dur lui serra le poignet. Elle cligna les yeux pour éclaircir sa vue brouillée, contempla la chaine qui l'entravait, puis balaya du regard sa cellule aux murs de pierre foncée. Au bout du couloir, une lampe enchantée diffusait une faible lueur.

Une vive panique surgit en elle. Loïc avait dû informer l'Anthir qu'elle était une enchanteresse clandestine. Ils avaient arrêté Damien parce qu'il l'avait accueillie chez lui, et l'avaient jetée dans un cachot dans l'attente de son exécution.

Elle tenta de puiser dans le fond de ses réserves de vérillion. Si seulement elle parvenait à enchanter sa bague, elle pourrait briser ses chaines et s'évader, mais sa magie était épuisée. Ils allaient la pendre en public, faire d'elle un exemple de ce qui arrivait aux enchanteurs qui se croyaient au-dessus de la loi. Si Loïc l'accusait de pratiquer la magie kinienne, peut-être allaient-ils même s'en prendre à sa famille.

Elle avait été si près du but. La course finale de l'Illinir allait avoir lieu le lendemain. Elle aurait obtenu son permis, eu Damien à ses côtés et le monde à ses pieds. Malgré tout ce qu'elle avait appris, tout ce qu'elle avait accompli, c'était fini. Face au sort qui l'attendait, son pouvoir n'était rien.

Ton pouvoir est tout, affirma la voix.

Dans le couloir vouté retentit un gémissement grave, auquel répondit un grognement puissant. Ari se figea. Aucun de ces bruits n'avait paru humain. Ils fusionnèrent pour former un hurlement sinistre, auquel se mêlèrent un cliquetis de chaines et un raclement de griffes sur la pierre.

Quelle prison était-ce là ?

Un verrou coulissa dans la porte, qui s'ouvrit et révéla deux hommes. Elle ne reconnut pas le premier, de petite taille et au visage effilé.

L'autre était Rezek Kelbra.

Elle n'était pas dans une prison de l'Anthir – elle se trouvait dans les geôles des Kelbra.

L'homme qu'elle ne connaissait pas tira fort sur une chaine près de la porte. Les entraves aux poignets d'Ari se tendirent et hissèrent ses bras au-dessus de sa tête, jusqu'à ce que ses orteils touchent à peine le sol. Elle ravala un cri de douleur lorsque le métal mordit sa chair.

– J'ai quelques questions très simples à te poser, petite souris, déclara Rezek d'une voix mielleuse. Il te suffira de me dire la vérité, et tu repartiras indemne.

Ari cracha à ses pieds.

L'inconnu lui asséna une puissante gifle du dos de la main.

– Mmh, peut-être pas une souris, en fait, ironisa Rezek. Je te conseille de ne pas donner à Kyvin des raisons de te faire plus de mal que nécessaire. Il a une fâcheuse tendance à se laisser emporter.

Rezek s'appuya d'un air nonchalant dans l'embrasure, les bras croisés, comme s'il regardait jouer son animal domestique favori.

– Explique-moi comment Mikira réussit à remporter ces courses. Aucun non enchanté n'est capable d'accomplir les exploits de son cheval.

Ari ne répondit pas, tandis que son instinct lui recommandait d'être prudente, de ne pas les provoquer. C'était une partie d'elle qui s'était effacée, ces dernières semaines. En l'entendant à présent, en sentant sa force d'attraction, une puissante colère s'embrasa en elle. Hors de question qu'elle redevienne cette personne. Elle n'allait pas se dérober. Pas devant un homme qui voulait la voir trembler et l'implorer, qui se délectait de sa souffrance.

Elle n'était pas dupe : dès qu'il détiendrait les renseignements qu'il désirait, il la tuerait.

Kyvin la frappa au ventre. Ses poumons se vidèrent dans une décharge de douleur, et ses fers s'enfoncèrent davantage dans ses poignets.

– Damien ne volera pas à ton secours, dit Rezek à mi-voix. Il n'y a que nous trois, petite souris.

Le dépit d'Ari s'accrut à chacun de ses mots. La sergente avait arrêté Damien, mais il l'avait vue se faire enlever. Il savait forcément où elle était, et si elle avait appris une chose sur

Damien Adair, c'était qu'il avait toujours un plan.

Il allait venir. C'était obligé.

Rezek pouffa doucement.

– Oh, tu crois qu'il tient à toi, c'est ça ? Comme c'est mignon.

Il s'approcha et la sonda du regard. Un léger vrombissement familier émanait de lui telle de l'électricité statique.

Elle eut un mouvement de recul.

– Qu'est-ce que vous êtes ?

Rezek sourit.

– Je pense que tu le sais. Tu le sens, n'est-ce pas ?

– Qu'est-ce que vous racontez ?

Il rit, en faisant courir un doigt le long des chaines jusqu'à ses poignets, avant de retourner à la porte.

– L'intérêt de Damien à ton égard ne dépend que de ce que tu peux lui apporter.

Et elle avait déjà fait tout ce qu'elle pouvait pour lui. Le golem était créé, la course presque gagnée. À quoi lui servait-elle, à présent ?

Ça suffit. Elle repoussa ces pensées sinistres. Si Damien n'avait pas eu besoin d'elle, il ne lui aurait pas acheté la robe, il ne l'aurait pas aidée à découvrir ses nouvelles aptitudes, il ne se serait pas autant livré à elle.

Elle s'en voulut qu'il en faille si peu pour lui faire croire qu'on allait la rejeter.

– Tu penses que je te mens, hein ? poursuivit Rezek, avec une sorte de pitié perverse dans la voix. Tu ne t'es jamais demandé comment ces hommes t'avaient trouvée ?

Elle releva brusquement la tête avant d'avoir pu s'en empêcher, et Rezek afficha un sourire carnassier.

– Damien leur a donné ton adresse. Il les a engagés pour te voler, pour que tu sois tellement aux abois que tu acceptes de travailler pour lui.

– C'est impossible, coassa-t-elle.

Rezek fit un léger bruit de déception.

– Voilà ce qui arrive quand on place son destin entre les mains de gens comme lui. Il s'est servi de toi.

Kyvin sortit un petit couteau acéré d'un ceinturon à sa taille, et une sensation ancienne et familière reprit vie en elle. Une sensation qu'elle croyait avoir détruite.

La peur.

– Bien, reprenons, dit Rezek, d'une voix grave et menaçante. Je te suggère de ne pas m'obliger à me répéter.

Alors que Kyvin lui effleurait la clavicule avec son couteau, elle soutint le regard glacial de Rezek et releva la tête. Les mots du noble étaient du poison ; elle n'allait pas les laisser l'affaiblir. Même s'il disait la vérité, elle ne plierait pas. Elle ne condamnerait pas Damien avant d'avoir entendu la vérité de sa propre bouche.

Rezek n'obtiendrait rien d'elle.

Kyvin enfonça la pointe de sa lame juste sous l'os.

– Maintenant, hurle, petite souris.

34
MIKIRA

Mikira se sentait complètement perdue.

Reid et elle avaient à peine atteint le palier d'accès à la salle de bal quand Talyana avait emmené Damien. Reid avait foncé au quartier général de l'Anthir. Quant à elle, ne trouvant pas Ari, elle avait supposé que l'enchanteresse était avec Reid. Elle était donc rentrée au manoir, où, pendant de longues minutes, elle était restée devant la porte du cabinet de travail de Damien, hébétée.

Elle se sentait écrasée sous le poids des évènements. Sa meilleure amie avait renoué avec elle dans le seul but de la manipuler. Son sponsor était impliqué dans une affaire de meurtre, et à cause d'elle, de sa bêtise, on l'avait arrêté. La course finale qui allait déterminer le destin de sa famille devait avoir lieu le lendemain, et tout s'effondrait autour d'elle.

C'était pour cette raison qu'elle était revenue là. Elle voulait découvrir d'autres preuves, parce qu'elle s'était enfin rappelé où elle avait vu le mort : c'était un des deux hommes que l'Anthir recherchait, plusieurs semaines plus tôt. Il lui paraissait toutefois suspect que cette arrestation se soit produite après qu'elle avait parlé à Rezek de la fausse bague. Avait-il tout orchestré ?

Elle fouilla le bureau de Damien, puis le reste de la pièce, avant de s'immobiliser sur le seuil de la chambre de Reid.

Celle-ci ne regorgeait pas de cercueils comme Mikira l'avait imaginé au tout début. C'était plutôt l'espace propre et ordonné d'un soldat, ou d'une mère poule, imprégné d'une odeur de thé et de papier. Tout au bout se dressait un lit à baldaquin, dont l'édredon bleu marine et les draps étaient repassés avec soin. Ses pas l'y ayant menée machinalement, elle caressa le coton doux de la parure, puis retira sa main.

Agacée contre elle-même, elle examina les tables de chevet et le placard, avant de passer à l'atelier adjacent. Sur un bureau peu profond qui occupait toute la largeur du mur, livres et documents étaient empilés à l'équerre. Au-dessus étaient suspendus plusieurs dessins. Les os de la jambe, les veines de la main, les muscles du bas du dos – tracés au fusain et à l'encre, tous précis, détaillés, et méticuleusement légendés.

Elle feuilleta des piles de documents, où elle ne trouva que des travaux de recherche et d'autres planches anatomiques. Après avoir pris soin de tout remettre à sa place, elle fouilla le reste, mais la seule chose digne d'intérêt fut un ensemble de fins récipients en verre dont elle ne put déterminer la fonction. L'un d'eux était fendu et taché d'encre à l'intérieur, les autres étaient intacts, mais pourvus aux extrémités d'un trou de la taille d'une tête d'épingle pour les remplir d'encre.

Son coude effleura une pile de dossiers et en fit glisser un sur le plateau. Des feuilles s'en déversèrent, et, alors qu'elle s'apprêtait à les rassembler, elle se figea. Il ne s'agissait pas de croquis d'anatomie.

Elle identifia la forme de son visage, la courbure de son nez aquilin, et sa peau constellée de taches de rousseur. Lorsqu'elle dispersa les crayonnés, elle en trouva un d'elle en train de monter Atara, un autre d'elle assise près du feu avec une tasse de thé. Le dernier figurait une promenade que Reid et elle avaient faite après la deuxième course – elle la reconnut parce qu'il avait représenté ses vêtements dans les moindres détails, et ses cheveux encore noués en tresses complexes par Ari.

Une pensée surgit dans son esprit. Elle déferla en elle par vagues de culpabilité et bourrasques de lucidité.

Incapable de contempler les dessins plus longtemps, elle les remit en hâte dans le dossier, et s'empara d'un bout de papier qui avait échappé à son attention. Dessus était écrit : « J'ai une piste sur le prince ».

– Mikira ?

Elle fit volte-face et froissa le papier dans sa main.

Reid se tenait sur le seuil, la peau rougie par l'effort.

– Qu'est-ce que tu fais là ?

Elle ouvrit la bouche, mais resta muette. Mentir n'avait jamais été son fort, et la confusion absolue de Reid lui passa toute envie d'essayer.

– J'avais besoin de savoir, dit-elle au bout d'un moment. À propos de Damien. Je voulais savoir à qui je suis associée.

Reid comprit.

– Tu étais en train d'espionner.

– Non ! Je cherche des réponses pour moi.

C'était vrai – elle n'avait seulement pas encore décidé de ce qu'elle en ferait si elle les trouvait. Autrefois, elle n'aurait pas hésité, mais depuis deux mois, les choses avaient changé. *Elle*, surtout, avait changé, et elle n'était pas sûre de se reconnaitre.

Reid fit un pas vers elle.

– C'est pour Talyana que tu fais ça ?

Cette accusation éveilla en elle un magma brulant d'indignation et de culpabilité. Elle avait l'impression d'être une traitresse.

– Je ne suis pas au service de Talyana ! J'ignorais à qui j'avais vraiment affaire ! Pas comme toi.

– Qu'est-ce que ça signifie ?

– Comment peux-tu être ami avec quelqu'un comme lui ?

D'un geste vif, elle désigna le bureau de Damien.

La mâchoire de Reid se crispa.

– Je sais qui il est, au fond.

– Un assassin, tu veux dire ?

– Mon ami ! rétorqua-t-il sèchement. Celui qui m'a offert un toit et une raison d'être alors qu'on m'en avait privé !

Il passa une main dans ses cheveux aussi désordonnés que son regard était fou.

– Les Kelbra ont chassé mes parents de chez eux, les ont jetés à la rue, pour le seul motif qu'on pouvait cultiver du vérillion sur leurs terres. Et comme nous leur avons résisté, ils ont aussi fait en sorte qu'ils ne retrouvent jamais de travail. Ils sont morts de faim, Kira. Quand Damien m'a trouvé, j'étais seul, à l'agonie, et il m'a donné…

Reid s'interrompit et serra la mâchoire.

– Damien m'a tout donné, reprit-il d'une voix étranglée. Parce qu'il savait, lui, ce que c'est de se voir arracher tout ce à quoi l'on tient. Il a fait de même pour un tas d'autres malheureux, Ari et toi comprises, et c'est comme ça que tu le remercies ?

Cette question la mit au supplice. Damien lui avait expliqué qu'il désirait faire de l'Enderlain un endroit meilleur, et elle l'avait cru. C'était toujours le cas. Il avait fait plus pour elle que quiconque ou presque, et à cause de cela, elle n'avait pas voulu entendre les rumeurs, envisager que Talyana puisse avoir raison à son sujet. Encore maintenant, elle refusait de l'accabler sans preuve irréfutable, mais cautionner un meurtre était une limite qu'elle ne franchirait pas.

Elle sortit la bague de sa poche.

– J'ignorais à qui j'avais affaire, répéta-t-elle. Je croyais que Talyana était mon amie.

Reid contempla l'anneau étincelant, et elle vit se briser en lui la dernière digue.

– Tu lui as tout dit.

– Quoi qu'il ait fait pour toi, ça ne lui donne pas tous les droits, murmura-t-elle, ne sachant plus vraiment qui elle cherchait à convaincre.

Elle ne pouvait oublier ce qu'elle avait vu. Pourtant, elle aurait voulu en être capable, plus que tout au monde.

Reid tendit la main vers la bague. Elle hésita, mais le laissa la prendre.

– Tu ne sais rien de ce qu'il a fait, affirma-t-il avant de lui tourner le dos. Rentre chez toi, Mikira.

Ces mots lui firent l'effet d'une gifle. Les murailles qu'elle avait érigées autour d'elle par le passé, et qui s'étaient lentement éboulées au cours des semaines passées, s'élevèrent de nouveau. Ainsi isolée, coupée du monde, elle s'enfuit dans la nuit baignée d'un parfum de lavande, en direction du seul endroit où elle se sentait encore en sécurité.

Atara la salua d'un souffle d'air chaud lorsqu'elle se glissa dans son box. Mikira entoura son cou de ses bras et demeura immobile cependant qu'autour d'elle tout lui échappait.

Reid allait dire à Damien qu'elle n'était pas digne de confiance. Celui-ci ne l'empêcherait pas de concourir dans l'Illinir – il avait trop misé sur sa victoire –, mais après, que se passerait-il ? Allait-il garder sa part des gains ? Anéantir ce qui restait des affaires de sa famille ? Damien Adair n'était pas réputé pour sa mansuétude.

Et puis… l'émotion qu'elle avait décelée dans le regard de Reid, son sentiment de trahison…

Mikira libéra Atara, s'adossa au mur et se laissa glisser par terre. Elle replia les genoux contre sa poitrine et y enfouit son visage.

Un nez soyeux lui frotta la joue, et elle plongea les yeux dans le regard sagace d'Atara. La jument courba la tête, Mikira appuya son front contre le sien comme elle le faisait avec Iri, et pour la première fois depuis longtemps, elle s'autorisa à craquer.

Il était tard lorsqu'elle arriva chez elle, où Ailene et Nelda riaient devant la cheminée. Sa jeune sœur avait repris des couleurs, et le fumet de la cuisine de Nelda embaumait les lieux. Elle vit cette scène comme une bulle, qui, dès qu'elle y pénétrerait, éclaterait et ferait tout s'écrouler tel un château de cartes.

Depuis quelques années, le lien qui la rattachait à ses proches s'était effiloché, instaurant entre elle et eux une distance faite d'êtres aimés disparus et de souvenirs estompés. À cause de cela, elle s'en voulait comme on en veut à un membre blessé d'être douloureux. Dans la grande solitude qui en avait découlé, elle s'était tournée vers la seule chose qui lui restait : sa colère. Elle s'en était drapée comme d'une armure, se convainquant qu'elle n'avait besoin de personne.

Malgré ses efforts pour se caparaçonner, le temps passé en compagnie d'Ari, Reid, et même Damien, avait été pour elle une chandelle dans l'obscurité. Ces semaines avec eux avaient dissous sa solitude ; elle ne s'était pas sentie acceptée ainsi depuis une éternité.

Et voilà que ça aussi, elle l'avait gâché.

Mikira contempla la porte fermée du cabinet de travail de son père, désirant de tout cœur qu'il fût derrière, jusqu'à ce que de puissants coups au battant de l'entrée la fassent sursauter. Elle n'avait pas bougé du vestibule, où une flaque d'eau de pluie se formait à ses pieds.

On cogna encore.

– Anthir ! Ouvrez !

– Kira ? dit Nelda, qui apparut sous l'arche du salon.

– Reste là, lui ordonna Mikira avant d'aller ouvrir.

– Nous avons un mandat de perquisition, annonça l'agent le plus proche d'elle.

Avant que Mikira ait pu protester, les gardes s'engouffrèrent à l'intérieur et se dispersèrent telles des aigrettes dans le vent.

Talyana fut la dernière à entrer, sa veste bleu et argent impeccable paraissant décalée dans le vestibule mal éclairé. Ses cheveux tressés lui tombaient en longue natte sur l'épaule.

Une colère ardente surgit en Mikira.

– C'est quoi cette intrusion ?

Talyana grimaça.

– On peut se parler en privé ?

Mikira alla d'un pas lourd vers le cabinet de son père, Talyana sur les talons. Elle hésita brièvement devant la porte fermée, puis l'ouvrit d'un geste énergique. L'espace de quelques instants, elle resta immobile sur le seuil, où l'odeur de cette pièce négligée depuis longtemps lui fit un pincement au cœur.

Le jour où Rezek avait emmené son père, elle avait fermé cette porte et sorti cet endroit de son esprit, incapable d'affronter le moindre détail qui pourrait lui faire penser à lui. À présent, le clair de lune baignait les lieux, illuminait le fauteuil poussé loin du bureau comme s'il était parti précipitamment, la surface du meuble croulant encore sous les documents et les livres. Il avait passé de nombreuses nuits plongé dans les mots, lisant souvent à Mikira et ses sœurs des histoires de contrées lointaines et de créatures formidables.

Un message adressé à son nom était posé sur le bureau. Mikira s'en saisit vivement et le déplia. De sa main sinueuse, son père lui avait écrit :

Kira,

Je sais que tu auras d'innombrables questions, auxquelles, pour la plupart, je ne pourrai pas répondre. J'espère que ceci le pourra. Prends-en soin.

Mille baisers,
Ton père

Elle retourna le papier, mais il n'y avait rien au dos. De quoi devait-elle prendre soin ? De cette lettre ? Avec précaution, elle la replia et la glissa dans sa poche, avec le mot qu'elle avait pris dans la chambre de Reid.

– Il m'a manqué, cet endroit, dit Talyana, qui, d'un regard circulaire, contempla les étagères de livres et les tableaux représentant paysages et animaux sauvages.

Elle sourit en voyant le tapis usé près de la cheminée, où elles s'asseyaient autrefois pendant que Keirian leur parlait des serpents de mer qu'on disait issus de Lyzarin, ou des grands instruments, au large des côtes du Yaroy, qui produisaient de la musique grâce aux vents marins.

– Ton père connaissait tellement de choses, dit-elle. Je me souviens de…

Mikira se tourna vivement vers elle.

– Ça suffit.

Elle ne pouvait pas l'écouter se remémorer le passé. Le passé était pourvu de griffes et de crocs acérés, et il la réduirait en charpie si elle n'y prenait pas garde.

– Quel mensonge as-tu inventé pour obtenir ton mandat ?

Talyana fut piquée au vif, mais elle se ressaisit vite.

– Ce n'était pas un mensonge à proprement parler, répondit-elle.

Ses yeux se portèrent sur un croquis représentant deux lézards du désert, dont les gorges rouges se gonflaient de feu.

– J'ai indiqué que tu pourrais avoir des preuves pour le dossier que je suis en train de constituer contre Damien Adair.

– C'est un mensonge, donc.

Talyana reporta le regard sur elle, le visage à demi caché dans l'ombre.

– Tu en es sûre ?

Mikira secoua la tête, à court de mots. En lui demandant cela, Talyana mettait sa famille en danger.

– Quelles informations possède-t-il sur toi ? s'enquit Talyana.

Mikira faillit rire. Tout ce que Damien détenait sur elle, elle le lui avait livré de son plein gré. Cette prise de conscience l'ébranla au plus profond. Pour s'affranchir d'un noble, elle s'était liée à un autre, et au cours des deux derniers mois, elle avait même trouvé le moyen de s'attacher à lui. Se sentait-elle si désespérément seule ?

– Parce que tu t'en soucies, peut-être ? rétorqua-t-elle d'une voix rauque. Tu m'as menti. Tu t'es servie de moi.

– Ce n'était pas mon intention, Kira.

Talyana se mordit la lèvre et ajouta :

– Je n'avais pas prévu que tu serais prise entre deux feux.

– C'est ce que c'est pour toi ? Une guerre ?

Talyana se rapprocha d'elle.

– Cette ville est un bourbier de corruption et d'avidité. Rien que le mois dernier, Lady Dramara a expulsé une famille qui refusait de travailler dans ses usines. Et les Kelbra ont commencé à s'attaquer aux réfugiés avec du vérillion. Alors oui, je mène une guerre contre l'élite de cette ville, Kira.

Mikira ne sut pas quoi répondre à cela. Elle ne s'opposait pas à l'action de Talyana, mais quand Damien était visé, elle ne pouvait pas se désolidariser de lui. Ils étaient liés.

Elle observa Talyana, que le clair de lune éclairait par-derrière. Depuis le début, Mikira la traitait comme la fille avec qui elle avait grandi, mais Talyana n'était plus cette personne, et elle aussi avait changé.

Talyana lui prit la main. La chaleur de sa peau calleuse rongea un peu de la glace qui gagnait ses veines, et elle aurait tant voulu se blottir contre elle, la laisser la serrer dans ses bras.

– Remets-moi la bague, Kira.

Mikira sourit, avec une sombre satisfaction aux lèvres.

– Je ne l'ai pas.

Talyana écarquilla les yeux, puis la voix apeurée de Nelda s'éleva depuis la porte.

– Kira ? Kira, ils saccagent tout !

Mikira dégagea sa main d'un coup sec.

– Il faut que tu partes, maintenant.

– Kira.

– Tout de suite !

Elle referma les doigts sur un de ses couteaux ; et la sergente eut un mouvement de recul, mais Mikira s'en moquait. Talyana avait percé une brèche dans l'armure qu'elle avait si soigneusement élaborée, sans se soucier de l'avoir fait saigner.

Talyana retourna dans le vestibule.

– Les Adair et leurs semblables font pourrir ce royaume de l'intérieur. Tu pourrais m'aider à les en empêcher.

Son regard se fit alors dur et froid.

– Ou tu peux tomber avec lui. Parce que je vais le faire tomber, Mikira. Lui, et tous ceux qui sont dans son camp.

Talyana sortit avec ses agents, le bruit de leur départ étouffé par le grondement de la pluie sur l'allée de gravier.

35
ARIELLE

Ari tint la promesse qu'elle s'était faite – elle ne révéla rien à Rezek.

En revanche, elle hurla.

Kyvin connaissait les parties du corps les plus sensibles, et la douleur l'avait tant étourdie qu'Ari ne savait pas si elle criait encore, ou si c'étaient les échos de ses hurlements qui résonnaient dans sa tête. Mais elle avait protégé ses secrets.

Ses geôliers l'avaient laissée seule dans le noir. Kyvin avait détendu ses chaines de sorte que ses orteils effleurent le sol. Des élancements douloureux la foudroyaient, du sang dégoulinait sur sa peau. Elle avait la gorge à vif d'avoir tant hurlé, et des coups sourds lui martelaient la tête.

Tu survivras, lui promit la voix. *Tu déchaineras ta fureur.*

Je vais mourir ici, songea-t-elle en retour. *Je vais craquer.*

Sois forte, petite lionne.

Elle ignorait combien de temps elle était restée suspendue ainsi. Ça aurait pu être des heures comme des jours. L'Illinir était-elle finie ? Damien s'était-il libéré ? L'avait-il abandonnée à une mort annoncée ?

Elle tressaillait au moindre bruit. Se détournait du moindre brin de lumière. La voix lui tenait compagnie, lui susurrant mille promesses qui l'apaisaient. Sans elle, elle aurait été seule avec sa peur. Sa peur, et la conviction qu'au retour de ses ravisseurs elle céderait. Pour cela, elle leur vouait une haine farouche. Pour l'avoir privée d'un pouvoir acquis au prix d'un travail de longue haleine, pour l'avoir brisée au plus profond, au point qu'elle ne soit plus que chair, os et terreur.

Nous allons leur faire regretter chaque entaille, la cajolait la voix, à laquelle Ari se raccrocha. *Nous allons leur faire connaitre la peur.*

Des bruits déchiraient l'obscurité. Grognements caverneux, cris stridents inhumains, gémissements de souffrance. Elle ferma fort les yeux et se dit qu'elle les imaginait, mais elle pensa alors à la lame froide d'un couteau sur sa peau, aux yeux impassibles de Kyvin, à la certitude que même si elle survivait à l'atroce douleur, une autre suivrait.

Sois sans peur, ma chérie.

Ari étouffa un sanglot, incapable de lutter contre le sentiment d'impuissance qui s'abattait sur elle.

Tu mérites ce qui t'arrive, songea-t-elle. *Tu en mérites chaque instant.*

Mais une autre pensée la couvrit. *Tu es magnifique, Arielle Kadar.*

Une porte s'ouvrit au bout du couloir. Elle eut un mouvement de recul, mais elle n'avait nulle part où fuir. Puis elle se détourna d'une lumière qui soudain l'aveuglait. Elle eut cependant le temps de distinguer un visage. Un homme d'un certain âge, aux cheveux cuivrés et clairsemés, à la barbe soigneusement taillée.

Pas Kyvin.

Un tortionnaire plus sadique encore ?

Le battant s'écarta en grand et révéla un homme à la mine épuisée, à la peau pâle et au nez busqué moucheté de taches de rousseur.

Elle lui trouva un air familier.

Lorsqu'il vit Ari, il grimaça et posa par terre sa lanterne enchantée.

– Je suis venu vous aider.

Il la fit descendre en douceur. Ses orteils touchèrent le sol, puis ses talons, et enfin tout le poids de son corps sur ses genoux, qui cédèrent aussitôt et heurtèrent la pierre. Elle sentit à peine ce choc retentissant.

Ses bras retombèrent devant elle, les muscles foudroyés par la douleur au moindre mouvement, et elle vacilla dangereusement, mais l'homme avait anticipé et la retint en prenant garde à ses blessures. Il sortit un flacon de sa poche et le déboucha, puis le porta aux lèvres d'Ari.

– Buvez, lui dit-il. Ça vous soulagera.

Elle tourna la tête.

– S'il vous plait, insista-t-il, l'air aux abois. Je suis un ami. Je m'appelle Keirian Rusel. Vous connaissez ma fille, Mikira.

Était-ce encore une ruse de Rezek ? À cette pensée, un frisson la parcourut. Ce monstre n'irait quand même pas jusqu'à élaborer un tel stratagème pour lui faire boire quelque chose qu'il pourrait lui administrer de force ?

Elle se laissa faire. La boisson au gout de miel fit effet presque aussitôt et émoussa assez la douleur pour la rendre supportable. Lorsqu'il l'aida à se relever, elle réussit à tenir debout, même si elle était faible et dans un état second.

– Je peux vous conduire à la première issue, déclara-t-il alors qu'ils s'engageaient péniblement dans le couloir.

La lanterne se balançait à un de ses poignets.

– Mais on ne doit surtout pas me voir avec vous. Je suis désolé de ne pas pouvoir faire plus. Ma fille…

Sa voix s'étrangla, et il se tut.

Ce fut pour elle une perte pénible. En l'entendant, elle se sentait de nouveau réelle. En sécurité.

– Je sais que vous l'aidez à gagner l'Illinir. Merci, reprit Keirian après quelques pas.

L'émotion d'Ari fut telle qu'elle ne put respirer qu'à grand-peine, mais elle parvint à hocher la tête.

Alors qu'ils se dirigeaient vers la porte, quelque chose bougea dans la dernière cellule. Ari tressaillit, puis y regarda de plus près. La créature enfermée dedans n'était ni homme ni animal. Pourvue d'yeux bleus perçants et d'un épais pelage doré, elle était recroquevillée, ses côtes ressortant sous une peau fine et cireuse. Elle leva la tête, révélant une gueule aux crocs acérés. Puis ils franchirent le seuil et pénétrèrent dans une petite pièce, et Ari eut du mal à retenir cette image.

Keirian tourna à gauche, et Ari se régla sur son pas. Gauche, droite. Gauche, droite – puis il y eut un bruit. Tous les deux s'immobilisèrent. Ils n'avaient nulle part où se cacher alors qu'une autre source de lumière approchait du tournant un peu plus loin. Un garde des Kelbra passa l'angle, une lanterne enchantée à la main. De l'autre, il saisit le revolver à sa ceinture.

Ari hurla intérieurement. Pas question qu'elle retourne dans sa cellule. Pas question que… Le garde ouvrit alors des yeux stupéfaits, puis s'effondra. Une fléchette dépassait de sa nuque, et derrière lui se tenait Reid, vêtu d'un uniforme de la maison Kelbra.

– Merde, jura-t-il en la voyant. Par les enfers ! Damien va tuer Rezek. *Je* vais tuer Rezek.

– C'est un ami à vous ? demanda Keirian à Ari d'un ton méfiant.

Elle eut un rire essoufflé et hocha la tête. Ils étaient venus la sauver.

Reid la soutint par l'autre flanc, et ensemble ils l'accompagnèrent jusqu'à une porte maintenue entrouverte par une cale. Dehors retentissait le chant des grillons, charrié par une brise nocturne, qu'elle huma à pleins poumons. Puis elle chancela et manqua d'entrainer les deux hommes dans sa chute. Son corps lui semblait lourd comme la pierre. Elle parvenait à peine à lever la tête. Reid jura de nouveau.

– Du vérillion, souffla-t-elle.

Ça ne lui donnerait peut-être pas la force d'enchanter sa gemme, mais le simple afflux de magie lui serait d'une grande aide.

– Il y en a un champ sur la gauche, les informa Keirian. Moi, je vous abandonne ici. Vous pourrez vous occuper d'elle tout seul ?

Reid hocha la tête et supporta le poids d'Ari sur ses épaules.

Keirian lâcha un soupir de soulagement.

– Dites à Mikira de lire mon journal, enjoignit-il à Ari. Je l'ai laissé sur mon bureau. Elle saura de quoi je parle. Et dites-lui que je l'aime. Partez, maintenant !

Reid poussa la porte, et, quelques instants plus tard, il étendit Ari au milieu des cultures. Baignée d'une lumière dorée qui filtrait entre ses paupières lourdes, elle entendit des tiges craquer, puis sentit qu'on lui pressait une plante sur les lèvres.

Elle dut fournir un effort pour ouvrir la bouche et mâcher le vérillion. Lorsqu'elle l'avala, un courant de pouvoir déferla en elle, si chaud et puissant qu'elle en pleura presque. Petit à petit, sa vue s'éclaircit, et elle vit Reid en train de la regarder avec la même moue dédaigneuse que si elle avait épongé du thé avec sa chemise favorite.

– Tu n'as pas intérêt à mourir, dit-il.

Les lèvres d'Ari se recourbèrent.

– Je n'aurais jamais cru que tu te souciais de moi.

– Et tu aurais eu raison. Je n'ai pas très envie de mourir ici avec toi, c'est tout.

Le sourire d'Ari s'estompa.

– Et Damien ?

– Ne t'inquiète pas pour lui. Le plus important, pour l'instant, c'est de te ramener.

Une ombre apparut derrière lui.

– Reid ! l'avertit-elle.

Trop tard. Un garde lui avait passé un bras épais autour du cou, tandis qu'une autre garde lui assénait un coup de poing dans le ventre. La respiration coupée, il tenta en vain de se libérer.

Ari essaya de se lever mais, malgré le vérillion, elle était trop faible.

– Laissez-le partir, implora-t-elle d'une voix rauque. Je ne résisterai pas.

– Tu peux rêver. Lord Kelbra va vouloir lui parler, répondit la femme avec un rictus mauvais. Mais d'abord, Kyvin et toi allez discuter encore un peu.

Ce seul prénom fit monter en elle une vague de nausée. La panique surgit en elle telle de la lave, et, tandis que la garde approchait, elle chercha désespérément à puiser dans le vérillion. Son corps résista, tenant à garder sa magie dans ses entrailles, mais elle la canalisa de force grâce à la bague d'émeraude, et murmura un sortilège de lien.

La garde gloussa.

– Tes prières ne te sauveront pas, sorcière.

Elle voulut saisir Ari par le bras.

Écrase-les, rugit la voix.

Son pouvoir se propagea en elle. Elle tordit la main de la garde et lui brisa le poignet. La femme hurla de douleur. Ari s'accrocha à elle pour se relever, et, d'un coup de genou dans l'abdomen, lui brisa des côtes.

– Par tous les enfers... s'exclama l'autre, au moment où son équipière s'écroulait.

Mais Ari lui avait déjà violemment décroché le bras du cou de Reid. Terrassé par un coup de coude à la mâchoire, le garde s'effondra.

Reid, qui était tombé à genoux, leva les yeux vers elle en massant sa gorge rougie.

– Je retire toutes les méchancetés que j'ai pu te dire.

Elle sourit. Puis le vérillion s'épuisa, et elle perdit connaissance.

Ari se réveilla dans un sursaut. Les hommes de Rezek l'avaient retrouvée. On l'avait remise dans sa cellule... Non. Elle était dans un lit, pas suspendue à des chaines. Alors que son cœur se calmait, elle distingua mieux son environnement. Elle reconnut les fenêtres et les rideaux de la chambre de Damien, dans laquelle filtraient de doux rayons du soleil d'après-midi. L'odeur familière de poudre noire et de vieux papier lui fit l'effet d'un baume, et pendant quelques instants, elle se concentra sur sa respiration.

Puis la douleur déclenchée par ses mouvements soudains revint en force. Elle avait l'impression d'être passée sous les roues d'une voiture enchantée. Pourtant, elle ne souffrait pas autant qu'elle l'aurait cru.

Elle défit l'un des nombreux bandages dont Reid avait dû lui envelopper l'avant-bras, s'attendant à trouver des points de suture, mais il n'y avait qu'une croute et un peu de sang là où ses gestes avaient tiré sur l'entaille ressoudée.

Avec précaution, elle ôta ses autres pansements. Du sang suintait encore de quelques plaies mais, pour la majorité d'entre elles, le pire était derrière.

Qu'est-ce qui se passe ? se demanda-t-elle.

C'est ton pouvoir, Arielle Kadar. *Accueille-le sans retenue.*

Elle alla lentement à la porte de la chambre et l'ouvrit. Le salon était vide. On avait laissé un petit mot sur la table d'appoint la plus proche, à côté d'un bol dans lequel luisait du vérillion haché. Elle déplia le billet, que Reid avait noirci de

son élégante écriture :

Parti prévenir Damien que tu n'es pas morte. Et pourtant, tu aurais dû l'être. C'est un des avantages de posséder une magie unique, je suppose. Teste-la pour moi, d'accord ? Essaie le vérillion. D'abord en faible quantité, puis par doses plus fortes – selon moi, ta vitesse de guérison leur sera proportionnelle. Tâche de ne pas mourir en mon absence, surtout. La dernière course a lieu demain.

Reid

PS : je transmettrai à Mikira le message de son père.

Elle leva les yeux au ciel. Il n'y avait que Reid pour transformer un retour miraculeux parmi les vivants en expérience scientifique. Elle remit la lettre sur la table et mangea quelques morceaux de tige. Un doux afflux de magie se diffusa en elle. La croute sur son avant-bras commença à la démanger, et dessous, elle sentit une tension. Elle gratta la croute, sous laquelle apparut une peau intacte.

Ari saisit le bol et s'assit sur la causeuse. Elle avala un peu plus de vérillion puis s'allongea lorsque la fatigue reprit le dessus. La magie guérissait ses blessures, mais elle la vidait de son énergie, et un mal de tête persistant la maintenait dans le brouillard. Elle ne pouvait pas bruler les étapes. Elle s'endormit alors que la magie bourdonnait toujours en elle.

Des rêves de ténèbres l'assaillirent. Des cauchemars de chaines et de visages pâles, de couteaux argentés poissés de sang, de ses cris se répercutant en écho sans fin dans une cellule, interminable cacophonie de souffrance. Des formes monstrueuses se contorsionnaient dans l'ombre. Des grognements inhumains emplissaient les lieux. Une affreuse bête aux yeux bleus chuchotait son prénom.

Elle se réveilla avec l'impression d'étouffer. Il lui fallut longtemps pour se souvenir qu'elle n'était plus prisonnière de cette cellule, et plus longtemps encore avant d'être sûre de ne pas vomir.

Elle les connaissait, ces rêves. Ils vous entrainaient sous la surface et vous y maintenaient pour vous noyer. S'immisçaient en vous même pendant vos moments d'éveil, les souillaient de peur. Comme les traces de mains sur sa gorge, comme la terreur glaciale et silencieuse qui l'avait gagnée quand les hurlements de son Saba avaient cessé.

Si elle ne faisait rien, ces rêves la détruiraient, comme tout le reste.

Ne les laisse pas t'enfermer dans la peur, susurra la voix.

Ça n'arrivera pas, songea Ari.

Cette fois, elle allait rendre les coups.

36
ARIELLE

Retrouver Kyvin fut plus facile que prévu. Celui-ci s'étant fait un nom en tant que bras droit de Rezek, lorsque Ari posa des questions à son sujet dans les pubs d'Ettinger Street, dans le quartier de la Couronne, on put la renseigner. Cousin éloigné des Kelbra, fils de boucher, Kyvin avait travaillé comme gardien dans les cachots du château, avant que Rezek ne recoure à ses services.

La nuit était tombée lorsqu'Ari le repéra au *Murmure de la Rose*, dans Rathsbone Street. Elle trouva une ruelle tranquille avec vue sur l'établissement et attendit, ingérant de temps à autre un peu de vérillion pour entretenir ses réserves. Elle avait repris assez de forces pour que ses mouvements, bien que raides, ne soient pas trop douloureux, même si elle avait cessé de consumer de sa magie pour économiser son énergie. Le bourdonnement l'apaisait, mais elle ne pouvait tout à fait chasser l'impression de poursuivre un lion jusqu'à sa tanière.

C'est toi, le lion, pas lui, lui dit la voix, et Ari la croyait.

Kyvin sortit du *Murmure de la Rose*, la mine rougie par la boisson. Il s'engagea dans la rue en sifflotant. Cela provoqua en elle une éruption de violente colère. Il n'avait que faire de ce qu'il lui avait infligé. Les hurlements qu'il lui avait arrachés ne le hantaient pas comme ils la hantaient elle.

Ari brula du vérillion, poussa la magie dans la bague et murmura un sortilège de lien. La force se propagea dans tout son corps. Elle pista Kyvin à bonne distance dans la rue animée.

D'innombrables badauds allaient de pub en pub, sans prêter aucune attention à Ari ni à sa proie.

Elle esquiva deux femmes ivres, et lorsqu'elle regarda de nouveau devant elle, Kyvin s'était évaporé. Elle se fraya un chemin dans la foule, se faufila sur le côté pour mieux la contourner, mais ce fut inutile.

Il avait disparu.

Quelqu'un surgit de l'obscurité et s'empara d'elle. Elle tenta de hurler, mais on lui plaquait une main sur la bouche. En un clin d'œil, on l'avait arrachée à la rue et poussée contre le mur d'une ruelle sombre. Kyvin la fixait de ses yeux mornes, un sourire cruel aux lèvres.

– Tiens, tiens, petite souris, dit-il d'une voix rocailleuse, tellement différente des intonations à la fois âcres et sirupeuses de Rezek. Tu devrais être dans ta cage comme un bon toutou !

Il lui caressa la joue avec le pouce et reprit :

– Mais maintenant que tu es là, on va pouvoir s'amuser un peu, toi et moi. Lord Kelbra ne sera pas contrarié s'il n'est au courant de rien.

Il laissa glisser sa main jusqu'à la hanche d'Ari.

Elle lui expédia un coup de tête. Il tituba en arrière, et elle abattit son poing sur sa tempe. Il s'effondra.

L'espace d'un instant, elle eut peur de l'avoir tué. Puis elle vit sa poitrine se soulever. Elle ne sut pas quoi penser du soulagement qui l'envahit. N'aurait-elle pas dû souhaiter qu'il meure ? Mort, il ne pouvait plus lui faire de mal. Mort, ses cauchemars disparaitraient peut-être avec lui.

Elle chassa cette pensée, et, avec un morceau de corde qu'elle sortit de sa besace, elle lui attacha les poignets dans le dos. Puis elle le souleva, le jeta par-dessus son épaule, et s'enfonça plus loin dans la ruelle.

Kyvin revint lentement à lui.

Lorsqu'il ouvrit les yeux, ses pupilles dilatées lui donnaient l'air d'un animal terrifié. Ari grava cette image dans sa mémoire.

La façon dont il observa son atelier comme si les murs étaient couverts de sang, son brusque halètement quand il la vit assise devant lui sur une caisse – jamais elle n'oublierait ces réactions.

Il se pencha en avant, mais les cordes qui lui entravaient les bras tinrent bon. Elle lui avait retiré sa chemise, exposant ainsi sa peau blanche telle une toile vierge.

– Qu'est-ce que tu fous, bordel ? gronda-t-il en se débattant plus énergiquement. Relâche-moi !

Elle s'accorda un moment pour savourer sa vaine agitation, la peur qui perçait dans sa voix. Puis elle releva le bâillon qu'elle lui avait noué autour du cou et le lui tendit entre les dents. Il tenta en vain de se débattre tandis qu'elle se tournait vers son établi.

Ari ne possédait pas toute la batterie de couteaux de Kyvin, mais elle avait un large assortiment d'objets tranchants, et, après des mois à façonner des golems, une grande connaissance des corps de chair et de sang. Plus tard, peut-être demanderait-elle à Reid de lui enseigner quels étaient les nerfs les plus sensibles, les endroits où la peau était la plus fine sur l'os.

Pour l'instant, elle devrait se contenter de ses couteaux de potier.

Elle pressa la pointe de l'un d'eux sur la gorge de Kyvin et dit à mi-voix :

– Maintenant, hurle, petite souris.

Le bâillon étouffa le plus gros du bruit. Personne ne remarquerait le peu qui filtrait au-dehors, comme on n'avait pas entendu les cris d'Ari lorsque les deux malfrats l'avaient agressée. Elle exorcisa sa peur en allant la chercher dans la chair de Kyvin. À chaque entaille, elle se répétait qu'il n'était qu'un homme, et que les hommes saignaient. *Elle* pouvait faire couler *leur* sang.

La vue du sang provoqua un frémissement quelque part en elle, mais elle le repoussa très profondément. Le but de ce tête-à-tête était de se prouver qu'elle n'avait pas peur, qu'elle gardait le contrôle.

Elle était forte, disait le couteau en tranchant.

Elle était à l'abri, ajoutaient les filets de sang de plus en plus abondants.

Elle était puissante, renchérissait la peur dans les yeux de son bourreau.

Tu es magnifique, Arielle Kadar, insista la voix.

Lorsque Kyvin perdit connaissance sous l'effet de la douleur, Ari sentit s'apaiser l'appréhension qui bouillonnait en elle en permanence. Elle jeta sa lame sur l'établi et contempla ses mains ensanglantées. Elles étaient parfaitement immobiles. Si immobiles qu'elles paraissaient détachées d'elle. Ces mains n'étaient pas les siennes, mais celles d'un monstre.

Elle n'eut pour avertissement qu'un raclement sur la pierre avant qu'une chaise ne la heurte au flanc et ne la projette au sol. Kyvin se dressait au-dessus d'elle, une main libérée des cordes, l'autre toujours attachée au siège.

– Tu vas me le payer très chêr, annonça-t-il d'un ton hargneux.

Entre la perte de sang et la douleur, il tenait à peine debout.
Pourtant, il souleva la chaise tel un gourdin et l'abattit vers elle. Elle esquiva l'attaque en roulant sur le côté, et la chaise se brisa.

Lorsque Kyvin se redressa, seul un pieu de bois peu épais demeurait accroché à son autre bras. Un rictus mauvais aux lèvres, il s'en empara.

Les cauchemars d'Ari redevinrent réalité. Elle sentit de nouveau les chaines à ses poignets, un couteau contre sa gorge. La nausée la suffoquait. La peur la paralysait.

C'est un simple mortel, susurra la voix.

Et elle… elle était bien plus.

Tout en se relevant, elle s'imprégna de magie, et la force s'accumula en elle.

Appuyé sur l'établi, Kyvin brandissait le pieu comme une épée. D'une poussée contre le plan de travail, il attaqua. Elle évita le coup d'un vif écart. Le vérillion la rendait puissante, mais il ne lui enseignait pas l'art du combat. Kyvin, lui, semblait aussi à l'aise avec le pied de chaise qu'avec son scalpel lors de la séance de torture.

Elle recula, guettant une ouverture. Kyvin la suivit tel un chien enragé lancé sur ses traces. Son large rictus était monstrueux, et du sang mouchetait ses lèvres.

Ari arracha une corbeille suspendue à un crochet et le jeta sur lui, le forçant à s'en protéger. Elle profita de cette diversion pour fondre sur lui. Ils heurtèrent violemment le sol, et le pieu s'enfonça dans une côte d'Ari.

Kyvin la frappa au visage, puis la poignarda au flanc. Elle lui saisit le poignet. Il tenta de résister à sa force surhumaine, mais ses efforts furent insuffisants. Peu à peu, elle retourna la pointe vers lui. Il modifia sa prise dessus dans une tentative de la dévier, mais Ari se pencha au-dessus de lui, puisa dans le vérillion, et lui transperça le cœur.

Il ouvrit des yeux ronds et toussa du sang, éclaboussant la joue d'Ari. Elle ne prit pas la peine de s'essuyer.

Elle resta ainsi, courbée sur lui, tenant fermement l'éclat de bois jusqu'à ce que toute lueur ait quitté les yeux de Kyvin.

Ari faillit ne pas voir les deux gardes postés devant la porte de *l'Étalon Noir*, mais eux ne manquèrent pas de la remarquer. Comment aurait-il pu en être autrement, tant elle était maculée de sang ? Pour arriver jusque-là, elle avait cheminé dans le dédale de venelles qui constituait le quartier de Wrenith, poussée à la discrétion par un instinct qui lui semblait pourtant enfoui très profondément.

Un des gardes fit un commentaire qu'elle n'entendit pas.

– Shira, dit-elle.

– Quoi ?

L'homme porta la main à son revolver. Ari suivit son mouvement et, par réflexe, voulut puiser dans son vérillion, mais elle avait tout utilisé lors de son combat contre Kyvin, et elle n'obtint qu'un écho vide.

– Shira.

L'autre garde dit quelque chose et disparut dans le pub. Peu après, Shira Adair revint avec lui. Sans un mot, elle prit Ari par le bras et l'emmena à l'intérieur.

Ari ne vit rien des lieux. Seule dans la nuit noire quelques instants auparavant, elle se retrouva dans un fauteuil moelleux près d'un feu crépitant dans des combles aménagés au-dessus du pub. Elle ne parvenait pas à oublier la sensation spongieuse du pieu qui s'enfonçait entre les côtes de Kyvin, la giclée chaude de sang sur sa joue. Elle ne l'avait pas nettoyé ; elle le sentait sécher et se craqueler sur sa peau.

Elle sentit quelque chose de doux et chaud sur sa main. Shira lui tendait un chiffon mouillé. Ari le prit, et par gestes machinaux, s'épongea le visage, puis les mains. Le tissu s'imbiba d'un rouge foncé.

Pendant quelques secondes, elle ne fit que contempler les taches.

Du sang sur ses mains. Du sang sur les murs.

Elle prit une brusque inspiration tremblante. Sans un mot, Shira se glissa sur le large accoudoir du fauteuil, et passa un bras autour de ses épaules. Ari s'appuya contre la jeune lady et pleura.

Lorsqu'elle eut fini, un filet de soleil filtrait par les larges fenêtres de la mansarde. Dans un coin de son esprit, Ari savait qu'elle devait se reprendre. Que la finale de l'Illinir allait avoir lieu dans l'après-midi, que Damien était toujours emprisonné, et que Mikira ignorait tout de la situation, mais son corps lui paraissait sans vie, simple pantin aux ficelles sectionnées.

Elle était assise à côté du feu, à présent ; une tasse de thé refroidissait sur la table. Shira avait envoyé des hommes de main se débarrasser du corps, puis lui avait apporté des vêtements propres, et Ari s'était changée, tel un fantôme quittant sa mue. Grâce au vérillion, une croute couvrait déjà l'entaille à son flanc, mais la blessure l'élançait quand même à chaque inspiration.

Shira ne lui demanda pas ce qui s'était passé. Ari aurait juré que cette jeune femme lui transmettait sa volonté inflexible, à laquelle elle s'accrochait comme à un morceau de bois dans une mer déchainée. Tout en elle tourbillonnait, images fugaces qui défilaient dans son esprit : Rivkah qui hurlait, les yeux froids et morts de son Saba.

Shira leva les yeux du livre qu'elle était en train de lire, avachie dans le fauteuil. Ari sentit le poids de son regard, tellement plus doux que celui de son frère, mais tout aussi pénétrant.

– Tu es d'attaque pour une petite promenade ? s'enquit-elle.

Ari la suivit jusqu'à une porte de service, par laquelle elles sortirent dans une rue calme. Les boutiques étaient encore fermées, tous les volets étaient clos. Un jeune livreur à bicyclette jetait des journaux sur les pas des portes. Le visage de Mikira y figurait en première page avec les autres finalistes de l'Illinir, le gros titre annonçant que la course allait se conclure le jour même.

Elles tournèrent dans une ruelle étroite qui débouchait sur une cour paisible très arborée. Une fontaine gazouillait en son centre, entourée de bancs en bois, et quelques marches conduisaient à un bâtiment de pierre blanche à leur droite.

Un temple kinien.

Ari s'arrêta.

– Je ne peux pas entrer.

Elle s'estimait sale, même si elle avait nettoyé les dernières traces de sang plusieurs heures plus tôt.

Shira passa son bras dans le sien.

– Tu n'as rien à craindre.

Des mots restèrent bloqués dans la gorge d'Ari, mais elle ne résista pas quand Shira l'emmena dans le temple.

Des bancs en merisier laqué luisaient sous la lumière matinale qui pénétrait par les vitraux et illuminait les hauts plafonds voutés, ainsi que les ornements en or raffinés de l'arche monumentale abritant les textes sacrés. Les lieux n'avaient rien de criard, au contraire : ils respiraient la vie et la bienveillance, constituaient un havre accueillant.

L'office du matin n'ayant pas encore commencé, il n'y avait personne. C'était étrange de reconnaitre la signification des tableaux représentant les Messagers, de voir les Arkalas destinés aux fidèles rassemblés dans les étagères près de la porte, leur couverture usée par d'innombrables doigts. Elle n'en avait jamais autant su sur son peuple, et pourtant, elle avait l'impression d'en être plus éloignée que jamais.

– Assieds-toi, lui enjoignit Shira, en se glissant sur un banc.

Ari la suivit, mais elle ne se sentait pas à sa place. Percevant sa gêne, Shira posa une main sur son épaule.

– Tu n'es obligée à rien, Ari. Reste juste comme ça.

Ce qu'elle fit.

Elle se contenta d'écouter le silence de ce lieu sacré. Elle le laissa l'imprégner, l'emplir à la façon d'une grande respiration après une vie passée sans air.

Lorsqu'elle relâcha son souffle, des mots chuchotés l'accompagnèrent.

– Je l'ai tué.

Shira ne l'interrompit pas.

– Il m'avait dit de ne pas toucher au livre, mais je n'ai pas écouté, poursuivit Ari, en relevant les genoux contre sa poitrine. Je voulais juste savoir ce qu'il contenait. Alors je l'ai ouvert, mais après, je n'ai plus réussi à m'arrêter. J'allais le lire en secret tous les soirs, même si je n'y comprenais pas grand-chose. Les mots me semblaient familiers, comme ceux d'une langue proche, dont on devine le sens.

Lors de sa première interaction avec le livre de sortilèges, elle avait eu l'impression de passer des ténèbres à la lumière. À son contact, elle se sentait vivante, et depuis, elle n'était jamais rassasiée de cette sensation.

Elle s'attendit à ce que la voix fasse un commentaire à ce sujet, mais dans l'enceinte du temple, elle se taisait. Ari fut désarçonnée de constater qu'elle lui manquait.

– J'ai trouvé une page qu'il avait traduite.

Elle appuya fort les ongles sur ses avant-bras. Se livrer à quelqu'un qu'elle connaissait à peine ne lui paraissait pas étrange. En fait, c'était plus facile, comme parler aux dieux, à l'océan, ou à un vent qui emporterait très loin ses paroles. Elle raconta tout. Le golem, l'attaque, Rivkah qui accourait, attirée par les cris.

– Je n'ai pas supporté la terreur et les reproches que je lisais dans les yeux de mes parents, conclut-elle. Alors je me suis enfuie.

L'expression de Shira ne changea pas. Elle avait écouté le récit d'Ari sans la moindre réaction, l'avait laissée évacuer sa peur, sa culpabilité, sa douleur. Et quand Ari eut terminé, elle continua à la regarder de la même façon.

– Quand quelque chose d'affreux se produit, on cherche toujours à désigner un responsable, commenta Shira. Mais parfois, personne n'y est pour rien. Ça se produit, voilà tout.

Rivkah avait déjà essayé de l'en convaincre. Elle avait tenté de lui dire que ce n'était pas sa faute. Mais Ari avait été terrifiée à l'idée de faire du mal à un autre d'entre eux. Terrifiée par elle-même, par la chose tapie dans son esprit.

– Et quand on les provoque volontairement ? s'enquit-elle. Quand on répond à des actes odieux par d'autres actes odieux, et qu'au lieu de s'annuler, ils créent plus de noirceur ?

– Il est facile de se perdre dans ne serait-ce qu'un soupçon de noirceur, déclara Shira d'un ton solennel. Chaque nouvel acte ne parait pas si grave, parce qu'il n'est pas pire que le précédent. Mais au bout du compte, on se retourne sur le chemin parcouru, et on constate à quel point on s'est égaré.

Elle soutenait le regard d'Ari.

– Et si on s'arrête, si on reste immobilisé rien qu'un instant, ça nous rattrape. Alors on continue, on continue, jusqu'à ce que ça nous engloutisse.

Ari eut soudain la certitude que Shira ne parlait plus d'elle. Ce n'était pas la première fois que la jeune lady réfléchissait à la question, peut-être même pas la première fois qu'elle avait cette conversation.

– Et si c'est déjà trop tard ? demanda Ari à mi-voix.

Un sourire d'une douceur surprenante se dessina sur les lèvres de Shira.

– Est-ce que tu connais le mot « chet » ?

Ari secoua la tête.

– C'est un terme d'archerie pour désigner une flèche partie de travers. Le kinaïsme recourt au même mot pour décrire le péché. Parce que commettre un péché, ce n'est que ça, Arielle : dévier du droit chemin. On peut toujours le retrouver. Mais d'abord, on doit obtenir le pardon.

Ari frémit.

– Ils ne me pardonneront jamais.

– Il existe différentes sortes de pardon, répondit patiemment Shira. Celui que t'accordent les dieux. Celui de quelqu'un d'autre. Et celui qui vient de toi. La force de nous pardonner à nous-même est souvent la plus dure à trouver.

– Et si je n'y parviens pas ?

Shira posa la main sur la sienne.

– Tu réussiras. Pardonner, c'est réparer. Tu ne pourras réparer le reste que lorsque tu te seras pardonnée à toi-même.

Elle se leva et fit courir ses doigts sur le dossier d'un banc.

– Tout ce que tu as à faire pour l'instant, c'est aller de l'avant. C'est seulement quand tu t'arrêteras que tu dévieras du chemin.

Elle tendit la main à Ari.

– Alors maintenant, si tu t'en sens capable, mon frère a besoin de toi.

Ari n'hésita pas. Elle accepta l'aide de Shira pour se mettre debout, et abandonna le poids qui l'accablait, pareil à une ombre qu'on aurait sectionnée au bas de son talon.

37
ARIELLE

Le quartier général de l'Anthir était un bâtiment trapu en pierre grise situé dans le quartier de Wrenith. Ari y eut une conscience aigüe de chacun de ses pas, d'abord dans le hall froid, puis dans la salle d'attente monochrome. C'était là sa place. Après le crime qu'elle avait commis, elle méritait de finir derrière les barreaux, juste à côté de Damien.

Tu t'es protégée, dit la voix. *Rien de plus.*

Où étais-tu passée ? songea-t-elle, sans obtenir de réponse.

Shira était à peine arrivée qu'on vint lui demander si on pouvait lui être utile. L'attention d'Ari se porta sur le mur d'avis de recherche à sa gauche, où étaient placardés des portraits de criminels. On précisait leurs crimes sous des croquis ou des photographies. Pour la plupart, la légende indiquait seulement : REBELLE.

La voix de Shira coupa court à sa distraction.

– Viens, c'est par ici.

Elles entrèrent dans un bureau d'angle, dont la plaque de porte indiquait INSPECTEUR ELRIHAN.

Ce dernier était un homme bien bâti à la peau mate, à l'épaisse barbe noire et aux yeux clairs. Il était assis à une table qui occupait presque toute la petite pièce aveugle, et dont la surface était encombrée d'innombrables piles de documents.

Damien lui avait parlé de son amitié avec cet homme, qui lui avait expliqué en détail, après plusieurs verres, leurs manques d'effectifs. L'officier lui avait également confié qu'il se sentait pris au piège dans son bureau exigu et rêvait d'un rôle plus utile, d'une plus grande reconnaissance. Le policier avait ensuite accepté une donation généreuse destinée à recruter du personnel, et à financer des travaux de rénovation du commissariat qui devaient commencer le mois suivant, aussi avait-il toujours un moment pour recevoir les Adair.

– Lady Adair, dit-il, en se calant au fond de sa chaise en bois trop petite. Je m'excuse pour le traitement qu'a subi Lord Adair. Si j'avais su plus tôt qu'il était ici, je m'en serais occupé tout de suite, mais on ne m'a pas encore apporté les documents administratifs. Je peux vous assurer que la sergente Haraver sera réprimandée comme il se doit.

La sergente Haraver, songea Ari. *Talyana.* Reid avait-il informé Mikira de ce qui se passait lorsqu'il lui avait transmis le message de son père ? Elle espérait qu'il était avec elle en cet instant.

Shira écarta les excuses de l'inspecteur d'un revers de main.

– N'ayez crainte. La sergente ne faisait que son devoir. Mais j'ai quelqu'un ici qui peut fournir un alibi à mon frère.

Ari vint se poster à côté d'elle.

– J'étais avec Damien quand ces hommes ont disparu.

Elle s'attendait à ce que l'inspecteur l'interroge, démonte le mensonge que Shira lui avait soufflé, mais il se contenta de hocher la tête.

– Bien sûr. Je vais le faire libérer sur-le-champ.

– Avant que vous ne donniez l'ordre, intervint Ari, j'aimerais lui parler.

Un policier la conduisit dans le quartier de détention, où la lumière pâle de l'aube projetait un lustre bleuté sur les barreaux rouillés des cellules alignées de part et d'autre. Des formes sombres bougeaient à l'intérieur, mais Ari ne leur prêta pas attention, même lorsqu'elles l'appelaient.

Nous pouvons les réduire au silence, déclara la voix. *Les faire taire toutes.*

Je sais.

Au bout du couloir, Damien marchait dans sa cellule comme un lion en cage. On l'avait menotté, et sa veste s'était déboutonnée après qu'on lui eut pris ses revolvers. Même ses cheveux étaient en bataille. Jamais elle ne l'avait vu si débraillé, et lorsqu'il porta le regard sur elle, elle décela dans ses yeux un éclat presque sauvage.

– Qu'est-ce qu'il t'a... balbutia-t-il.

– Je vais bien, dit-elle, mais l'épuisement qu'on percevait dans ces mots était un puits sans fond.

Par réflexe, elle brula un peu de vérillion pour y puiser chaleur et force. On lui avait donné la clé de la cellule, qu'elle tritura dans la poche de sa robe.

Damien tirait fort sur ses entraves.

– Il va le regretter, je vais m'en assurer, promit-il.

Si elle l'avait laissé faire, elle n'en aurait pas douté. Mais elle n'en avait pas l'intention.

Elle voulait s'en charger elle-même.

– Je pense que c'est ton frère qui a révélé à Rezek que je suis une enchanteresse, lui confia-t-elle doucement.

– C'est juste.

Il appuya la tête contre les barreaux. Eux seuls semblaient lui permettre de rester debout.

– Je ne crois pas qu'il lui ait dit que tu n'as pas de permis, seulement que tu saurais peut-être comment Mikira s'y prend pour être en tête de la course. Mais pour que ce soit possible... Quelqu'un m'a trahi, Ari.

Il prononça ces mots de façon saccadée, comme s'ils lui étaient douloureux.

– Je m'étais promis de tout faire pour que ça ne se reproduise jamais.

Comme avec Rezek.

Elle comprit alors à quel point cet évènement l'avait brisé. Et que depuis, il passait chaque instant à se reconstruire, morceau par morceau. Il n'y avait eu chez lui aucune place pour la faiblesse, ni pour la moindre vulnérabilité. Ces failles l'auraient exposé aux attaques.

Pourtant, il avait quand même baissé sa garde.

Il s'était fié à Reid, à elle, et à Mikira. Il avait assez accordé sa confiance à quelqu'un pour que cette tromperie lui coute.

Mais il n'était pas le seul à avoir été trompé.

Ari fit glisser ses doigts sous le menton de Damien et lui demanda, si doucement que ses mots furent presque inaudibles :

– As-tu chargé ces voleurs de m'attaquer ?

Il tressaillit.

Ce fut pour elle une réponse suffisante. Elle le serra si fort que ses ongles lui marquèrent la peau, mais au lieu de se dégager, Damien prit sa main dans les siennes.

– Il n'avait jamais été prévu qu'ils te touchent, expliqua-t-il, la voix grave et rocailleuse. Ils devaient te prendre ton argent et s'en aller.

– Mais ils ne s'en sont pas contentés.

Sa mâchoire se crispa.

– Non. Et j'ai fait en sorte qu'ils le paient cher.

C'était certain. Mais était-ce assez ? Autrefois, elle se serait peut-être posé des questions quant à l'avenir de sa relation avec lui. Elle aurait pu douter d'elle-même, se sentir instable et hésitante. Mais il la regardait à présent comme si rien d'autre qu'elle ne comptait pour lui.

– Pardonne-moi, Arielle, l'implora-t-il d'une voix rauque. C'était avant que je te rencontre, avant que j'apprenne à te connaitre, toi, ta force et ton esprit. Avant que je tombe amoureux de toi.

Il lui fit cet aveu sans hésiter, même s'il en resta essoufflé et vulnérable. Elle le fixa dans les yeux, et il ne détourna pas le regard.

Ces hommes ne s'en prendraient plus jamais à elle. Il s'en était assuré – pour elle. Elle le savait, et savait aussi que Damien gardait ses vérités enfouies en lui, que les barreaux qui les séparaient en étaient justement la preuve. Mais s'il la voulait à ses côtés, s'il voulait son pouvoir, son esprit et son âme comme elle désirait les siens, ce devait être la seule et dernière fois.

Elle lui effleura les lèvres avec le pouce.
– Ne me manipule plus jamais de cette façon.
– Plus jamais, lui promit-il.
Et elle le libéra.

✦ QUATRIÈME PARTIE ✦

Mais les Messagers ne purent arrêter ce qu'ils avaient enclenché,
et l'appétit des hommes devint insatiable.
Puis vinrent les Hérétiques.

38
MIKIRA

Mikira était en tenue de guerrière.

Ce fut du moins l'impression qu'elle avait en portant la chemise en lin noir et argent impeccable qu'on lui avait envoyée la veille au matin, le cuir souple de son pantalon de cavalière, et ses bottes cirées à la perfection. Elle retira les bandages à son bras, offrant à la vue de tous sa vilaine plaie croutée, et s'équipa de ses couteaux, dont elle examina les manches usés. Ari n'avait pas pu lui en dire davantage sur l'enchantement qui les imprégnait depuis qu'elle avait découvert les propriétés magiques du jaspe sanguin, mais même sans que leur pouvoir ne lui fût connu, les poignards de Mikira lui donnaient un sentiment d'invincibilité.

Un court billet avait accompagné l'uniforme, l'informant que Damien avait été libéré, et bien qu'elle reconnût l'écriture de Reid, celui-ci ne l'avait pas signé.

Avait-il révélé à Damien ce qu'elle avait fait ?

Elle n'avait pas eu le courage de se rendre au manoir depuis le bal des Kelbra. Reid ne voulait pas la voir, de toute façon, et un dernier jour d'entrainement ne changerait rien à la course.

Tout allait se terminer aujourd'hui, d'une façon ou d'une autre.

Ce matin-là, un fiacre enchanté arriva chez elle, et tandis qu'il l'emmenait en cahotant sur King's Road, sa solitude l'affecta. Reid, Talyana : elle avait réussi à se les mettre à dos tous les deux. À présent, elle filait vers un des jours les plus importants de sa vie, et ce, tout à fait seule.

La cour centrale du palais, plus vaste qu'un demi-pâté d'immeubles, regorgeait de chevaux et d'une foule nombreuse. On en avait délimité une partie pour les camelots, et une autre était occupée par des tribunes couvertes réservées à la noblesse. Le ciel était menaçant.

Par chance, la course allait se dérouler pour l'essentiel dans des souterrains.

Le lacis de tunnels creusé sous Veradell commençait près du château et débouchait sur la route des Voyageurs aux abords de la ville. L'épaisse pénombre qui y régnait allait conférer l'avantage aux animaux pourvus d'enchantements célestes, telle la capacité à ne jamais se perdre ou à détecter le danger. Elle ignorait quels sortilèges ils allaient devoir y affronter, et savait seulement qu'à la sortie des galeries, ils suivraient la route des Voyageurs jusqu'à la ligne d'arrivée, une lieue plus loin, au manoir des Kelbra.

Mikira alla aux paddocks, désirant apercevoir Iri, tout en étant terrifiée par cette perspective. Elle espérait que le prince avait changé d'avis et décidé que ce cheval avait trop de valeur, mais Rezek ne l'aurait pas permis. L'étalon était là, quelque part. Elle le sentait.

Si près du départ, chacun rassemblait déjà ses affaires et se préparait à prendre le chemin de l'arrivée. La plupart des spectateurs allaient regarder le début de la course, puis un fiacre les emmènerait au domaine des Kelbra, où ils attendraient les cavaliers, lesquels se groupaient à proximité des stalles.

– Te voilà.

Elle sursauta en entendant la voix de Damien, et se tourna vivement vers lui. Il était bras dessus bras dessous avec Ari.

– Ça ne va pas ? s'enquit-il.

Le cœur de Mikira s'affola.

– Non… tu m'as fait peur, c'est tout.

Elle chercha sur son visage des signes de colère, mais n'en trouva pas. Ce qui ne voulait rien dire : Damien pouvait très bien être en train d'échafauder son assassinat sans qu'elle n'en sache rien. Il la considérait d'un air scrutateur, la tête inclinée de côté. Comme le jour où tous s'étaient rencontrés, plusieurs semaines plus tôt, elle eut l'impression que son regard perçant la disséquait.

– Où est Reid ? demanda-t-elle.

– Il est en retard, répondit Damien, comme s'il s'était senti visé.

Mikira savait exactement pourquoi Reid n'était pas encore là : il ne pouvait pas la regarder en face.

Ari haussa un sourcil, et un faucon cuivré se posa sur son avant-bras ganté de cuir. Les yeux ambrés du rapace ne recelaient nul reflet doré propre aux enchantés – c'était donc un golem.

– Mazal est dotée d'un charme pour ne jamais perdre une piste, expliqua l'enchanteresse. Elle gardera un œil sur toi pendant la course, et Reid te suivra à distance.

Mikira hocha la tête, puis son regard dévia vers les autres concurrents, qui pour la plupart étaient entourés d'un groupe compact d'amis ou de proches. Elle eut une conscience aigüe de l'espace presque vide autour d'elle.

Ari s'approcha.

– Viens, tes cheveux ne ressemblent à rien.

Mikira se tourna tandis qu'Ari poussait le faucon sur son épaule, puis dénouait la natte bâclée de son amie avant de la lui refaire correctement. Quand Ari eut terminé, Mikira se sentit moins comme un chiot mordillant les talons d'un loup, et davantage comme la cavalière qui allait contribuer à conduire la maison Kelbra à la ruine.

Lorsqu'elle se retourna, Ari lui sourit.

– Voilà, tu es parfaite. Tu peux y arriver, Mikira. Et Reid sera à tes côtés tout du long. Tu n'es pas seule.

Lorsqu'elle lui donna une pression sur la main, le cœur de Mikira lui martela la poitrine.

– Oh, avant que j'oublie, ajouta Ari d'une voix chargée d'une soudaine urgence. Est-ce que Reid t'a remis le message de ton père ?

Mikira fronça les sourcils.

– De mon père ?

Une expression étrange se peignit sur le visage d'Ari.

– Tu es au courant de ce qui s'est passé après l'arrestation de Damien ?

Mikira les regarda tous les deux d'un air hébété.

– Non. Quoi ?

– Rezek Kelbra m'a fait enlever, expliqua Ari d'un ton tout à fait neutre. Reid est venu me sauver, avec l'aide de ton père.

Elle repensa à Reid qui se précipitait dans sa chambre. Il avait su qu'Ari était en danger, et il ne le lui avait pas dit. Il ne l'avait pas jugée assez fiable pour lui demander de l'épauler.

Elle serra Ari dans ses bras avant que cette dernière ait pu protester. Elle ne semblait pas trop mal en point, mais Mikira savait d'expérience que la douleur n'était pas toujours visible.

– Tu vas bien ? s'enquit-elle.

Ari lui rendit son étreinte.

– Grâce à ton père, oui.

– La Déesse soit louée, dit Mikira en s'écartant. Et mon père ? Est-ce qu'il…

Elle n'osa pas aller au bout de sa question, néanmoins Ari comprit.

– Il avait l'air assez fatigué, mais à part ça il allait bien.

Les épaules de Mikira s'affaissèrent tant elle fut soulagée. Elle hocha la tête.

– Reid ne m'a transmis aucun message, par contre.

Sans doute parce qu'il l'évitait. Il avait dû dire à Ari qu'il le lui avait remis pour empêcher qu'elles se rencontrent seules. Pensait-il qu'elle allait tout révéler à Ari au sujet de la bague ?

Elle en avait envie, mais dans le même temps elle ne voulait pas mettre Ari en situation de devoir mentir à Damien.

– Bizarre, commenta Ari, le front plissé. Ton père te disait qu'il t'aimait, et te recommandait de lire son journal, dans son cabinet de travail.

Mikira repensa au petit mot qu'elle avait trouvé sur le bureau.

Je sais que tu auras d'innombrables questions, auxquelles, pour la plupart, je ne pourrai pas répondre. J'espère que ceci le pourra. Prends-en soin.

Il avait dû laisser un journal avec ce billet. Mais où était-il passé ?

La préoccupation se dessina sur les traits d'Ari.

– Tout va bien ?

– Oui, ne t'inquiète pas.

Elle s'occuperait de ce journal plus tard. Pour l'heure, elle avait une course à gagner.

– Où est Atara ? demanda-t-elle.

Ils la conduisirent à la jument, qui l'accueillit en agitant la tête. Mikira enlaça son cou épais et enfouit le visage dans sa crinière.

Atara mordilla sa chemise.

Lorsque des pas lourds s'arrêtèrent près d'eux, Mikira s'écarta et tomba nez à nez avec un garde royal.

– Je dois vérifier que vous n'avez pas d'arme, annonça-t-il d'un ton bourru.

– Quoi ? s'étrangla Mikira.

Au même moment, Damien tonna :

– Sous l'autorité de qui ?

– Selon le règlement de l'Illinir, établi lors de sa création, aucune arme n'est acceptée pendant les épreuves, récita le garde. Tout concurrent peut être fouillé.

– Alors fouillez aussi les autres ! rétorqua sèchement Mikira.

L'homme n'en fut pas dérouté ; il resta planté devant elle sans montrer la moindre émotion.

– Si vous refusez de vous soumettre au contrôle, vous serez disqualifiée, l'avertit-il.

Elle se tourna vers Damien, qui regardait vers une des tribunes, d'où Rezek Kelbra les observait d'un air narquois.

Au bout du compte, il adressa un hochement de tête raide à Mikira.

Elle en eut la boule au ventre, mais elle détacha les étuis sous ses manches et les remit au garde à contrecœur.

– Vous avez intérêt à me les rendre, gronda-t-elle. Parce que si je dois venir les récupérer…

– Menacer un garde royal est…

– Partez.

L'ordre de Damien claqua comme un coup de fouet. Le garde sursauta, premier signe qu'il n'était pas une machine. Il remonta la rangée de cavaliers, mais ne contrôla personne d'autre.

– On pourrait lui fournir de nouvelles armes, non ? suggéra Ari.

– Non. On nous surveille, maintenant, répondit Damien, en tournant ostensiblement le dos à Rezek. Il ne reste plus qu'à espérer que tu n'auras pas à te battre.

Les probabilités étaient plus grandes qu'Atara se mette à voler.

– Tu es prête ? demanda Damien alors que l'annonceuse enjoignait aux jockeys de s'avancer jusqu'à la ligne de départ.

Un accès d'appréhension remua le ventre de Mikira.

– Dans la mesure du possible.

Il hocha la tête.

– Bonne chance. On se retrouve à l'arrivée.

Si elle survivait jusque-là.

Elle emmena Atara jusqu'aux autres cavaliers, où elle monta en selle et laissa un assistant au juge de départ les conduire aux stalles. Le placement importait peu. C'était seulement la tradition, destinée à faire commencer tous les concurrents d'un même point de départ.

L'emplacement à côté d'elle était encore vide, et il ne manquait qu'un cavalier, qu'un seul cheval. Un hennissement déchirant retentit, et elle tendit le cou vers l'arrière. Iri se cabrait pour résister aux lads qui tentaient de le pousser dans sa boîte. Lorsque ses sabots retombèrent au sol, Gren tira violemment sur ses rênes.

Mikira étouffa un cri lorsque les assistants parvinrent à faire entrer Iri de force dans son compartiment.

Gren rit en voyant la colère ardente qui embrasait le visage de Mikira, puis donna une claque puissante sur le cou du cheval. L'animal s'agitait dans l'espace exigu. On ne l'avait jamais entrainé pour cela. Il ne comprenait rien à ce qui se passait.

Elle gronda :

– Je te jure que si tu lui fais du mal…

– Qu'est-ce que tu feras ? grogna Gren en retour. C'est ma monture.

– À vos marques ! tonna la voix de l'annonceuse.

– Je te tuerai ! cria-t-elle.

La rumeur de la foule noya presque sa menace.

– Pour l'Enderlain ! Pour les Messagers ! Pour Sendia !

Alors que la cloche retentissait, Mikira leva les yeux vers Gren et son sourire carnassier.

Les chevaux s'élancèrent.

39
ARIELLE

Ari fit décoller Mazal. Le faucon s'éleva dans le ciel et pista Mikira.

– Juste à temps, dit-elle à Reid lorsqu'il s'approcha de la roulotte.

Elle pensait qu'il aurait été présent pour le départ, mais il apparut si vite après celui-ci qu'elle le soupçonnait d'avoir attendu. Était-ce lié au fait qu'il n'avait pas remis à Mikira le billet de son père ?

Reid dénoua les rênes de l'étalon enchanté pour la vitesse qu'ils avaient amené.

– Je suis là, non ?

Il enfourcha le cheval en ignorant le regard scrutateur de Damien et demanda :

– Comment je saurai si elle est en danger ?

– Mazal décrira des cercles.

– Ne te fais surtout pas repérer, l'avertit Damien. Passe par les rues de la ville pour gagner la route des Voyageurs.

Reid adressa un claquement de langue à sa monture, qui fila au trot. Il s'était porté volontaire pour suivre Mikira, pourtant on avait l'impression qu'il avait été chargé de surveiller un chien enragé. Y avait-il un problème entre eux ?

– Damien, dit Ari en apercevant un visage familier dans la foule – celui d'un jeune homme mince et blond au visage effilé. Ce n'est pas quelqu'un qui travaille pour toi, ça ?

Damien tourna la tête vers l'assemblée.

– C'est Hyle. Il n'a rien à faire ici.

Le jeune homme sonda les alentours avant de se glisser dans une grange à proximité.

Damien et Ari le pistèrent. Dedans, à la lumière faible et au son des chevaux qui piétinaient dans leur box, ils remontèrent l'allée centrale discrètement et s'arrêtèrent lorsqu'ils entendirent des voix virulentes derrière l'angle du bout.

– Mais non, je ne me suis pas perdu, protestait Hyle d'un ton impatient. Vous ne voulez pas tout m'expliquer encore une fois, pour être sûr que je puisse le répéter à l'envers et en raonien…

Une gifle retentissante le coupa.

Une autre voix déclara :

– Ne sois plus jamais en retard.

Loïc.

Ari sentit Damien se crisper. Tous les deux se tapirent dans l'ombre le temps que les pas lourds de Loïc les dépassent. Lorsque Hyle fut parti à son tour, Damien s'élança sur les traces de son frère, Ari sur les talons. Une part d'elle avait hâte d'affronter de nouveau Loïc, aussi brula-t-elle du vérillion pour être parée.

Loïc se frayait un chemin vers l'estrade royale, dont les occupants descendaient les marches pour rejoindre les carrosses enchantés qui devaient les conduire au domaine des Kelbra.

– S'il travaille pour ton frère… commenta Ari.

– Il m'a trahi, déclara Damien, d'une voix qui la fit frémir. Il y a quelques semaines, j'ai perdu ma bague sigillaire. Hyle était chargé de la retrouver, tout comme il devait se débarrasser des corps de Fen et Cardix, mission que je le soupçonne d'avoir ratée volontairement.

Loïc atteignit la tribune, adressa un salut sommaire au prince, avant de donner une poignée de main virile à Rezek. La mâchoire de Damien se crispa.

– Je crois que Loïc t'a dénoncée à Rezek pour gagner sa confiance.

– Mais pourquoi ?

– Hyle est un mercenaire, grommela Damien. Un assassin. Loïc s'est rapproché de l'organisateur de la course pour connaitre le parcours de la dernière épreuve. Ensuite, il est devenu l'ami de Rezek.

Abasourdie, Ari comprit. C'était là le coup qu'allait jouer Loïc pour remporter l'Ascension.

Il allait assassiner Rezek Kelbra.

40
MIKIRA

Mikira mit un certain temps à s'habituer à l'obscurité.

Atara et elle se trouvaient dans une partie des tunnels étroite et agrémentée de lampes enchantées suspendues de loin en loin, résonnant de l'écho fantomatique des sabots martelant la pierre humide, où Mikira n'était encore jamais allée. Contrairement aux autres courses, il n'existait là aucune piste marquée. Les cavaliers devaient seulement échapper aux souterrains, atteindre la route des Voyageurs, puis franchir la ligne d'arrivée dans le domaine des Kelbra. Les innombrables galeries qui bifurquaient du tunnel principal pouvaient donc être des passages vers la victoire… ou le meilleur moyen de se perdre sous la ville. La seule indication qu'ils allaient ne serait-ce que dans la bonne direction étaient les flèches gravées par les mineurs, presque recouvertes de cendre et de dépôts calcaires.

Atara tourna à gauche, et un miroitement métallique surgit. Mikira esquiva un couteau, pivota, et vit derrière elle un cavalier qui attendait en embuscade.

– Fonce, Atara !

La jument accéléra. Elles filèrent dans la galerie à toute allure, distancèrent leur assaillant et s'engagèrent dans plusieurs autres embranchements.

Mikira commençait à peine à se détendre, quand soudain, Atara bondit. N'étant pas préparée au saut, Mikira faillit passer par-dessus la tête de sa monture, mais s'accrocha à son garrot. Les sabots du golem retombèrent sur la roche – tous sauf un, qui glissa et *s'enfonça* dans le sol. Mikira eut un instant de panique tandis qu'Atara luttait pour trouver un appui.

Elle jeta son poids vers l'avant, puis Atara poussa sur ses jambes avant et parvint à s'extraire du piège.

Mikira l'arrêta afin que toutes les deux puissent reprendre leur souffle. Des claquements de sabots approchèrent, et le cavalier qui les pourchassait surgit dans la galerie, lancé à pleine vitesse.

– Halte ! hurla-t-elle.

Mais c'était trop tard. Le cheval posa le pied sur ce qui semblait être un sol compact, puis tomba. L'homme lâcha un cri aigu avant de basculer par-dessus une corniche invisible. Un affreux bruit sourd retentit en contrebas.

Mikira contempla le sol intact, bouche bée.

– Il y a… Il y a un fossé, haleta-t-elle.

Doublé d'un sort de dissimulation. Admirative, elle caressa le cou d'Atara.

– La Déesse soit louée, tu l'as détecté.

La jument souffla et piaffa.

Le tunnel s'ouvrait en grand face à elle, longue ligne droite que Mikira n'aurait jamais cru être si contente de voir. Elles continuèrent longtemps, passant devant des messages gravés dans le roc et des affiches d'où Aslir les suivait de son regard dédaigneux. Les galeries devinrent plus étroites, le sol compact laissa place à de la boue. Le silence était presque aussi angoissant que les enchantements, la peur de ce qui l'attendait rongeait Mikira, mais Atara galopait avec assurance, ses oreilles remuant pour guetter le moindre signe de danger.

Même en suivant les flèches des mineurs, Mikira n'avait aucun moyen de savoir si elle était proche de la sortie. Les souterrains s'étendaient sur toute la superficie de Veradell. L'épreuve pouvait se terminer alors qu'elle cherchait encore son chemin dans l'obscurité.

Les ténèbres s'épaissirent au bout du tunnel, aussi fit-elle ralentir Atara, craignant un autre sort de dissimulation. Elle découvrit alors une porte. Celle-ci n'avait rien d'exceptionnel, juste un battant de bois foncé et une poignée en cuivre. Mikira n'avait jamais entendu parler de portes dans les souterrains ; elle savait seulement que les galeries cachaient bien plus de choses que les courses clandestines de Jenest.

Elle mit pied à terre et s'avança. Alors que Mikira saisissait la poignée, Atara la bouscula avec la tête. La porte s'ouvrit à la volée, révélant un boyau vide.

– Pourquoi tu m'as…

Elle laissa sa phrase en suspens, car elle s'était trompée : le couloir n'était pas vide.

De l'autre côté se tenait Lochlyn.

Mikira en resta pétrifiée. Elle ne pouvait que fixer du regard le sourire tranquille de son frère, la chaleur qu'on lisait dans ses yeux malgré la profonde pénombre. Il était plus grand que dans son souvenir, ses cheveux cuivrés tondus à la mode militaire.
Mais il était là. Il était réel.

– Salut, Kira.

Une digue se rompit en elle. Elle se jeta vers lui, mais Atara s'interposa et la poussa en arrière.

– Lâche-moi ! hurla-t-elle à la jument, seulement capable de regarder Lochlyn qui s'éloignait dans l'obscurité en lui enjoignant de le suivre.

– Mais dégage, imbécile canasson !

Atara lâcha un vif hennissement, qui, dans le boyau étroit, résonna douloureusement aux oreilles de Mikira. Ce cri lui fit l'effet d'un baquet d'eau glacée, et elle eut un hoquet stupéfait lorsque la magie la libéra.

Lochlyn avait disparu.

– Encore une illusion, haleta-t-elle en contemplant sa paume.

La poignée avait été enchantée pour provoquer des visions, et grâce à son sortilège de détection du danger, Atara l'avait perçu.

La jument lui toucha la joue avec le nez tout en soufflant d'un air indigné, et Mikira fourra les doigts dans son pelage.

– Je suis désolée, dit-elle.

Mais Atara se contenta de se décaler pour lui laisser la place de remonter en selle.

Mikira lança un dernier coup d'œil à la porte, à la magie qui pouvait faire revenir son frère, puis ordonna à Atara de repartir.

Elles foncèrent dans le labyrinthe, sans croiser personne d'autre. Elles galopèrent longtemps, jusqu'à ce qu'une pointe de lumière blanche illumine le souterrain un peu plus loin.

Une issue.

Mikira se pencha contre le cou de sa monture qui filait comme l'éclair. Mais à peine la lueur apparue, Mikira constata que quelque chose leur bloquait le passage. Elle fit ralentir Atara alors qu'elles approchaient d'une rangée de panneaux dressés.

– C'est quoi, ces trucs ?

Sa voix se répercuta contre les parois.

La jeune femme conduisit Atara au pas jusqu'à une ouverture entre les panneaux. Elles pénétrèrent alors dans un cercle de miroirs.

Tous reflétaient la même image : Mikira, assise sur Atara. Sauf que quelque chose clochait. Les yeux de Mikira étaient des hématomes bruns débordant de colère, sa mâchoire était crispée et ses lèvres formaient une ligne sévère, ses poings serrés étaient blancs aux jointures. Elle ne s'était jamais vue si furieuse.

Puis son reflet desserra les poings et montra des mains ensanglantées.

Mikira eut un hoquet affolé et baissa les yeux, mais ses mains avaient la même blancheur pâle que d'ordinaire. Dans la glace, pourtant, le rouge foncé qui les maculait ne laissait aucun doute. Il était si épais qu'elle semblait les avoir plongées dans un pot de peinture.

À quoi était-elle confrontée ? À un enchantement qui révélait ses émotions ? Un tel objet était extrêmement rare et couteux, et son sortilège céleste était de loin l'un des plus difficiles à exécuter, car son effet s'adaptait à chacun.

Elle ne pouvait en détourner le regard.

Le sang dégoulinait de ses mains, ruisselait sur sa jambe et la selle, puis tachait le poil de sa jument.

– Atara, dit-elle dans un souffle.

Dans le reflet, on ne voyait que la forme d'un cheval entièrement fait d'argile. Lentement, la sculpture tomba en morceaux, les chances de victoire de Mikira se désintégrant avec elle.

Les miroirs n'étaient pas enchantés que pour montrer ses émotions.

Elle déglutit nerveusement.

– Ils sont ensorcelés pour refléter mes peurs.

Des cailloux s'entrechoquèrent derrière elle, et Mikira pivota sur sa selle. À l'entrée du cercle de miroirs, sur son étalon au flanc trempé de sang, se tenait Gren.

Il contemplait le golem dans la glace. Pendant quelques instants, ni l'un ni l'autre ne bougea.

Puis Gren talonna Iri si violemment que celui-ci cria et se cabra. Lorsqu'il redescendit, il partit à toute vitesse.

– Attends ! hurla Mikira.

Mais c'était trop tard.

Il avait déjà franchi l'ouverture à l'autre bout et filait vers la lumière.

Elle lança Atara à leur poursuite, et émergea comme un boulet de canon des tunnels dans les prairies herbeuses et sous l'orage qui grondait. Une pluie battante les harcela jusqu'au point de contrôle et sur la route de terre qui menait au domaine des Kelbra.

Elles foncèrent au triple galop derrière Iri et Gren, la signification de ce qui venait de se produire se refermant autour du cou de Mikira tel un nœud coulant.

Gren avait vu la forme véritable d'Atara. Il savait que ce n'était pas un vrai cheval.

Et il allait le révéler à Rezek.

41
MIKIRA

*N*ON, NON, NON.

Ce mot retentissait en elle à chaque foulée d'Atara. Si Gren racontait à Rezek ce qu'il avait vu, leur marché serait caduc. La magie d'Ari serait révélée, et sa vie serait en danger.

Mikira devait le rattraper. Elle pourrait le soudoyer. Le menacer. User de tous les moyens nécessaires.

Soudain, elle fut à hauteur d'Iri, et Atara le mordit au cou, lui arrachant un gros morceau de chair. Le cheval hurla, et Atara frappa de nouveau, aggravant la blessure. Les jambes d'Iri flanchèrent ; il chuta violemment et fit dégringoler Gren.

– Non ! s'écria Mikira.

Après avoir freiné Atara, elle descendit de selle d'un bond et se précipita jusqu'à Iri. Celui-ci se débattait, donnait des coups dans le vide et se tortillait, son cœur affolé faisant jaillir de son cou du sang qui imbiba le sol boueux.

– Iri, s'il te plait, ne bouge plus ! Iri ! cria-t-elle.

Il agita encore les jambes, puis s'immobilisa.

Mikira tomba à genoux à côté de lui et plaqua les mains sur sa plaie.

– Pitié, non. Non, non, non. Iri !

Elle avait beau appuyer de toutes ses forces, elle ne sentait plus les battements de son cœur. C'était fini.

Atara hennit. Mikira se releva, fit volte-face et vit la jument qui s'écartait de Gren d'un pas vif. Il avait la lèvre fendue et ensanglantée, son visage était parsemé d'égratignures et de saleté. Et dans ses mains, il tenait les couteaux de Mikira.

Trop ébranlée par la mort d'Iri, Mikira comprit à peine ce que cela signifiait. Encore une fois, il s'agissait d'un stratagème orchestré contre elle.

– C'est quoi, cet animal démoniaque ? cria-t-il dans le vent rugissant.

– Ce n'est pas ce que tu crois. Les miroirs mentent.

Gren rit en avançant vers elle.

– Rezek m'a parlé des miroirs, petite Rusel. J'ai entendu dire qu'il existait des créatures kinniennes faites d'argile. C'est la nouvelle copine de Damien qui te l'a fabriquée ?

Elle secoua la tête et fit un pas en arrière. Elle posa le pied dans une flaque du sang d'Iri, et sa botte s'enfonça dans la boue avec un bruit de succion.

– Je te donnerai tout ce que tu veux. Quand tout ça sera fini, tu pourras travailler pour la maison Adair. Damien te traitera mieux que Rezek ne l'a jamais...

Elle s'interrompit lorsque Gren sourit. Il se moquait de ce qu'elle lui promettait. Seul lui importait qu'elle perde.

– Rien de tout ça ne compte, rétorqua-t-il. Tu ne vas pas t'en sortir vivante, de toute façon.

Il se jeta vers elle, et elle fit un bond de côté, mais trébucha sur une des jambes d'Iri. Gren n'eut pour avertissement qu'un cri sec avant qu'Atara se précipite vers lui et manque de le renverser.

– Pas cette fois, sale monstre.

Gren saisit une longue corde lestée de poids attachée autour de sa ceinture. Lorsque Atara lui fonça de nouveau dessus, il lança la corde. Celle-ci s'enroula dans les jambes de la jument, qui tomba dans un affreux bruit sourd.

– Atara !

Mikira se traina vers elle à quatre pattes, mais la boue retenait sa botte. Gren lui entailla l'avant-bras, et la jeune femme percuta violemment la terre humide.

Il abattit alors son poignard vers elle. Elle lui bloqua le bras, le poignet foudroyé par une décharge de douleur tant l'effort fut intense. Il eut un rictus mauvais en sentant ses maigres forces vaciller.

– Je vais chérir ces couteaux, siffla-t-il. Je les montrerai à ton père et lui raconterai comme tu as hurlé en mourant.

La main de Mikira glissa, déposant du sang sur la lame qui s'enfonçait dans son épaule. Elle cria, puis Gren retira l'arme d'un coup brusque afin de la poignarder de nouveau. Elle lui saisit le poignet, prête à tout donner pour le repousser. À sa grande surprise, elle ne rencontra aucune résistance.

Gren fixait le couteau d'un air stupéfait. La pierre dans le manche luisait d'un rouge clair et trouble. Il tenta de le pousser vers le bas, mais l'arme ne bougea pas. Elle restait en suspens comme si elle avait heurté un mur, coincée entre leurs mains.

Puis, doucement, elle changea de direction.

Gren s'écarta et lâcha le poignard. Mikira ne le contrôlait pas : le poignard était comme entrainé vers l'avant, la pointe dirigée vers le cœur de son assaillant. Elle l'empoigna à deux mains malgré la douleur lancinante dans son bras, mais elle avait beau tirer de toutes ses forces, elle ne put empêcher sa lente avancée.

Gren rampa en arrière, et comme s'il sentait sa proie lui échapper, le couteau s'élança telle une flèche et s'enfonça dans la poitrine de l'homme de main de Rezek.

Celui-ci s'immobilisa, et sa tête tomba mollement sur le côté.

Mikira contempla le manche du poignard, le sang qui lui maculait les mains.

Puis elle hurla.

42
ARIELLE

Ari et Damien réquisitionnèrent les chevaux de deux spectateurs retardataires et s'élancèrent pour rattraper le fiacre de Rezek. Ils venaient de passer au galop lorsque Ari sentit se manifester son lien magique avec Mazal. Un fourmillement de crainte la parcourut, assez fort pour qu'elle comprenne que Mikira était en danger, mais ils chevauchaient dans la direction opposée.

Prends soin d'elle, Reid, lui enjoignit-elle par la pensée.

L'issue de la course n'aurait aucune importance s'ils n'arrêtaient pas Loïc. Si celui-ci tuait Rezek, éliminant ainsi le dernier héritier des plus grands rivaux de la maison Adair, il remporterait l'Ascension. Le marché de Damien avec Rezek serait nul ; on ne pouvait marchander avec un cadavre. Le sort du père de Mikira serait des plus incertains. Ari verrait ses chances d'obtenir un permis s'envoler en fumée, et tout ce à quoi ils avaient œuvré serait jeté aux orties à la faveur d'une guerre sans merci entre Adair et Kelbra.

Ils émergèrent d'un raccourci du côté nord-ouest de la ville, dans des terres agricoles aux habitations clairsemées. Le chemin rejoindrait ensuite la route des Voyageurs au nord du domaine des Kelbra. Mais Rezek était-il devant ou derrière eux ?

Un coup de tonnerre retentit, et les premières gouttes de pluie tombèrent. Les sabots de leurs montures faisaient gicler des mottes de terre tandis qu'ils longeaient des clôtures délabrées et de grands champs herbeux. Un peu plus loin, au-delà d'un virage, le chemin s'enfonçait dans un bosquet. Ils passèrent le tournant au galop, et leurs chevaux s'arrêtèrent brusquement, manquant de les désarçonner tous les deux.

Le fiacre des Kelbra était couché en travers de la voie, une roue brisée. Rezek, Loïc et un garde des Kelbra se tenaient à côté.

Loïc plissa les yeux.

– Damien.

– Qu'est-ce que tu fiches ici, Adair ? fit Rezek d'un ton hargneux, du sang coulant d'une entaille au-dessus de son œil.

Damien dégaina un revolver et le pointa vers la poitrine de son frère.

– Annule tout.

– Je ne vois pas du tout de quoi tu parles, rétorqua Loïc avec un rictus narquois.

Un coup de feu éclata, et Damien poussa un cri de douleur. Il lâcha son arme, et son cheval, surpris, le fit tomber.

– Damien ! s'affola Ari.

Elle sauta à bas de sa monture et fit de son corps un bouclier le temps d'aider Damien à se relever. Du sang imbibait sa veste sur le dessus de l'épaule. Une simple égratignure, mais qui devait toutefois faire un mal de chien.

– C'est bon, je n'ai rien, grommela-t-il.

Hyle s'avança en travers du chemin, un revolver à la main, flanqué de quatre complices.

– Je préfèrerais vraiment ne pas devoir te tuer, dit-il simplement.

– Tu ne peux pas, rétorqua Damien, la voix crispée. Ça enfreindrait les règles de l'Ascension.

– Je ne l'ai pas engagé pour te tuer, répondit Loïc. S'il le fait, c'est de son propre chef, et ça ne sera aucunement de ma responsabilité.

– Qu'est-ce qui se passe, au juste ?

Rezek s'était mis à l'abri derrière son garde, qui avait lui aussi sorti son arme.

Hyle arma le chien de son revolver et annonça :

– C'est très simple, Votre Seigneurie. C'est un assassinat.

– Fuis, Rezek !

Damien dégaina son autre revolver et visa les comparses de Hyle. Ils se dispersèrent, imités par les chevaux. Damien redirigea son canon vers Loïc, mais celui-ci avait déjà foncé dans le bosquet.

– Au fiacre ! cria Ari.

Ils s'accroupirent derrière l'équipage à la suite de Rezek et de son garde, le dos plaqué contre le toit de la voiture à côté d'eux. Seul Damien la séparait de Rezek, et l'envie démangeait Ari de s'emparer du cruel lord pour lui briser la nuque. Elle avait brulé du vérillion par réflexe au premier coup de feu, et la plante lui chauffait le sang par pulsations régulières.

– Je vais pendre ton frère par les chevilles et l'écorcher vif, déclara Rezek d'un ton mauvais.

Il prit vivement son autre revolver à son garde et l'arma.

– Le plus probable, c'est que Hyle t'abatte comme un chien, rétorqua Damien.

Au même instant, une balle lacéra le flanc de la voiture. Damien passa la tête au-dessus, le temps de riposter. Ari entendit une femme hurler et Hyle crier :

– Oh, joli tir ! Tu peux le refaire ?

– Il s'amuse avec nous, s'agaça Rezek.

– Tu vas proposer quelque chose d'utile, ou tu vas juste te plaindre jusqu'à ce qu'on soit morts ? le rabroua sèchement Damien.

Ari pointa l'index vers la bague sigillaire de Rezek.

– Donnez-moi ça.

– Pardon ? fit-il, les yeux comme des fentes.

– Passe-lui ton anneau, ordonna Damien, devinant ce qu'elle comptait faire.

Il se pencha vers Rezek et dirigea son revolver vers sa tempe.

– Sinon, je te livre en pâture à Hyle pour faire diversion.

Une autre balle traversa le fiacre, et Rezek tressaillit.

– D'accord, gronda-t-il, avant d'ôter sa bague et de la remettre à Ari.

Elle canalisa le vérillion dans le diamant, chuchota un sort d'association, et se concentra sur son intention.

– Allez, viens, Damien, l'apostropha Hyle d'un ton jovial. Sors de derrière ce fiacre, que je puisse le transformer en passoire. Je vais bientôt perdre patience.

Ari se représenta les balles fusant à côté d'elle, inoffensives, et façonna son charme pour qu'il lui porte chance.

– Tenez-vous prêts à tirer, annonça-t-elle en serra la bague dans son poing. Je m'occupe de Hyle.

Damien pivota sur ses genoux, paré à ouvrir le feu, puis Rezek et son garde firent de même.

– Qu'est-ce que tu comptes faire, au juste ? s'enquit Rezek.

– Maintenant !

Ari passa à l'attaque. Des balles volèrent, la manquant d'un cheveu. Derrière elle, les autres tirèrent vers la route tandis qu'elle faisait diversion. Les combattants touchés hurlèrent. Un homme tenta de s'enfuir vers le talus, et une balle l'atteignit au côté du cou. Le garde des Kelbra tomba à son tour en poussant un cri étranglé.

Hyle pointa son revolver sur elle et pressa la détente, mais le mécanisme se grippa et la déflagration lui brula la main. Il lâcha l'arme avec un jappement de douleur, et ses deux acolytes les plus proches de lui se détournèrent pour l'aider. Une balle toucha l'un à la tête et l'autre à la jambe. Il ne resta plus que Hyle.

Ari lia un enchantement dans son émeraude et lui donna un coup de poing en plein visage. Il fut violemment projeté au sol et roula sur le flanc en crachant du sang. Il y eut du mouvement à côté d'elle, et elle faillit frapper par réflexe, mais c'était Rezek, qui la fixait comme s'il venait de découvrir un trésor disparu depuis longtemps.

Hyle grommela, et Rezek arma son revolver. Son regard s'attarda sur Ari encore un instant, puis il tira dans la jambe de Hyle.

– Arrête, intervint Damien en lui saisissant le poignet.

Rezek dégagea brusquement son bras.

– Je punirai comme je l'entends celui qui voulait m'assassiner.

Il tira de nouveau sur Hyle, cette fois dans le bras. L'homme respirait bruyamment, et du sang suintait de son torse. Il ne survivrait pas à ses blessures. Rezek faisait juste en sorte qu'il meure dans d'atroces souffrances.

Sans hésitation, Damien l'acheva d'une balle en pleine tête.

Rezek pivota vers lui avec un grondement hargneux, l'arme pointée vers sa poitrine. Puis un sourire mauvais passa sur ses lèvres.

– Quelle aubaine ! Je peux te laisser crever ici dans la boue, victime de bandits de grand chemin. Ton frère m'aura été utile, tout compte fait.

Il arma le chien.

– Adieu, Damien.

Ari puisa davantage dans son vérillion. Au même moment, une force tapie dans l'ombre se libéra dans son esprit, tourbillonnant en elle telle une fumée fine, légère et glaciale, puis se blottit dans sa magie comme un animal dans son nid.

Tue-le, lui souffla une voix qu'elle connaissait bien. *Maintenant*.

Ari se jeta en avant et dévia violemment le bras de Rezek à l'instant même où il pressait la détente. La balle lui transperça l'épaule, mais elle ne sentit pas la douleur. À peine le trou se fut-il formé qu'il se referma, et Ari fondit sur Rezek. Son premier coup lui coupa le souffle et lui fêla les côtes. Le second l'expédia par terre, le nez cassé.

Elle avait déjà tué ; que représentait une autre vie soufflée ? Ne plus rien retenir serait si satisfaisant. Si facile. Il lui suffisait de…

– Arielle !

La voix de Damien surgit dans la brume qui s'abattait sur son esprit.

– Résiste !

Résister ? À quoi ? Elle ne faisait rien de mal. Il n'y avait rien à…

Son vérillion s'épuisa, et le fracas de glace et de feu en elle s'évanouit. Elle prit une brusque inspiration et tomba à genoux.

Damien se précipita devant elle pour la soutenir.

– Qu'est-ce qui s'est passé ? Tes yeux… Ils sont devenus blancs.

Ari se blottit contre lui, cherchant les battements puissants et réguliers de son cœur affolé. Elle avait failli perdre le contrôle. Elle avait l'impression que si elle s'était autorisée à déraper, si elle s'était laissée aller, elle se serait réveillée après un moment d'amnésie comme les fois précédentes, mais jamais elle n'avait été consciente lorsque ce phénomène s'était produit.

C'était toi ? demanda-t-elle à la voix. *Je peux savoir ce que tu es, à la fin ?*

Je suis ton pouvoir.

Mon pouvoir n'appartient qu'à moi, rétorqua-t-elle. *Tu ne peux pas l'avoir.*

– Arielle ?

Le ton inquiet de Damien suffit à lui faire reprendre ses esprits. Elle se remit debout d'un mouvement assuré, et il se releva en même temps qu'elle.

– Ça va, ne t'inquiète pas.

Elle observa le fiacre renversé, les cadavres qui gisaient çà et là, et enfin Damien, qui saignait à l'épaule.

– Qu'est-ce qu'on fait de lui ? s'enquit-elle en désignant Rezek d'un signe de tête.

Damien hésita, manifestement peu enclin à abandonner le sujet de ce qui venait de se produire.

– Nous en discuterons plus tard, lui promit-elle, après avoir enfourché sa monture.

Damien acquiesça. Il dut chercher assez longtemps pour trouver où son cheval avait fui. Il le ramena à l'endroit où Rezek était avachi sans connaissance, puis hissa son rival sur le dos de l'animal comme un vulgaire sac de pommes de terre. La douleur le fit grincer des dents, et Ari braqua le regard sur sa blessure.

– Tu vas bien ?

– Ça va aller, la rassura-t-il, en contemplant le cadavre de Hyle.

C'était la coutume enderlienne d'enterrer les dépouilles des défunts, mais que Damien lui devait-il, à présent ? Après un moment de réflexion, il se détourna.

– Partons, lui dit-elle, en lui tendant la main.

Il la saisit et monta derrière elle. Elle avait les vêtements mouillés par la pluie, mais son corps était encore chaud suite au combat, et elle avait une conscience aigüe de celui de Damien contre elle.

Tandis que Damien se penchait pour saisir les rênes de son cheval, Ari considéra Rezek. Elle sentit sa magie monter en elle, perçut la présence tapie au fond de son esprit.

– Il aura ce qu'il mérite, lui promit-il.

Elle pivota pour le regarder, le dos collé contre sa poitrine.

– Je sais, dit-elle simplement. Je vais m'en assurer.

Il pressa ses lèvres contre les siennes, et, sous la pluie qui tombait de plus belle, elle s'abandonna à ce baiser.

43
MIKIRA

Mikira était recroquevillée par terre. Par-dessus le bourdonnement de la pluie, elle entendit des pas sourds dans la boue, puis quelqu'un apparut à côté d'elle et l'appela par son prénom. Elle se contenta de fixer ses mains couvertes de sang, comme si elles ne lui appartenaient pas.

– Mikira ? tenta de nouveau Reid, en posant la main sur son épaule.

– Je… Je crois que je l'ai tué.

Elle contempla le cadavre de Gren, le poignard encore fiché dans sa poitrine.

– Ça va aller, dit Reid à mi-voix.

Mais elle secoua la tête.

– Je l'ai tué, répéta-t-elle.

– Visiblement, il a essayé de te tuer en premier, rétorqua-t-il, en pivotant devant elle et en lui saisissant les mains. Écoute-moi, Kira. C'est presque la fin de la course. Ça ne doit pas te bloquer. Tu es tout près du but.

Elle le fixa du regard. Lentement, les mots de Reid firent leur chemin, et sa respiration chaotique se calma. Ce n'était pas terminé. Sauf si elle s'effondrait ici même.

Quand Reid voulut l'aider à se relever, sa blessure à l'épaule lui arracha un cri de douleur. Il poussa un juron, s'agenouilla à côté d'elle et prit un petit flacon dans sa poche.

– Ça va te soulager, mais il faudra te soigner dès que tu seras rentrée.

Elle le sentit à peine appliquer le baume sur la plaie, puis la remettre debout.

– Où est Atara ? lui demanda-t-il.

En entendant le nom de sa monture, Mikira reprit aussitôt ses esprits.

– Dans l'herbe. Gren…

Elle laissa sa phrase en suspens et partit en courant vers un endroit où l'herbe haute était aplatie.

– Atara !

La jument hennit et leva la tête. Mikira se jeta à genoux à côté d'elle et tira sur la corde emmêlée dans ses jambes. Reid sortit son canif pour la trancher. Atara se releva et agita la tête avec indignation.

– Tu n'as rien, dit Mikira dans un souffle de soulagement, bien que son cœur se serrât à la vue de ses naseaux ensanglantés.

Reid referma son couteau pliant, alla d'un pas vif vers Gren et tendit la main vers le poignard.

– Ne touche pas à ça ! s'époumona Mikira.

Reid se figea, les doigts au-dessus du manche. Mikira courut jusqu'à lui et retira l'arme, qu'elle contempla un long moment. Le poignard semblait pourvu d'une volonté propre. Ari avait expliqué que le jaspe sanguin créait des liens magiques, et dès que son sang l'avait touché, quelque chose s'était enclenché entre elle et ses couteaux, un bourdonnement qu'elle percevait encore, mais qu'elle ne comprenait pas. Quel enchantement était-ce là ?

Plus tard, songea-t-elle, avant de récupérer le second poignard à la ceinture de Gren. Elle rengaina le premier et remit les deux à Reid.

– Je n'ai pas le droit de les garder.

Reid se saisit des étuis.

– Mikira…

– Pas maintenant.

Elle remonta en selle et s'arrêta lorsqu'elle vit la masse inerte d'Iri. L'herbe haute se courbait au-dessus de lui, la pluie fonçant tant son poil qu'elle put presque se convaincre qu'il s'agissait d'un autre cheval, mais les restes de son cœur brisé ne le purent pas.

– Je vais m'occuper de lui.

La voix de Reid la ramena à l'instant présent. Elle le fixa sans un mot, et il lui rendit un regard implorant. Dans ses yeux, elle lisait cent questions auxquelles elle n'avait pas les réponses, prises au piège entre désir et réalité, vérité et mensonge. Entre ennemi et ami.

– Merci, murmura-t-elle.

Puis elle repartit.

Mikira n'avait jamais autant poussé sa monture. Les longues jambes d'Atara avalaient les mètres avec voracité. Elles quittèrent la route des Voyageurs et coupèrent à travers champ, droit vers le manoir des Kelbra, sur une plaine rendue boueuse et irrégulière par l'orage. La pluie lui cinglait le visage et le vent fouettait ses cheveux tandis qu'elle filait toujours plus vite.

Rien ne lui permettait de savoir où les autres concurrents avaient émergé des tunnels et quand. Son contretemps avec Gren n'avait duré que quelques minutes, mais celles-ci pouvaient faire la différence entre la victoire et la perte de tout ce qui lui était cher.

Un kilomètre. Puis deux. Devant, deux chevaux étaient lancés au triple galop. Atara les dépassa comme une flèche dans un tourbillon de jurons et de cris, puis gagna du terrain sur Alren Zalaire et Dezaena Fyas.

Au loin, où se dressait le manoir Kelbra, elle aperçut l'étalon argenté d'Arabella Wakelin qui filait droit vers la ligne d'arrivée.

– Fonce, Atara, lui enjoignit-elle en lui lâchant la bride.

La jument parvint à trouver des ressources pour accélérer davantage. Ses sabots effleuraient à peine le sol, son souffle s'échappait en halètements rauques. Même un cheval enchanté pour la vitesse ne pouvait courir à pleine vitesse éternellement.

Encore un dernier effort.

Atara passa à droite de leurs deux adversaires en se faufilant dans l'espace étroit entre le concurrent de tête et un taillis de rosiers. Alren se retourna brièvement. Il cria des paroles inintelligibles, puis tenta de la frapper pour la désarçonner. Elle se coucha sur le cou d'Atara, ce qui lui couta presque son équilibre, mais ils le doublèrent.

Arabella la regarda avec des yeux fous. Un rictus hargneux fendait son visage ensanglanté, et elle donna un coup de couteau vers Mikira.

Celle-ci leva le bras par réflexe pour protéger son cou.

Il y eut un tintement de métal.

Surprise, Mikira contempla l'arme dans sa main. Simple, de belle facture, et uniquement à elle. Sans qu'elle sache comment, elle tenait de nouveau un de ses poignards.

Arabella en resta hébétée, et Mikira en profita pour lui infliger une entaille à la cuisse. Sa concurrente poussa un cri de douleur et fit retomber tout son poids sur sa selle. Sa monture fit un faux pas le temps de s'adapter à ce changement, et Atara saisit l'occasion pour la dépasser.

Elles traversèrent la cour au galop et franchirent la ligne d'arrivée sous les vivats. Ce vacarme envahit Mikira tel un coup de tonnerre, jusqu'à ce qu'elle en hurle, elle aussi, la peur et la frustration de la semaine passée jaillissant de sa gorge en un cri que couvrit le tumulte général. Atara ralentit, passant au petit galop, puis au trot, mais Mikira continua à fléchir les jambes par réflexe, son corps se soulevant et s'abaissant à chaque claquement de sabot du golem.

Elle ne sentait plus ses mains, ne sentait plus rien d'autre que ce bourdonnement dans tout son corps.

Seule l'adrénaline lui permit de se tenir droite cependant qu'elle faisait accomplir à Atara le tour de la large allée circulaire et que les autres cavaliers l'y rejoignaient. Arabella lui adressa un sourire sévère, Alren et Dezaena crièrent quelque chose qu'elle n'entendit pas. Petit à petit, elle prit conscience de ses doigts enchevêtrés dans ses rênes, d'Atara qui agitait la tête et s'ébrouait bruyamment en direction de la foule compacte, tel un artiste se délectant d'une ovation.

Mikira ne put que contempler les visages radieux et les mains qui applaudissaient, et tenter d'en comprendre la signification.

Elles avaient gagné.

La clameur céda la place à un chant scandé, à son nom célébré par des centaines de bouches. *Rusel, Rusel, Rusel.* À chaque cri, le cœur de Mikira se gonflait, et le pur émoi qui l'avait assaillie au moment de franchir la ligne d'arrivée s'évapora. Un soulagement grisant l'envahit, ses lèvres formèrent un sourire qui paraissait trop petit pour exprimer toutes les émotions qui la traversaient.

Un lad vint l'aider à faire le tour de la demeure. Derrière, des membres du public tendaient le cou pour l'apercevoir, lui faisaient des signes quand son regard flamboyant glissait sur eux, et jetaient des roses aux pieds d'Atara. Mikira avait mal à la mâchoire à force de sourire, mais elle ne pouvait s'en empêcher. Bruits et images défilaient plus vite que lors d'une course. Elle ne parvenait à en retenir aucun, ne pouvait calmer la vague d'émotions confuses qui enflait dans sa poitrine. Il lui semblait impossible qu'elles soient là, et pourtant, alors qu'on la conduisait à un petit renfoncement où des flashes crépitèrent et des journalistes l'assaillirent de questions, tout devint clair.

C'était fini.

Les menaces de Rezek contre ses proches, les exigences éprouvantes de l'Illinir, les mensonges et les ruses – tout était terminé.

Elle enlaça le cou d'Atara, dont l'odeur musquée familière lui offrit un ancrage dans une marée de vivats.

– Merci, lui murmura-t-elle, en la serrant fort.

Ce fut alors qu'elle se rappela le poignard. Elle devait à tout prix le cacher… mais il avait disparu. Elle contempla sa paume vide, tachée de sang, perplexe.

– Mikira ! s'éleva la voix d'Ari.

La foule s'écarta devant elle, Damien et Reid tandis que Mikira mettait pied à terre. Elle prit Ari dans ses bras.

– C'est fini, chuchota l'enchanteresse.

Au bout du compte, elles allaient toutes deux obtenir ce qu'elles désiraient le plus au monde. Une vie à l'abri du danger. Un avenir sur lequel un passé sombre ne projetait plus son ombre.

Lorsqu'elle mit fin à leur accolade, son visage était mouillé de larmes qu'elle n'avait pas senti couler, mais elle sourit malgré elle, même en croisant le regard de Reid. Il avait les bras croisés et détournait la tête, comme s'il voulait la regarder, mais s'y refusait.

Il ne restait plus de place en Mikira pour le mensonge qui les liait tous les deux. De toute évidence, il n'avait rien révélé à Damien au sujet de la bague, ce qui lui fit regretter d'autant plus la distance qui les séparait en cet instant. C'était terminé, sa famille ne craignait plus rien – elle allait s'accorder d'être heureuse, de savourer au moins cet instant.

– Merci, articula-t-elle en silence.

Elle sourit de nouveau quand Reid se tourna pour s'occuper d'Atara.

– Je ne sais pas pourquoi les gens t'acclament comme ça, commenta-t-il. C'est la jument qui a fait tout le travail.

Atara approuva en lui adressant un souffle chaud au visage.

– Je crois que tout le monde s'est démené, répondit Damien avec un sourire en coin.

La joie du lord était fermement contenue, même si Mikira devinait qu'il bouillait de satisfaction. Grâce à cette victoire, il avait arraché un bien précieux à Rezek, et il allait prendre tout son temps pour le savourer.

Une femme vêtue de la livrée blanc et or des serviteurs de la famille royale se fraya un passage dans la foule, se courba brièvement devant Damien, puis devant elle.

– Ils vous attendent à l'estrade, Miss Rusel.

Tandis que Mikira et Damien s'engageaient sur un chemin en bordure du manoir, des reporters s'agglutinèrent autour d'eux, des admirateurs lui donnaient des tapes dans le dos et tendaient la main pour toucher la crinière d'Atara. La jument mordait les doigts qui s'approchaient trop, et Ari s'esclaffa.

Le chemin débouchait sur une spacieuse cour aménagée en terrasses, dont les degrés menaient au chatoiement doré des champs de vérillion. Au bout, on avait érigé une plateforme, où se dressaient le prince Darius et la princesse Eshlin, laquelle tenait un gros bouquet. Tous deux portaient la tenue blanche royale, sur laquelle ressortaient vivement les pétales des fleurs.

Les plus fortunés des spectateurs flânaient alentour, buvaient des coupes de champagne qu'ils levaient en l'acclamant chaleureusement à son passage. Un cri perçant retentit dans le ciel ; Mazal décrivit un cercle, puis descendit en piqué. Le faucon se posa sur le bras tendu d'Ari cependant qu'elle et Damien montaient sur l'estrade pour rejoindre Rezek derrière la famille royale. Rezek avait le visage enflé et couvert d'un énorme hématome, et Mikira remarqua alors que Damien avait une épaule très raide. Un huissier se joignit à eux, muni d'une serviette en cuir.

Le prince Darius s'avança, et la clameur de la foule s'éteignit. Il tendit les mains devant lui et annonça :

– Mikira Rusel est la championne de l'Illinir !

La liesse embrasa l'assemblée.

Mikira savoura ces acclamations, tout en ayant encore du mal à appréhender ce qui lui arrivait. Sa famille serait en sécurité, à l'abri du besoin. Leurs dettes envers les Kelbra seraient épongées. Son père serait libre.

Tout cela lui faisait l'effet d'un rêve.

Rezek murmura d'un ton véhément à l'oreille du prince, mais à l'expression furieuse qui se peignit sur le visage de son cousin, elle devina que Darius n'appréciait guère ce que lui disait Rezek. Il lui enjoignit de s'écarter d'un mot cinglant. Rezek recula, la figure écarlate de colère.

Le prince adressa un signe de tête à sa sœur, qui descendit de l'estrade, s'arrêta devant Mikira et lui remit les fleurs.

– Vous êtes tout ce qu'elle avait promis, dit-elle avec un sourire, puis repartit avant que Mikira ait pu réagir.

Le prince prononça un discours sur la grandeur de l'Illinir et l'importance de rendre un tel hommage à Sendia, mais Mikira l'entendit à peine. Autour d'elle, tout sembla s'éloigner petit à petit, et un sentiment de paix inhabituel l'envahit.

C'était fini.

44
ARIELLE

Mikira avait gagné.

Mikira avait gagné, de même que Damien et Arielle. Sous peu, Ari serait une enchanteresse assermentée, à l'abri du bras de la police.

Pas tout à fait, lui rappela la voix. *Ton pouvoir ne sera jamais accepté.*

Qu'attends-tu de moi ? lui demanda-t-elle.

Bientôt, petite lionne.

L'huissier qui avait certifié la transaction officielle entre Damien et Rezek avait posé sa serviette sur une table au bout de l'estrade, avant d'exposer les documents qu'ils avaient signés tous les deux, avec le titre de propriété de l'Illinir, ainsi que ceux pour les cultures de vérillion et les champs de courses qui revenaient aux Adair.

Rezek fixait Damien d'un regard débordant de haine. Damien ne souriait pas, mais elle savait qu'il en savourait chaque instant. Elle, en tout cas, ne boudait pas son plaisir. Damien n'avait pas seulement pris aux Kelbra leur plus grand privilège et l'une de leurs principales sources de revenus ; il avait aussi privé Rezek d'une compétition qui lui était très chère.

Son expression de fureur impuissante resterait à jamais gravée dans la mémoire d'Ari.

– Votre Seigneurie.

L'huissier présenta les papiers à Damien, qui les glissa dans sa propre serviette.

Alors qu'il s'apprêtait à descendre de la plateforme, Rezek le saisit par son épaule blessée

– On n'en a pas terminé, Adair.

Damien retint un chuintement de douleur et posa un regard insistant sur la main de Rezek. Ari tourna vivement les yeux vers son faucon, qui donna un coup de bec, et aurait sectionné quelques doigts au noble s'il ne les avait pas retirés en hâte.

Cette fois, Damien sourit.

– Votre Seigneurie, dit-il d'un ton ironique.

Puis ils descendirent les marches, et Ari le prit par le bras tandis qu'ils s'enfonçaient d'un pas rapide dans l'assemblée tumultueuse.

– Où est passée Mikira ? demanda-t-elle en balayant la foule du regard.

– Elle profite sans doute des festivités, répondit-il. Elle est invitée au pub, ce soir. Il faut que je m'absente. Je dois me rendre à un rendez-vous.

Reid resta dans le fiacre lorsqu'ils arrivèrent à *l'Étalon Noir*, ayant soigné l'épaule de Damien et n'ayant, selon ses dires, aucune envie d'être dans les parages quand Loïc comprendrait qu'il avait perdu.

On avait fermé le pub au public en vue de la réunion de famille des Adair, mais il y flottait encore une forte odeur de tourbe et de vérillion. Damien conduisit Ari à l'étage dans les combles où l'avait déjà amenée Shira, et où un Célairain aux cheveux gris occupait un fauteuil près du foyer, un verre de vin presque vide à la main.

Galan Adair avait le même calme inébranlable que son fils, et le même regard acéré, sous lequel elle vit Damien se crisper.

– Comment te sens-tu, père ? s'enquit-il.

– Ça ira mieux avec un autre verre.

Galan lui tendit le sien, et Damien alla au décanteur près du feu pour le resservir. Un autre homme se tenait à côté de l'âtre, un huissier à la peau bistre, pourvu d'épaisses lunettes encadrant les yeux pénétrants qu'il braquait sur eux deux. Il serrait une serviette dans ses mains larges, et n'avait pas touché à son verre.

– Je t'ai dit que tu te trompais en t'adressant à moi, déclara Shira, assise au grand bureau en chêne, ses bottes perchées sur un coin et un livre ouvert en grand sur ses cuisses. J'ai la fâcheuse habitude d'empêcher mon père souffrant de s'empoisonner.

Le rire de Galan fut proche d'un râle.

– Il n'y a que toi pour refuser ses derniers réconforts à un mourant, ma chère fille.

– Ce que je suis bête, riposta-t-elle. Et moi qui essayais de t'aider à vivre plus longtemps.

– C'est une bataille perdue d'avance, hélas.

Elle lui décocha un sourire espiègle.

– Mes préférées.

La mine amusée, Damien remplit le verre, puis rejoignit Ari au bord de l'espace salon. Shira croisa le regard d'Ari et lui fit un clin d'œil, comme si elles partageaient quelque grand secret. Ari lui sourit ; c'était peut-être le cas. Elle s'était attendue à se sentir mal à l'aise, là, telle une fleur ayant éclos à la mauvaise saison, mais Damien lui avait soutenu qu'elle n'avait rien à craindre : sa présence signifiait qu'il lui accordait une confiance absolue, et ses proches le savaient. Cette pensée lui faisait chaud au cœur.

En effet, Galan et Shira l'avaient accueillie sans protester, et elle eut même l'impression que Galan se réjouissait qu'elle soit là. Damien l'avait avertie que son père lui demandait souvent s'il avait quelqu'un dans sa vie, et c'était la première fois depuis longtemps qu'il pouvait répondre par l'affirmative.

Ils patientèrent quelque temps, au son du tic-tac de la pendule qui, sur le manteau de la cheminée, égrenait les secondes. Au bout d'un moment, Damien s'adressa à son père :

– Ça m'étonnerait que Loïc vienne, père. Ses projets ne se sont pas déroulés comme il l'avait prévu.

Galan le considéra d'un regard sombre.

– Commençons, mais l'absence de ton frère ne le disqualifie pas tant que la cérémonie n'est pas terminée. Maitre Eross, s'il vous plait.

L'huissier rejoignit Shira au bureau, sur lequel il posa le document de l'Ascension.

– Si vous êtes prêts, dit-il.

Shira sortit un papier de sa poche et le jeta devant lui encore plié.

– Je présente un accord commercial conclu avec l'ambassadeur du Raonen. Ils ont décidé de ne pas reconduire le leur avec la maison Vanadahl, et de se tourner vers l'importation de whisky Adair.

– Bravo, la félicita Galan, tandis que l'huissier prenait note de sa contribution.

C'était un gros apport pour la famille, mais aussi un message très clair de la part de Shira : elle n'avait aucune intention de gagner. Damien semblait avoir vu juste la concernant. Ari n'en fut que plus curieuse sur les raisons qui l'avaient poussée à les surveiller, Mikira et elle.

Galan pivota vers son fils.

Damien posa sa serviette sur le bureau, en sortit l'acte notarié leur attribuant l'Illinir, et le remit à Maitre Eross.

– Je présente le titre de propriété de l'Illinir, soustrait à la maison Kelbra.

La stupéfaction se peignit sur le visage de Galan. Une profonde satisfaction envahit Ari quand il prit le document à l'huissier, puis en parcourut chaque ligne à toute vitesse. En voyant la fierté qui illuminait ses traits lorsque son père releva les yeux, Damien se dressa plus droit.

– Je savais que tu accomplirais un exploit extraordinaire, mais à ce point-là ? Par la Déesse ! Damien Adair, je te nomme…

La porte s'ouvrit à la volée et claqua contre le mur. La silhouette massive de Loïc se découpait dans l'encadrement, plongée dans l'ombre. Quelque chose de volumineux et dégoulinant pendait dans sa main.

– Pas avant que j'aie présenté ma contribution, intervint-il d'un ton rageur, avant de s'avancer dans la pièce.

Il tenait par les cheveux la tête du Haut Lord Eradas Kelbra.

Damien dégaina son revolver en même temps qu'Ari murmurait un sortilège de lien, faisant déferler la magie dans son corps.

– Qu'est-ce que tu as fait ? s'étrangla Damien.

– J'ai porté un coup fatal à notre plus grand rival, répondit Loïc avec un sourire extatique. Voilà ce que j'ai fait.

Il avait passé des semaines à faire ami-ami avec Rezek, mais celui-ci n'était pas le seul dont il avait gagné la confiance. Eradas avait baissé sa garde, l'avait trop laissé se rapprocher.

– Tu as déclenché une guerre, dit Shira dans un souffle.

– Tu as placé Rezek à la tête de la famille Kelbra ! gronda Damien.

Loïc se frappa la poitrine avec le poing.

– J'ai pris ma place comme héritier légitime de la maison Adair. Tes papiers n'ont aucune valeur, comparés à ça.

Il se précipita vers Galan.

– Nomme-moi.

Galan regarda tour à tour ses deux fils. Il ne pouvait quand même pas envisager de nommer Loïc ? Cet homme était manifestement dément, Ari le voyait bien. Mais comme Damien le lui avait expliqué, c'étaient leurs relations tumultueuses avec leur aîné qui avaient resserré leurs liens, à Rezek et lui, et Eradas Kelbra avait toujours eu une préférence pour son premier né. C'était peut-être aussi le cas de Galan, à qui la mort de son ennemi juré apportait sans doute quelque satisfaction.

– Nomme-moi ! rugit Loïc.

Des pas lourds retentirent dans l'escalier, puis Reid fit irruption dans la pièce, trois policiers sur les talons.

– C'est lui, dit-il en désignant Loïc.

Un des agents de l'Anthir s'avança.

– Loïc Adair, vous êtes en état d'arrestation pour le meurtre du Haut Lord Eradas Kelbra.

Les narines de Loïc s'évasèrent.

– Non, protesta-t-il en reculant tandis que les gardes venaient se saisir de lui. Non ! Je suis à la tête de la maison Adair ! Vous ne pouvez pas m'arrêter. Vous ne pouvez pas me…

– Damien est mon héritier, coupa Galan.

Un regard fou étincela dans les yeux de Loïc. Il lâcha la tête d'Eradas et voulut prendre un revolver à sa hanche. Ari le ceintura, et il se débattit entre ses bras à la force décuplée par le vérillion, mais les agents se précipitèrent pour le menotter dans le dos. S'ils s'étonnèrent qu'une jeune femme soit parvenue à contraindre un tel colosse, ils le gardèrent pour eux.

Damien se détourna tandis que les gardes emmenaient Loïc. Contrairement à Reid, dont la mine suffisante dénotait une satisfaction évidente, il paraissait presque accablé de chagrin. Loïc et lui avaient beau être en conflit, ils n'en étaient pas moins frères. Du même sang. Le voir chuter ainsi devait lui être très douloureux.

Dans le silence de plomb qui s'attarda après le départ des policiers, Damien se tourna vers Shira, qui n'avait pas bougé du bureau. Tous deux échangèrent un bref regard, puis Maitre Eross tendit quelque chose à Damien. Une nouvelle bague sigillaire, presque identique à l'ancienne, à une infime différence près : l'anneau d'or qui entourait la gemme centrale, exposant son statut à tout un chacun.

Il était le chef de la maison Adair.

45
MIKIRA

Après avoir fait soigner ses blessures, Mikira passa presque une heure à chercher Rezek, sans succès. Finalement, elle tenta sa chance dans le manoir, mais à peine eut-elle atteint la porte qu'un garde lui barra le passage.

– Personne n'est autorisé à entrer pour l'instant, dit-il.

– J'ai affaire avec Lord Kelbra, expliqua-t-elle. Mon père…

– Je me fiche de ton père, petite. Lord Kelbra ne veut pas être dérangé.

Elle se tint immobile, cherchant les mots pour lui faire comprendre, tout en sachant que ses arguments ne changeraient rien. La course était finie, le marché conclu. Son père serait en sécurité jusqu'au lendemain soir, moment du bal de clôture, lors duquel elle pourrait demander des comptes à Rezek.

Elle ramena Atara chez elle.

Même si elle n'avait jamais vraiment songé à qui appartenait la jument, Ari avait indiqué clairement que la place d'Atara était auprès de Mikira, et le golem avait exprimé son choix de façon encore plus limpide. À leur arrivée, Mikira donna à sa monture toutes les pommes qu'elle put trouver, avant de la lâcher dans l'ancien paddock d'Iri. L'herbe haute oscillait dans son sillage, et pendant quelques instants, appuyée contre la clôture, Mikira l'observa courir, tout en pensant à un autre cheval.

Les images de la mort d'Iri demeuraient gravées dans sa mémoire, et elle ne pouvait regarder Atara sans les voir dans un coin de sa tête. La jument n'avait cherché qu'à la protéger, sans savoir le mal qu'elle avait fait à Mikira. Elle n'en voulait pas au golem. Du moins, ce n'était pas son intention, mais le nœud dans son ventre se tendait un peu plus chaque fois qu'elle la contemplait, jusqu'à ce que ça lui fût insupportable.

Si seulement elle pouvait réparer le passé.

Reid avait tenu parole, et des employés arrivèrent peu après elle avec le cadavre d'Iri. Elle n'eut qu'à leur indiquer où l'enterrer et à attendre près d'eux qu'ils aient fini, après quoi ils la laissèrent seule à côté de la tombe. Elle y resta jusqu'à ce que cela devienne trop dur, puis elle prit le chemin de la maison, en partie accablée de chagrin, en partie plus légère qu'elle ne l'avait été depuis des années. L'invitation pour la fête au pub Adair était pliée dans sa poche, mais elle avait négligé sa famille bien assez longtemps.

Nelda et Ailene étaient blotties dans le canapé avec Wolf. Ailene dormait. Plongée dans un livre, Nelda leva brièvement les yeux lorsque Mikira entra, puis eut un léger sursaut.

– Kira !

Elle jeta son livre sur le sofa et courut vers elle.

Mikira l'étreignit en dépit de vives douleurs à l'avant-bras.

– Comme je suis contente que tu ailles bien, dit Nelda d'une voix étranglée, avant de la serrer plus fort.

– Kira ?

Elles s'écartèrent l'une de l'autre, et se tournèrent vers Ailene, l'air encore ensommeillée. En voyant les bandages au bras et à l'épaule de sa sœur, elle se redressa d'un mouvement brusque.

– Tu es blessée…

– Je vais bien, la rassura Mikira, en faisait pivoter son poignet pour le prouver. Et toi, comment tu te sens ?

Ailene la fixa d'un regard perplexe.

– Kira. Et la course ?

Un discret sourire aux lèvres, elle répondit :

– J'espère que vous êtes prêtes à être célèbres, toutes les deux, parce que vous avez devant vous la plus jeune championne de l'Illinir de tous les temps !

Nelda eut un hoquet de stupéfaction et Ailene poussa un petit cri, réveillant Wolf, qui, ne voulant pas être en reste, aboya. Malgré les protestations de Mikira, Ailene se jeta dans ses bras. Nelda se joignit à elles, leur entourant la taille de ses bras fins.

Mikira s'accrocha à ses sœurs, à leur présence stable et concrète, et de nouveau, elle prit conscience de ce qu'elle avait accompli. Plus jamais elles ne vivraient dans la peur des Kelbra. Plus jamais leur famille n'aurait de mal à joindre les deux bouts.

Elles ne craignaient plus rien.

Lorsque Mikira eut terminé de tout leur raconter, en laissant de côté la mort de Gren, elles s'étaient rendormies dans le canapé, les joues mouillées de larmes versées pour Iri. Il était tard, le feu faiblissait, le ciel était sombre. Elle contempla Nelda, qui avait la tête posée sur son épaule. En douceur, elle écarta les cheveux qui lui tombaient devant le visage.

Puis son regard se porta sur le livre noir aux pieds de Nelda. En prenant garde à ne pas déranger ses sœurs, Mikira le prit et l'ouvrit sur ses genoux. L'ouvrage était doux, en cuir souple, et sur la première page figurait le nom de son père tracé d'une écriture soignée. C'était un journal.

La première entrée datait presque d'un an, et indiquait que ce carnet faisait partie d'une série. Elle le feuilleta, parcourut en diagonale des réflexions générales parsemées d'informations sur les sortilèges et de recherches concernant des animaux magiques, avant d'atteindre le dernier passage.

Celui-ci avait été rédigé deux mois plus tôt. La veille du jour où Rezek l'avait emmené.

J'en suis sûr, maintenant : il existe une cinquième gemme. Sinon, comment expliquer l'enchantement qui imprègne les poignards de Mikira ? Un sortilège pour qu'ils exécutent les intentions de leur propriétaire est sûrement céleste, bien que je n'en aie jamais connu de si puissant, mais qu'est-ce qui lie les couteaux à elle seule ?

Ça ne peut être que le jaspe sanguin.

Le journal lui échappa des mains. Elle ne s'était pas trompée – son sang avait bel et bien activé son lien avec le jaspe. Elle s'était accrochée à un maigre espoir que la mort de Gren ne soit pas de sa faute, qu'elle ait essayé de l'empêcher, mais les poignards prouvaient le contraire. S'ils étaient vraiment enchantés pour accomplir sa volonté, cela signifiait qu'une part d'elle, si infime fût-elle, avait voulu que Gren meure.

Et le poignard avait exaucé son souhait.

Était-ce ainsi que l'arme avait surgi dans sa main, dans la dernière ligne droite, avant de s'évaporer quand elle s'était souvenue qu'on ne devait pas la trouver en sa possession ? Reid ne lui en avait pas parlé, mais il était alors en chemin vers le domaine des Kelbra et n'avait peut-être pas remarqué la brève disparition de l'arme.

Mikira tendit une main devant elle. Elle avait laissé ses poignards dans son sac de selle à l'écurie, mais si elle voyait juste, elle n'avait qu'à les faire venir à elle par sa simple volonté. Se sentant un peu ridicule, elle les invoqua, et… ils se matérialisèrent dans sa main.

– Par les enfers, souffla-t-elle.

Elle bascula la tête en arrière et contempla le plafond. C'était trop à encaisser d'un coup, et ce n'était même pas fini. Il lui restait encore à assister au bal de clôture, à faire libérer son père, et à récupérer l'argent de la récompense auprès de Damien. Reid n'avait pas révélé à ce dernier ce qu'elle avait fait, mais cela pouvait encore changer.

Elle avait dupé un des hommes les plus dangereux de l'Enderlain. Elle avait remporté une course impossible à gagner. Contre toute attente, elle avait sauvé sa famille.

Elle allait se sortir aussi de ce faux pas. Quoi qu'il en coutât.

46
ARIELLE

Ils firent la fête jusque tard dans la nuit.

Le pub trépidait de musique, de danse et de boisson, et elle reconnut les visages de tout le monde – jockeys des Adair, policiers de repos et habitants du quartier. Damien circulait parmi eux tous, serrait des mains, acceptait félicitations et requêtes d'entrevue avec la prestance d'un roi. Ari était à son bras depuis près d'une heure, et pas une fois il n'avait oublié de la présenter.

Seule l'absence de Mikira entacha la soirée. À la demande d'Ari, Damien avait envoyé un messager, et Mikira avait répondu qu'elle préférait rester chez elle, mais Ari aurait aimé qu'elle soit là. Tout ce qu'ils célébraient ce soir-là lui était dû en grande partie.

– Il va devoir payer les retombées de l'acte de Loïc, dit Ari, qui s'était mise à l'écart avec Reid, près de la cheminée.

Ils observaient Damien tandis qu'il conversait avec un général à la retraite.

À demi avachi dans son fauteuil, Reid eut un grognement moqueur.

– Tant que Loïc le paie plus cher, ça en vaut la peine.

Ari examina sa nonchalance feinte d'un œil critique.

– Qu'est-ce qu'il t'a fait ?

Il demeura d'abord silencieux, remontant avec le doigt les lignes d'un tatouage sur son avant-bras, avant de s'arrêter sur un amas d'encre particulièrement noueux qui ressemblait à un corbeau.

– Quand nous étions plus jeunes, Loïc et ses copains ont trouvé amusant de m'enfermer dans un vieux mausolée. Ils m'y ont laissé presque deux jours, et ont refusé de révéler à Damien où j'étais. Finalement, j'ai réussi à briser la vitre pour m'échapper, mais je me suis coupé au bras en escaladant la fenêtre.

C'était là le rôle de ces tatouages – ils couvraient ses cicatrices.

– Un jeu, murmura Ari.

C'était ainsi que Loïc avait présenté les choses. Peut-être avait-il eu le sort qu'il méritait.

– Mais comment les policiers ont pu savoir ce qu'il a fait à Eradas ?

– Shira a dû le faire suivre par l'Anthir. Mais elle les a probablement rappelés quand Damien et toi êtes allés empêcher l'assassinat de Rezek.

Pour que les gardes ne soient témoins de rien de fâcheux. Mais pourquoi faire arrêter un frère et protéger l'autre ? Shira avait-elle une telle préférence pour Damien ?

Ari regarda par-dessus l'assemblée vers le coin opposé, où brulait une seconde flambée. Shira était enfoncée dans un des fauteuils, le nez dans un livre. Les convives prenaient soin de l'éviter.

– Ari ? fit Reid.

Elle lui tendit son verre.

– Je reviens, dit-elle.

La foule s'écarta promptement devant elle, et elle prit place dans l'autre siège, en face de Shira. La couverture en cuir de son livre tombait en morceaux, mais Ari put quand même en déchiffrer le titre. C'était un roman à l'eau de rose.

– Tu l'as lu combien de fois, exactement ? s'enquit-elle.

– Pas encore assez, rétorqua Shira sans lever les yeux.

– Tout connaitre à l'avance, ça finit par gâcher le plaisir, non ?

Shira ferma l'ouvrage d'un geste sec.

– Ari. Je suis en train de lire.

Ce que l'on pouvait grossièrement traduire par : « Dis-moi ce que tu veux avant que je t'arrache les yeux, parce que tu me déranges. » Un trait de caractère familial, semblait-il.

Ari sourit.

– Pourquoi as-tu chargé l'Anthir de filer Loïc ?

– Voilà une question qui m'intéresse aussi, intervint Damien, qui apparut à côté d'Ari et mit la main sur son épaule.

Shira ne répondit pas tout de suite, et l'expression de son visage ne révéla rien. Dans quelle mesure Damien avait-il appris auprès de sa sœur ainée à contrôler ses émotions ? Il avait parlé à Ari de ses relations avec Loïc, mais pas avec Shira.

Au bout d'un moment, la jeune femme posa son livre.

– Ils étaient censés l'empêcher de faire des bêtises.

– Tu veux dire l'empêcher de gagner ? rebondit Damien. Tu ne pouvais quand même pas penser qu'il était mieux placé pour prendre la tête de la maison ?

Ari partageait son avis. Loïc était aussi imprévisible qu'un loup, et deux fois plus prompt à mordre. Shira s'en rendait forcément compte.

Cette dernière prit sur sa table une tasse de thé jusqu'alors délaissée.

– Je crois que remporter l'Ascension l'aurait mené à sa perte… et que la perdre t'aurait mené à la tienne.

– Alors nous sommes d'accord, répondit Damien. Loïc est faible. Il n'était pas taillé pour diriger cette maison.

Shira eut un petit rire.

– C'est fou ce que tu as la mémoire courte, commenta-t-elle.

Il fronça les sourcils, et elle pivota dans son fauteuil pour lui faire face.

– Tu te rappelles quand ces garçons t'ont tendu une embuscade devant le pub ? Qui est venu t'aider ?

Damien serra la mâchoire.

– Loïc.

– Et quand tu as pris le cheval champion de Père pour une promenade de minuit, dont il est revenu avec une entorse… Qui s'est accusé à ta place ?

– Loïc, dit-il encore, plus doucement.

– Nous avons tous des moments de faiblesse. Tu aimes oublier les tiens, voilà tout.

La main de Damien se crispa un bref instant sur l'épaule d'Ari, seul signe que les paroles de Shira l'avaient atteint. Ses mots semblaient toujours faire mouche. Elle le connaissait bien, et Ari soupçonnait que c'était pour cette raison qu'il l'évitait. Et aussi, comme Ari le comprenait à présent, à cause du profond désir de Shira de protéger ses frères. Voilà pourquoi elle les avait suivies, Mikira et elle, pourquoi elle l'avait aidée à façonner le golem, mais n'aurait pas accepté de s'en charger elle-même.

Damien vida son verre.

– Le Loïc dont tu parles n'existe plus. Il a disparu quand nous sommes devenus la maison Adair et que Mère est morte, lorsqu'il m'a vu comme une menace pour sa place à la succession de Père.

– C'est justement ce que vous avez oublié tous les deux, rétorqua Shira, en reprenant son livre et en se renfonçant dans son siège. Nous avons toujours été la maison Adair.

Elle ouvrit son roman à la page qu'elle avait marquée, et, comprenant qu'on les congédiait, Ari et Damien retournèrent parmi les convives.

Le lendemain matin, Ari se réveilla avec un mal de tête lancinant et une si grande soif que, dans sa précipitation à se servir à boire, elle faillit renverser le broc d'eau sur la desserte. Elle avala trois verres avant de songer à essayer le vérillion. En quelques secondes, les symptômes les plus aigus de ses excès de la veille furent effacés, et elle s'assit mollement sur la causeuse, en regrettant que la magie n'ait pas le même effet sur ses migraines. Mais elle avait retenu depuis longtemps qu'en matière de médecine, le corps humain ne se comportait pas toujours comme il le devait.

Reid sortit d'un pas trainant peu après, l'air bien plus grognon qu'elle l'aurait cru possible, même pour lui. Il marmonna quelque chose d'inintelligible et se laissa tomber à côté d'elle. Elle tendit le bras derrière lui et lui servit du thé, qu'il accepta avec un autre bougonnement.

Plusieurs minutes de silence et de nombreuses tasses plus tard, il la regarda enfin. Il plissa les paupières, et, constatant qu'elle n'était pas du tout indisposée, déclara :

– C'est profondément injuste.

Elle lui sourit d'un air innocent.

La porte du vestibule s'entrouvrit, et Mikira jeta un coup d'œil par l'entrebâillement. Elle semblait aussi épuisée que Reid. Sa natte était en fouillis, ses vêtements étaient froissés, et ses manches négligemment retroussées. En voyant Ari, elle lui fit néanmoins un sourire, qui vacilla quand Reid lui asséna un regard noir.

Mikira s'attarda sur le seuil, et fixa Reid en retour avec toute l'ardeur d'un brasier. Puis, sans un mot, Reid se leva et lui servit un thé, qu'il posa devant un des fauteuils. Mikira les rejoignit et prit la tasse.

– Vous allez m'expliquer ce que vous avez, tous les deux ? demanda Ari.

– Non, répondirent-ils à l'unisson.

– Évidemment.

Alors qu'Ari se renversait dans la causeuse, Damien émergea de sa chambre. Contrairement aux autres, il était parfaitement frais et dispos. Même sa coiffure était horriblement impeccable.

Il marqua une pause à la limite du salon.

– Pourquoi vous me regardez tous de travers ?

– Ari, fais quelque chose, dit Reid.

– Je m'en occupe.

Elle réveilla le lien en elle et le faucon perché près du bureau. Mazal déploya ses ailes, et, en quelques coups puissants, expédia une bourrasque vers le visage de Damien.

Une mèche, une seule, lui tomba devant le front.

Ari grogna en tendant la main vers lui d'un air dépité.

– Il est encore plus chic comme ça !

– Ça marcherait peut-être mieux avec les serres, suggéra Mikira d'un ton sardonique.

Damien leva les yeux au ciel.

– Si vous avez terminé, tous les trois, nous devons discuter d'un certain nombre de choses.

Il s'installa dans le fauteuil libre.

– Et si vous commenciez par me dire ce qui vous est arrivé hier, à tous les deux ? dit Mikira.

Elle regarda l'épaule de Damien, où le bord d'un bandage apparaissait sous son col.

Damien se rembrunit.

– Mon frère a tenté de tuer Rezek avec l'aide d'un ami qui m'a trahi. Nous les en avons empêchés.

L'amertume dans la voix de Damien surprit Ari. Elle n'osait imaginer la puissance de ce sentiment pour qu'il ne parvienne pas à le contenir.

À côté d'elle, Mikira s'était figée. La main avec laquelle elle tenait sa tasse tremblait.

– Les gains de la course devraient m'être versés d'ici la fin de la semaine, poursuivit Damien. Je les ferai virer sur ton compte, et je veillerai à ce que ton père soit affranchi de son service chez Rezek.

– J'ai essayé d'aller le chercher après la course, lui relata-t-elle, d'une voix étranglée. Mais le garde a refusé de prévenir Rezek de ma présence.

Ari se tourna vers Damien, qui soupira.

– C'est parce que son père a été assassiné.

Mikira le regarda d'un air abasourdi.

– Eradas Kelbra est mort ? Mais Rezek…

Sa voix s'érailla, puis elle se ressaisit et reprit :

– Lui seul empêchait Rezek de devenir incontrôlable. Il a été vaincu sur deux fronts, humilié. Jusqu'où va-t-il aller, maintenant, sans son père pour le brider ?

– Nous ferons face, la rassura-t-il, inébranlable. Ne t'inquiète pas.

Mikira serra la mâchoire, contempla sa tasse à moitié vide, mais ne protesta pas.

Ari lui pressa le bras.

– Je te dois des remerciements, tu sais. Pour bien plus que ta victoire à la course. Tu m'as aidée à retrouver une vie que j'avais cessé d'espérer sans m'en apercevoir. Je suis heureuse de t'avoir rencontrée, et de te compter parmi mes amis.

Mikira fit un sourire timide.

– Je suis contente que nous soyons amies, moi aussi.

Elle se leva, les joues empourprées.

– Je passais juste vérifier que tout allait bien, mais j'ai promis à Nelda de l'emmener en promenade avec moi sur Atara avant le bal.

Ils eurent à peine le temps de lui dire au revoir qu'elle avait déjà franchi la porte. Son départ contraria Ari, qui la rattrapa quelques secondes plus tard.

– Mikira ! l'appela-t-elle, avant de la rejoindre au bout du vestibule. Quelque chose ne va pas ?

Mikira pinça les lèvres comme pour emprisonner sa réponse, puis fit non de la tête, mais Ari ne la crut pas. La cavalière se comportait bizarrement depuis des jours ; elle évitait Ari, se murait dans un silence glacial quand elle était avec Reid, et regardait Damien comme si…

– Oh, fit Ari.

Mikira serra les poings.

– Est-ce qu'il a tué ces hommes ?

– C'était pour me protéger, répondit Ari du tac au tac. Ils ont failli me tuer, et ils m'auraient dénoncée.

Mais Mikira secouait de nouveau la tête, comme si elle ne voulait rien entendre.

– C'est un *assassin*, Ari !

Ari crispa la mâchoire et passa les doigts dans ses cheveux en bataille.

– Nous le sommes tous les deux.

– Quoi ? fit Mikira d'une voix à présent fluette, hésitante.

Ari la vit blêmir tandis qu'elle lui racontait son premier golem, la mort de son Saba, et sa maison, la seule qu'elle ait jamais connue, qu'elle avait dû fuir.

– C'était un accident, Ari ! Ça ne fait pas de toi un monstre. Pas comme lui.

Ari ravala un rire acerbe. Aurait-elle été du même avis si elle avait su pour Kyvin ? Si Ari taillait Rezek en morceaux devant elle, continuerait-elle à la défendre ? C'était là toute la différence entre elles. Mikira voulait être encore elle-même quand tout serait terminé. Ari, elle, voulait *plus*.

Être intouchable.

– Ce ne sont pas mes actes qui font de moi un monstre, Kira, expliqua-t-elle d'une voix rauque. C'est que si on me donnait le choix, la possibilité de tout recommencer en connaissance de cause… je ne suis pas sûre que je renoncerais à ce pouvoir.

Une vive satisfaction surgit au plus profond d'elle, l'autre présence se rengorgeant d'aise. La voix attendait cela depuis longtemps. Elle le réclamait.

Mikira déglutit nerveusement, et, peut-être inconsciemment, fit un pas en arrière. Ari l'avait, sa réponse. Mikira ne devait pas connaitre la vérité sur sa part de ténèbres.

Elle ne l'accepterait jamais.

Lorsque Mikira partit, Ari ne la retint pas.

Ce soir-là, tandis que Reid et Damien se préparaient chacun de leur côté pour le bal de clôture, Ari se tenait devant le bureau et contemplait le Racari. Depuis la veille, elle n'avait pas eu un moment à elle pour réfléchir à ce qui était survenu pendant la course.

Elle ne pouvait plus repousser l'échéance. Sa magie usait sa capacité à se maitriser, et elle était liée à ce livre, au jaspe sanguin qui les unissait elle et lui. L'ouvrage bourdonnait à son contact, l'implorant de l'ouvrir, de l'utiliser, ses nervures nacrées paraissant presque animées de pulsations.

Ne résiste pas, dit la voix.

– Arielle ?

Depuis le pas de la porte de sa chambre, Damien la regardait. Il portait une chemise rouge impeccable et un gilet gris ardoise. Il avait jeté sa veste noire sur son épaule et la retenait à deux doigts par le col. Quelques boucles foncées lui tombaient devant le front.

Elle chassa le Racari de ses pensées.

– Tu es élégant.

Il s'écarta cependant qu'elle approchait.

– Pas autant que toi.

Ce simple compliment la fit rougir, et elle effleura son torse en entrant dans la chambre.

Elle alla immédiatement se laver, puis se vêtit soigneusement de la nouvelle robe que Damien lui avait achetée. D'un bleu saphir profond aux reflets dorés, la robe épousait parfaitement ses formes. Ari laissa ses cheveux lâchés sur ses épaules, et mit pour seul bijou la bague d'émeraude que Damien lui avait offerte.

Lorsqu'elle ressortit de la chambre, il était penché sur son bureau et nettoyait ses revolvers. L'espace de quelques instants, elle se contenta de l'observer. Il travaillait avec une grande méticulosité, et un air concentré qu'elle connaissait bien – elle décelait en lui ce qu'elle éprouvait quand elle façonnait un golem : une admiration sans bornes pour son pouvoir et la sensation d'être complètement à sa merci.

Il leva les yeux à son approche, et l'admira de la tête aux pieds. Elle se délecta de son regard émerveillé.

– J'ai quelque chose à t'avouer, annonça-t-elle.

Il posa ses instruments et lui accorda son entière attention. Les mots d'Ari restèrent coincés dans sa gorge, et elle songea à ses golems, à la façon dont on pouvait les réduire en miettes, révéler leur nature véritable.

C'était ainsi qu'elle se sentait, en cet instant. Pareille à un fruit qu'on pelait pour mettre à nu la pourriture dans sa chair.

Elle se fit toutefois violence pour sauter le pas.

– J'ai tué mon Saba, il y a un an, et l'autre soir, j'ai tué Kyvin.

Elle n'avança ni excuse ni explication. Seul importait le sang qu'elle avait sur les mains, pas les raisons pour lesquelles il avait coulé.

Damien se leva, et pendant un court moment, elle crut qu'il allait la chasser de chez lui. L'accuser d'être dangereuse. D'être un monstre.

Mais il vint jusqu'à elle. Il soutint son regard avec une affection qui confinait à la vénération, et ce fut en cet instant, alors que leurs lèvres étaient toutes proches, qu'elle comprit : si elle le souhaitait, elle pouvait le détruire.

S'il ne la détruisait pas d'abord.

Il l'embrassa, et elle s'abandonna à ce baiser. Elle remonta la main dans sa nuque pour la lui passer dans les cheveux, et il poussa un petit gémissement lorsqu'elle tira doucement dessus, puis plus fort. Quant à lui, il trouvait de ses mains brulantes les endroits les plus fins de sa robe. À chaque effleurement de ses doigts, c'était comme si elle découvrait ses sens pour la première fois, encore et encore.

Un profond soupir impatienté se fit entendre à l'autre bout de la pièce. Ils mirent fin à leur étreinte, le souffle court, et virent Reid vêtu de son habituel costume noir, les cheveux en bataille.

– Ah, parfait, vous avez fini, dit-il. On peut y aller, maintenant ? Plus tôt on y sera, plus tôt je pourrai partir.

Damien eut un rire étouffé, puis prit Ari par la taille. Elle se pressa contre lui, se prélassa dans cette quiétude, cette sérénité.

Soudain, un tintement retentit, cliquetis de métal contre la pierre. Bidule se précipita à la poursuite d'un objet et y donna un coup de patte.

Damien et Reid virent en même temps de quoi il s'agissait. Reid ramassa le métal luisant, mais Damien lui saisit le poignet. Ils demeurèrent ainsi, figés, Reid serrant fort le poing, l'avant-bras de Damien tendu à l'extrême.

– Reid. Montre-moi ça.

Le jeune homme déglutit nerveusement. Puis il ouvrit la main.

47
MIKIRA

Le bal de clôture se déroulait au palais, à côté duquel les manoirs des grandes maisons paraissaient minables. Presque deux fois plus vaste, aux murs de pierre blanche immaculée, il était niché dans les collines au nord de la ville. Certaines pierres enchantées changeaient de couleur simultanément, parfois turquoise pâle, orange vif ou carmin éclatant. Celles du centre restaient d'un blanc brillant et représentaient les armoiries royales.

Des lumières magiques ornaient le jardin labyrinthique qui encadrait l'entrée des convives, un chemin de gravier menant aux portes grandes ouvertes de la salle de bal. D'autres paraient les buissons et les arbres vert pastel, et plusieurs rossignols enchantés voletaient de branche en branche, chantant une mélodie en harmonie.

Une part de Mikira avait conscience que les lieux étaient magnifiques, mais pour l'essentiel, elle ne parvenait pas à prêter attention à la magie. Peu lui importaient la musique, les victuailles, ou même la splendide robe que Damien lui avait offerte, en soie noire et brodée de fil d'argent.

Elle n'était là que pour Rezek.

Seul problème : elle ne trouvait cette enflure nulle part.

Avait-il préféré ne pas venir ? Après avoir perdu coup sur coup l'Illinir et son père, ça ne l'aurait pas étonnée.

– Hé, vous êtes Mikira Rusel, pas vrai ?

Un garçon d'environ son âge, grand, à la peau brune, aux cheveux foncés et aux yeux d'un marron profond, se tenait devant elle, accompagné d'une personne à la peau noire, aux cheveux bouclés et au sourire franc. Mikira se crispa et attendit leurs railleries.

– Je m'appelle Wyer. Voici Ilos, qui partage ma vie, déclara-t-il en prenant l'autre personne par la main. Nous souhaitions juste vous dire que vous étiez formidable. Nous avons assisté à toute la fin de la course. Vous avez surgi de nulle part !

– Merci, répondit-elle chaleureusement, désormais habituée à ce qu'on l'aborde ainsi.

Encouragé par sa réaction, le duo enchaina, la complimenta copieusement sur ses talents de cavalière, la beauté d'Atara, et lui fit part de l'immense plaisir qu'il avait eu à la regarder pendant les épreuves précédentes.

– J'ai cru que Lord Kelbra allait péter un boulon, à la fin ! s'exclama Ilos.

Wyer gloussa, et Mikira aussi.

Ce fut étonnamment agréable de rire avec eux.

Le couple lui proposa de lui apporter un verre, et bien que l'adoration qui émanait de leurs visages rendait la chose tentante, elle prit congé de leur compagnie. Si elle ne pouvait pas trouver Rezek, elle allait s'attaquer à un autre problème. Elle partit toutefois accompagnée d'une profonde satisfaction, à laquelle elle s'accrocha cependant qu'elle replongeait parmi les convives, en s'efforçant de ménager ses blessures.

Elle mit un certain temps à se frayer un chemin dans la foule, à cause des invités qui l'interrompaient pour la congratuler ou lui parler de son incroyable course. Lorsqu'elle se fut arrachée à cette profusion d'admirateurs qui l'interpellaient et lui donnaient des tapes dans le dos, elle avait accumulé invitations à boire le thé, requêtes pour des leçons d'équitation privées, et acheteurs intéressés par un enchanté des Rusel. Elle avait l'impression d'être une bouée ballotée par une mer déchainée, et aspirait l'air par grandes goulées.

Mais toujours pas de Rezek en vue.

– Eh bien, te voilà célèbre.

Elle se retourna vivement et se trouva face à Talyana, vêtue de son uniforme de l'Anthir.

– Tu te fiches de moi, là, grommela-t-elle. Ce n'est vraiment pas le moment.

Elle recula, mais Talyana l'attrapa par le bras.

– Calme-toi, je ne suis pas venue te casser les pieds. Je dois te conduire à quelqu'un d'autre qui en a l'intention.

Mikira fronça les sourcils, et Talyana regarda vers la galerie couverte où la princesse Eshlin était assise à une table. Mikira soupira et suivit Talyana jusqu'à elle.

Elle exécuta un bref salut, et la princesse leur fit signe de se joindre à elle.

– Encore toutes mes félicitations pour votre victoire, Miss Rusel. C'était un exploit impressionnant.

Sa robe bougea autour de ses épaules. Le vêtement était orné d'un motif, un contour cylindrique en relief. Était-il enchanté ?

– Merci, Votre Altesse.

Mikira jeta un coup d'œil à Talyana, en espérant obtenir un indice sur la raison de cette entrevue, mais celle-ci se contenta de lui adresser un grand sourire. Jamais elle n'aurait cru que Talyana se montrerait aussi agréable au service d'un membre de la famille royale.

– Miss Haraver m'a informée que vous étiez devenue très proche de Lord Adair.

La princesse posa le menton sur ses doigts entrecroisés.

– Je vois avouer que j'en suis surprise, connaissant votre relation conflictuelle avec les maisons nobles.

Cette fois, le regard que Mikira lança à Talyana fut franchement hostile.

– La sponsorisation de Lord Adair a permis à ma famille de se sortir de récentes difficultés, répondit Mikira d'une voix tendue. Je lui suis reconnaissante de son aide, et je ne m'étendrai pas plus sur la question.

Qui plus est, la princesse et les siens ne valaient pas mieux. De quel droit décriait-elle les maisons nobles alors que la guerre menée par sa famille avait couté la vie à son frère et à des dizaines de milliers d'autres personnes ?

Eshlin haussa les sourcils, et l'espace d'un instant, Mikira craignit d'avoir été trop abrupte.

– Dites-moi, êtes-vous satisfaite du système qui est le nôtre, Miss Rusel ?

Mikira remua nerveusement.

– Ce n'est pas à moi de critiquer…

– Je vous en prie, la coupa Eshlin. Parlez librement. Rien de ce que vous direz ne sera retenu contre vous.

Talyana lui prit les mains.

– Nous ne sommes pas tes ennemies, Kira.

Mikira se dégagea vivement.

– Et pourtant, je ne peux toujours pas te faire confiance. Tu peux m'expliquer ce que tu fiches ici avec elle ?

Il ne lui avait pas échappé que Talyana avait dit « nous », mais elle peinait à comprendre ce que cela impliquait, venant d'une fille qui avait presque fêté la tentative d'assassinat contre le prince Darius.

Talyana s'écarta, et Mikira se tourna vers la princesse, de plus en plus agacée.

– Je m'exprimerai franchement si vous en faites de même, Votre Altesse. Dites-moi ce que vous attendez de moi.

Un sourire anima les lèvres charnues d'Eshlin.

– Ah, voici le feu ardent dont Talyana m'a parlé.

Cette réflexion eut raison de la colère de Mikira et la fit rougir. Cette femme était tout ce à quoi Mikira aspirait : pleine d'aisance, elle possédait l'élégance d'une fleur d'hiver, tout en étant aussi forte et redoutable qu'Aslir, princesse qui imposait respect et loyauté à ses soldats.

Alors que son frère avait l'oreille de la noblesse, nul n'ignorait que la princesse Eshlin disposait du soutien des militaires, qu'elle avait acquis grâce à son habileté à l'épée et des années passées à se former dans leurs rangs. Elle avait même combattu au front, avant que son père, commençant à perdre la raison, la force à rentrer.

La princesse fit courir sa main au-dessus de sa poitrine. Sa robe se dressa. Mikira cligna des paupières. Non, quelque chose se dressa *sur* la robe.

Un serpent à la peau vert forêt et plus gros que son bras leva la tête. Il la fixa de ses yeux aussi brillants que des billes de verre, en sortant sa langue frétillante. La robe n'était pas enchantée, le serpent, si – mais on ne distinguait pas la moindre paillette dorée dans ses yeux.

Un golem.

Eshlin caressa le reptile.

– Très bien, Miss Rusel. Je vais aller droit au but. Il existe

dans cette ville une organisation qui pourrait avoir besoin de quelqu'un de votre trempe. Une organisation qui s'est donné pour mission d'établir l'égalité entre les citoyens de l'Enderlain.

Mikira faillit rire. Bien sûr. Comme si sa situation n'était pas assez précaire, il fallait que la princesse, rien de moins, la réquisitionnât, non pas au service des siens, mais *contre* eux.

– Vous êtes des rebelles, dit-elle, incrédule.

Cela expliquait pourquoi l'attentat n'avait visé que Darius.

– Nous plaidons coupables, répondit Talyana avec un sourire. Qu'est-ce que tu vas y faire ?

Mikira secoua la tête.

– Rien. Je n'ai pas envie d'être mêlée à ça.

– Parce que tu es loyale à Damien Adair, l'accusa Talyana, avec le mordant de l'acide.

– Parce que ma famille est enfin en sécurité, rétorqua vivement Mikira. Et je ne veux pas la mettre de nouveau en danger. Je me moque de votre sale guerre !

Talyana se pencha au-dessus de la table.

– La Mikira d'avant n'aurait jamais refusé de nous aider.

– Tu ne sais rien d'elle, gronda Mikira. Je ne vois pas comment tu pourrais. Tu es partie !

Un éclair de tristesse passa dans les yeux de Talyana, mais elle insista quand même.

– J'ai participé à l'Illinir dans l'intention d'utiliser mes gains pour nous financer. J'y ai renoncé pour te sauver. Mais maintenant, tu es exactement ce qu'il nous faut.

– C'est-à-dire ?

– Un visage pour notre cause, répondit doucement la princesse. Tout mouvement en a besoin. Le nôtre ne peut pas être celui d'une noble. Mais celui de quelqu'un que les gens adorent, oui. Une légende des champs de courses possédant des fonds que personne ne contrôle, oui.

Mikira serra les poings.

– Vous plaisantez, j'espère.

Talyana lui prit de nouveau les mains.

– Songes-y, Kira.

Elle jeta un bref regard derrière Mikira, puis s'écarta.

Lorsque Mikira se retourna, Reid émergeait de l'assemblée. Il les regarda toutes les deux, l'air renfrogné, mais s'efforça de s'incliner devant la princesse.

– Mikira, il faut que je te parle, annonça-t-il.

– À quel sujet ? rétorqua-t-elle sèchement. Je suis occupée, là.

– C'est…

– Pour moi, la coupa Damien, qui apparut à son tour, affichant son masque implacable habituel. Votre Altesse, puis-je vous emprunter Miss Rusel quelques instants ?

– Pour quoi faire ? s'enquit Talyana.

Damien ne lui accorda même pas un coup d'œil.

La princesse Eshlin eut le plus léger des froncements de sourcils, ce qui crispa Mikira.

– Je vous en prie, Lord Adair. Mais j'aimerais la revoir avant la fin de la soirée.

– Bien sûr.

Damien salua, puis offrit sa main à Mikira. Elle chercha le regard de Reid, dont l'air paniqué lui ne lui permit aucun doute.

Damien était au courant.

– Mikira, intervint Talyana.

Elle semblait nerveuse, mais Mikira ne la regarda pas non plus. Elle se fit violence pour suivre Damien, qui l'emmena sur la piste de danse, où l'on se mettait en position pour une autre série. D'un mouvement raide, il posa sur sa taille une main glaciale.

– Écoute-moi très attentivement, dit-il d'un ton aussi tranchant qu'une lame.

La musique commença, et avec elle la danse.

– Nous allons conclure un nouveau marché.

– Damien…

Elle s'interrompit quand il porta brusquement le regard vers elle. On n'y décelait rien du garçon qui lui avait souri quelques heures plus tôt.

– Je vais garder tes gains, annonça-t-il, tout en la guidant pour le premier tour. Je te les distribuerai sous forme de salaire mensuel. En échange, tu ne révéleras rien des informations que tu détiens sur moi. Tu ne témoigneras pas. Tu n'en parleras à personne. Sinon, je te prendrai beaucoup plus que ton argent. Rezek n'est pas le seul à connaitre le secret de ton père.

Le souffle de Mikira se fit court. Un jour, elle s'était demandé ce qui pourrait bien mettre Damien en colère. À présent, elle aurait préféré ne pas le savoir.

– Tu pourras t'occuper de la libération de ton père toi-même.

Il la fit pivoter, avant de la ramener vers lui d'un mouvement sec.

– Nous nous sommes bien compris ?

Elle hocha la tête.

– Parfait.

Il lui fit faire une autre rotation, mais cette fois, il lui lâcha la main, lui permettant de faire face au bord de la piste. Lorsqu'elle se retourna, il avait déjà disparu.

Elle contempla l'endroit où il se tenait un instant plus tôt, le cœur lui martelant la poitrine. Il ne lui avait même pas laissé une chance de s'expliquer, de lui dire comment les choses s'étaient vraiment passées.

Il s'en moquerait. Il était fort possible que Reid s'en soit chargé, et que Damien l'ait rabroué.

Ça aussi, c'est de ta faute.

Ce qui était arrivé à Ailene et Iri, c'était à cause d'*elle*, de ses choix. Elle était alors tellement en colère, convaincue que le monde lui était redevable, qu'elle avait pris des décisions qui autrefois l'auraient révoltée. Elle avait menti, triché, s'était acoquinée avec la noblesse dont le pouvoir broyait sa famille depuis des années, et pourquoi ? Parce qu'elle avait pensé que, pour une fois, les règles devaient enfin se plier à son avantage.

Voilà ce qu'on récoltait quand on jouait un jeu de dupes.

Pourtant, elle ne parvenait pas à tout regretter. Enfreindre les règles lui avait permis de terminer l'Illinir saine et sauve, d'obtenir la liberté de son père, de gagner assez d'argent pour sauver le haras et payer les soins d'Ailene, et d'avoir avec d'autres une proximité qu'elle n'aurait jamais cru retrouver un jour. Son père, avec sa foi inébranlable en ce qui était juste plutôt qu'en ce qui était nécessaire, n'aurait jamais cautionné cela. Mais ses convictions rigides étaient inapplicables, et la réponse qui consistait à devenir identique aux personnes qu'elle méprisait l'était tout autant.

Voilà ce qui se produisait quand elle laissait l'incertitude lui dicter sa conduite. Il était temps qu'elle se fasse confiance. Sinon, l'indécision s'insinuerait sous sa peau et se répandrait telle la pourriture. Elle serait sous le joug de sa peur, plus cruelle et impitoyable que ne le serait jamais Rezek.

Plus jamais elle ne le permettrait.

Elle leva la tête et fendit la foule vers la table de la princesse Eshlin. Elle n'était plus la fille que Rezek Kelbra avait forcée à plier le genou. Elle était Mikira Rusel, la plus jeune championne de l'Illinir de l'histoire, et la meilleure éleveuse d'enchantés de l'Enderlain.

Si Damien Adair voulait faire d'elle son ennemie, elle allait le lui faire regretter.

48
ARIELLE

– Damien, dit Ari pour la troisième fois.

Ils attendaient sur un côté de la scène, où l'orchestre finissait son morceau. Reid restait en retrait non loin de là, avec un air de chien battu. Damien refusait de le regarder – il fixait l'estrade avec une telle intensité qu'il semblait ne même pas entendre Ari.

Elle posa la main sur son bras.

– C'était un accident. Mikira ne voulait pas…

– Tu ne me feras pas croire que ce n'était pas intentionnel, la coupa-t-il, la surprenant par sa véhémence. Elle n'a pas gardé *par accident* la seule preuve qui me reliait à eux. Ce n'est pas *par accident* qu'elle a oublié de m'en parler.

Elle vit qu'il s'efforçait de desserrer les poings.

– Mikira a fait son choix. Moi, je ne fais que me protéger.

Elle ne partageait pas son avis, mais avant qu'elle ait pu insister, la musique cessa, et une voix féminine retentit à travers le micro enchanté.

– Sa Majesté Royale, le roi Théo Zuerlin d'Enderlain.

Le roi entra par une porte à deux battants qui s'ouvrit au fond de la scène. Il avait le visage jaunâtre et creusé, son corps autrefois robuste était décharné. Il marchait soutenu par son fils et sa fille, qui l'accompagnèrent jusqu'au micro sous des applaudissements nourris.

Le souverain s'éclaircit la gorge.

– Merci à toutes et tous pour votre présence, déclara-t-il, d'une voix faible et râpeuse, qui grâce à la magie porta néanmoins dans toute la salle de bal. Ce soir, nous célébrons la déesse Sendia et son inestimable don à l'humanité : les enchantements. Ces quatre dernières semaines, nous avons chanté et dansé, bu et fait la fête, et nous nous sommes régalés de courses !

On l'acclama, mais nulle trace de l'enthousiasme général ne venait égayer l'expression maussade de Damien. Pour une fois, Ari fut bien en peine de déchiffrer ses pensées.

– Ce soir, nous honorons la championne de l'Illinir, Mikira Rusel, et son sponsor, Damien Adair.

Les vivats de l'assemblée redoublèrent lorsqu'ils entrèrent aux deux extrémités de l'estrade. Damien affichait une expression d'indifférence détachée, mais l'animosité de Mikira était presque palpable. Ari aurait voulu les arracher à la scène, les emmener de force dans une pièce où ils auraient pu tirer les choses au clair sans subir les regards insistants de la foule.

Avant qu'il fût trop tard pour réparer ce qui avait été brisé.

Ne te soucie pas d'eux, intervint la voix. *Nous avons des affaires plus importantes à traiter.*

De quoi parles-tu ?

La voix était restée inhabituellement silencieuse, ces derniers temps, mais Ari sentait sa présence bien plus fortement qu'auparavant.

– Miss Rusel, poursuivit le roi. Vous avez fait preuve d'une bravoure et d'une force phénoménales lors de cette épreuve parmi les plus éprouvantes de notre royaume. En tant que plus jeune cavalière à avoir jamais remporté l'Illinir, votre nom demeurera dans l'Histoire à jamais. Votre père peut être fier de vous. Considérez-vous comme l'invitée personnelle de la famille royale.

Mikira s'inclina, son ardente colère transparaissant clairement dans sa posture rigide.

– Merci, Votre Majesté, dit-elle d'un ton acide.

Mais lorsqu'elle se redressa, son visage ne montra rien d'autre qu'un sourire. Ari en fut stupéfaite. Ce n'était plus la fille à la langue trop pendue qu'elle avait rencontrée quelques mois plus tôt.

– J'ai cru comprendre que vous aviez choisi de céder la gratification royale à votre sponsor, c'est bien cela ? s'enquit le roi.

Mikira croisa le regard de Damien.

– C'est juste, Votre Majesté. Lord Adair est pour beaucoup dans ma victoire, et en échange, je souhaite qu'il reçoive la gratification.

Très rusé. En présentant les choses ainsi, elle paraissait généreuse et reconnaissante. Elle n'était pas une roturière qui cherchait le prestige et le statut de la noblesse, et elle semblait d'autant plus attachante ainsi, avec ses cheveux roux tombant en cascade, son visage empourpré par la danse, la boisson, ou quelque chose de plus fort. L'assemblée se répandit en sifflets enthousiastes.

À quoi jouait Mikira ?

Oh, Ari, soupira la voix. *Tu ne peux pas les sauver.*

Les sauver de quoi ? Que se passe-t-il ?

Le roi se tourna vers Damien.

– Et que désireriez-vous obtenir, Lord Adair ?

Damien haussa le menton.

– Votre Majesté, dit-il, d'une voix claire et profonde. Comme gratification, je demande que la maison Adair remplace la maison Kelbra parmi les quatre maisons majeures de l'Enderlain.

Un silence de plomb suivit la requête. Ari perçut la stupéfaction des uns et des autres, la tension extrême qui s'empara de l'assistance. Mais Damien soutint le regard du roi, dont les yeux foncés, jusqu'alors si las, brillaient de la malice d'un homme qui avait autrefois volé un trône.

En le voyant ainsi, Ari crut toutes les rumeurs qu'elle avait entendues à son sujet. Qu'il avait usurpé la place de son frère dans la ligne de succession, que quelque part existait un enfant qui pouvait tout lui prendre. Il avait les yeux d'un homme prêt à tout pour obtenir ce qu'il voulait.

– Est-ce que c'est… A-t-il le droit de faire ça ? demanda le prince Darius.

Il semblait abasourdi, et sa sœur, elle, simplement curieuse. Elle observait Damien, un petit sourire joueur aux lèvres. Un murmure grave parcourut l'assistance.

– Les grandes familles sont les mêmes depuis des décennies, répondit le roi, pesant chacun de ses mots avec soin. Mais ce rang se conserve selon mon bon vouloir. Rien dans le règlement de l'Illinir ni dans la loi du royaume ne m'empêche d'accorder cette requête.

Les chuchotis s'émaillèrent de hoquets médusés, et partout on se répandit en conversations précipitées, ou moqueries. Certains voulaient que le roi taille en pièces Damien pour le punir de son audace.

– Père, je vous en prie, murmura le prince Darius. J'ai moi aussi beaucoup d'admiration pour Lord Adair, mais Rezek sera furieux.

– Je ne prends pas conseil auprès de serpents sournois, le rabroua le roi dans un grognement grave.

Darius eut un mouvement de recul comme s'il avait reçu une gifle.

Le roi s'approcha de Damien. Il était grand, et malgré son âge, et sous son apparence de vieillard, on devinait encore le puissant corps de guerrier dont avait hérité sa fille.

– Damien Adair, déclara-t-il, d'une voix forte. Je vous accorde votre requête.

Cette fois, quand Damien fit face à l'assistance, personne ne se moqua. Tous le fixèrent dans un silence pantois. Puis ils inclinèrent la tête l'un après l'autre, jusqu'à ce qu'Ari soit la seule à la garder haute.

– En tant que nouvelle maison majeure du céleste, telles sont vos nouvelles armoiries, reprit le roi. Aslir, le lion blanc, l'étoile ardente, veillera sur votre maison.

À ces mots, Damien sourit – ce fut la dernière chose qu'Ari vit avant qu'une force s'éveillât en elle.

49
ARIELLE

Ari ignorait où elle se trouvait.

La salle de bal était loin derrière elle, le couloir vide dans lequel elle avançait se voutait telle la cage thoracique de quelque monstre de pierre. La musique avait repris, mélodie fantôme sur ses talons.

Damien l'avait-il vue partir ?

Elle se déplaçait, mais pas de son propre chef. Elle était consciente de chacun de ses pas, du moindre de ses souffles, sans pouvoir les arrêter. Comme lorsqu'on sait qu'on est en train de rêver.

Son corps la porta jusqu'au bout de la galerie et lui fit monter un escalier en spirale très raide. Celui-ci débouchait sur une pièce étroite sans autre issue. À part la pierre gris ardoise, il n'y avait qu'une immense tapisserie tissée suspendue au mur, qui représentait les quatre Messagers, et, au-dessus d'eux, les mains implorantes de la déesse Sendia.

La tapisserie l'attirait comme un aimant. Dans les profondeurs de son être, la panique d'Ari se fit plus féroce. Elle s'accrochait et luttait de toutes ses forces pour reprendre le contrôle de son corps, sans succès. Ce qui la tenait refusait de céder.

Ne me combats pas, Arielle Kadar, lui enjoignit la voix en kinnien. *Je ne te ferai pas de mal.*

Sa main écarta la tapisserie pour révéler une arche ouverte. Elle la franchit et s'enfonça dans un couloir encore plus étroit, au bout duquel brillait une lumière froide. Elle pénétra dans une vaste salle circulaire.

De l'autre côté, un piédestal se dressait devant une plaque en or étincelante. Un vieux livre à reliure de cuir et au dos orné de rubis était posé dessus. Elle regarda sa main se tendre vers l'ouvrage, ses doigts le caresser, et ne sentit rien.

Elle frémit et leva le regard vers le mur paré de dorures. Ses yeux luisaient, blancs comme la neige.

Tout à coup, elle revint à elle avec une brusque inspiration. Le froid de la tour lui mordait la peau, la douceur du cuir sous ses doigts trop semblable à de la chair.

Damien et elle s'étaient trompés.

L'âme de l'Hérétique ne résidait pas dans le livre – *elle était en elle.*

– *Dybbouk*, dit-elle dans un souffle.

Esprit.

Quelqu'un émergea d'une alcôve, les yeux aussi blancs que les siens.

– Je pensais bien que tu viendrais, dit Rezek Kelbra.

Elle sut alors que ce qui avait pris possession d'elle s'était emparé de lui aussi.

Le livre l'attirait, tout doucement, en chuchotant, et quelque chose au plus profond d'elle s'éveilla et entrouvrit un œil.

La voix dans son esprit, cette voix qui n'était pas la sienne, rit.

REMERCIEMENTS

Sous bien des aspects, ce livre a été mon propre Illinir. Sans les couteaux et les chevaux enchantés, bien sûr, mais il n'en a pas moins été une véritable épopée du début à la fin. Il m'est plus personnel que tout ce que j'ai pu écrire jusqu'à présent, et il m'importait que tout soit juste, jusqu'au moindre enchantement.

Je n'y serais pas parvenue sans mon éditrice, Kate Meltzer, aussi brillante que dévouée. Kate, ton exigence et ta vision m'ont aidée à prendre ce bestiau à bras-le-corps et à en faire un véritable roman dont je suis très fière. Je suis très heureuse d'avoir travaillé avec toi sur cette histoire.

Merci à mon éditrice au Royaume-Uni, Cate Augustin, pour ses précieux conseils, et à Emilia Sowersby, de m'avoir tant épaulée, et au formidable élagueur de mots, Nicolás Ore-Giron. Merci pour tout le temps et l'attention que vous avez consacrés à cette histoire – c'est vraiment la victoire de toute une équipe !

À mon agente, Carrie Pestritto – après cinq ans et six livres, je suis à court de façons de te remercier d'être toujours à mes côtés et de me soutenir dans mes ambitions d'écriture. Cette aventure n'aurait pas été possible sans toi, et j'ai hâte de voir où la suite nous mènera.

Comme toujours, je ne serais pas grand-chose sans mes Dames Guillotines : Jennifer Gruenke, Tracy Badua, Alyssa Colman, Ashley Northup, Rae Castor, Koren Enright (REID !), Jessica Jones (pour avoir vérifié que je n'oubliais pas tout de ce que j'ai appris sur les chevaux), Brittney Arena (pour avoir tout lu avant tout le monde, puis avoir attendu des années avant que je fasse quelque chose de mon texte), et Sam Farkas (pour avoir lu mon premier jet et avoir corrigé ce qui n'allait pas grâce à une seule idée, apaisé mes coups de panique, et pour nos échanges sur la culture juive).

À mes premières lectrices et relectrices : Rosiee Thor, Laura Southern, Rochelle Hassan, Linsey Miller et Rowan Witebsky, vos retours et votre enthousiasme pour cette histoire m'ont donné la force de continuer tout au long de cette aventure. Je suis fan absolue de ce que vous faites toutes, et je me sens extrêmement chanceuse de vous connaitre.

À mes deux SprintitySprintSprints, Shannon Price et Joss Diaz, à qui je dois plusieurs cafés pour avoir eu la patience de m'écouter râler, paniquer, et de supporter tous mes délires liés à l'édition. J'ai hâte de lire davantage de vos beaux textes. Shannon : gloire à la pomme de pin.

Je veux par ailleurs remercier chaleureusement Arielle Vishny, dont la grande implication dans *This Dark Descent* m'a aidée à étoffer de nombreuses références à la culture juive et à grandement enrichir l'univers du livre.

Merci à l'équipe de chez Roaring Brook : Kathy Wielgosz (Team Hiss !), Samira Iravani (tu es une sainte), Trisha Previte, Connie Hsu, Ana Deboo, Veronica Ambrose, Allison Verost, et Kristin Dulaney et Kaitlin Loss pour avoir réalisé mes rêves de cessions de droits à l'étranger. Merci à ma géniale chargée de communication, Morgan Rath, et Gabriella Salpeter, véritable merveille du marketing.

Il y a aussi toute une troupe d'artistes de talent derrière les magnifiques illustrations des éditions britannique et américaine : Virginia Allyn pour la carte que je pourrais passer mes journées à admirer, et Ashe Arends pour avoir donné vie à Ari, Mikira, Damien, Reid (et surtout Bidule).

À mes parents, ma famille et mes amis, qui continuent à me soutenir jour après jour, et à Brock, qui m'a laissée le soudoyer afin qu'il se creuse la tête avec moi pour mettre au point le système de magie de mes rêves.

Je suis impatiente de poursuivre les histoires de ces personnages. On se retrouve pour le tome 2 !

Page Turners Book Club

Tu as frémi, pleuré, souri pendant ta lecture ?
Ce roman t'a fait vivre mille émotions ?
Parce que tu n'as pas envie de quitter son univers,
partage tes impressions et tes coups de cœur sur les réseaux.
Le bookclub Page Turners rassemble des passionné·es
de fantasy, romance, thriller, dystopie...
Retrouve celles et ceux qui ont vibré comme toi !
Pour que la lecture ne s'arrête jamais...

#lebookclubpageturners

Cet ouvrage a été mis en pages
par Nord Compo à Villeneuve-d'Ascq

Imprimé en Italie par Elcograf
en juin 2024
pour le compte des Éditions Bayard